BEATE MAXIAN

DAS
Geheimnis
der letzten
Schäferin

ROMAN

WILHELM HEYNE VERLAG
MÜNCHEN

Sollte diese Publikation Links auf Webseiten Dritter enthalten,
so übernehmen wir für deren Inhalte keine Haftung, da wir uns
diese nicht zu eigen machen, sondern lediglich auf deren Stand
zum Zeitpunkt der Erstveröffentlichung verweisen.

Verlagsgruppe Random House FSC® N001967

3. Auflage
Originalausgabe 12/2018
Copyright © 2018 by Beate Maxian
Copyright © 2018 dieser Ausgabe
by Wilhelm Heyne Verlag, München,
in der Verlagsgruppe Random House GmbH,
Neumarkter Str. 28, 81673 München
Printed in Germany
Redaktion: Eva Philippon
Umschlaggestaltung: Eisele Grafik Design
unter Verwendung von Arcangel (Susan Fox),
Bigstock (Drepicter, gkuna), Dreamstime (Jesse Kunerth)
Satz: Leingärtner, Nabburg
Druck und Bindung: GGP Media GmbH, Pößneck
ISBN 978-3-453-42299-5

www.heyne.de

Es ist nur verständlich, dass die Wölfe
die Abrüstung der Schafe verlangen,
denn deren Wolle setzt dem Biss
einen gewissen Widerstand entgegen.

(Gilbert Keith Chesterton 1874–1936)

I

Salzburg, Juli 2017

»Hallo, Schönheit!« Zufrieden betrachtete Nina Ludwig Meter für Meter die Fassade ihres Restaurants in der Salzburger Altstadt nahe der berühmten Getreidegasse. Das gesamte Gebäude wirkte ausnehmend freundlich und frisch, fast wie ein kleines Palais. Am Vorabend war das Gerüst entfernt worden, das zwei Wochen lang den Eingangsbereich verunstaltet hatte. Doch die Sache war es wert gewesen. Die Maler konnten stolz auf ihr Werk sein. Der warme altrosa Anstrich verlieh dem Haus einen Hauch Romantik, ebenso die historischen hohen Kastenfenster mit den hellgrauen Fensterfaschen und der einladenden doppelflügeligen Eingangstür. Darüber stand in dunkelroter schwungvoller Schrift der Name des Restaurants auf der Hausmauer: Ludwig.

Mehr brauchte es nicht. Der Name stand für die Philosophie des Lokals, das ein beliebter Treffpunkt für Gäste war, die gutes Essen in stilvoller Atmosphäre schätzten. Ninas Spezialität war die gehobene Küche in Bioqualität, und dazu gab es erlesene Weine. Das hatte ihr bereits einige Auszeichnungen eingebracht, etwa zwei Hauben von *Gault Millau* und dieses

Jahr den Gourmet-Tipp von *Wo isst Österreich*. An ihrem ersten Stern von *À La Carte* arbeitete sie noch. Dementsprechend gehörten auch Ninas Gäste zu jener Gesellschaftsschicht, die sich anspruchsvolle Küche leisten konnte und wollte. Dass sie, mit gerade einmal dreißig Jahren, zudem erfolgreich Kochbücher schrieb und ihre eigene Kochshow im Fernsehen moderierte, steigerte ihre Popularität und damit den Bekanntheitsgrad des Lokals. Nina arbeitete hart für diesen Erfolg. Ihre Freunde bezeichneten sie als unverbesserlichen Workaholic mit einem stark ausgeprägten Ordnungstick. Liebevoll gemeint, wie sie stets betonten. Egal, wie es in ihren Ohren klang, Nina konnte gut mit diesem Ruf leben.

Jetzt fehlen nur noch die Tröge mit den Oleandern, um das Bild perfekt abzurunden, dachte sie glücklich lächelnd. Der Gärtner wollte die rosa Blütenpracht noch heute liefern. Beschwingt steckte Nina den Schlüssel ins Türschloss und trat in den Gastraum.

Das *Ludwig* war nicht besonders groß, dafür war das Inventar exquisit. Es bestand aus sieben Tischen mit je vier Stühlen und einer langgezogenen Bar, an deren Ende eine automatische Schiebetür aus Milchglas in die Küche führte. Auf den Tischen lagen verteilt zusammengefaltete weiße Tischtücher, die Tina, die Servicekraft, später aufdecken würde. Wechselnde Kerzen in eleganten bauchigen Gläsern und eine der Jahreszeit entsprechende florale Dekoration ließen das *Ludwig* alle drei bis vier Monate in einem neuen Licht erscheinen. Im Sommer dominierten Weiß- und Rosatöne das Lokal, im Herbst sanfte Violett- und Brauntöne und zur Adventzeit setzte Nina auf Rot- und Grüntöne. Es kostete jedes Mal ein

Vermögen, doch die Gäste schätzten das stilvolle Ambiente ebenso wie Ninas Kochkünste.

Kochen war seit Kindesbeinen an ihre große Leidenschaft. Schon als kleines Mädchen hatte sie ihrer Großmutter mütterlicherseits so oft wie möglich über die Schulter gesehen. Lieselotte Koller entstammte einem Bauernhof in Oberbayern und war eine leidenschaftliche Hobbyköchin gewesen. Unter ihrer Aufsicht durfte Nina bereits mit fünf Jahren mit einem scharfen Messer Tomaten und Gurken schneiden. Und auch später ging sie ihr oft hilfreich zur Hand. Ninas Mutter teilte diese Leidenschaft nicht. Eva war Steuerberaterin, kümmerte sich um Ninas Buchhaltung und war froh, wenn sie nicht am Herd stehen musste. Und Nina dankte ihr dafür, dass sie sich um ihre Steuer kümmerte, denn davon verstand sie nichts.

Ninas Vater war Dozent und unterrichtete an der Salzburger Universität Germanistik und Linguistik. Seine Leidenschaft galt ausschließlich Büchern, er verbrachte mehr Zeit in der Bibliothek als anderswo. Werner konnte Kafka & Co zitieren, aber Wasser brannte ihm quasi am Herd an. Den Speisen auf seinem Teller zu Hause widmete ihr Vater kaum Beachtung, was wiederum mutmaßlich an den leidenschaftslosen Kochkünsten ihrer Mutter lag. Aber Leidenschaft allein hatte selbst bei Nina irgendwann einmal nicht mehr ausgereicht, und sie wollte mehr draus machen.

»Eine gute Ausbildung ist die Basis, dir deinen Traum vom eigenen Restaurant zu erfüllen«, hatten ihre Eltern gemeint und ihre Kontakte spielen lassen, obwohl sie ihre Tochter lieber an der Universität studieren gesehen hätten. Doch sie unterstützten Nina und halfen ihr dabei, dass sie eine Lehre in einem Dreihaubenrestaurant in Wien absolvieren konnte.

Unter den strengen Augen ihres damaligen Chefs hatte sie ihr Können perfektioniert und die Liebe zur gehobenen Küche entdeckt. Zum Leidwesen ihrer Großmutter. Diese schwor auf bodenständige Hausmannskost und hielt wenig »von dem ganzen Firlefanz am Teller«, wie sie es nannte. An diesem Punkt trennten sich ihre kulinarischen Wege. Doch eines war Nina schon als Kind in Fleisch und Blut übergegangen: Lebensmittel waren heilig. Diese Gesinnung betonte ihre Großmutter stets mit der Geste, wenn sie in die Rückseite eines selbst gebackenen Brotes ein Kreuz einritzte und Nina mit den Worten darauf einschwor: »Vergiss nicht, dem Herrgott dafür zu danken.«

An den außergewöhnlichen Geschmack ihres Brotes konnte sie sich erinnern, als hätte sie erst gestern eine Schnitte davon gegessen. Ein Genuss, den sie vermisste. Nie wieder hatte sie so gutes Brot gegessen wie jenes ihrer Großmutter. »Was ihr heute als Bio teuer kauft, war zu meiner Zeit ganz normal. Es wurde nicht so viel Schindluder mit den Lebensmitteln getrieben«, hatte sie behauptet, wenn wieder irgendwo ein Lebensmittelskandal aufgedeckt wurde.

Das Läuten ihres Handys riss Nina aus der Erinnerung. Sie kramte ihr Telefon aus den Tiefen ihrer Handtasche hervor. Auf dem Display stand der Name des Produzenten ihrer Sendung. Sie wischte über den grünen Punkt.

»Hallo Oskar!«

»Servus Nina!«

Hofinger kam wie üblich sofort auf den Punkt. Und so erfuhr sie zwischen Tür und Angel, dass die Produktionsfirma eine Sendung mit ihr und dem Dreisternekoch Julian Leroy vorbereitete. Der Produzent tauchte vor ihrem inneren Auge auf, als säße er, zurückgelehnt in seinem Ledersessel hinter dem wuchtigen Schreibtisch voller Unterlagen, direkt vor ihr. Seine grauen akkurat geschnittenen Haare, der modische Anzug mit passender Krawatte ließen ihn immer top gestylt erscheinen. Er war stets korrekt, eine Ausgeburt an Höflichkeit, trotzdem in der Sache knallhart. Sie mochte ihn.

Julian Leroy? Ausgerechnet der, schoss es Nina durch den Kopf. Sie konnte den eingebildeten Münchner nicht leiden. Seine Kochsendung lief im *Bayerischen Fernsehen* und bestand aus einer großen Prise Selbstverliebtheit. Zudem sah er noch gut aus. Er war groß und schlank. Sein zerzaustes dunkelblondes Haar und seine strahlend blauen Augen ließen ihn jungenhaft wirken, auch wenn er sicher auf die dreißig zuging. Dazu sein lässiges Gehabe und die ewig gute Laune. Kameratauglich und übermäßig fröhlich. Auf Nina wirkte sein Getue aufgesetzt. Jedoch machte genau genommen das alles zusammen einen Großteil seiner Beliebtheit bei den Zuschauern aus, das musste Nina eingestehen.

»Hast du mir zugehört?«, vernahm sie Hofingers Stimme. Offenbar hatte er ihr eine Frage gestellt.

»Ja, ja«, behauptete Nina rasch. »Klar, hab ich dir zugehört.« Ihre gute Laune war schlagartig dahin. Sie ging zur Restauranttür und schloss sie hinter sich ab.

»Dann sag doch endlich etwas dazu!«, forderte Hofinger sie auf.

Der Gedanke, dass er sich einen Scherz mit ihr erlaubte, schlich sich in ihren Kopf, denn schließlich kannte er ihre Einstellung Leroy gegenüber. Aber Hofinger war geschäftstüchtig und nicht der Typ, der in solchen Dingen Witze machte.

»Muss es unbedingt Leroy sein?« Sie konnte sich beim besten Willen nicht vorstellen, mit ihm in einer Küche zu stehen und fröhlich in die Kamera zu lächeln. Derweil kannte sie ihn nicht einmal persönlich. Aber sein überzogenes Auftreten in seiner Show genügte, um ihn unsympathisch zu finden. Dabei wusste sie auch, dass sie ein neues Format kaum ablehnen könnte.

»Er freut sich auch schon auf dich.« Wenn sie Hofingers zynischen Tonfall richtig deutete, hielt Julian Leroy ebenso wenig von ihr wie sie von ihm.

»Natürlich muss er es sein, Nina«, antwortete er schließlich auf ihre Frage. »Er ist ein Star, die Medien reißen sich um ihn, und das Publikum liebt ihn. Wo er auftaucht, ist die Hölle los«, fuhr der Produzent fort.

Die Hölle und Leroy passten auffallend gut zueinander, fand sie und sagte: »Die Medienwirksamkeit ist die eine Sache, die andere ist …«

»Das Thema lautet ›Küche anno dazumal in Österreich und Deutschland‹«, unterbrach sie Hofinger. »Ihr beide seid prädestiniert für diese Sendung. Und mal unter uns, Nina …« Er räusperte sich. »Die Quoten von *Nina kocht* sinken. Eine Show gemeinsam mit einem begehrten deutschen Starkoch schadet deiner Popularität also auf keinen Fall. Auch weil du dann erstmals bei unseren Nachbarn im Fernsehen zu sehen bist. Verstehst?« Er wirkte auf einmal leicht ungeduldig. Wahrscheinlich hatte er auf mehr Begeisterung ihrerseits gehofft, weil sie im Grunde genommen ein umgänglicher Typ war. Diszipliniert, umgänglich und einsichtig.

»Ich wusste nicht, dass du jetzt auch noch mein Agent bist.« Diese spitzzüngige Bemerkung konnte sich Nina nicht verkneifen.

»Lass es dir durch den Kopf gehen und komm gleich am Montag um zehn in mein Büro, dann besprechen wir alles Weitere.« Er verabschiedete sich und legte auf.

Nina zog eine Grimasse. Sie spürte, dass es bereits beschlossene Sache war und sie, so sie nicht einwilligte, nach Ablauf des Vertrages ihre eigene Show vergessen konnte. Damit hatte er sie in der Hand, das wusste Hofinger ganz genau.

Sie steckte das Handy weg. Es gab jetzt erst einmal anderes zu tun, als darüber nachzudenken. Es war Samstagnachmittag, in drei Stunden kamen die ersten Gäste. Bis dahin mussten sie und Ellen alles vorbereitet haben. Ellen war ihre beste Freundin und eine große Stütze in der Küche und auch sonst in ihrem Leben. Sie war zwei Jahre älter als Nina, einen Kopf kleiner und ein wahres Energiebündel.

Nina trat durch die Schiebetür in die Küche, öffnete die Fenster, um frische Luft einzulassen, und ging zurück ins Restaurant. Der private Umkleideraum befand sich im Keller, gleich neben den Toiletten. Sie stieg die Stufen hinab, zog sich die weiße Kochuniform an und band sich eine schwarze Schürze um. Dann griff sie im Schrank nach einem Schildbandana für die Haare. Einem roten, denn es war Samstag, und sie hatte entschieden, jeden Tag in der Woche, bis auf montags, denn da war Ruhetag im *Ludwig*, eine andere Farbe für das Band zu wählen. Nina warf einen prüfenden Blick in den Spiegel. Ihr dunkelbraunes kurzes Haar verschwand fast zur Gänze unter der Kopfbedeckung und ließ nur noch ihre langen Stirnfransen hervorblitzen. Ihre ovale Gesichtsform brachte sie mit leicht waagrecht aufgetragenem Rouge zur Geltung. Den Tipp hatte sie von der Maskenbildnerin der Kochshow bekommen. Auch wie sie ihre großen dunkelbraunen Augen und ihren weichen geschwungenen Mund mit wenig Aufwand richtig in Szene setzte, hatte sie ihr gezeigt. Selbst wenn sie wie jetzt nur dezentes Tages-Make-up trug. Nina nickte ihrem Spiegelbild aufmunternd zu und zog sich um.

Als sie wieder oben war und sich hinter der Theke ein großes Glas Wasser einschenkte, hörte sie, wie die Tür aufgesperrt wurde. Gleich darauf rauschte Ellen ins Restaurant. Ein blond gelockter Wirbelwind mit geröteten Wangen, ungeschminktem Gesicht und ebenmäßigem Teint.

»Tut mir leid«, sagte sie außer Atem. »Die Innenstadt ist voller Menschen, bin schwer durchgekommen. Wo kommen die denn alle auf einmal her?«

»Es ist Juli, da beginnen die Festspiele, mein Engel, wie jedes Jahr um diese Zeit«, erwiderte Nina lachend, weil Ellen sie derart entrüstet ansah, als erlebe sie diese Zeit voller Promis und Touristen in der Stadt zum ersten Mal in ihrem Leben. Ihre Freundin stammte aus Wien und war vor vier Jahren nach Salzburg gezogen, als Nina das *Ludwig* eröffnet und Personal gesucht hatte. Sie hatten sich ein halbes Jahr vor der Eröffnung des *Ludwig* auf der Gast, der Gastronomiemesse in Salzburg, kennengelernt. Nina hatte an einem Stand Weine verkostet, und Ellen war mit einem Glas Gelben Muskateller aus der Südsteiermark neben ihr gestanden und hatte den Weißwein über alle Maßen gelobt. Sie waren ins Gespräch gekommen, und Ellen hatte sich bei Nina wenige Wochen später aus einer Laune heraus beworben. Das war der Beginn ihrer Freundschaft und professionellen Zusammenarbeit gewesen.

Ellen verschwand Richtung Keller, um sich umzukleiden. Nina folgte ihr mit dem Glas in der Hand und berichtete ihrer Freundin von dem Telefonat mit dem Produzenten.

»Wirklich, mit Julian Leroy? Neid!« Im Gegensatz zu Nina war Ellen ein ausgesprochener Fan von ihm. Ob das an seinen Kochkünsten oder dem guten Aussehen lag, vermochte Nina nicht zu sagen. Sie jedenfalls hatte keine Lust auf kindische Schwärmereien über diesen Mann.

Ellen band sich die Schürze über die Kochuniform, und Nina reichte ihr das rote Schildbandana. Während Ellen ihre Haare mit einer Klammer im Nacken zusammenfasste und das Tuch über die Locken zog, flog die Tür des Umkleideraums auf, und Tina kam herein.

»Hier, aus dem Garten meiner Mutter«, sagte sie lächelnd und hielt Nina einen großen Bund Basilikum und einen mit Minze hin. »Wie versprochen, ganz frisch vor einer Stunde geerntet.« Tina war schlank, hatte einen dunkelblonden Pagenkopf und dezentes Make-up aufgelegt.

»Danke.« Nina nahm die Kräuter, schloss die Augen und atmete den würzigen Duft des Basilikums ein. Es roch so frisch und intensiv, als stünde sie in einem riesigen Feld. Dieser hohe Gehalt an ätherischen Ölen konnte sich am besten bei voller Sonne entfalten, das wusste sie. Der Sommer in Österreich war dieses Jahr perfekt dafür, heiß und sonnenintensiv. Sie öffnete die Augen und rieb mit Zeigefinger und Daumen an einem Minzblatt. Augenblicklich gesellte sich zum Geruch des Basilikums ein frisches Mentholaroma. Nina war begeistert. Sie kochte gerne saisonal und ausschließlich mit frischen Zutaten. Tinas Mutter besaß einen großen Gemüse- und Kräutergarten, hatte einen grünen Daumen und war letztes Jahr zu Ninas Quelle geworden. An diesem Tag stand unter anderem Lammschulter und Zitronenreis mit Minze auf der Speisekarte sowie Kichererbsenröllchen mit Minz-Joghurt-Dip. Mit der restlichen Minze würde sie ein Pesto zubereiten. Das Basilikum, das sie nicht für Speisen oder Dekoration benötigen würde, wollte sie ebenso gleich verarbeiten.

Sie stiegen die Stufen zum Restaurant hinauf und hörten, wie jemand an die Restauranttür klopfte.

Nina drückte Ellen die Kräuter in die Hand und eilte zur Tür. Sie ahnte, wer es sein könnte.

»Ach, wie schön«, seufzte sie kurz darauf zufrieden, als sie die Tür aufgesperrt hatte und dem Gärtner dabei zusah, wie er die großen hellgrauen Übertöpfe mit dem Oleander vom Wagen holte und sie zu beiden Seiten der Eingangstür vor dem *Ludwig* abstellte. Die hohen Büsche mit der fleischig rosa Blütenpracht vermittelten augenblicklich eine mediterrane Atmosphäre. Bereits vor dem Betreten würden Anblick und Duft der Pflanzen die Gäste in eine südländische Stimmung versetzen und auf die entspannte Atmosphäre des Lokals einstimmen. Genau so hatte Nina sich das vorgestellt.

»Die Zusammenstellung passt perfekt zur neuen Fassade«, lobte Nina den Gärtner, der ihr ein breites Lächeln schenkte, während sie den Lieferschein unterschrieb und danach noch einmal eingehend das Ensemble betrachtete. Gut, dass sie nichts dem Zufall überließ und Geschäftspartner hatte, die ihren Geschmack teilten. Nun war alles mustergültig aufeinander abgestimmt, eine prächtige Komposition.

Wenige Minuten später waren Nina und Ellen in die Arbeit vertieft. Die Abläufe in der Küche waren genau getaktet. Jeder ihrer Handgriffe saß, war schon tausendmal ausgeführt worden. Sie standen sich gegenseitig nicht im Weg, obwohl es nicht viel Platz gab. Es war, als arbeiteten sie im schöpferischen Gleichklang. So beschrieb es jedenfalls Nina, wenn sie jemand fragte, ob sie und Ellen beim Kochen harmonisierten.

Nina wusch die Minze unter fließendem Wasser, zupfte die Blätter vom Stängel, legte sie fein säuberlich auf Küchenkrepp und tupfte sie vorsichtig mit Papier trocken. Bevor sie die Minze kleinschnitt, nahm sie zwei Blätter, schob sich eines selbst und das andere Ellen in den Mund. Sofort breitete sich der Geschmack von Frische, gepaart mit einem zarten Kältegefühl, unter Ninas Gaumen aus.

»Ich hab gelesen, dass Minze die Konzentration steigert«, sagte sie.

»So gut wie die schmeckt, glaub ich das sofort!« Ellen lachte und zog bedächtig einem Pfirsich die Haut ab.

Als Dessert hatten sie unter anderem Pfirsichkompott mit Lavendel vorgesehen, dafür kochten in einem Topf am Herd Lavendelblüten in einer Wein-Wasser-Mischung auf.

Nina atmete tief ein. Allmählich breitete sich der vielfältige Duft nach Sommer in der gesamten Küche aus.

Sie schnitt die Minzblätter in dünne Streifen zu, um sie gleich darauf im Mörser mit den Zesten der Biozitronen, den Pinienkernen, dem kalt gepresstem Rapsöl, Salz und Pfeffer zu Pesto zu verarbeiten. Den Rest der Minze gab sie auf nasses Küchenkrepp in eine Plastikbox, legte ein zweites angefeuchtetes Papier darüber, verschloss die Box und stellte sie in den Kühlschrank.

Küche anno dazumal, schoss es ihr auf einmal durch den Kopf, und es tauchten augenblicklich Familienerinnerungen vor ihrem inneren Auge auf. Speisen, die ihre Großmutter Lieselotte gerne gekocht hatte, weil diese sie selbst an ihre eigene Kindheit in Oberbayern erinnerten. Während der Woche kam kaum Fleisch auf den Tisch, hatte sie Nina erzählt, hingegen war ein typisches Samstagessen Kraut mit gesottenem Schweinefleisch und Kartoffeln. Fisch wurde in der Familie ihrer Großmutter ausschließlich am Karfreitag zubereitet.

Nina kam ein alter Schlager in den Sinn, den sie als Kind bei ihrer Großmutter gehört hatte und den sie nun intuitiv stumm vor sich hin summte. Den Text bekam sie nicht mehr ganz zusammen, es lag zu lange zurück, aber die Erinnerung trug sie schlagartig in jenen August zurück, in dem sie als Schulkind zum ersten Mal den Großteil ihrer Sommerferien in Wien bei den Großeltern verbracht hatte. Augenblicklich entspannte sie sich und fühlte eine behagliche Innigkeit, die nach Dampfnudeln mit Vanillesauce duftete.

2

Wien, August 1995

»Zwei Apfelsinen im Haar …«, erklang es laut aus den Laut-sprechern des Wohnzimmerradios, und Nina prustete lauthals dazu: »… und an der Hüfte Bananen!« Sie fand das Lied lustig, obwohl sie es heute schon zum dritten Mal hörten.

Ihre Großmutter fasste Nina an der Hand, und sie tanzten singend durch den Raum.

»Das ist France Gall«, erklärte ihre Großmutter ihr zwi-schen zwei Strophen, »eine französische Sängerin. Als ich jung war, war die ganz berühmt, hat sogar den Eurovision Song Contest gewonnen.«

Nina nickte gleichgültig und tanzte weiter, ihr war egal, wer da sang oder was gewonnen hatte, aber die Vorstellung, Orangen im Haar zu haben und Bananen um die Hüften, fand sie sehr lustig.

Als das Lied zu Ende war, klammerte ihr die Großmutter mit einem Paar Spangen die Haare aus dem Gesicht, damit ihr keine Strähne mehr ins Gesicht fallen konnte. Einzelne sil-berne Fäden zogen sich durch das Haar der Großmutter.

»Warum sind deine Haare nicht mehr so dunkel wie meine?«,

fragte Nina. Ihre Mutter betonte oft, dass sie die Haarfarbe ihrer Großmutter verdankte.

»Das macht das Alter«, antwortete ihre Großmutter. »Ich werde im September schon sechsundfünfzig Jahre. Da werden die Haare langsam grau. Das ist ganz normal.«

Nina stellte sich auf die Zehenspitzen und reckte beide Arme in die Höhe. Ihre Großmutter beugte sich zu ihr hinunter, und Nina gab ihr einen Kuss auf die Wange. Ihre Haut war glatt, und die Lachfalten um die dunklen Augen bezeugten lediglich, welch humorvoller Mensch sie war. Wenngleich sie auch manchmal ganz schön streng sein konnte, aber das hielt selten lange an.

Ihr Großvater kam herein. Groß, schlank und wie immer die Ruhe in Person. »Meine beiden Südländerinnen«, scherzte August Koller mit Wiener Dialekt.

»Was ist eine Süderin, Oma?«, fragte Nina.

»Südländerin«, verbesserte ihre Großmutter sie. »Das sind Menschen, die in Ländern leben, wo die Sonne öfter scheint als hier bei uns. Und die meisten Menschen, die dort leben, haben dunkle Haare und eine dunklere Haut, so wie wir beide.«

»Und warum haben wir das?«, hakte Nina nach.

»Weil's ist, wie es ist. Der Opa und deine Mama haben rostbraune Haare und eine helle Haut und wir eben dunklere. Menschen sind nun einmal unterschiedlich, und das ist gut, weil, wenn wir alle gleich wären, wär's doch langweilig. Wir beide sind wie schwarze Schafe in einer weißen Herde!« Sie lachte herzlich. »So, und jetzt frag nicht so viel, wir müssen nämlich gleich Dampfnudeln machen. Die hat sich der Opa zum Mittagessen gewünscht.«

»Ja, Dampfnudeln mit Vanillesauce«, jubelte Nina, nicht

nur, weil sie diese gerne aß. Sie mochte das Gefühl der Zusammengehörigkeit, das sie beschlich, wenn sie mit ihrer Großmutter in der Küche stand und ihr beim Kochen zusah. Es knüpfte ein unsichtbares, engmaschiges, magisches Band zwischen ihnen, machte sie auf geheimnisvolle Art zu Verbündeten.

Ninas Herz klopfte schnell vor Aufregung, als sie ihrer Großmutter in die Küche folgte. Sie ging zum Küchentisch und nahm rasch eines der dicht beschriebenen Hefte aus der Lade.

Ihre Großmutter lachte und band sich eine Kochschürze über ihre grüne Bluse und den hellgrauen Rock. »Das brauch ich nicht, Kind. Das Rezept hab ich doch schon längst hier oben.« Sie tippte sich an die faltenlose Stirn.

»Aber ich muss doch mitlesen«, erwiderte Nina und schlug nach kurzem Herumblättern die Seite mit dem Rezept auf. Dann zog sie den Schemel heran und brachte sich in Position, wie sie es meist tat, wenn ihre Liesl-Oma kochte. Sie wollte aufmerksam jeden Handgriff beobachten können.

»Ich glaub, du wirst einmal eine tolle Köchin.« Die Stimme ihrer Großmutter klang stolz. Sie nahm die Zutaten aus den orangefarbigen Küchenkästen, »Mehl, Milch, Zucker, Butter, Hefe, Eier, Salz«, und reihte sie in Reih und Glied auf der Arbeitsfläche an. »Je strukturierter du bei der Vorbereitung bist, umso leichter wird dir das Kochen fallen«, schwor sie Nina wie üblich auf die erforderliche Ordnung im Kochbereich ein. Dann wog sie das Mehl ab und siebte es in eine Schüssel.

»Du machst heute die kleine Grube ins Mehl«, forderte sie Nina auf. »Aber wasch dir vorher noch die Hände.«

Während sich Nina am Waschbecken mit glänzenden Augen eifrig die Hände sauber schrubbte, stellte ihre Großmutter den Topf mit der Milch auf den Elektroherd und schaltete die Platte ein. In der erwärmten Milch löste sie schließlich den Zucker und etwas Salz auf.

»Und jetzt nimm die Hefe, und bröckle sie in die Grube!« Ihre Großmutter zeigte auf das in Silberpapier eingewickelte Stück Germ. Bevor sie dem jedoch nachkam, steckte sich Nina ein kleines Stück davon in den Mund.

»Das macht eine schöne Haut!« Ihre Liesl-Oma lachte, nahm die Milch vom Herd, goss sie vorsichtig in die Kuhle und vermischte alles mit einer Handvoll Mehl.

Es würde noch eine ganze Weile dauern und viele Handgriffe mehr brauchen, bis sie die Köstlichkeit endlich essen konnten. Nina wurde ungeduldig, doch als sie den Teig in der Schüssel kneten durfte, machte sie sich mit Eifer daran. Als es ihr nach wenigen Minuten zu anstrengend wurde, weil ihr die Handgelenke schmerzten, löste ihre Großmutter sie ab.

Beständig fuhr sie mit der Hand den Rand der Schüssel entlang bis zum Boden. »Wichtig ist, den Teig so lange zu bearbeiten, bis er sich ganz locker vom Schüsselrand löst«, sagte sie. »Siehst du?«

Nina nickte. Der Teig bildete allmählich eine glatte, elastische, glänzende Masse, die sich ganz weich anfühlte, als sie sie mit dem Finger berührte. Ihre Großmutter stach mit dem Löffel eigroße Teiglinge heraus und legte sie auf ein bereitgestelltes bemehltes Brett. Nina reichte ihr ein Geschirrtuch. Sie ahnte, dass der Teig nun ausrasten musste, damit er sich in der Menge verdoppelte.

»Mir ist langweilig«, jammerte Nina, weil ihr das alles viel zu lange dauerte. Ihr Magen knurrte, und sie wollte endlich essen.

»Ich glaub, ich hab etwas für dich, das dich ein bisschen ablenken wird«, sagte die Liesl-Oma und verließ die Küche. Nina hob das Tuch an, riss mit den Fingern ein kleines Stück Teig ab und schob es sich in den Mund. Der warme Germteig schmeckte für sie nach viel Omaliebe.

Ihre Großmutter kam mit einem Buch in der Hand zurück und reichte es Nina. »Schau, das schenk ich dir.«

Sie nahm es vorsichtig entgegen, als wäre es zerbrechlich, derweil es dick und schwer war. Gebannt starrte Nina auf den braunen Buchumschlag, auf dem ein Krug, Brot und Speck abgebildet waren. »*Vom Essen auf dem Lande*«, las sie laut den Titel ab. Sie war stolz darauf, schon so gut lesen zu können.

»Die Rezepte darin sind nach den neun österreichischen Bundesländern sortiert«, sagte ihre Großmutter. »So lernst du auch gleich etwas über österreichische Esskultur. Ich hab's mir gekauft, als ich von Bayern nach Österreich gezogen bin, damit ich dem Opa nicht nur bayerische Kost vorsetze«, zwinkerte sie Nina zu, »und jetzt gehört es dir.«

Nina strahlte und hörte nur mehr mit einem Ohr zu, denn ihre volle Aufmerksamkeit gehörte inzwischen dem Kochbuch. Behutsam trug sie es ins Wohnzimmer und setzte sich damit auf das Sofa. Ihr Großvater stand auf der Terrasse und rauchte eine Zigarette. Augenblicklich begann Nina darin zu blättern. Es war ihr erstes eigenes Kochbuch. Sie versank in den Bildern von gebackenen Holunderblüten, Mohn- und Kletzennudeln, vergaß darüber hinaus das gemeinsame Kochen. Irgendwann stellte ihre Großmutter ihr einen Teller Dampfnudeln mit Vanillesauce vor die Nase.

3

Salzburg, Juli 2017

»Nina, kannst du den Griff der Kühlschranktür jetzt bitte loslassen?« Ellen tippte auf die silberne Oberfläche des Kühlgerätes aus Edelstahl.

Nina zuckte zusammen, und es fiel ihr auf, dass sie die ganze Zeit über ins Leere gestarrt hatte.

»Du warst jetzt aber ganz weit weg. Woran hast du denn gedacht?«

»An das erste Kochbuch, das ich damals von meiner Oma bekommen habe.«

Ellen nickte, sie wusste, dass es einen Ehrenplatz im Regal von Ninas Wohnung hatte. »Die Sache mit Leroy bringt dich ganz schön durcheinander.«

Nina schüttelte entschieden den Kopf, öffnete die Kühlschranktür und nahm den Topf mit dem Fleisch heraus. »Leroy, heißt der eigentlich wirklich so, oder ist das ein Künstlername?«, fragte sie ihre Freundin.

»Sein Vater ist Engländer«, antwortete Ellen.

»Woher weißt du so etwas? Liest du etwa Klatschzeitschriften?«

Ellen schmunzelte, hielt sich aber bedeckt.

»Irgendwann kocht der nackt, nur um seine Einschaltquoten in die Höhe zu treiben«, knurrte Nina und machte sich daran, das Fleisch unter fließendem Wasser zu waschen.

Ihre Freundin lachte. »Das wäre nicht die schlechteste Idee!«

Nina warf ihr einen strafenden Blick zu. »Ellen, ich gebe mir hier echt Mühe, sogar wenn ich nur einen einfachen faschierten Braten zubereite … und er kocht …« Sie suchte nach einem passenden Vergleich.

»Hackbraten«, antwortete ihre Freundin. »Er macht Hackbraten. So heißt das in Deutschland.«

»Ich weiß. Hackbraten, faschierter Braten, Hefe, Germ … Ich kenne die deutschen und die österreichischen Bezeichnungen. Das meinte ich nicht.«

»Siehst du, so groß ist der Unterschied zwischen euch gar nicht«, fuhr Ellen fort, als würde sie bewusst nicht verstehen wollen.

»Oh doch, wir kommen aus unterschiedlichen Welten!«, widersprach Nina, während sie die Lammschulter trockentupfte und mit einer Öl-Rosmarin-Knoblauch-Marinade einstrich. »Julian Leroy und Nina Ludwig leben nicht auf demselben Planeten. Ich serviere meinen Gästen erlesene Küche, und er macht einen auf Abenteurer am Herd. Wirf alles in einen Topf, rühr einmal um, und fertig ist das Ganze«, äffte Nina ihn nach. »Ist doch nichts dabei, am Kochen. Der Kerl hat drei Sterne und kocht wie ein wild gewordener …« Sie verstummte, weil ihr schon wieder das passende Wort nicht einfiel. Nina musste sich eingestehen, dass sie sich innerhalb kurzer Zeit in Rage redete, wenn es um Leroy ging. »Wie ein wild gewordener Stier«, ergänzte sie schließlich.

Ellen brach in schallendes Gelächter aus. »Klar, bei deinem Ordnungstick stellen sich bei einem solchen Durcheinander im Topf die Nackenhaare auf.«

»Ich hab keinen Ordnungstick, sondern einen Ordnungssinn«, widersprach Nina und rückte instinktiv das Schneidebrett gerade. »Außerdem find ich seine abfälligen Bemerkungen über die gehobene Küche widerlich. In der letzten Sendung hat er doch glatt behauptet, man könne nicht davon ausgehen, dass einem die Speisen schmecken, nur weil das Restaurant Sterne hat.«

»Damit hat er ja nicht unrecht«, sagte Ellen.

»Was? Der soll lieber …«

»Über wen redet ihr?«, unterbrach sie plötzlich eine Stimme.

Nina wirbelte herum. Sie hatte nicht gehört, dass ihre Mutter das Restaurant betreten hatte.

»Was machst du hier, Mama?«

»Das *Ludwig* hat seit zehn Minuten geöffnet. Dein Vater und ich wollten eine Kleinigkeit essen.« Eva begrüßte sie und lächelte breit, was ihr markantes, dezent geschminktes Gesicht besonders attraktiv machte. Das leichte hellgelbe Sommerkleid und die beigen Sandalen waren perfekt abgestimmt auf ihre kurz geschnittenen rostbraunen Haare und den hellen Teint.

»Stell dir vor, Eva«, sagte Ellen, »deine Tochter soll gemeinsam mit Julian Leroy in einer Sendung kochen.« Sie betonte den Namen des Dreisternekochs übertrieben und rollte dabei anerkennend mit den Augen.

Nina verzog das Gesicht, als habe sie soeben in eine Zitrone gebissen, bevor sie sich wieder dem Fleisch zuwandte.

»Das ist doch der, den du nicht leiden kannst«, sagte ihre Mutter und roch an der Marinade.

»Genau, Mama. Das ist der. Solltest du dich nicht langsam um das Püree kümmern, Ellen?«

Ihre Freundin nickte grinsend und schwitzte die klein geschnittenen Schalotten in Olivenöl an. »Keine Sorge, ich hab alles im Griff.«

»Was ist das für eine Sendung?«, hakte Eva neugierig nach.

»Ich weiß es noch nicht genau. Ich soll am Montag zu Hofinger, dann will er mir die Einzelheiten erklären.«

Die Küchentür sprang zur Seite. Tina stürmte herein und schnappte nach Luft. »Ihr glaubt nicht, wer soeben gekommen ist.«

Nina hob fragend die Augenbrauen. »Wer?«

»Tobias Moretti!«

»Sehr schön!« Schmunzelnd nahm Nina ihre Arbeit wieder auf. »Ich schlag vor, du gehst jetzt zu ihm und fragst ihn ganz freundlich, was er trinken und essen will. Nicht, dass er am Ende wieder geht, weil er denkt, nicht willkommen zu sein.«

»Euch kann man aber auch mit gar nichts begeistern.«

»Im *Ludwig* sind alle Menschen gleich, Tina. Egal ob Promi oder nicht.«

Tina brummte etwas Unverständliches und zog wieder ab.

»Der Moretti spielt doch dieses Jahr den Jedermann«, sagte Eva. »Dein Vater und ich haben Karten. Ich freu mich schon sehr darauf.«

Es war nicht einfach, an Karten für das berühmte Theaterstück von Hugo von Hofmannsthal zu kommen, das seit einem knappen Jahrhundert bei den Salzburger Festspielen aufgeführt wurde. Tausende Besucher pilgerten jährlich an den Domplatz, um das Spiel vom Sterben des reichen Mannes zu sehen. Nina fand, dass das Stück überschätzt wurde. Sie hatte es einmal gesehen, das reichte ihr fürs gesamte Leben, egal welcher prominente Schauspieler den Jedermann verkörperte.

»Schön für euch ... Mama, könntest du bitte Tina ein bisschen zur Hand gehen, wenn ihr gegessen habt?«, komplimentierte Nina ihre Mutter aus der Küche. »Ich komm dann nach vorne, sobald ich hier fertig bin.«

Eine Stunde später machte sie ihre übliche Runde durchs Ludwig und ging an jeden einzelnen Tisch, um zu fragen, ob es den Gästen geschmeckt hatte. Tobias Moretti war inzwischen wieder gegangen. Das Essen wäre ausgezeichnet gewesen, habe er noch zu Tina gesagt. Schwärmerisch hatte sie ihr vom höflichen Benehmen des bekannten Schauspielers berichtet.

Nina ging auf die Bar zu und begrüßte ihren Vater mit einem Kuss auf die Wange. Er zapfte gerade ein Bier und sah mit seinen zurückgekrempelten Hemdsärmeln und den lachenden dunklen Augen im Moment so gar nicht nach Uniprofessor aus. Nur die dunkelblonden akkurat geschnittenen Haare verrieten, dass er einen wichtigen Job hatte und in der Öffentlichkeit stand.

Als alle Gäste gegangen waren und sich auch Ellen und Tina in den Feierabend verabschiedet hatten, trank sie mit ihren Eltern noch ein Glas Wein. Sie waren guter Laune und plauderten mit ihr über den vergangenen Abend. Nina jedoch lag der Termin am Montagmorgen schwer im Magen.

4

Auch den Sonntag über hatte Nina immer wieder an das bevorstehende Gespräch gedacht. Ihre Meinung über Julian Leroy würde sich auch nicht ändern, egal wie oft Ellen ihr von seiner Lässigkeit hinter dem Herd vorschwärmte. Er war und blieb in ihren Augen ein selbstverliebter Gockel.

Dass er ihre Gewohnheiten am Montagmorgen durcheinanderbrachte, machte die Sache nicht besser. Nina hielt sich trotz der vielen unterschiedlichen Arbeiten an einen festen Tagesplan. Allein schon, weil sie sonst das Restaurant, das Schreiben an Kochbüchern und die Aufzeichnungen für ihre Sendung nicht unter einen Hut bekam, brauchte sie eine strenge Struktur. Jeden Montagmorgen erstellte sie eine Art Wochenplan und sortierte anstehende Angelegenheiten nach Dringlichkeit. Auch die Wochenkarte fürs *Ludwig* legte sie immer am Montagmorgen fest. Nina war, wenn man so wollte, ein Gewohnheitstier. Sie trank jeden Morgen schwarzen Tee, aß zwei Brote mit Marmelade und las die *Salzburger Nachrichten*, bevor sie sich in die Arbeit stürzte. Doch an diesem Montag war ihr gesamtes System zusammengebrochen.

Jetzt, wo sie in ihrem dunkelblauen fünftürigen Mini saß und auf dem Weg zur Filmproduktion war, verstärkte sich mit jedem Kilometer ihr Widerwille, mit Leroy vor der Kamera zu stehen.

Die Filmproduktion lag im Stadtteil Maxglan nahe dem Salzburger Flughafen in einem modernen Gebäude aus Glas und Beton. Seit vier Jahren schon produzierten Hofinger und sein Team Ninas Kochsendung für den *ORF*. Die erste Sendung wurde nur drei Monate nach Eröffnung des *Ludwig* ausgestrahlt. Sie parkte auf den für Gäste markierten Plätzen und nahm den Karton mit Brandteigkrapfen, die alle nach einem alten Rezept ihrer Großmutter mit Vanille gefüllt waren, vom Rücksitz. Hofinger liebte diese Süßspeise, und sie dachte, ein Mitbringsel wie dieses könne heute nicht schaden, egal wie das Gespräch verlaufen würde. Nina betrat das Gebäude durch die offen stehende Eingangstür und durchschritt das Foyer. Die schwere weiße Stahltür, die zu den Aufnahme- und Schneideräumen führte, war geschlossen. Gut möglich, dass gerade in einem der Studios im Erdgeschoss gedreht wurde. Sie stieg die breiten Stufen zum Büro des Produzenten in den ersten Stock hinauf.

Hofingers Sekretärin, eine schlanke Endvierzigerin mit strengem dunklem Pagenkopf und schwarzer Brille, stand von ihrem Stuhl auf und empfing sie. Sie trug eine hellblaue Bluse, dazu eine weiße Marlenehose und blau-weiß gestreifte Ballerina.

»Guten Morgen, Frau Winter.« Der Name passte perfekt zu ihr, fand Nina. Cäcilia Winter hatte ihr einmal erklärt, genau wie Nina ein Wintertyp zu sein. Das passte natürlich gut bei ihrem Namen. Bis dahin hatte Nina weder gewusst, welcher Typ sie war, noch hatte sie sich darüber Gedanken gemacht, dass es eine derartige Einteilung geben könnte.

»Guten Morgen, Frau Ludwig«, flötete die Sekretärin und nahm Nina die Schachtel mit den Krapfen ab. »Kaffee? Sie haben sicher wieder die halbe Nacht im Restaurant gearbeitet«, sagte sie mit einem wissenden Lächeln auf den Lippen.

Es war schon öfter vorgekommen, dass Nina direkt aus dem Restaurant zu Dreharbeiten ins Studio gefahren war und Hofingers Sekretärin sie an solchen Tagen literweise mit Kaffee versorgte, während die Maskenbildnerin sie kameratauglich schminkte.

Nina nickte. »Nehmen Sie sich gerne auch von den Brandteigkrapfen, Frau Winter.«

»Vielen Dank, Sie verwöhnen uns zu sehr. Gehen S' gleich rein zu ihm. Er wartet schon.«

Nina öffnete die Tür und blieb überrascht im Rahmen stehen. Hofingers Schreibtisch war unüblicherweise aufgeräumt und bis auf einen einzigen Stapel Papier leer. Sie trat noch einmal vor die Tür und studierte übertrieben aufmerksam das Namensschild.

»Bin ich hier richtig bei Oskar Hofinger?«, fragte sie und zeigte belustigt auf den blanken Schreibtisch. »Was ist passiert? Ist dir das Papier ausgegangen?«

Müde sah er sie an, seine Augen erschienen Nina in dem Moment ebenso grau wie Hofingers kurz geschnittene Haare. Sie wusste, dass der Fünfzigjährige ein Workaholic war und viel zu wenig Schlaf abbekam. Genauso wie sie selbst. Nur sah man es ihr nicht an. Noch nicht.

»Ich hab endlich mal aufgeräumt. Die vielen Papierstöße und Magazinstapel sind mir auf die Nerven gegangen. Ich hab schon nichts mehr gefunden.«

Unweigerlich musste Nina lächeln. Ordnung ist das halbe Leben, ein Leitspruch ihrer Großmutter, den Nina Hofinger gegenüber öfter fallen ließ. Auch darin unterschied sie sich von dem Produzenten. Sie war im Gegensatz zu ihm pedantisch. Wenn in ihrer Küche etwas am falschen Ort stand oder unauffindbar war, etwa Salz oder Gewürze, konnte das fatale Folgen haben. Deshalb achtete Nina mit Argusaugen darauf, dass alles an seinem Platz stand. Sie ließ sich auf dem Besucherstuhl nieder.

»Also«, begann er, »bevor du mir jetzt einen Vortrag darüber hältst, wie bescheuert du Julian Leroy findest ... Die Idee, euch beide in einer Sendung zu vereinen, kam von den Sendeverantwortlichen im *ORF* und im *BR*. Wir haben ja schon einmal darüber gesprochen, dass wir über ein neues Sendeformat nachdenken. Du erinnerst dich sicher.«

»Ja, schon. Aber dass dieses neue Format ausgerechnet mit Leroy ...«

»Du kennst das doch«, unterbrach er sie. »Nimm zwei prominente Köche, spann sie zusammen, und die Sendequoten erhöhen sich.«

Cäcilia Winter kam herein und brachte Kaffee. Der Produzent grinste breit, als er die Brandteigkrapfen auf dem Teller sah. »Du hast daran gedacht.«

»Ohne trau ich mich doch gar nicht mehr zu kommen.«

Hofinger schnappte sich einen und biss genussvoll ab. »Wir haben schon die perfekte Location gefunden«, sagte er kauend. »Ist zwar ein Stückchen weg von Salzburg, aber du wirst begeistert sein.« Er winkte sie zu sich herüber.

Nina erhob sich, ging um den Schreibtisch herum und blickte auf Hofingers Bildschirm. Der Produzent klickte von Bild zu Bild, und Nina konnte nicht umhin, ihm begeistert zuzustimmen. Schon die Außenansicht des mächtigen Bauernhofes war fantastisch. Die Balkone auf den drei Stockwerken waren aus dunklem Holz und zogen sich über die gesamte Hausbreite, zweiflügelige Fenster mit Klappläden durchbrachen die Fassade.

»Der Hof gehört einem alten Bauern, ist dreihundert Jahre alt und denkmalgeschützt.« Hofinger nahm einen Zettel vom Tisch. »Der Besitzer heißt Vinzenz Binder. Er lebt allein dort.«

Nina besah sich noch einmal andächtig die sich ihr darbietende Ansicht. Rosenstöcke mit weißen, roten und zartrosa Blüten säumten die weiße Mauer, violettblau blühender Lavendel wuchs in den liebevoll angelegten Beeten. »Ist das ein Traum«, murmelte sie.

Über Hofingers Gesicht huschte Genugtuung. Nina ahnte, wie sehr es ihn freute, dass ihr die Location so gut gefiel. Er klickte weiter ins Innere des Hofes. Der Anblick der geräumigen Wohnküche verzauberte sie vollends. Ihr fiel sofort der alte gemauerte Herd ins Auge, der die Kochzeile dominierte. Auf so einem Herd hatte ihre Großmutter noch gekocht, als sie einmal gemeinsam im oberbayerischen Hofberg gewesen waren. Der Geruch der Kartoffelsuppe über der Feuerstelle kam ihr ins Gedächtnis, die Erinnerung zauberte ihr ein Lächeln auf die Lippen und einen feinen Hauch Majoran auf die Zunge. Zudem hatte sie das Knacken von verbrennendem Holz im Ohr, und plötzlich glaubte sie, die wohlige Wärme von damals auf der Haut zu spüren.

Sie sah Hofinger an. »Du sagtest, der Hof liegt ein Stück entfernt. Wo genau?«

»In Oberbayern.«

»Noch genauer.«

»In Hofberg. Das ist ein kleines Dorf mit gerade einmal tausend Einwohnern oder so. Es liegt etwa zwanzig Kilometer von Ingolstadt entfernt«, antwortete Hofinger und schnappte sich den nächsten Brandteigkrapfen.

Nina sah ihn überrascht an. »In Hofberg?«

»Ich weiß, ist nicht gerade ums Eck. Aber der Hof ist perfekt, haben jedenfalls die Leute vom *BR* behauptet. Sie haben die Location vorgeschlagen. Ich hab zwar gesagt, dass wir so etwas sicher auch zwischen Salzburg und …«

»Das ist jetzt nicht wahr, oder?«

»So weit entfernt ist es jetzt auch wieder nicht.« Offenbar deutete er Ninas weit aufgerissene Augen falsch.

»Nein, das meine ich nicht. Aus dem Dorf kommt meine Großmutter.« Sie spürte, wie ihr Herz aufgeregt schlug.

»Ich dachte, sie käme aus Wien?«

Nina schüttelte den Kopf. »Sie ist meinem Großvater zuliebe dorthin gezogen. Geboren wurde sie in Hofberg.«

»Na wunderbar!«, sagte der Produzent strahlend. »Dann ist ja alles bestens. Kennst du das Dorf?«

»Ich war nur ein paarmal als Kind dort, zuletzt vielleicht, als ich elf oder zwölf Jahre alt war. Der Cousin meiner Mutter lebt mit seiner Familie und meinem Großonkel noch immer dort.« Sie warf noch einen letzten Blick auf Hofingers Bildschirm, dann setzte sie sich wieder. »An diesen Hof kann ich mich jedenfalls nicht erinnern.« Als Kind war sie öfter durchs Dorf geradelt, aber in einen bestimmten Teil des Ortes sollte sie nicht fahren. Vielleicht lag der Hof ja dort. Eine Erklärung, warum das so gewesen war, hatte sie damals nicht bekommen. Sie hatte sich mit dem obligatorischen »Weil's so ist« abfinden müssen.

»Wie auch immer, die Dreharbeiten beginnen Anfang September«, holte sie Hofinger in die Gegenwart zurück.

Nina hob die Augenbrauen. »Was, wenn ich da keine Zeit habe?«

»Hast du, Nina!«, sagte Hofinger bestimmt. »Ich hab dich vor einem halben Jahr gebeten, dir diesen Zeitraum für Dreharbeiten freizuhalten. Schau mal in deinen Kalender!«

»Ich weiß, aber doch nicht … Oskar, ich dachte, wir drehen meine Sendung. Hier, im Studio, so wie immer! Tagsüber drehen und abends bin ich im *Ludwig*.«

»Ursprünglich war das ja auch so gedacht, aber jetzt haben die Kollegen aus Bayern eben einen anderen Vorschlag gemacht.«

»Verstehst du, ich kann auch mein Restaurant gar nicht …«

»Um das *Ludwig* werden sich während deiner Abwesenheit wie immer Ellen und deine Eltern aufopfernd kümmern«, unterbrach sie Hofinger ungerührt und zeigte mit fettigen Fingern auf den Stapel Papier auf dem Schreibtisch, der an der Seite mit einem Heftstreifen zusammengehalten wurde. »Das Drehbuch kannst du gleich mitnehmen. Die Redaktion hat übrigens ein paar alte österreichische Rezepte rausgesucht. Es geht nämlich auch darum, dass ihr nicht nur eure eigenen Gerichte kocht.«

»Als hätte ich nicht auch alte Rezepte in meinen Kochbüchern«, sagte Nina schnippisch.

Hofinger überging den Einwand. »Übrigens soll es zum Sendestart auch gleich ein neues Kochbuch geben: *Nina Ludwig und Julian Leroy kochen anno dazumal*.«

Nina stand der Mund offen. Das wurde ja immer besser.

»Die Rezepte der Redaktion sind nur ein Vorschlag. Die Entscheidung, was gekocht wird, obliegt dir, ist ja klar. Also dir und Julian Leroy«, fügte er hinzu. »Schau's dir einfach mal an. Vielleicht ist ja was dabei, das dir zusagt, und schick mir deine Wahl bis Mitte nächster Woche. Ach ja, Leroy hat seine Empfehlungen, was die deutsche Küche anbelangt, schon heute Morgen per Mail geschickt. Der Ausdruck liegt auch dabei.«

Ein Streber ist der Typ auch noch, dachte Nina und griff nach dem Drehbuch.

»Und denk dir auch gleich etwas Schönes für Weihnachten aus, die erste Sendung wird nämlich schon im Dezember ausgestrahlt.« Er schob ihr das Papier mit den Sendeterminen über den Tisch. Nina ignorierte es, weil sie gerade dabei war, die Vorschläge der Redaktion durchzugehen und an einem hängen geblieben war. »Toast Hawaii? Wirklich? Der wurde doch erst in den Fünfzigerjahren erfunden.«

»Das ist auch schon eine ganze Weile her, und ich hab nicht gesagt, dass in der Sendung nur Speisen aus dem neunzehnten Jahrhundert vorkommen dürfen«, sagte Hofinger.

»Außerdem wird die Erfindung Clemens Wilmendrod zugesprochen, dem ersten deutschen Fernsehkoch, von wegen die Redakteure haben österreichische Rezepte rausgesucht.«

»Ist doch egal. Es ist eine gute Geschichte für die Sendung, und damit passt's wieder.«

»Wenn du das sagst«, sagte Nina wenig überzeugt. »Aber für einen Toast Hawaii brauchst du keine Kochsendung. Das kannst du während der Werbeeinschaltung bei den Privatsendern zubereiten, und selbst die dauert länger als die Zubereitung.«

»Wie gesagt, die Liste ist nur ein Vorschlag.« Hofinger schien das Thema beenden zu wollen.

»Soll Julian Leroy doch Toast Hawaii zubereiten, wenn er

will«, murmelte Nina kopfschüttelnd und trank ihren Kaffee aus. »Ich konzentrier mich auf Österreich und nehme, wenn schon, dann ein Rezept des ersten österreichischen Fernsehkochs Franz Ruhm.« Sie nahm einen Stift von Hofingers Schreibtisch und strich das mit Ananas, Schinken und Käse belegte Toastbrot auf der Liste gleich zweimal durch.

Im Auto warf sie sofort einen neugierigen Blick auf Leroys Rezeptvorschläge. Sie musste unwillkürlich lachen, er hatte als Erstes auf der Liste »Pichelsteiner« notiert. »Klar, dass ganz oben ein Eintopf steht, Mister Superstar«, murmelte sie. »Alles in einen Topf, gar dünsten, fertig, genau wie du's in deiner Sendung immer wieder predigst.«

Sie warf das Manuskript auf den Beifahrersitz, saß eine Weile reglos da und starrte durch die Windschutzscheibe. Was bedeutete es, dass die Dreharbeiten ausgerechnet in Hofberg stattfanden? Ihr letzter Besuch lag schon Jahre zurück, aber dennoch knüpfte ein unsichtbares Band sie an den Ort. Ihre Großmutter hatte zwar selten von ihrer Jugend erzählt, und wenn sie es tat, dann rankten sich die Geschichten zumeist um die Schafherde, um die sie sich gekümmert hatte. Darum, wie nervös sie gewesen war, als sie erstmals alleine die Tiere von einer Weide zu nächsten treiben musste, nur mithilfe der Hütehunde. Sie hatte Angst gehabt, dass die Herde ihr nicht folgen würde oder gar vom Weg abwich. Wenn sie von der Zeit erzählt hatte, wie sie ganz allein auf sich gestellt war und im Schutz des Schäferkarrens die Nächte verbracht hatte, war jedes Mal ein Strahlen über ihr Gesicht gegangen. »Geschlafen habe ich mit einem Ohr immer bei der Herde im Pferch.« Denn Mary, so hatte das Lieblingsschaf ihrer Großmutter geheißen, daran konnte sich Nina bis heute erinnern, war immer wieder ausgerissen. Die Mischlingshündin Anka hatte in solchen Momenten sofort nach dem Tier gesucht. Ihre Großmutter Lieselotte war die letzte Wanderhirtin der Familie gewesen, eine Tradition, die bis ins 16. Jahrhundert zurückging und die es seit Jahrzehnten in dieser Form nicht mehr gab.

Nina war sehr gespannt darauf, was sich dort seitdem verändert hatte und inwieweit sich ihre Kindheitserinnerungen mit der heutigen Realität deckten. Früher gab es noch Hühner, Gänse und Hasen am Hof, und im Stall standen vier oder fünf Kühe. Der Cousin ihrer Mutter hatte den Hof nur nebenbei betrieben und hauptberuflich bei Audi in Ingolstadt gearbeitet. Sollte sie ihren Verwandten Bescheid geben, dass sie dort drehen würde? Nein, sie wollte sie überraschen. »Die werden Augen machen, wenn ich nach so langer Zeit plötzlich vor der Tür stehe«, murmelte sie amüsiert, und der Gedanke hob ihre Laune.

Eine weitere Kindheitserinnerung trug sie, wenn nicht in den Lainzer Tiergarten nach Wien, wo sie oft mit ihren Großeltern gewesen war, dann oft auf die auf eintausendfünfhundert Meter hoch gelegene Fuchsbauhütte am Aberg, auf der ihre Großmutter als Sennerin gearbeitet hatte. Von dort aus hatte man einen unbezahlbaren Blick auf den Hochkönig und das Steinerne Meer. »Wanderer wurden damals ausschließlich mit selbst gemachten Lebensmitteln verköstigt«, hatte ihr die Großmutter erzählt, als sie einmal gemeinsam oben gewesen waren. »Brot, Butter und Käse etwa, und jeden Morgen musstest du die Tiere suchen, weil sie frei herumliefen.« Heute war es anders, die Weiden waren eingezäunt, und aus der Almhütte war ein richtiges Gasthaus geworden, das zwar noch immer Eigenproduktionen auf der Speisekarte hatte. Aber es gab eine Aussichtsterrasse, Übernachtungsmöglichkeiten, einen Kinderspielplatz und Streichelzoo.

In Hofberg hatte Lieselotte das Gleiche wie auf der Alm getan, nur eben im Tal, weil die Berge fehlten: Sie versorgte als Siebzehn-, Achtzehnjährige selbstständig die Schafe. Als Kind war Nina die Alm mit dem Weidevieh wie ein Paradies erschienen. Der Klang der Kuhglocken glich in ihren Kinderohren ähnlich einer Hymne an die Freiheit. Keine Schule, keine Verbote, keine Tischsitten. Sobald sie die Alm erreicht hatten, streifte Nina Schuhe und Socken von den Füßen und lief barfuß über die Wiese. Ein himmlisches Gefühl. Wenn sie sich danach auf dem satten Gras wälzte, glaubte sie den Geruch der Wiesenblumen anzunehmen und so zur besten Freundin der kleinen Geisterwesen zu werden, die in den ausladenden Wurzelgebilden der mächtigen Bäume des naheliegenden Mischwaldes wohnten. In dem Moment hatte sie fantasiert, eine zauberhafte Fee zu sein. Selbst die Erinnerung an den Geruch der Kühe und Schafe und ihre stoische Ruhe war im Laufe der Jahre kaum verblasst. Auch nicht, was ihre Liesl-Oma ihr eingebläut hatte, wenn sie auf der Alm einem Schaf über die feste und leicht fettige Wolle strich. »Sie riechen weich, nicht streng. Und dumm sind sie auch nicht, ganz im Gegenteil. Merk dir das, Nina!«

In dem Moment realisierte sie, dass sie zum letzten Mal vor zwanzig Jahren oben am Aberg gewesen war. Ihre Großmutter war mit vierundsechzig Jahren viel zu jung gestorben. Nina war damals sechzehn und hatte gerade ihre Kochlehre in Wien begonnen.

Ihre Augen füllten sich mit Tränen, sie fehlte ihr so sehr. Sie seufzte tief und startete den Wagen. Im Radio lief *Castle on the Hill* von Ed Sheeran. Sie sang laut mit und trommelte im Rhythmus aufs Lenkrad.

5

Auf dem Weg in den Salzburger Stadtteil Aigen überlegte Nina, rasch bei ihren Eltern vorbeizufahren. Das Einfamilienhaus, in dem sie aufgewachsen war, lag ebenfalls in Aigen unweit ihrer eigenen Dachgeschosswohnung. Doch der Drang, ihre Rezeptliste mithilfe des alten Kochbuchs zu erstellen, überwog, und sie beschloss, ihre Eltern anzurufen. Sie parkte ihren Mini auf dem ausgewiesenen Platz vor dem modernen Wohnhaus.

»In Aigen muss man heutzutage schon erben, um sich eine Wohnung leisten zu können«, pflegte Ninas Vater zu sagen, denn der Stadtteil zählte zur teuersten Wohngegend Salzburgs. Es war ein renommiertes Villenviertel, und im Laufe der Zeit hatten sich viele wohlhabende Unternehmer und Promis niedergelassen. Wobei die Wohnungspreise in Salzburg generell hoch waren und seit Jahren ins Unbezahlbare stiegen. Mit Unterstützung ihrer Eltern und jahrelangem eisernem Sparen hatte sie sich vor einem Jahr ihren Traum von der eigenen Wohnung verwirklichen können.

Nina fuhr mit dem Lift bis unters Dach, sperrte die weiße Eingangstür auf und betrat ihre Wohnung. Den Hausschlüssel legte sie wie üblich in die Keramikschale im Flur, ihre Handtasche hängte sie an die Garderobe, nachdem sie das Handy herausgenommen hatte. Sie konnte es einfach nicht leiden, etwas suchen zu müssen. Die Räume der achtzig Quadratmeter großen Wohnung waren lichtdurchflutet, die Holzfußböden und warmen Wandfarben strahlten Behaglichkeit aus, ebenso die hellen stilvollen Möbel. Sie öffnete die Terrassentür, trat hinaus und wählte. Mit dem Handy am Ohr betrachtete sie den naheliegenden knapp eintausenddreihundert Meter hohen Gaisberg. Der Blick war unbezahlbar.

»Hallo Nina.«

»Hallo Mama. Du, ich komme gerade von der Besprechung mit Hofinger. Ich kann dir jetzt Näheres über die bevorstehenden Dreharbeiten sagen, und ich hoffe, du hilfst mir wieder.« Sie wollte die Sache mit der Vertretung im Restaurant gleich klären, deshalb kam sie augenblicklich auf den Punkt.

»Das bedeutet, du bist die ganze erste Septemberhälfte nicht da?«, fragte Eva Ludwig mit einem Hauch Protest in der Stimme.

»Ja, so ist es wohl. Wenn du und Papa den Mädels zur Hand gehen könntet, wäre ich euch echt dankbar.«

»Für Papa ist das sicher kein Problem, er hat da eh noch Ferien. Außerdem, wozu hättest du ihm sonst ordentlich Bier zapfen und Wein ausschenken beigebracht? Aber ich …«

»Ich weiß, für dich ist das komplizierter, Mama«, schnitt Nina ihr das Wort ab. »Immerhin bist du den ganzen Tag im Büro. Ich denke, Ellen wäre schon geholfen, wenn du am Abend abrechnen würdest. Dann muss sie sich nur ums Kochen und den Einkauf kümmern. Da die Festspielzeit vorbei ist, ist eh nicht mehr ganz so viel los in der Stadt wie im Moment. Bitte, bitte!« Sie kam sich vor wie ein kleines bettelndes Kind.

Nina hörte ihre Mutter seufzen. »Also gut«, sagte sie.

»Danke. Ihr seid wirklich die Besten.« Dann kam Nina auf die Dreharbeiten in Hofberg zu sprechen.

Ihre Mutter schwieg kurz, als Nina endete. »In Omas Dorf?«, fragte sie dann, weil es namensgleiche Orte auch in Österreich gab.

»Ja, ist das nicht ein witziger Zufall?«

»Da muss ich gleich den Onkel Fritz anrufen. Du fährst doch sicher am Hof vorbei?«

»Ja, natürlich, das hatte ich vor. Aber ruf nicht an, Mama. Ich will, dass es eine Überraschung wird.«

»Mein Gott, wie lange waren wir schon nicht mehr dort?«, fragte sie. »Das hätte sich deine Oma nicht träumen lassen, dass du einmal eine Fernsehsendung in ihrem Dorf drehst. Wär sie noch am Leben, würde sie glatt mitfahren. Ach, sie wär so stolz auf dich, Nina«, sagte ihre Mutter wehmütig.

»Und ich hätt sie gerne mitgenommen.« Nina schluckte schwer, und sie schwiegen beide eine Weile.

»Sagt dir der Name Vinzenz Binder etwas?«, unterbrach Nina schließlich die Stille.

»Hm«, kam es nachdenklich, »gehört hab ich den Namen schon einmal. Binder, Binder ... lass mich nachdenken. Wahrscheinlich in Zusammenhang mit einer alten Geschichte, aber ich hab grad keine Erinnerung dazu im Kopf ... Ich such mal die alten Bilder raus, vielleicht entdecke ich ja etwas«, fügte sie noch hinzu.

Nach Lieselottes Begräbnis vor vierzehn Jahren hatte August Koller seiner Tochter eine Schatulle mit Schwarzweißfotos überreicht. »Deine Mutter wollte, dass du sie bekommst«, hatte er zu ihr gesagt. Eva hatte lange die Kraft gefehlt, sich die

Bilder anzusehen. Doch zwei Monate nach dem Tod ihrer Mutter hatte sie eine Flasche Wein geöffnet und sich einen ganzen Abend lang unter Tränen damit auseinandergesetzt.

»Wir drehen auf dem Binder-Hof, Mama. Der ist uralt und denkmalgeschützt. Da muss die Crew den Leroy sicher ein bisserl einbremsen. Der haut beim Kochen manchmal ziemlich herum, da kann schon mal etwas auf den Boden knallen. Nicht, dass er am Ende noch was zerstört.« Nina lachte.

»Denkmalgeschützt, sagst du? Dann muss er zu den ältesten Höfen im Dorf gehören. Wie auch immer, du schaust auf jeden Fall beim Onkel Fritz, dem Xaver und der Antonia vorbei. Versprochen?«

»Ja, Mama, das mache ich sicher.«

»Die werden schön schauen, wenn du nach so vielen Jahren wieder vor der Tür stehst.« In ihrer Stimme schwang ein wenig Melancholie mit. Hatten sie sich früher zumindest alle paar Jahre gesehen, war nach dem Tod von Ninas Großmutter der Kontakt nahezu eingeschlafen, beschränkte sich auf ein oder zwei Telefonate im Jahr. Die beiden Kinder von Evas Cousin Xaver lebten ihres Wissens in Berlin und Nürnberg, zu ihnen gab es noch seltener Kontakt.

Nina verabschiedete sich von ihrer Mutter, ging zurück in die Wohnung und steuerte direkt auf das Regal mit den Kochbüchern zu. Ihr Blick blieb einen Moment lang an dem Foto im silbernen Bilderrahmen hängen, das dort neben den Büchern stand. Es zeigte sie zu dritt am Domplatz vor der Mariensäule in Salzburg, Eva, Lieselotte und Nina, drei Generationen. Sie stand in der Mitte, musste da ungefähr fünf Jahre alt gewesen sein, denn sie hatte ihr grellrosa Lieblingskleid und ihre pinkfarbenen Sandalen an. Ihre dunklen Haare reichten bis zur Schulter. Mit sechs Jahren wollte sie von einem Tag auf den anderen ihre Haare kurz geschnitten haben und kein Rosa mehr tragen, hatte ihr ihre Mutter erzählt. Ihre Großmutter trug ein schlichtes dunkelblaues Kleid, das einen bezaubernden Kontrast zu ihren dunklen üppigen Haaren und ihrer olivfarbenen Haut bildete. Nina ließ ihren Blick auf ihrer Mutter ruhen. Wenn man sie so nebeneinander betrachtete, könnte man glauben, Eva wäre aus einem anderen Stoff gemacht. Schon damals waren ihre rostbraunen Haare kurz geschnitten, und ihre helle Haut schützte sie mit einer langärmeligen hellgrünen Bluse und einer langen weißen Sommerhose.

Nina riss sich von dem Anblick los und griff nach dem Kochbuch, das ihr die Großmutter damals geschenkt hatte. Gedankenverloren betrachtete sie den Umschlag mit dem Krug, Brot und Speck. Es war Jahre her, dass sie darin geblättert hatte. Ein Gefühl der Ehrfurcht durchströmte sie, und der Geschmack von Dampfnudeln mit Vanillesauce legte sich plötzlich auf ihre Zunge. Sie schluckte und setzte sich aufs Sofa, blätterte dann zu der Stelle, an der sie das Buch vor über zwanzig Jahren zum ersten Mal aufgeschlagen hatte: das Rezept mit den gebackenen Holunderblüten. Schade, dass sie diese nicht auf den Speiseplan für die Kochsendung setzen konnte, aber die Zeit der Holunderblüten war bereits vorbei. Behutsam strich sie über die Seite und lehnte sich dann seufzend zurück. Es gab so viel Interessantes zu erzählen, die österreichische Küche bestand aus einem Speisesammelsurium anderer Länder, insbesondere der ehemaligen Kronländer der Donaumonarchie Böhmen, Ungarn, Norditalien. Natürlich kamen ihr bei dem Sendethema auch die Salzburger Nockerl in den Sinn. Immerhin konnte die Süßspeise auf eine Tradition verweisen, die bis in die Renaissancezeit zurückführte. Doch die Köstlichkeit war auch heute noch sehr präsent, deshalb strich sie sie von ihrer imaginären Liste. Ihre Suche galt Gerichten, die heutzutage nicht mehr auf jeder Speisekarte zu finden waren. Sie schlug im Buch die Seite mit den Suppen auf. Die Salzburger Altmalzbiersuppe erschien ihr perfekt, weil sie damit in der Sendung auf die alte Bierbrautradition Salzburgs verweisen konnte. Das Nächste, was ihr einfiel, waren die unterschiedlichen Sterzrezepte.

Nina streckte den Rücken durch, nahm den Kugelschreiber zur Hand, notierte Bohnensterz und schrieb auch gleich die Zutaten darunter: »Wachtelbohnen, Heidenmehl (Buchweizenmehl), Wasser, Salz, Schmalz, und fertig ist das ehemalige Armeleuteessen.«

Ganz zufrieden war sie jedoch noch nicht mit der Rezepteauswahl. Ihr fiel ein, dass die erste Sendung bereits vor Weihnachten ausgestrahlt werden sollte. Die Zuschauer erwarteten sicher ein geschmackvolles Weihnachtsmenü *anno dazumal*, obwohl Heiligabend früher als Fastentag gegolten und es nur einfache Gerichte gegeben hatte. Sie nahm die Rezepteliste von Julian Leroy zur Hand. Sein Vorschlag bezog sich genau darauf, er hatte Würstel mit Kraut und Kartoffelsalat für diesen Sendetermin vorgeschlagen. Weiterhin merkte er an, dass der Brauch des Würstelessens mutmaßlich damit zusammenhing, dass vor Weihnachten geschlachtet wurde.

»Leroy, Leroy, da hast du's dir aber sehr einfach gemacht«, sagte sie leise tadelnd und sah sich schon mit dem Dreisternekoch beim Würstelbraten. »Die Sendung wird genau zehn Minuten lang dauern!« Sie lachte und erhob sich, ihr war nämlich auf der Heimfahrt eine Idee gekommen. In ihrem Bücherregal stand ein weiterer wunderbarer Schatz, das Kochbuch der Josefine Türck, veröffentlicht 1908 anlässlich des sechzigsten Regierungsjubiläums von Kaiser Franz Joseph. Die renommierte Köchin hatte zu ihrer Zeit einen derart guten Ruf, dass sie an der Jubiläums-Kochausstellung in diesem Jahr teilnehmen durfte. Prämiert wurden seinerzeit ihre schwarz-gelbe Jubiläumstorte und ihre Canapés zum Five o'Clock Tea.

»Das nenne ich österreichische Küche *anno dazumal*«, sagte Nina zufrieden und setzte sich wieder. Das Kochbuch war zwar ein Nachdruck, dennoch in gedruckter Kurrentschrift verfasst, und beinhaltete Menüs für sämtliche Feiertage des Jahres. Es war naturgemäß bestimmt für Adelige und betuchte Bürger dieser Zeit, denn das gemeine Volk konnte sich weder Austern noch Rebhühner oder Gänseleber leisten. Auf Seite achtundfünfzig fand Nina das Menü für Heiligabend, sie notierte es ebenfalls: »Gestoßene Fischsuppe mit Ragoutwürstchen, Schwarzfisch (Schwarze Makrele), Polnische Sauce, Serviettenknödel, Backfisch, Bordeauxpflaumen und Birnen, garnierter Salat. … Na, ihr habt's es euch nicht schlechtgehen lassen«, murmelte sie und hatte ob der Speisenfülle Bedenken.

Das laute Schrillen ihrer Wohnungsklingel riss Nina aus ihren Überlegungen. Sie überlegte, wer sie besuchen kam, denn sie erwartete niemanden, und öffnete.

»Musst du nicht in der Kanzlei sein?« Überrascht sah Nina ihre Mutter an. Sie trug ein geblümtes Kleid und blaue Keilsandaletten.

»Ich bin die Chefin, kann also kommen und gehen, wann ich will. Schon vergessen? Dem Umstand hast du's auch zu verdanken, dass ich auf dein Restaurant aufpassen kann, wenn du weg bist, mein Schatz.« Eva grinste schief und hielt Nina die Schatulle mit den alten Bildern ihrer Großmutter vor die Nase. »Ich glaub, ich weiß jetzt, wer Vinzenz Binder ist.« Sie küsste Nina zur Begrüßung auf beide Wangen und schob sich an ihr vorbei. »Du wirst staunen.«

»Werd ich das?« Nina folgte ihrer Mutter ins Wohnzimmer.

Eva warf einen Blick auf die Zettel und die beiden Kochbücher auf dem Couchtisch. »Machst du einen Plan für die Sendung mit Leroy? Das schaut aber sehr nach bodenständiger Küche aus.«

»*Anno dazumal*, Mama. Das sagt doch schon alles!« Nina fuhr mit den Fingern fast zärtlich über den Deckel der Schatulle, die ihre Mutter auf dem Esstisch abgestellt hatte. Sie ähnelte einem Schmuckkästchen mit Intarsien aus verschiedenen Hölzern, die eine Almlandschaft mit Schafen zeigten. Ihr Großvater hatte sie eigens als Geburtstagsgeschenk für Ninas Großmutter in Auftrag gegeben.

»Machst du uns einen Kaffee?« Eva deutete auf die rote Illy-Espressomaschine, die auf der breiten Arbeitsfläche in der offenen Küche stand. Unvermittelt setzte Nina sich in Bewegung und ließ zwei Espressi heraus.

Wenig später saßen sie am Esstisch, ihre Mutter öffnete die Schatulle und nahm das erste Foto heraus. Die Schwarzweißaufnahme zeigte ein Mädchen mit dunklen Zöpfen in einem knielangen Sommerkleid und einen etwas kleineren Buben mit zerzaustem hellem Haar in kurzen Hosen und im Hemd. Sie standen barfuß auf einem Feld und hielten die Hände vor der Brust verschränkt.

»Das ist deine Oma mit ihrem Bruder Fritz.« Eva drehte

das Foto um. »Die Aufnahme stammt aus dem Jahr 1949. Das steht jedenfalls drauf. Meine Mutter war damals zehn Jahre alt, der Fritz demnach acht.«

Nina nippte am Espresso. Sie kannte die Fotos, hatte sie seit dem Tod ihrer Großmutter bereits ein paar Mal gemeinsam mit ihrer Mutter angesehen. Am liebsten hatte sie jenes Bild, das ihre Liesl-Oma beim Schafehüten zeigte. Auf dem Foto sah sie so zufrieden und glücklich aus.

»Ich hab die Fotos schon lange nicht mehr in der Hand gehabt.« Eva machte eine kurze Pause, schüttelte dann unmerklich den Kopf. »Wie auch immer, jedenfalls hab ich mir gestern Abend auch die Rückseiten genau angesehen. Darauf stehen Namen, die Oma möglicherweise irgendwann einmal erwähnt hat und die ich aber längst wieder vergessen habe.« Sie legte das Foto zurück und suchte in der Schatulle herum.

»Und was wolltest du mir nun zeigen?«, fragte Nina ungeduldiger als gewollt, weil sie ja eigentlich ihre Liste fertigstellen wollte. Dennoch musste sie sich eingestehen, dass sie es genoss, mit ihrer Mutter auf dem Sofa zu sitzen und alte Bilder anzusehen.

Da zog Eva ein Foto heraus und drehte es um. »Hinten drauf steht Vinzenz Binder«, sagte sie stolz, als wäre es eine aufsehenerregende Entdeckung.

Nina sah es sich an. Auf dem Schnappschuss war eine Gruppe Kinder abgebildet, drei Mädchen in knielangen Sommerkleidern und zwei Buben in kurzen Hosen und kurzärmeligen Hemden. Sie standen in sich vertieft barfuß auf einer Wiese und schienen den Fotografen gar nicht zu bemerken.

»Und deswegen hast du dich hierher auf den Weg zu mir gemacht?«, fragte Nina erstaunt. »Du hättest es mir auch am

Telefon beschreiben können.« Sie schaute es sich noch einmal genauer an.

»Nein, hätt ich nicht.« Ihre Mutter tippte nacheinander auf die beiden Buben: »Der mit den hellen Haaren ist der Fritz, und der mit den dunklen Locken ist der Vinzenz.« Ihr Finger rutschte weiter und zeigte auf das Mädchen mit den dunklen Zöpfen. »Das ist deine Oma, die beiden anderen Mädchen kenne ich nicht, die Namen auf der Rückseite sagen mir gar nichts.«

Nina legte das Foto zurück und sah ihre Mutter an.

»Ich denke, der Hof der Binder liegt wahrscheinlich in dem Teil des Dorfes, in den du als Kind nicht hin solltest. Der Vinzenz Binder ist vom Binder-Hof!«

Nina lachte auf. »Was für eine bahnbrechende Erkenntnis! Da wär ich nie draufgekommen.«

»Mir ging der Name nicht mehr aus dem Kopf«, fuhr Eva unbeirrt fort, »und plötzlich hab ich mich an eine Bemerkung meiner Mutter erinnert. Sie sagte einmal zu Onkel Fritz, die Binder-Bäuerin sei die Schwester des Teufels gewesen.«

Ninas Augenbrauen wanderten nach oben.

»Was er geantwortet hat, weiß ich nicht mehr. Aber die beiden haben kein gutes Haar an der Frau gelassen, daran erinnere ich mich noch. Nach dem Tod ihres Mannes soll sich ihre Boshaftigkeit sogar noch verschlimmert haben. Jedenfalls wollte meine Mutter damals nicht, dass ich Kontakt mit denen habe.«

»Und als Kind spielt Oma mit dem Sohn der Teufelin?«, fragte Nina.

Nachdenklich zog Eva eine Kette aus der Schatulle hervor und drehte den Anhänger mit dem vergoldeten Schutzengel in ihren Fingern hin und her. »Unser Familienerbstück«, sagte sie.

Nina wusste, dass das Schmuckstück einmal ihrer Urgroßmutter aus Hofberg gehört hatte und seitdem von Generation zu Generation weitergereicht wurde. Die Kette besaß lediglich symbolischen Wert, denn wirklich wertvoll war weder das feingliedrige goldene Band noch der Anhänger selbst. Aber das war auch nicht wichtig, denn der ideelle Wert zählte doppelt.

»Vielleicht gab es ja einen Streit zwischen unseren Familien, um ein Grundstück oder den Verlauf einer Grenze«, mutmaßte Nina. »Solche Geschichten liest man doch immer wieder. Manch einer greift deshalb sogar zur Waffe und erschießt seinen Nachbarn. Eine über viele Jahre aufgestaute Feindschaft macht auch vor Kindern und Enkeln nicht Halt. Das ist nicht nur in Mafiafilmen so.«

»Hm«, grübelte ihre Mutter. »In dem Waldstück, das dem Binder damals gehört hat, soll einmal ein Mann erschossen worden sein. Das hat mir der Xaver erzählt, als wir Kinder waren.«

»Wer war der Tote?«, fragte Nina.

Eva zuckte mit den Achseln. »Keine Ahnung, angeblich niemand aus dem Dorf. Ist auch schon ewig her, das Ganze.«

»Hat man den Mord aufgeklärt?«

»Das weiß ich nicht. Der Xaver meinte nur, der Geist des Toten gehe dort um, weil er zu Unrecht getötet wurde.«

»Das hört sich an wie eine dieser Gruselgeschichten, die man Kindern erzählt, damit sie sich von einem ganz bestimmten Ort fernhalten.«

»Die Binderin soll übrigens über ihren einzigen Sohn Vinzenz gewacht haben wie eine Furie.«

»*Psycho* in Hofberg«, sagte Nina und dachte an Norman Bates und das gestörte Verhältnis zu seiner Mutter in dem berühmten Film von Alfred Hitchcock. »Mir war's damals übrigens ziemlich egal, dass ich nicht auf die andere Seite des Dorfes fahren sollte. Ich dachte immer, es wird schon irgendeinen Grund dafür geben.« Nina erinnerte sich lebhaft an verschlungene Waldwege, Jägerstände und leerstehende Holzschuppen, die sie gemeinsam mit Xaver und Antonias Kindern aufgesucht hatte und die zu der Zeit viel abenteuerlicher waren als ein abgelegener Bereich des Dorfes, der nicht befahren werden sollte.

»Ich hab mir damals auch keine Gedanken darüber gemacht«, sagte Eva, »aber jetzt, wo wir so darüber sprechen, wäre es doch interessant zu wissen, warum Oma so vehement darauf bestanden hat.« Eva wog die Kette in ihrer Hand.

»Ich find sie übrigens sehr schön«, sagte Nina und zeigte darauf.

»Du kannst sie auch gleich haben. Sie gehört dir sowieso irgendwann.« Ihre Mutter hielt sie ihr hin.

»Aber willst nicht du zuerst …«

»Ich schaff es nicht, sie zu tragen. Es gibt mir jedes Mal einen kleinen Stich ins Herz, wenn ich sie mir umlege.«

Nina nahm die Kette. »Danke, Mama.«

»Wenn du in Hofberg bist und es sich ergibt, kannst du ja gleich den Onkel Fritz fragen, ob es ein dunkles Familiengeheimnis gibt.«

6

Hofberg, September 2017

Der Himmel zeigte sich Anfang September strahlend blau. Auf den Gipfeln der Bergregion rund um Salzburg flimmerte bereits der erste Schnee. Vom Großglockner waren die aufgekranzten und geschmückten Tiere schon am Wochenende von der Alm ins Tal getrieben worden. In den nächsten Tagen würden die Tiere aus anderen Regionen folgen.

Nina wuchtete um neun Uhr morgens ihren Koffer in den Mini und stellte den Transportkorb mit dem Topf der im Vorfeld zubereiteten Rindssuppe vorsichtig daneben ab. Der straffe Drehplan hätte es nicht zugelassen, die Suppe vor Ort zuzubereiten. Denn üblicherweise köchelte sie zumindest zweieinhalb Stunden auf kleiner Flamme. Die Zeit hatte sie heute nicht in Hofberg. Nina machte sich frühzeitig auf den Weg, weil sie auf gar keinen Fall zu spät kommen wollte. Die Dreharbeiten begannen um vierzehn Uhr, und Nina plante mit einer Pause gut drei Stunden Fahrtzeit ein. Das gab ihr noch einen Zeitpuffer, so war sie nun mal …

Nina jagte so selten wie möglich über Autobahnen und plante auch heute die gemütliche Anreise über Landstraßen ein. Der Weg ist das Ziel, lautete üblicherweise ihr Reisemotto. Bis zur Grenze durchquerte sie den nördlichen Teil Salzburgs und das oberösterreichische Innviertel. Abgeerntete Weizenfelder lösten sich mit gelb blühenden Raps- und undurchsichtigen Maisfeldern ab, dazwischen schoben sich streckenweise Waldstücke, größere und kleinere Ortschaften mit hohen Kirchtürmen. Vereinzelt konnte sie an den Bäumen erste gelblich verfärbte Herbstboten ausmachen, obwohl zum Glück noch der Sommer die Temperaturen beherrschte. Nina schaltete die Klimaanlage aus und ließ das Fenster herunter. Der warme Wind blies würzige Landluft zu ihr in den Wagen, sie atmete tief durch und strich sich die Haare aus den Augen.

In Braunau überquerte sie die Grenze nach Bayern, und die Ortsschilder wechselten die Farbe von Weiß nach Gelb. Nina schaltete das Radio an und wechselte die eingespeicherte Frequenz. Die bayrische Sprachmelodie der Moderatoren, wie sie das R rollten und das A aussprachen, erinnerte sie an ihre Liesl-Oma und steigerte die Vorfreude auf ihre Verwandten. Die Orte, die sie passierte, hatten einen ähnlich dörflichen Charakter wie in Österreich, wenngleich die Struktur sich geradliniger und irgendwie aufgeräumter gestaltete, fand sie. Ein Traktor bremste ihre Fahrt, und sie beschloss, sich im nahe gelegenen Landshut eine Pause zu gönnen. Nina lenkte den Wagen in die prachtvolle Altstadt und dachte daran, als sie einmal mit ihren Eltern zur Landshuter Hochzeit hier gewesen war. Die ganze Stadt stand während des dreiwöchigen Spektakels, das an die Hochzeit von Herzog Georg dem Reichen und Hedwig Jagiellonica erinnerte, auf dem Kopf.

Als sie weiterfuhr, tauchten fortlaufend meterhohe Holzstangen mit Hopfen am Straßenrand auf. Vom Auto aus war nicht zu erkennen, ob die Hopfenfrüchte reif waren. Man musste die Dolde öffnen und nachsehen, ob sich das gelbliche Pulver Lupullin gebildet hatte und die Frucht den typisch aromatischen Duft verbreitete. Das war ein sicheres Erkennungszeichen, dass der Hopfen reif war. Nina wusste, dass die Erntezeit von Witterung und Standort abhing, es jedoch meistens Anfang September so weit war, die Ernte also auch hier unmittelbar bevorstehen musste. Doch im Moment genoss sie im Vorbeifahren noch den Anblick dicht bewachsener Hopfenanlagen. Sie kam ihrem Ziel allmählich näher. Schon mittags erreichte sie Hofberg.

Nina beschloss, zuerst einmal eine Runde durchs Dorf zu fahren und den Eindruck auf sich wirken zu lassen. Es erschien ihr größer, die Anzahl der neuen Häuser rund um den alten Ortskern war gestiegen. Man konnte gut erkennen, wo die Grenze zwischen alter und neuer Bebauung war, wobei an der Hauptstraße entlang noch alte Gemäuer waren. Oft waren die Bauernhöfe zu Wohnhäusern umgebaut worden, in den Gärten der Mehrfamilienhäuser verrieten alte Schuppen und Stallungen, dass hier noch Nebenerwerbsbauern lebten.

Nina hatte gelesen, dass die Gegend bereits im sechsten Jahrhundert besiedelt war und seitdem von Landwirtschaft geprägt wurde. Der älteste Hof im Ort war zu einem Bauernhofmuseum umfunktioniert und der Öffentlichkeit zugänglich gemacht worden. Sie spürte auf einmal eine Art Stolz, dass die Familie ihrer Großmutter Teil dieser landwirtschaftlichen Prägung war, und damit auch sie.

Nina drehte um und steuerte über die Hauptstraße die Ortsmitte an, in der der ehemalige Hof ihrer Urgroßeltern lag. Sie parkte den Wagen am Straßenrand und betrachtete auf-

merksam das mächtige weiß gestrichene Wohnhaus. Aus Blu-
mentrögen vor den Fenstern blühten Hängegeranien in inten-
sivem Rot und zartem Lila. Es sah genauso aus, wie sie es in
Erinnerung hatte, stellte sie überrascht fest. Eine hölzerne Sitz-
bank stand an der Hauswand, davor der Bauerngarten mit
einem bunten Sammelsurium an Pflanzen, das in seiner Gesamt-
heit Schädlinge und Krankheiten verhinderte, so viel konnte
Nina aus dem Auto heraus schon mal feststellen. Ringelblu-
men und Löwenmaul drängten sich an buschigen Stockrosen,
ein Salbeistock stand neben einem gewaltigen Strauch Rosma-
rin. Ein Schiebegartentor grenzte den geschotterten Innenhof
von der Straße ab, die ehemaligen Stallungen grenzten direkt
an das Wohnhaus. Die breiten Tore des Geräteschuppens standen offen, doch sie konnte niemanden sehen. Nina blickte auf
ihre Armbanduhr. Wenn sie jetzt ausstieg und klingelte, blieben ihr gerade einmal fünfzehn Minuten für das Wiedersehen.
Und das war nach so langer Zeit eindeutig zu kurz. Seufzend
gab sie in das Navi die Adresse des Drehortes ein und machte
sich auf den Weg.

Der ehemalige Bauernhof, den sie von Hofingers Fotos her
kannte, lag an der Hauptstraße entlang ein Stück außerhalb
des Dorfes auf einer kleinen Anhöhe und war tatsächlich in
jenem Teil, den zu befahren ihr die Großmutter als Kind verboten hatte. In der milden Spätsommersonne hatte der dreige-
schossige Hof etwas eindrucksvoll Überragendes, als wäre er
der stolze alte Wächter des Dorfes. Gepflegte Wirtschaftsge-
bäude und Stallungen umrahmten das Haus, es gab aber keine
Tiere mehr am Hof, so viel wusste Nina, und es erschien ihr,
als wäre das gesamte Areal auf Hochglanz poliert worden. Ob
der alte Bauer jemanden beschäftigte, der Haus und Hof so in

Schuss hielt?, fragte sie sich. Oder war er noch fit genug, sich selbst darum zu kümmern?

Während Nina auf den Hof zufuhr und den Mini hinter den beiden Kastenwägen mit dem technischen Equipment parkte, bemerkte sie, wie ihr Herz plötzlich schneller schlug und sie den Atem anhielt. Eine Gefühlsmischung aus Anspannung und Wachsamkeit machte sich in ihr breit. Von einem Moment auf den anderen glaubte sie, dem Gebäude ein streng gehütetes Rätsel entlocken zu müssen. Sie schüttelte den Gedanken an den Untoten aus dem Wald hinter dem Hof ab, schnallte sich ab und versuchte, sich auf ihre bevorstehende Arbeit zu konzentrieren.

Hier also würde sie die nächsten beiden Wochen verbringen, dachte Nina, denn Hofingers Sekretärin hatte sie noch wissen lassen, dass sie nicht nur am Hof kochte, sondern auch gleich dort mit Bernd, dem Regisseur, übernachtete. »Es gibt nur einen Gasthof in Hofberg«, hatte Cäcilia Winter gesagt, »und der hat leider nicht so viele Zimmer, um die gesamte Mannschaft unterzubringen.« Nina arbeitete gern mit Bernd zusammen und war froh gewesen, dass Hofinger ihrer Bitte zugestimmt hatte, Bernd die Regie zu geben. Sie vertraute seiner langjährigen Filmerfahrung, hatte sich daher mit der Idee arrangiert, dass sie beide auch noch die Nacht im Binder-Hof verbrachten. Angeblich wollte Julian Leroy täglich zwischen München und dem Drehort pendeln. Wenigstens etwas, hatte sie stumm gejubelt, dann musste sie den Kerl nicht auch noch nach Drehschluss und am frühen Morgen ertragen.

Nina griff nach der Transportbox mit dem Suppentopf, drückte die Autotür mit dem Knie zu und betrat das Gebäude. Es war kühl im Hausflur, niemand nahm Notiz von ihr. Als sie die großzügige Wohnküche erreichte und den ihr bestens bekannten Glatzkopf inmitten einer kleinen Gruppe von Leuten sah, atmete sie erleichtert auf. Bernd sah jünger aus als Mitte fünfzig, er war bereits voll bei der Sache und besprach sich gerade mit der Lichtcrew, die dabei war, den Kochbereich einzuleuchten.

Nina stellte die Box auf dem Küchentisch ab und sah sich um. Augenblicklich fühlte sie sich um Jahrzehnte zurückversetzt, in eine Zeit, die sie selbst nicht erlebt hatte, denn Teile des Inventars mussten noch aus den Sechzigerjahren stammen, inklusive der bunten verblassten Fleckerlteppiche auf dem Steinboden.

»Nina, hattest du eine gute Fahrt?« Bernd durchquerte mit langen Schritten die Küche und küsste sie beherzt auf beide Wangen. »Gut siehst du aus!«

»Hallo Bernd, wie schön, dich zu sehen!« Sie strahlte ihn an. »Das ist ja wirklich ein Eldorado hier.«

»Das kannst du laut sagen … Ich bin gleich bei dir, wir schließen das nur ab hier.«

Nina nickte ihm und der Crew zu. »Kein Problem, ich weiß mich zu beschäftigen.« Sie begutachtete den alten Herd, wobei ihr Blick bei dem alten Pfannenknecht hängen blieb, auf dessen runder Holzplatte mit Stiel eine gusseiserne Bratpfanne stand. Unwillkürlich musste Nina lächeln, denn sie dachte an den Polentasterz, übergossen mit brauner Butter, dazu ein Zwetschgenkompott. Eine Speise, die sich hervorragend in derartigen Pfannen anrichten ließ. Nina war froh darüber, das Rezept für die Sendung vorgeschlagen zu haben, und so es der enge Drehplan zuließ, würde sie nicht nur Bohnensterz, sondern eben auch noch Polentasterz zubereiten. Bei dem Gedanken spürte sie förmlich den Geschmack des Maisgrießes auf ihrer Zunge.

Auf einem alten Holzregal entdeckte sie einen leeren Senftopf mit der Aufschrift Löwensenf und der Jahreszahl 1953 darauf. Daneben standen verschiedene pastellfarbige Tassen und Teller, die sie an die österreichische Lilienporzellanserie erinnerten. Das fröhliche Geschirr war in der Nachkriegszeit ein Verkaufsschlager und galt heute als beliebtes Sammlerobjekt. Nina vermutete jedoch, dass es hier in Bayern kein österreichisches Geschirr gab, und wähnte eine andere Manufaktur dahinter. Vielleicht war es doch Melitta? Auf dem Regalbrett darunter standen Töpfe, Milchkännchen und ein Auflauftopf aus derselben Serie sowie ein Mehlsieb aus Metall mit dem Aufdruck Roseli und ein Sieb aus Emaille mit Stiel. Nina hoffte, dass das alte Inventar nicht nur zur Dekoration diente und verwendet werden durfte.

»Wer sind Sie?«, hörte sie plötzlich eine strenge Stimme neben sich, und Nina zuckte unwillkürlich zusammen. Eine junge Frau, vielleicht Anfang zwanzig, mit langen Beinen und ebenso langen blonden Haaren, sah sie auffordernd an.

»Ich … äh … ich bin Nina Ludwig.« Nina ärgerte sich, dass sie plötzlich zu stottern anfing.

»Oh, Sie sind die Österreicherin, entschuldigen Sie, natürlich.« Es schien der Frau ein wenig peinlich zu sein. »Ich heiße Jessica Rohrmann, ich bin die Regieassistentin, gehöre zum Münchner Team«, sagte sie mit leichtem bayerischem Akzent. »Wenn Sie wollen, zeig ich Ihnen gleich mal, wie wir die Küche eingerichtet haben. Und danach stelle ich Ihnen die Crew vor. Bernd und die anderen Österreicher kennen Sie ja meines Wissens schon von der Salzburger Produktion.«

Nina streckte ihr die Hand entgegen. »Ich bin die Nina.«
Sie fühlte sich wohler, wenn das Team sie duzte.

»Jessy«, sagte die Blonde lächelnd.

Dann kam Karin auf sie zu, die schlanke rothaarige Bühnenbildnerin vom österreichischen Team, und sie begrüßten sich mit zwei Wangenküssen. Jessy stellte Nina die Ausstatterin der deutschen Crew vor, Barbara, eine Endevierzigerin mit dunklem Pagenkopf und einem herzlichen, strahlenden Lächeln, und den Rest der Mannschaft. Anschließend widmete sich Nina wieder der Ausstattung der Küche, denn sobald gedreht wurde, wollte sie auswendig wissen, an welcher Stelle sich welcher Topf oder welche Pfanne befand. Sie hasste es, etwas suchen zu müssen, und bei laufender Kamera war das umso lästiger, weil der Dreh unterbrochen werden musste. Natürlich wurde eine Szene mehrmals aufgenommen, das war klar, weil man ja auch für den Schnitt unterschiedliche Einstellungen brauchte. Doch sollte man nicht unterbrechen müssen, weil etwas unauffindbar war. Auch versuchte sie, sich die Anordnung der Lebensmittel in der fremden Umgebung einzuprägen. In ihrer Restaurantküche wusste sie blind, wo sich welches Nahrungsmittel befand und wie die Gewürze gereiht standen. Diese Anordnung hatte sie inzwischen auch in der Studioküche in Salzburg eingeführt. Hier in dieser Küche galt eine andere Ordnung, und das machte sie zugegebenermaßen etwas nervös. Sie nahm sich vor, das noch in Angriff zu nehmen.

Der Drehbeginn rückte näher, und die Maskenbildnerin legte Hand an Nina an. Ihre Kurzhaarfrisur wurde lediglich mit etwas Spray bearbeitet. Sie trug weder Tuch noch Mütze, gut auszusehen war im Fernsehen wichtiger als Hygiene. Über ihr marineblaues T-Shirt und die schwarze Jeans band sie später eine rote Schürze. In Gedanken ging sie noch einmal den Ablauf der Sendung und ihren Text durch. Auf dem Plan standen heute als Erstes eine Alt-Salzburger-Malzbiersuppe und Erdäpfelnudeln mit Rahm, eine Speise aus dem oberösterreichischen Mühlviertel. Jemand hatte auf dem Skript in Klammern per Hand die deutsche Bezeichnung dazugeschrieben: Kartoffelnudeln mit saurer Sahne. Das schnell zubereitete Gericht war ideal, wenn früher die Bauern gleich wieder aufs Feld mussten, zudem machte es satt und lieferte Energie. Der Kartoffelteig wurde zu Nudeln geformt und mit Butterschmalz im Ofen goldgelb gebacken. Zehn Minuten vor Backende goss man den mit dem Ei verquirlten, gesalzenen und gepfefferten Rahm über die Erdäpfelnudeln und reichte dazu Speckkraut.

Nina war bereit loszulegen, wer jedoch noch fehlte, war Julian Leroy. »Meines Wissens sind wir zwei am Start.« Sie sah Jessy auffordernd an.

»Er wird gleich auftauchen«, sagte die Regieassistentin entschuldigend und zuckte mit den Schultern. »Der Verkehr.«

»Klar.« Nina verzog spöttisch den Mund. »Der muss ja immerhin aus München anreisen, das liegt schließlich nicht gerade ums Eck so wie Salzburg.« Selbstverliebtheit gepaart mit Unpünktlichkeit. Der Kerl wurde ihr immer unsympathischer.

Jessy sah Nina irritiert an. Offenbar verstand sie ihren Zynismus nicht. »Der ist sicher die halbe Nacht in seinem Restaurant gestanden«, sagte sie mitfühlend.

Doch auch Bernd zog ärgerlich die Augenbrauen hoch und stemmte die Hände in die Hüften. Er konnte Unpünktlichkeit ebenso wenig leiden wie sie.

»Kann ich so lange die Gewürze neu anordnen, oder bring ich damit alles durcheinander?«, fragte Nina und zeigte auf die Krankamera, die das Geschehen von oben einfangen sollte. Es juckte sie in den Fingern, Salz und Pfeffer sowie die bereitgestellten Kräuter nach ihrer Vorstellung hin umzustellen, aber es konnte durchaus sein, dass die Reihung einer bestimmten Fernsehlogik geschuldet war, die sie nicht verstand.

»Sortiere das Zeug, wie du willst.« Bernd zwinkerte ihr zu. Er kannte ihren Ordnungstick.

Jessy warf ihr erneut einen verständnislosen Blick zu. Sie würden keine besten Freundinnen werden, dennoch erklärte ihr Nina:

»Ich mag es einfach, wenn die Zutaten in einer bestimmten Anordnung stehen«, erklärte sie. »So kann ich ohne hinzusehen danach greifen und habe automatisch das richtige Gewürz in der Hand.«

Nina begann schweigend, die Ingredienzien für die Salzburger Malzbiersuppe nach ihrer Methode zu sortieren: Safran, die Flasche dunkles Malzbier, Salz, Pfeffer, Zucker, Muskatnuss, Eidotter, Butter, Weißbrotwürfel. Ordnung machte ihr Leben nun einmal leichter, warum sollte es bei der Arbeit nicht genauso sein? Eigentlich wollte sie sich nicht dafür entschuldigen. Bei den beiden Plastikbechern durfte sie sich beim Kochen nicht durch die deutsche Aufschrift irritieren lassen: saure Sahne für Sauerrahm und süße Sahne oder Schlagsahne für Schlagobers, sie kannte die Bezeichnungen.

Nina nahm den Topf mit der Rindsuppe aus der Transportbox und wuchtete ihn auf den alten Herd. Von dem Kilo Kartoffeln, die sie für die Erdäpfelnudeln zur Seite gelegt hatte, nahm sie eine und legte sie zu den Zutaten für die Suppe. Dann öffnete sie einen zweiten Becher Schlagobers, leerte die Hälfte in einen Mixbecher und schlug die Sahne steif.

»Wo ist eigentlich der Hausbesitzer?«, fragte sie Bernd, als sie damit fertig war.

»Der ist heute nicht da, kommt erst morgen. Ach ja, das oberste Stockwerk ist für uns tabu. Da wohnt er. Dein Zimmer liegt übrigens im ersten Stock, den Flur entlang, ganz hinten. Das Badezimmer ist gleich gegenüber. Mein Zimmer ist auch im ersten Stock, aber ganz vorne.«

Nina nickte ihm zu und hörte, wie ein Auto auf den Hof fuhr. Kurz darauf riss Julian Leroy die Tür zur Küche auf. Sein dunkelblondes Haar war leicht zerzaust, er hatte sonnengebräunte Haut, trug eine dunkelgraue Hose und ein schwarzes Hemd, das locker über dem Hosenbund hing.

Julian Leroy, live und in Farbe, stellte Nina fest. Er hatte eine attraktive Ausstrahlung, das musste sie neidlos anerkennen.

7

Leroy begrüßte die deutsche Crew, als wären sie seit Jahren beste Freunde. Möglicherweise waren sie das ja auch. Aber als er auch das österreichische Team innig herzte, mutmaßte Nina, dass Leroy zu der Sorte Mensch gehörte, die augenblicklich die ganze Welt umarmten und dachten, dass sie deshalb jeder gleich ins Herz schloss. Leider stimmte das, wenn sie sich die Mädels aus der Crew so ansah.

Schließlich wendete er sich ihr zu und kam mit einem freundlichen Lächeln auf sie zu. Nina zog den Kopf ein und gab vor, beschäftigt zu sein, schob das Salz etwas näher an den Pfeffer heran. Sie wollte nicht, dass er glaubte, sie habe seinen Auftritt interessiert verfolgt.

»Servus Nina.«

»Servus.« Sie wandte den Kopf und blickte in zwei bemerkenswert blaue Augen.

»Was machst du da?« Er zeigte sichtlich belustigt auf ihre streng aufgereihten Gewürze.

Seine Frage machte sie angriffslustig. »Ich verpacke Drogen in kleine Plastiktaschen.« Sie richtete sich zu ihrer vollen Größe auf, doch Leroy überragte sie noch um einen halben Kopf.

»Ich hab schon von deinem Ordnungstick gehört. Brauchst

eine Wasserwaage?« Seine Lippen verzogen sich zu einem frechen Grinsen.

Ich hab keinen Tick, wollte sie entgegnen, machte den Mund jedoch wieder zu und schluckte die Bemerkung hinunter. Leroy war der Letzte, vor dem sie sich rechtfertigen würde, auch wenn sie sich plötzlich wie ein kleines Mädchen fühlte. Das wiederum machte sie erst recht wütend.

»Dafür bekommst du aber kein Fleißbildchen.« Der Tonfall, den er nun anschlug, bestätigte Ninas Vermutung. Leroy konnte sie ebenso wenig ausstehen wie sie ihn. Sie standen eindeutig in Konkurrenz zueinander. Nicht gerade ideale Voraussetzungen für einen Dreh, dachte Nina und verzog das Gesicht.

»Sehr witzig«, sagte sie und wandte sich an Bernd. »Können wir endlich anfangen?« Demonstrativ nahm sie die Kartoffel und ein Messer zur Hand.

Der Tonassistent beeilte sich, Julian zu verkabeln, Nina war es schon, und die Visagistin legte noch schnell Hand an ihn an. Währenddessen nahmen die Crewmitglieder Position ein, und kurz darauf gab Bernd das Startzeichen.

»Also, alles ganz locker und unverkrampft«, sagte er noch.

Nina rollte innerlich mit den Augen, gab Safranfäden in einen Mörser und begann diese zu zerreiben. »Der wunderbar aromatische, leicht bittere Geschmack des Safran verleiht der Suppe eine würzigere Note«, sagte sie in die Kamera. »Wenn Sie die Fäden, wie ich hier, zuvor in einem Mörser zerstoßen, verfeinert sich das Aroma.« Sie schüttete den Inhalt in die Suppe. »Und noch ein Tipp: Kaufen Sie immer Safranfäden, denn gemahlener Safran verliert schnell an Geschmack. Außerdem verschwenden Sie nichts von dieser kostbaren Würze.« Sie tauchte den Stößel kurz in die Suppe ein, um das verbliebene Pulver abzuwaschen. »Denn Safran ist das teuerste Gewürz der Welt. Das liegt daran, dass man für ein Kilo Safran fast eine Viertelmillion Krokusblüten benötigt und die drei Blütennarben, die dann als Fäden in den Handel kommen, von Hand geerntet werden.«

Währenddessen schnitt Julian die Kartoffeln in kleine Würfel. Zu Ninas Leidwesen war geplant, dass sie jede Speise gemeinsam zubereiteten. Ab morgen hieß es vormittags österreichische, nachmittags deutsche Küche. Nur heute am ersten Drehtag sollte es nicht so genau gehen. Julian ließ die Kartoffelstückchen vom Schneidebrett in die Suppe gleiten, und Nina rührte mit einem Holzlöffel um.

Sie griff nach der Flasche Bier. »Erst wenn die Suppe eine leichte Bindung erhält, gießt man mit dem dunklen Malzbier auf und lässt sie danach abermals aufkochen.«

»In der Salzburger Küche findet man ja relativ viele Bierrezepte«, merkte Julian an und beugte sich leicht schnuppernd über den Topf. Inzwischen duftete der gesamte Kochbereich herrlich nach Rindsuppe.

Da hat jemand brav seinen Text gelernt, dachte Nina und antwortete lächelnd: »In Salzburg braut man seit dem fünfzehnten Jahrhundert Bier, also seit sechshundert Jahren. Bereits 1415 wurde das Sternbräu im historischen Stadtzentrum gegründet, das übrigens noch heute besteht.« Sie prüfte die Konsistenz, ließ den Verschluss der Flasche aufschnappen und goss das Malzbier in die Suppe. »Salzburg gilt als die Wiege der österreichischen Braukultur. Deshalb hat sich auch eine besondere Kochkultur ums Bier herum entwickelt.«

»Und Bayern gilt als das Bierland schlechthin«, erwiderte Julian, »obwohl dort erst seit fünfhundert Jahren Bier gebraut wird. Vor dem Dreißigjährigen Krieg war Bayern mehr – man höre – ein Weinland. Aber du musst zugeben, wir brauen verdammt gutes Bier.« Er zwinkerte ihr belustigt zu und schenkte ihr ein unschuldiges Lächeln.

Nina war sicher, dass die Kamera ihn in dem Moment groß ins Bild nahm. Sie lächelte tapfer zurück, obwohl sie ihm am liebsten gegen das Schienbein getreten hätte. Der Text stand nämlich nicht einmal annähernd im Drehbuch. Nina konnte unterschwellige Konkurrenzkämpfe nicht leiden, und vor der Kamera schon gleich doppelt nicht. Sollte sie die Sendung unterbrechen? Weshalb unternahm Bernd nichts? Komm, Nina, beschwor sie sich stumm. Bist doch ein kluges Mädel, gib dem Kerl Paroli…

»Ja, uns verbindet tatsächlich viel«, sagte sie und würzte die Suppe mit Salz, Pfeffer, einer Prise Zucker und geriebener Muskatnuss. »Nur die Sprache trennt uns manchmal, selbst in der Küche. Wir sagen Erdäpfel, ihr sagt Kartoffeln, wir sagen Marillen, ihr Aprikosen, wir sagen Karfiol, ihr Blumenkohl.«

Warum unterbrach Bernd sie beide eigentlich noch immer nicht? Das stand alles nicht im Drehbuch! Wenigstens war ihr der Themenwechsel geglückt. Sie wandte sich der Kamera zu, die vor dem Herd fixiert stand und sie direkt ins Bild nahm. »Runden Sie die Suppe mit einem Gemisch aus Eidotter, Sauerrahm und Schlagobers, also Schlagsahne, ab«, sagte Nina, während sie die Mixtur herstellte und der Suppe beifügte. »Aber achten Sie bitte darauf, dass die Suppe danach nur mehr erhitzt und nicht mehr zum Kochen gebracht wird.«

Nina nahm aus dem Augenwinkel eine Bewegung wahr. Jessy schob von unten einen Suppenteller auf die Anrichte, so, dass es von der Kamera nicht eingefangen wurde.

»Julian war inzwischen so freundlich und hat die Suppen-
einlage vorbereitet.« Sie nahm Suppenteller und Schöpfer, und
Leroy schob aus der heißen Pfanne ein paar Weißbrotwürfel
hinein. Augenblicklich goss Nina Suppe darüber, dann gab sie
noch ein Häubchen steifgeschlagene Sahne darauf und reichte
den Teller Leroy.

»Also dann, guten Appetit!«

Sie verharrten kurz in dieser Stellung, blickten abwechselnd in die Kamera, damit der Cutter später genug Bildmate-
rial für den Schnitt hatte.

»Danke.« Mit einer Geste machte Bernd das Ende der Aufnahme klar. Der erste Teil war im Kasten.

Und sogleich führte die Crew mit raschen Handgriffen die
Vorbereitungen für die nächste Szene durch.

Nina ging zu Bernd, legte ihm die Hand auf die Schulter
und flüsterte ihm zu: »Warum hast du uns vorhin nicht unterbrochen?«

Bernd lächelte verschwörerisch. »Weil ich es verdammt gut
fand, was ihr beide da aufgeführt habt. Das Publikum wird
euch lieben«, sagte er leise.

»Das nächste Mal trete ich ihm in die Eier«, murmelte
sie.

Bernd küsste sie amüsiert auf die Wange. »Und ich werde
dich dabei filmen.«

Nina rollte mit den Augen, schwieg aber.

Während sie die Suppe zubereitet hatten, waren auf dem
zweiten Herd bereits die Kartoffeln für die Erdäpfelnudeln
weichgekocht worden. Bei der Zubereitung des Gerichts ver-
hielten sie sich erneut trotz kleiner Seitenhiebe wie Profis. Sie
lächelten sich immer wieder an, scherzten und unterhielten

sich miteinander, während Julian die Kartoffeln schälte und Nina sie anschließend durch eine Presse drückte.

»Mühlviertler Erdäpfelnudeln mit Rahm ...«, sinnierte Julian und nahm die nächste Kartoffel zur Hand. »Das Mühlviertel ist doch ein Teil Oberösterreichs, nicht wahr?«

»Ja, in Oberösterreich gibt es das Innviertel, das Hausruckviertel, das Traunviertel und das Mühlviertel, das liegt nördlich der Landeshauptstadt Linz«, sagte Nina und vermengte die gepressten Kartoffeln mit Grieß, Mehl, Ei und Salz zu einem glatten Teig. Sie war überrascht, dass er das wusste.

Sie schnitten Seite an Seite den Teig in gleich große Stücke, die sie anschließend zu fingerlangen Nudeln formten und in eine mit Butter ausgefettete Auflaufform legten.

»In Linz gibt es doch die Linzer Torte. Die gilt als die älteste nach einer Stadt benannten Mehlspeise. Wenn ich mich recht erinnere, wurde sie 1653 erstmals in einem Kochbuch erwähnt.« Er strahlte zuerst sie an, dann zwinkerte er in die Kamera. Nina überlegte, weshalb er das erwähnte, denn die Linzer Torte war für diese Sendung nicht relevant. Und da war es plötzlich, dieses erfolgssichere Lächeln, das auf Nina in diesem Moment wie ein überhebliches Grinsen wirkte. Vordergründig zeigte er sich bestens gelaunt, doch in Wahrheit diente die gute Laune doch nur dazu, seine Vormachtstellung zu sichern. Nina glaubte zu begreifen. Leroy hatte ihre Rezepteliste, die sie an Hofinger geschickt hatte, genau studiert. Der Name verriet, dass die Mühlviertler Erdäpfelnudeln aus Oberösterreich stammten und Linz war die Hauptstadt dieses Bundeslandes. Er musste sich nur ein wenig schlaumachen, und schon beeindruckte er das Publikum. Das war genau seine Masche, da war Nina sich ganz sicher. Es ging ihm nicht darum, den Zuschauern den Hintergrund der Speise und die Region näherzubringen. Es ging ihm nur darum, Julian Leroy in Szene zu setzen. Sie ärgerte sich, darauf hereingefallen zu sein und dass er sie damit ausgetrickst hatte.

»Das wird jetzt bei hundertachtzig Grad etwa fünfundvierzig Minuten lang goldgelb gebacken, und etwa zehn Minuten vor Ende kommt eine Mischung aus Ei, Milch, Kümmel, Salz, Pfeffer und Sauerrahm drüber.« Nina bemühte sich, selbstsicher zu wirken und in die Kamera zu strahlen. Natürlich hätte sie es ihm gleichtun können. Aber es war nun einmal nicht ihre Art, sich als Klugscheißerin hervorzutun.

In der kurzen Pause, die Bernd ihnen zugestand, ging sie ihm aus dem Weg. Es reichte, dass Jessy ihm den roten Teppich auslegte und um ihn herumschwänzelte.

Beim Abenddreh schließlich sank Julian Leroy gänzlich in ihrer Wertschätzung. Während er Zwiebeln für den Pichelsteiner Eintopf schnitt, wuselte er meist kopflos in der Küche herum, er kam ihr vor wie ein Eichhörnchen auf Nahrungssuche.

»Weißt du eigentlich, dass mein Wunsch Koch zu werden, beim Zwiebelschneiden entstand?«, fragte er.

»Wirklich? Das ist aber ungewöhnlich.« Ihr gelang es tatsächlich, neugierig zu klingen.

»Ich fand das schon als Kind faszinierend, in welcher Geschwindigkeit und Präzision Köche das machen, ohne dabei ein Tränchen zu vergießen, und als ich es dann selbst versuchte, musste ich feststellen …«

Nina hörte ihm nicht mehr zu, denn sie glaubte, dass er diese Geschichten extra für die Sendung erfunden hatte, um sein angebliches Naturtalent zu bezeugen und sich wichtig zu machen. Die Zuschauer würden ihn auch wegen seiner privaten Storys lieben, hatte Hofinger behauptet. Sie bekämen so das Gefühl, einen Blick hinter die Kulissen werfen zu können. Sie ließ ihn quatschen und lächelte ihn aufmunternd an, während sie ihm zur Hand ging.

Der erste Drehtag dauerte eine Ewigkeit. Nina konnte sich nicht erinnern, dass sie jemals so viele Stunden für eine Sendung gebraucht hatten. Kurz vor zehn Uhr abends war endlich Schluss. Nina räumte mit Jessy das Geschirr in den Industriespüler, der extra in einer Ecke der Küche installiert worden war, und putzte ihren Arbeitsbereich. Leroy hatte sich sofort verabschiedet und war nach München zurückgefahren.

»Du kannst ihn auf den Tod nicht ausstehen«, sagte Bernd und reichte ihr eine Flasche kühles Pils.

Sie nahm es dankbar an, trank und zuckte mit den Schultern.

»Vor mir kannst du nichts verheimlichen, Nina«, sagte Bernd und zwinkerte ihr zu. »Ich kenne dich schon eine ganze Weile.«

»Merkt man's wirklich?«, fragte Nina kleinlaut.

»Keine Sorge, das merk nur ich.« Er stieß seine Flasche gegen ihre und leerte sie mit wenigen Schlucken. »Betrachte ihn nicht als Konkurrenten, sondern als Bereicherung.«

Nina zog die Stirn in Falten.

»Sag jetzt nichts«, fuhr Bernd fort, »denk einfach drüber nach. Es macht dir das Leben leichter, die Dinge werden klarer für dich.« Er stellte seine Flasche ab. »Wenn's dir nichts ausmacht, geh ich jetzt ins Bett. Bin total erledigt. Oder brauchst du noch Gesellschaft?«

Nina schüttelte den Kopf. »Danke, ich hatte heute genug Gesellschaft.«

Bernd lachte. »Na dann, gute Nacht.« Er deutete auf den Putzlappen. »Fürs Saubermachen hat der Sender übrigens extra Leute engagiert.«

»Keine Angst, ich übernehm mich nicht. Ich geh auch gleich.«

Als Nina allein in der Küche zurückblieb, fiel ihr auf, dass von Leroys Eintopf etwas übriggeblieben war. Sie nahm einen Löffel aus der Lade und sog mit geschlossenen Augen den Duft des Pichelsteiners ein, bevor sie den Bissen in den Mund schob und mit der Zunge an den Gaumen schob. Sie war überrascht. Sowohl das Gemüse als auch die Kartoffeln und das Fleisch waren auf den Punkt genau gekocht. Der Geschmack des Eintopfes versetzte sie augenblicklich in ihre Kindheit zurück, weil auch ihre Großmutter gerne Pichelsteiner aufgetischt hatte. »Der Rest meiner bayerischen Wurzeln«, hatte sie lachend gesagt.

Nina aß mit großem Appetit und dachte, die Genugtuung würde sie Leroy nicht zukommen lassen. Er würde das nie erfahren.

Minuten später machte sie sich mit ihrem Koffer über die knarrende Holztreppe auf in den ersten Stock. Sie ging den Flur entlang und trat in das Zimmer am hinteren Ende. Nina hatte eine Einrichtung mit alten Bauernmöbeln erwartet, doch es schien alles neu zu sein. Das moderne Balkenbett bestand aus massivem Buchenholz, ebenso der Kleiderschrank und die Kommode. Auf dem hellgrauen Steinboden lag ein beiger Teppich.

Sie öffnete die Tür zum Balkon, trat hinaus und atmete die kühle Spätsommerluft ein. Es roch nach Heu. Die Kirchenglocke schlug die halbe Stunde an. Wie seltsam, dachte sie, dass sie nach so vielen Jahren wieder denselben Geruch einatmete.

Nina ging zurück ins Zimmer, wollte wenigstens noch kurz hören, wie es im *Ludwig* gelaufen war. Sie legte sich aufs Bett, rückte sich das Kissen unter dem Kopf zurecht und rief Ellen an. Ihre Freundin war sicher noch dabei, zusammen mit ihrer Mutter abzurechnen.

»Hey, Süße, wie geht's dir?«, hörte sie Ellen sagen.

»Geht so, und wie geht's euch?«, fragte Nina.

»Sehr gut. Das *Ludwig* war heute Abend wieder knallvoll. Zum Glück war dein Vater da, der hat sich hinter der Bar wieder einmal bestens bewährt. Er und Tina sind inzwischen echt ein tolles Team, sag ich dir. Und deine Mutter war so schnell fertig mit der Abrechnung, dass ich jetzt auch schon zu Hause bin.«

Nina lachte. »Klar, dass das so schnell geht, meine Mutter hat garantiert alle Belege und Tinas Geldtasche mit den Einnahmen in eine Schachtel geschmissen, und morgen früh gibt sie's dann einer Mitarbeiterin in der Kanzlei, damit die sich darum kümmert.«

»Wie auch immer sie das macht, du kannst auf jeden Fall ganz beruhigt dein Date mit Leroy genießen«, sagte Ellen. »Wir schaukeln inzwischen bravourös dein Baby. Wie ist der Meisterkoch denn so?«

»Jetzt, wo ich ihn persönlich kenne, kann ich ihn noch weniger leiden«, sagte Nina missmutig und schilderte ihrer Freundin den ersten Drehtag. »Ob ich das hier zwei Wochen lang durchhalte, weiß ich nicht.«

»Du wirst, Schätzchen«, sagte Ellen eindringlich, »weil du

nämlich ein Profi bist. Deine Mutter und ich haben uns übrigens länger darüber unterhalten.«

»Worüber genau?«

»Wir haben über dich und Leroy gesprochen, und den Grund dafür, dass du ihn so blöd findest.«

»Ach nein.« Nina setzte sich auf und streifte ihre Sneakers und Socken von den Füßen. Ihre Fußnägel waren hellrosa lackiert. »Und zu welchem Schluss seid ihr gekommen? Du und meine Mutter?«

»Du fühlst dich von ihm bedroht.«

»Wie meinst du das?«

»Er arbeitet anders als du und hat damit sehr großen Erfolg. Das macht dir Angst, weil du glaubst, nicht neben ihm bestehen zu können. Tief in deinem Inneren sitzt etwas, das dir einredet, in deinem Fach nicht gut genug zu sein.«

»Seid ihr beide jetzt unter die Psychologen gegangen?« Nina wusste, dass Ellen in dem Punkt recht hatte, wollte es aber auf gar keinen Fall zugeben, weil ihr der Gedanke Angst machte. »Ich mag den Kerl nicht, weil er sich selbst überschätzt, auf Everybody's Darling macht und in Wahrheit doch nur ein selbstverliebter Gockel ist. Und überhaupt, ich wusste ja bis vor wenigen Wochen noch gar nicht, dass ich eine Sendung mit ihm mache. Genauso gut hätten wir uns niemals begegnen können«, verteidigte sie sich.

Auf keinen Fall wollte sie ihrer Freundin gegenüber zugeben, dass ihr sein Eintopf außerordentlich gut geschmeckt hatte.

»Nina, er ist doch total witzig«, sagte Ellen. »Und auch irgendwie harmlos.«

»Ich weiß auch nicht, ich finde ihn so übertrieben.«

»Er kümmert sich einfach nicht um die Meinung der anderen«, sagte Ellen schwärmerisch, was Nina noch mehr auf die Palme trieb.

»Er benimmt sich wie der Sonnenkönig persönlich. Du hättest mal sehen sollen, wie er das Team begrüßt hat. Einfach völlig überzogen!«

»Sag ich doch, du fühlst dich von ihm bedroht, weil du immer so bedacht und zurückhaltend bist.«

Bevor Nina darauf antworten konnte, fragte sie: »Warst du eigentlich schon am Hof deines Großonkels?«

»Nein, nur vorbeigefahren bin ich.«

»Wann willst du hingehen?«

»Sobald ich genug Zeit habe. Wahrscheinlich erst, wenn die Dreharbeiten zu Ende sind.«

»Ich find das alles aufregend«, sagte Ellen und fügte lachend hinzu: »Du bist jetzt zum ersten Mal auf der dunklen Seite des Dorfes.«

»Ich pass auf mich auf, wenn du das meinst, versprochen«, sagte sie und stimmte in das Lachen mit ein.

Nachdem sie das Telefonat beendet hatten, ging Nina ins Badezimmer und stellte sich unter die Dusche. Das warme Wasser wusch ihre Anspannung ab. Zurück im Schlafzimmer, kippte sie die Terrassentür, zog die Vorhänge vor und kroch in ihrem seidigen Sommerpyjama unter die Bettdecke mit Frühlingsblumenmuster. Der Geruch nach Weichspüler mit der Duftnote Lavendel umfing sie, und eine wunderbare Schwere überkam sie. Zehn Minuten später war sie eingeschlafen.

8

Ein metallisches Scheppern zerrte Nina unsanft aus dem Schlaf. Erschrocken fuhr sie hoch, ihr Herz raste. Irgendetwas musste unten in der Küche auf den Steinboden gedonnert sein. Sie drehte sich herum, sah auf die Uhr am Nachtkästchen. Es war halb sieben. Zeitgleich schlug die Kirchenglocke zweimal. Die gesamte Nacht über hatte die Glocke alle fünfzehn Minuten die Uhrzeit verkündet: einmal für viertel, zweimal für halb und dreimal für drei viertel und viermal zur vollen Stunde. Die Schläge hatten Nina eine schlaflose Nacht beschert und sie schier in den Wahnsinn getrieben. Ermattet ließ sie sich wieder in die Kissen fallen und blickte erschöpft an die Decke. Die Dreharbeiten begannen erst um zehn Uhr. Sie hatte also noch jede Menge Zeit. Wieder vernahm sie Geschirrklappern. War Bernd etwa schon wach und hantierte in der Küche herum? Sie würde ihn bitten, in Zukunft morgens leiser zu sein.

Nina seufzte, schälte sich aus dem Bett und ging ins Badezimmer. Kurz darauf hüllte ihr Duschgel sie in eine Duftkreation aus Rosenholz und Pinie. Das feine Aroma entspannte sie umgehend.

Nach dem Duschen schlüpfte sie in ihre Jeans und streifte ein blaues T-Shirt über.

Auf dem Weg nach unten verdichtete sich der Wohlgeruch nach frischem Kaffee, das versöhnte sie wieder und hob ihre Laune. In der Küche traf sie allerdings nicht wie erwartet auf Bernd, sondern auf einen hageren alten Mann in Blaumann und karierten Hausschuhen. Das musste Vinzenz Binder, der Hausherr, sein. Seine leicht gebeugte Haltung sprach von einem arbeitsintensiven Leben, und das gegerbte Gesicht und die faltigen Hände spiegelten die vielen mühevollen Arbeitsstunden im Freien wider. Sein Kopf war kahl, sein Gesicht von Falten durchzogen, seine tiefblauen Augen blickten sie müde an, als sie in die Küche eintrat.

So also sah Vinzenz heute aus, dachte Nina. Wie eine Figur entsprungen aus einem Bild des österreichischen Malers Albin Egger-Lienz. Von dem kleinen Buben auf den alten Fotos war nichts mehr zu sehen. Weil sie nicht wusste, was ihre Familien entzweit hatte, wollte sie nicht gleich mit der Tür ins Haus fallen und beschloss, zunächst einmal kein Wort über ihre Beziehung zu Hofberg zu verlieren.

»Sie müssen der Hofbesitzer sein.« Sie streckte ihm die Hand entgegen. »Ich bin die Nina Ludwig, die Köchin aus Salzburg.«

»Freut mich, ich bin der Binder Vinz.« Sein Händedruck war fest. »Mögen Sie auch einen Kaffee?« Er nahm die Glaskanne und hob sie demonstrativ in die Höhe.

»Ein Tee wär mir lieber. Ich vertrag Kaffee auf nüchternen Magen so schlecht.«

»Für Magenprobleme sind Sie aber noch viel zu jung«, sagte er schmunzelnd und zeigte auf einen Küchenschrank. »Da drinnen sind Teebeutel.«

Nina öffnete den Schrank und zog zwei Beutel Darjeeling

aus der Verpackung, hängte sie in eine Glaskanne, die er ihr reichte, und stellte den Wasserkocher an. »Schön haben Sie's hier. Und ich meine nicht nur die Gegend, sondern das ganze Haus, die Küche, der Herd und überhaupt«, sagte Nina schwärmerisch und bezog mit einer Handbewegung alles um sie herum mit ein.

»Ja, ich möchte auch mit niemandem tauschen. Frühstücken Sie mit mir?« Der alte Bauer machte eine einladende Geste Richtung Esstisch, auf dem bereits ein Gedeck, Butter, Marmelade, eine Thermoskanne Kaffee und ein Laib Brot auf einem Schneidebrett lagen. »Ganz frisch geliefert vom Bäcker aus dem Nachbarort. Wir haben hier in Hofberg keinen eigenen Bäcker mehr.«

Nina nickte und nahm sich einen Teller und Besteck aus einem Küchenschrank.

Während sie frühstückten, erzählte Vinzenz Binder Nina die Geschichte des Hauses. Er erwähnte, dass er achtzig Jahre alt war, auf dem Hof geboren wurde, der einmal der ertragreichste und größte des Dorfes gewesen war. Zudem lebten seine Ahnen seit jeher von der Landwirtschaft und gehörten zu den ersten Siedlern des Ortes.

»Sie müssen wissen, es gab in Hofberg früher einmal über zweihundert Landwirte. Unseren Hof hier …«, er machte eine ausschweifende Handbewegung, »den gibt's seit über dreihundert Jahren. Zweihundertfünfzig Schafe und hundertfünfzig Kühe haben wir mal besessen. Später, als die Schafe weg waren, sogar noch mehr Rindviecher. Dreihundert waren's am Ende.« Die Erinnerung trug ihn zurück, seine Augen verengten sich. »Mei, was glauben Sie, was das für eine Arbeit war, früher. Da hast noch jede Kuh selbst melken müssen, nix mit

Melkständen, wie's heute üblich ist. Jeder am Hof hat seine Aufgabe g'habt, die hast ordentlich erledigen müssen, sonst gab's eine hinter die Ohren.« Er machte eine Geste, als holte er zum Schlag aus, seine Hand verharrte eine kurze Weile in der Luft, dann ließ er sie wieder sinken. »Die Schafe haben wir selbst geimpft, gegen Lungenwürmer etwa ... da ist kein Tierarzt geholt worden. Damals hat der Landwirt sein Vieh nur anschauen müssen und hat gewusst, wie's ihm geht und was es braucht. Nicht so wie heut, wo alles über Computer läuft«, murmelte er bitter. »Was will mir so ein Kastel erzählen, was das Viech ned kann?«

Dann schien er sich wieder zu besinnen, dass Nina ihm gegenübersaß, und seine Stimme wurde fester. »Als ich klein war, haben wir das Wasser noch vom Dorfbrunnen holen müssen. Jeden Tag sind wir Kinder hingelaufen, haben mit dem Schöpflöffel das Wasser in unsere Eimer geschöpft und uns gegenseitig nass gespritzt.« Er kicherte wie ein kleiner Junge. »Ich weiß nicht mehr, wer's war ... aber eins der Madln hatte Angst, dass der Schöpflöffel im Brunnenwasser ertrinken könnte. Die hat gar nicht hinschauen können, wenn wir den nach unten geworfen haben.«

Nina nippte an ihrem Tee. Ob er hier von ihrer Oma erzählte? Sie wagte nicht nachzuhaken. Offenbar genoss es der Alte, dass ihm jemand zuhörte, denn er hörte gar nicht mehr auf zu erzählen.

»Anfang der Fünfziger, 1952 oder 1953, haben wir erst eine Wasserleitung im Dorf bekommen. War das ein Fortschritt, als das Wasser in den Häusern plötzlich aus der Leitung kam! Ich weiß auch noch, als mein Vater das erste Auto gekauft hat. Es war das erste überhaupt im Dorf! Einen Unimog 401. Ich seh ihn heut noch vor mir. Grün war er. Sowas werden Sie gar nimmer mehr kennen.«

Nina nickte, obwohl sie sehr wohl wusste, wie ein Unimog aussah. Aber sie wollte den Redefluss des alten Landwirts nicht unterbrechen. Mit strahlenden Augen sah er sie an.

»Wir waren auch die Ersten, die einen eigenen Kühlschrank besaßen. Anfang der Sechziger war das, wenn ich mich recht erinnere. Davor gab's mitten im Dorf lediglich eine Gemeinschaftsgefrieranlage. Wissen Sie überhaupt, was das ist?«

Nina schüttelte den Kopf, weil sie ahnte, dass es sich um eine rhetorische Frage handelte. Der alte Bauer fuhr sich mit der Hand über den kahlen Kopf.

»Das müssen Sie sich so vorstellen: Ein großes Gefrierhaus mit vielen Tiefkühlfächern, und jede Familie hatte ihr eigenes Fach. Da sind die Leut halt noch zusammengekommen und haben miteinander geredet. Heute haben's doch gar keine Zeit mehr zum Ratschen. Heute sind s' viel mehr damit beschäftigt, auf ihre Handys zu schauen.«

»Haben sich die Leute im Dorf immer gut verstanden?«, fragte Nina. Vielleicht hatte sie ja Glück, und er erzählte von irgendeinem Zwist, der mit ihrer Familie zu tun hatte.

»Mei, die üblichen Streitereien. Die gibt's doch überall, vor allem in einem kleinen Dorf, wo alle aufeinanderhocken«, sagte er vage. »Aber geredet haben die Leut trotzdem miteinand, und gegrüßt hat man sich noch. Wer sagt denn heutzutage noch Grüß Gott zueinander und nimmt sich a bissl Zeit?« Traurig schüttelte er den kahlen Kopf. »Heute gibt es kaum mehr Landwirte in Hofberg. Fünf sind's nur mehr, glaub ich. Fünf von über zweihundert ...« Er seufzte freudlos.

Nina dachte, die Welt, in der er einmal jemand gewesen war, gab es nicht mehr.

»Vor zehn Jahren hab ich aufgehört. Bis dahin bin ich noch jeden Tag im Stall bei den Kühen g'standen.« Es schwang Stolz in seiner Stimme mit. »Aber irgendwann war's mir zu viel, und die Nachbarn haben mir auch nicht andauernd helfen können. Die gehen beide in die Arbeit und haben dazu selbst noch eine kleine Landwirtschaft. Zwar keine Tiere, nur Gemüse. Das macht nicht ganz so viel Arbeit, gleichwohl zu viel, um jeden Tag auch noch nach meinen Viechern schauen zu können.«

»Was ist mit Ihren Kindern?«, frage Nina.

Der Alte schüttelte unwillig den Kopf, sagte aber nichts. Nina überlegte, nach seiner Frau zu fragen. Aber vielleicht war sie ja bereits gestorben, und es riss nur alte Wunden auf.

»Wollten Sie den Hof nicht verkaufen?«, fragte sie deshalb.

»Madl!«, rief er empört und sah sie an, als habe sie etwas völlig Verrücktes gesagt. »Verkaufen? Niemals. Es hätt schon Interessenten gegeben. Aber der Binder Vinz zieht niemals in ein Altersheim. Da sterb ich lieber vorher. In dem Haus bin ich geboren, und aus dem Haus tragen s' mich naus. So ist das nun einmal mit Menschen, die tief verwurzelt sind mit ihrem Daheim«, sagte er nachdrücklich.

»Sie hätten den Hof auf Leibrente vergeben können.«

»Und fremde Leut in mein Haus lassen, die mich dann womöglich herumkommandieren?« Er schüttelte heftig den Kopf. »Ich bin immer mein eigener Herr gewesen, das bleibt auch so.«

»Haben Sie nie das Dorf verlassen?«

Vinzenz Binder blickte Nina einen Moment lang an, als habe er die Frage nicht richtig verstanden. Dann sagte er: »Als

Kind bin ich schon mal ins Nachbardorf. Wir sind ja auch mit Radeln herumgefahren, nach der Schule, wenn die Arbeit am Hof erledigt war und es die Zeit, bis wir zu Hause sein mussten, noch zugelassen hat.« Sein Gesicht hellte sich auf. Er erzählte ihr von aufgeschlagenen Knien, hohen Bäumen, auf die sie hinaufgekraxelt waren, um Ausschau zu halten, von gestohlenem Obst aus den Gärten im Nachbarort und Streichen, die man dem Pfarrer gespielt hatte, weil der gar so streng mit einem umgegangen war. Es waren keine ungewöhnlichen Geschichten, aber er erzählte sie mit der Leidenschaft eines Menschen, der schon lange niemanden mehr zum Reden hatte.

Als er eine Pause machte und seinen Kaffee austrank, fragte Nina: »Sagen Sie …« Vorsichtig tastete sie sich an die Frage heran, die ihr schon die ganze Zeit auf der Zunge lag. »Kennen Sie noch den Fritz Schäfer vom Schäfer-Hof?«

Die grauen Augenbrauen des Alten hoben sich, und er sah sie aufmerksam an. »Freilich kenn ich den Fritz. Hier hat jeder jeden gekannt …«

»Haben Sie noch Kontakt zum Fritz?«

»Die Zugezogenen kenn ich nicht mehr«, wich er ihrer Frage aus. »Viele von denen arbeiten bei *Audi* in Ingolstadt, fahren morgens weg und kommen abends wieder heim. An den Dorffesten nehmen s' selten teil.« Der Alte fuhr sich mit der Hand über das Gesicht, hielt kurz inne, bevor er fortfuhr. »Der Xaver, dem Fritz sein Bua, arbeitet doch auch bei *Audi*.« Seine abgearbeiteten Finger wischten ein paar Krümel vom Tisch.

»Aber den Fritz kennen Sie von früher«, hakte Nina nach, als nichts mehr von ihm kam.

»Warum fragen S' mich das? Kennen Sie ihn etwa auch, den

Fritz?« Er goss sich Kaffee nach und schlürfte ihn lautstark aus der hohen Tasse.

Die Tür ging auf, und Bernd kam herein. Nina würde die Frage noch einmal aufgreifen müssen.

9

Bernds Gesichtsausdruck nach hatte er ebenso schlecht geschlafen wie Nina.

»Guten Morgen«, brummte er missmutig.

Nina begrüßte ihn und stellte die beiden Männer einander vor. Sie gaben sich die Hand, dann ging Bernd zur Anrichte, holte sich eine große Kaffeetasse und schenkte sich aus der Thermoskanne ein. Nach dem dritten Schluck kehrte allmählich Leben in ihn.

»Worüber redet ihr?«, fragte er und setzte sich zu ihnen.

»Offenbar kennt das Madel jemanden aus Hofberg«, antwortete der alte Bauer, ohne Nina aus den Augen zu lassen.

Bernd zog fragend die Augenbrauen hoch.

»Fritz Schäfer …« Sie nickte Bernd kurz zu, dann sah sie Vinzenz Binder an. Jetzt musste sie die Katze aus dem Sack lassen. »Er ist der Bruder meiner Großmutter.«

Die Augen des Alten weiteten sich. Er sah sie eine ganze Weile schweigend an, seine Miene wechselte zwischen Erstaunen und Unglauben. »Die Schäfer ham zwei Madln g'habt«, sagte er schließlich.

»Die Liesl ist meine Oma …«, sagte Nina, »oder war vielmehr. Sie ist vor vierzehn Jahren gestorben.« Sie nahm ein kurzes Aufblitzen in seinen Augen wahr.

»Hab schon g'hört, dass sie früh gegangen is von der Welt.«
Der Tonfall des alten Bauern hatte sich verändert. Er klang
heiser, hauchte den Satz, als lähmte eine schmerzhafte Erinnerung seine Stimmbänder. »Du bist also die Enkelin von der
Schäfer Liesl.« Er lehnte sich zurück und musterte sie. »Jetzt
wo du's sagst. Schaust ihr sogar ähnlich.«

»Ja, ich weiß. Das sagte Oma auch immer.«

»Die Liesl hat Hofberg früh verlassen. Zuerst nach Maria
Alm, dann nach Wien.« Er klang auf einmal ärgerlich, beugte
sich nach vorne und stützte die Ellenbogen am Tisch ab.

»Haben Sie meine Oma gut gekannt?«, fragte Nina, obwohl sie ja wusste, dass es so war.

Vinzenz Binder griff nach seiner Tasse und schlürfte bedächtig den letzten Schluck Kaffee. Dann nickte er. »Unglaublich, wie sich das Blut …« Er verstummte abrupt, erhob sich
und begann, das Frühstücksgeschirr abzuräumen.

»Was meinen S' damit?«, hakte Nina nach.

»Glaubst du ans Schicksal, Kind?«

Sie zuckte mit den Schultern.

»Wenn du nicht daran geglaubt hast, dann glaubst ab heute
daran.« Er sah ihr direkt in die Augen. »Du und der Münchner … Schicksal, sag ich da nur.«

Nina hielt unbewusst den Atem an. Gleich würde er erzählen, was damals passiert war. Doch Vinzenz Binder verließ
ohne ein weiteres Wort die Küche.

»Du hast Familie hier?«, fragte Bernd.

»Ja, meine Großmutter stammte aus Hofberg«, sagte Nina
und überlegte fieberhaft, was Binder gemeint haben könnte.
»Das ist ja ein verrückter Zufall«, sagte Bernd. »Aber was
meinte er da mit dem Blut?«

Nina zuckte mit den Achseln. »Vielleicht meint er einfach die Ähnlichkeit zwischen mir und meiner Oma.«

»Warum weiß ich davon nichts?« Bernd klang vorwurfsvoll.

»Hat dir der Hofinger nichts gesagt?«

»Nein, und du auch nicht! Du hast nur erwähnt, dass sie Sennerin am Aberg war und später nach Wien ging.«

»Ist denn der Geburtsort meiner Oma wichtig?«

»Ja, Nina, weil das nämlich perfekt zur Sendung passt.« Bernd war wieder in seinem Element. »Aber bevor du es den Zuschauern erzählst, erzählst du's bitte mir.«

»Meine Großmutter ist auf einem Bauernhof mitten im Dorf hier aufgewachsen. Stell dir vor, sie ist als Jugendliche noch mit Schafen umhergewandert, so richtig, von Weide zu Weide, wie's damals üblich war. Sie war die letzte Schäferin im Dorf. Mein Großonkel Fritz lebt mit seiner Familie noch immer hier. Ich will sie in den nächsten Tagen mal besuchen.«

»Das ist großartig, überleg doch mal … Nina Ludwig kocht dort, wo ihre Großmutter herstammt. Sozusagen zurück zu den Wurzeln. Das ist eine geniale PR für die Sendung!«

»Niemand vor dem Bildschirm weiß, dass wir in Hofberg drehen, geschweige denn wo das ist. Die sehen doch nur die Küchenkulisse.«

»Dann erwähn du es. Mach zum Thema, dass deine Großmutter die letzte Wanderhirtin der Familie war, dann in Salzburg Sennerin geworden ist und dann der Liebe wegen nach Wien gegangen ist. Das interessiert die Menschen, glaub mir.«

»Eine private Story in einer Kochsendung?«

»Klar, die Leute lieben persönliche Geschichten«, sagte Bernd begeistert. »Schau dir doch nur Julians Erfolg an!«

»Ich kenn seine Sendung. Aber sag mir, was erzählt er denn so Aufregendes?«

»Ich nenn dir ein Beispiel, und du wirst gleich wissen, was ich meine. Hast du zufällig die Sendung gesehen, in der er den Rindsbraten gemacht hat?«

Nina dachte kurz nach. »Ich glaub nicht.«

»Er hat erzählt, dass er immer nervös ist, wenn er Rindsbraten macht. Weil das ein Lieblingsgericht seiner Großmutter ist und sie den, als er Kind war, immer so fantastisch gekocht hat. Er bemüht sich, den Geschmack genauso hinzubekommen ... Verstehst du? Das Publikum bekommt nicht nur den Koch, sondern auch gleich ein bisserl den Menschen dahinter geliefert.«

»Ist das eine wahre Geschichte?«

»Egal! Begeistere die Zuschauer durch Emotionen, das ist die Message. Wie viel Privates du preisgibst, das entscheidest du selbst.«

»Du denkst wirklich, die Leute interessiert, wer meine Großmutter war und was sie gerne aß?«

»Davon bin ich überzeugt. Und überleg dir am besten gleich noch ein Gericht, das du mit ihr verbindest. Und eine rührende Geschichte dazu. Und während du kochst, erzählst du sie dem Publikum.« Bernds Hand klatschte auf den Tisch. »Wenn du das tust, schmeiß ich den ganzen Plan um.«

»Wie meinst du das?«

»Wir streichen den für heute vorgesehenen Bohnensterz, und du kochst stattdessen ein Gericht von deiner Oma.«

Nina fühlte sich überrumpelt. »Das geht mir zu schnell, Bernd. Ich muss mir das zuerst noch überlegen, vorausgesetzt, ich entschließe mich, es zu tun. Außerdem ... ich will den

Bohnensterz unbedingt kochen, weil ich die Bohnen schon über Nacht eingeweicht hab und den Sterz unbedingt in der gusseisernen Bratpfanne mit dem alten Pfannenknecht anrichten will.«

»Wie du meinst. Aber ich werde nicht lockerlassen.«

Karin, die Bühnenbildnerin, betrat die Küche, begrüßte sie beide und zog dann Nina an der Hand hinter die Küchenzeile. »Ich hab mir etwas überlegt.« Sie legte ein Blatt voller Klebestreifen auf die Arbeitsplatte. »Wir schreiben die Grundgewürze darauf und kleben sie in der Reihenfolge auf die Anrichte, wie du sie gereiht haben willst. Dann kann's nicht passieren, dass es jemand von uns durcheinanderbringt.«

»Tolle Idee«, sagte Nina sichtlich erfreut.

Während sie die Klebestreifen anbrachten, tauchte nach und nach das gesamte Team auf. Sie begrüßten sich alle herzlich, als kannten sie sich schon ewig. Selbst Leroy erschien eine Dreiviertelstunde vor Drehbeginn. Wie am Vortag herzte er das ganze Team bestens gelaunt.

Nina stellte den Kochtopf mit den Bohnen zu, damit sie schnell gar waren, wenn sie zu drehen begannen. Punkt zehn standen sie und Leroy Seite an Seite hinter der Kochzeile bereit.

»Dann amüsieren wir beide uns heute mit Bohnensterz und Blumenkohl … oder Karfiol, wie ihr Österreicher dazu sagt.« Leroy zwinkerte Nina zu. Während sie auf das Startzeichen von Bernd warteten, flackerte sein Blick zu den Klebestreifen. »Super Idee! So muss ich mir die Reihung nicht merken.«

Nina sah ihn überrascht an. Sie hatte nicht im Traum daran gedacht, dass er der Anordnung Aufmerksamkeit schenkte oder gar auf zynische Kommentare verzichtete.

Er hatte offenbar ihren Blick bemerkt, denn seine Augen

blitzten amüsiert auf, als er aufzählte: »Salz, Pfeffer, Zucker, Muskatnuss. Daneben reihen sich dann die Zutaten, die du heute für den Bohnensterz brauchst. Wachtelbohnen, Heidemehl und statt Schmalz, wie es im Originalrezept steht, nimmst du Butter.« Er zeigte auf die kleine Glasschüssel mit dem ausgewickelten Stück.

Nina stand der Mund offen. Bevor sie reagieren konnte, gab Bernd das Zeichen für den Drehbeginn. Sie blickten beide in die Kamera und begrüßten die Zuschauer.

»Diesmal steht eine traditionelle Speise aus dem Alpenland auf unserem Plan«, sagte Nina. »Der Sterz. Früher ein typisches Armeleuteessen und den niedrigen Ständen vorbehalten, findet er heute, vor allem der Polentasterz, immer öfter Einzug in die gehobene Küche.« Sie glaubte, bei dem Stichwort aus dem Seitenwinkel ein spöttisches Grinsen auf Leroys Lippen zu erkennen, ließ sich aber nicht weiter beirren. »Ich habe aus den vielen Sterz-Rezepten den Bohnensterz ausgewählt, der zumeist im österreichischen Bundesland Burgenland zubereitet wird.«

»Und weil Sterz ein sehr deftiges Gericht ist«, mengte sich Leroy ein, »werde ich mich der leichteren Küche widmen, dem Blumenkohl, oder österreichisch Karfiol. Wahrscheinlich haben Sie ihn als Kind, so wie ich, in erster Linie mit einer Béchamelsauce gegessen.«

Da ist sie, die private Story, dachte Nina und stellte sich schon mal auf eine längere Geschichte ein.

»Das Gemüse kann man auf verschiedene Arten zubereiten. Heute koche ich Blumenkohlgratin mit Hackfleisch. Dafür brauchen Sie gerade einmal vierzig Minuten. Meine Mutter hat das oft gemacht, wenn es schnell gehen musste.«

Na also, geht doch, dachte Nina und lächelte.

»Wusstest du, dass der Blumenkohl bereits seit dem sechzehnten Jahrhundert in Europa angebaut wird? Das Gemüse passt also perfekt zu *Anno dazumal*«, er machte eine erklärende Handbewegung, »und der Calvofiore, verdeutscht Karfiol, war in Italien längst sehr beliebt, ehe er zu uns kam.«

Nina bedachte ihn mit einem anerkennenden Blick. »Na dann, lass uns loslegen. Für den Bohnensterz müssen erst einmal die vorgeweichten Bohnen in Salzwasser weichgekocht werden.« Sie zeigte auf den Topf, in dem bereits das Wasser mit den Bohnen sprudelte.

»Derweil teile ich den Blumenkohl in Röschen«, sagte Julian und machte sich an die Arbeit.

Da die beiden Gerichte nicht aufwendig waren, hatte Bernd beschlossen, dass sie diesmal die Speisen nicht hintereinander, sondern zeitgleich nebeneinander zubereiten sollten. Sie hatten beide einen eigenen Kochbereich, standen sich demnach nicht im Weg, und so fühlte es sich fast an, als kochte sie neben Ellen im *Ludwig*. Der Gedanke versetzte sie beinahe in Hochstimmung, und sie entspannte sich.

»Während die Blumenkohlröschen im kochenden Salzwasser bissfest gegart werden, brate ich das Hackfleisch für unseren Auflauf an.« Julian erhitzte Öl in einer Pfanne. »Und wenn das Fleisch schön krümelig ist, dann geben Sie fein geschnittene Frühlingszwiebeln, Brühe und ein bisschen Tomatenmark hinzu. Salz und Pfeffer natürlich nicht vergessen.« Er griff nach den Gewürzen und stellte sie danach wieder vorsorglich in Reih und Glied auf.

Nina lächelte ihn an und wandte sich wieder ihrer Arbeit zu. Sie war überzeugt, dass die Zuschauer nicht von ihr, der

Österreicherin, erwarteten, dass sie die deutschen Ausdrücke verwendete. »Vergiss nicht, deinen Karfiol abzuseihen!«, sagte sie deswegen betont.

Julian stockte. »Ich soll was?«

Nina bemerkte, dass Bernd und Karin im Hintergrund schmunzelten und der Kameramann breit grinste. Selbst Jessy konnte sich ein Lächeln nicht verkneifen.

»Abseihen bedeutet abgießen.« Nina nahm den Topf mit den Bohnen. »Apropos, bitte das wertvolle Bohnenwasser nicht in den Ausguss gießen, sondern in einen anderen Topf. Wir werden es noch brauchen.«

Julian goss das Blumenkohlwasser ab, nahm dann die gusseiserne Pfanne und wuchtete sie auf den Herd. »Die ist ziemlich schwer«, merkte er an und tat, als könnte er sie kaum halten.

Nina musste unweigerlich grinsen und stellte den Herd an. »Das Heidenmehl in der heißen Pfanne ohne Mehl linden, das bedeutet, unter ständigem Rühren erhitzen, bis es dampft. Aber Vorsicht, es darf nicht braun werden.«

Julian reichte ihr den Topf mit dem Bohnenwasser, das Nina zum Mehl goss und fest verrührte, bis die Masse locker wurde. »Danach kommt der Sterz noch ins Rohr, wo er ein wenig ziehen muss.«

»Und schon bald haben Sie ein sehr sättigendes traditionelles Gericht aus dem Alpenland«, merkte Julian Richtung Kamera an und schichtete den Blumenkohl und das Hackfleisch abwechselnd in eine feuerfeste Form, schnitt den Käse in Streifen und legte ihn gitterartig darüber. »Jetzt bei zweihundert Grad noch etwa fünfzehn Minuten gratinieren, und schon kann der Auflauf serviert werden.«

Nina nahm den Sterz aus dem Ofen, mengte die Bohnen darunter, goss heiße Butter darüber und platzierte die schwere Gusspfanne auf dem Pfannenknecht. Derweil schob Julian sein Gratin hinein.

»Guten Appetit!«, sagten sie beide synchron, und die Krankamera zoomte heran.

Später erzählten sie sich in der Mittagspause lustige Geschichten über sprachliche Missverständnisse.

»Als ich zum ersten Mal in Österreich war«, sagte Barbara, »bestellte ich mir Palatschinken, weil ich dachte, das sei eine besondere Art von Schinken. Ihr könnt euch mein Gesicht vorstellen, als ich Pfannkuchen serviert bekam!« Sie lachten.

»Ich hab mal in Spanien eine Cola bestellt«, sagte Jessy in die Runde, »und nicht gewusst, dass man dort ganz präzise Coca Cola oder Pepsi Cola bestellen muss. Oder wäre euch klar gewesen, dass *Cola* das spanische Wort für Schwanz ist? Den Kellner hättet ihr mal sehen müssen.«

Die gesamte Crew prustete lauthals los. Sie lachten, bis ihnen die Tränen kamen. In dem Moment spürte Nina, dass sie langsam zu einem gut funktionierenden Team zusammenwuchsen.

10

Am Donnerstag, dem vierten Drehtag, stand das große Weihnachtsmenü auf dem Drehplan. Als Nina um neun Uhr morgens die Küche betrat, stand Karin bereits auf einer kleinen Leiter und brachte eine Tannenzweiggirlande mit roten und goldenen Weihnachtskugeln über der Kochstelle an. Bernd stand mit einer Tasse Kaffee in der Hand daneben, sah ihr zu und wippte im Takt der Musik. Zur Einstimmung sang Chris Rea aus irgendeinem Handy *I'm driving home for Christmas*. Jessy, die bereits um diese Uhrzeit hinreißend aussah, notierte etwas auf das Klemmbrett in ihrer Hand.

»Guten Morgen, Nina«, sagte Bernd und nickte ihr zu. »Na, da kommt Weihnachtsstimmung auf, nicht wahr?«

Nina grinste und begrüßte die Mannschaft.

»Hast über unser Gespräch nachgedacht?«, fragte Bernd.

Nina sah aus dem Augenwinkel, dass Jessy interessiert den Kopf hob. »Noch nicht.«

»Dann mach es bitte bald!«

Jessys zusammengepresste Lippen verrieten, dass es ihr ganz und gar nicht passte, dass sie nicht Bescheid wusste.

»Weihnachten im September bei achtzehn Grad Außentemperatur, das hat doch was«, sagte Nina ausweichend und erntete ein amüsiertes Kopfnicken der gesamten Crew.

»Und du bist die Weihnachtskönigin«, witzelte der Tonmann und zeigte auf ihr Oberteil.

Nina trug eine schwarze langärmelige Bluse mit winzig kleinen weißen Schneeflocken und eine rote Jeans. Die Kleidung hatte sie am Vorabend von Barbara in die Hand gedrückt bekommen.

»Was zieht Julian an?«, hatte sie die Ausstatterin gefragt und die Antwort gleich selbst geliefert. »Einen Pullover mit einem Rentier darauf?« In dem Moment war ihr speziell der Film *Schokolade zum Frühstück* in den Sinn gekommen, in dem Marc Darcy, gespielt von Colin Firth, so einen trug. Obwohl es keinen amerikanischen Weihnachtsfilm ohne solch hässliche Teile gab.

Barbara hatte ihr zugezwinkert und gesagt: »Und du machst dann auf Bridget Jones und schnappst dir den Helden«, und Nina hatte augenblicklich ihre unbedachte Bemerkung bereut.

»So, perfekt.« Karin stieg von der Leiter und begutachtete zufrieden ihr Werk. Die gesamte Kochstelle glitzerte und glänzte im gold-rot-grünen Weihnachtsambiente.

»Schaut wirklich bezaubernd aus.« Nina liebte Weihnachtskitsch, freute sich jedes Jahr auf die Zeit, wo man so schön dekorieren konnte. Sie machte sich einen Tee, nahm sich vom Tisch ein Butterbrot, das sie genüsslich aß, während sie sich für den Dreh vorbereitete.

Auch heute hatte sie wieder vorgekocht, diesmal wie geplant die gestoßene Fischsuppe. Zu Beginn jedoch standen Ragoutwürstchen auf dem Plan, die waren rasch zubereitet und bildeten die Einlage für die Suppe. Nina wischte sich die Finger an einer Stoffserviette ab und stellte die Lebensmittel für den ersten Gang in ihrer persönlichen Ordnung auf: Salz, Pfeffer, Semmelbrösel, Oblaten und statt des Schmalzes, wie es in dem alten Rezept aus Josefine Türcks *Jubiläumskochbuch* stand, nahm sie diesmal neutrales Rapsöl. Das faschierte Fischfleisch und das Ei würde sie direkt aus dem Kühlschrank holen.

»Ist Leroy schon eingetroffen?«, fragte Bernd. »So könnten wir schon ein bisschen früher beginnen.«

In dem Moment flog die Küchentür auf, und der Münchner Koch trat wie aufs Stichwort ein. Nina sah kurz in seine Richtung. Er war wie immer bestens gelaunt. Gegen ihren Willen fand sie ihn in der schwarzen Küchenchefjacke mit den hellgrauen Knöpfen und Paspeln äußerst attraktiv. Dazu trug er schwarze Jeans und schwarze Turnschuhe. Doch kein Rentierpulli, schoss es ihr durch den Kopf, und sie verkniff sich ein Grinsen.

Leroy begrüßte die Crew wie immer überschwänglich, dann kam er zu Nina in den Kochbereich.

»Ich freu mich jeden Morgen darauf, dich beim Sortieren beobachten zu dürfen«, raunte er ihr zu, weil sie trotz der Klebestreifen die Gewürze aufreihte. Er stand direkt neben ihr, sie konnte sein Aftershave riechen. Die Berührung seiner Haare elektrisierte Nina leicht.

Ihr fiel nichts ein, was sie ihm Lustiges antworten konnte, war sie doch viel zu sehr damit beschäftigt, stumm ihrem Herzen zu verbieten, schneller zu schlagen. Der macht sich nur lustig über dich, schärfte sie sich ein.

Rasch griff sie nach einem Glas Wasser, nahm einen großen Schluck und ertränkte so die startklaren Schmetterlinge in ihrem Bauch. Sie zwang Leroy durch eine Handbewegung einen kleinen Schritt zur Seite.

»Wie schön, dass ich dir jeden Morgen so eine Freude bereiten kann«, antwortete sie schließlich und lächelte ihn gutmütig an. Die Antwort kam zwar nicht spontan und war auch nicht witzig, aber immerhin hatte sie etwas gesagt.

Seine blauen Augen fixierten sie um einen Tick zu lange. Nina wandte sich ab, hoffte, dass er ihre Verlegenheit nicht bemerkte. Was war nur los mit ihr?

»Lasst uns mal loslegen.« Bernd klatschte in die Hände, und fünfzehn Minuten später gab er das Kommando für den Drehbeginn.

Julian und Nina begrüßten gemeinsam die Zuschauer und erklärten, was sie in der Weihnachtssendung erwartete.

»Heute können Sie sich wahrlich auf Weihnachtsmenüs von anno dazumal freuen.« Leroy strahlte in die Kamera.

»Was wir für Sie kochen, stand bereits Ende des neunzehnten beziehungsweise Anfang des zwanzigsten Jahrhunderts auf dem Speiseplan der Adeligen und betuchten Bürger«, fuhr Nina lächelnd fort.

»Danke! Zehn Minuten Pause«, sagte Bernd und beendete die kurze Aufzeichnung für den Sendeeinstieg.

An der Stelle würde am Schnittplatz ein kurzer Beitrag eingefügt werden, der die Köchin und den Koch skizzierte, die die Ideengeber für die Menüs waren. Ninas Vorschlag, für die Weihnachtssendung eine Speisenfolge aus dem Jubiläumskochbuch von Josefine Türck von 1908 nachzukochen, hatte die Verantwortlichen der Sendung so begeistert, dass die Redakteure des *Bayerischen Rundfunks* einen Nachdruck des Kochbuches *Anweisung in der feineren Kochkunst* von Johann Rottenhöfer auftrieben, dem Haushofmeister und ersten Mundkoch von König Maximilian II. und König Ludwig von Bayern.

Nina nahm das Buch Rottenhöfers von der Anrichte und blätterte die ersten Seiten durch, besah sich eine ausführliche Beschreibung von gezeichneten Küchengewürzen. »Mit dem Wälzer kannst echt wen erschlagen«, sagte sie schließlich zu Barbara, die neben ihr stand.

»Hast du dafür schon jemanden im Auge?« Die Ausstatterin grinste.

Julian trat zu ihnen. »Da stehen auf tausend Seiten über zweitausendfünfhundert Rezepte drin«, sagte er. »Das muss so dick sein. Die Redakteurin, die die Rezepte für die Weihnachtssendung rausgesucht hat, hatte echt zu tun.«

»Und was hat sie rausgesucht?«, fragte Nina, weil ihr in dem Moment klar wurde, dass sie den Vorschlag nicht kannte.

»Lass dich überraschen«, sagte Julian verschwörerisch.

»Ich mag es aber nicht, wenn ich in der Küche nicht weiß, womit ich es zu tun habe«, sagte Nina, doch in dem Moment drang Jessys Stimme durch den Raum.

»Achtung, wir drehen weiter. Alle auf Position!«

Während Nina das Fischfleisch mit den Gewürzen vermischte, erzählte sie vor der Kamera, dass Josefine Türcks Kochbuch vom *k.u.k.-Hofwirtschaftsamt* ausgezeichnet wurde und sie daraufhin als Sachverständige fungierte.

Als sie das Gemisch gemeinsam in Oblaten wickelten und zu Würstchen formten, die danach in Öl herausgebacken wurden, berührte Leroy wie zufällig Ninas Hand. Sie warf ihm einen raschen Blick zu, er lächelte sie einnehmend an. Nina blieb ernst und griff nach dem Servierteller mit dem Fisch darauf.

»Nach der Suppe folgt der Schwarzfisch, auch Schwarze Makrele genannt«, erklärte Nina und arbeitete weiter. »Der wird in Stücke geschnitten und mit nudelig geschnittenem Wurzelwerk, Zwiebeln, Essig, ganzen Pfefferkörnern, Salz und einem Viertelliter Wasser übergossen und weichgekocht. Dazu reicht man Polnische Sauce und Serviettenknödel.«

»Nudelig geschnitten?«, fragte Julian schmunzelnd. »Wieder so ein österreichischer Ausdruck. Ich glaub, das musst du näher erklären.«

»Das bedeutet fein geschnitten, sieht man doch«, antwortete Nina und hielt grinsend ein schmal geschnittenes Stück Karotte in die Kamera.

»Das gesamte Menü zum Nachkochen finden Sie übrigens auf der Homepage des *Bayerischen Rundfunks* und des *ORF*«, ergänzte Julian. »Diese Sendung ist nämlich eine gemeinschaftliche Produktion mit, wie Sie soeben mitbekommen haben, integriertem Sprachkurs Österreichisch-Deutsch.«

Nina musste unwillkürlich lachen. Der Mann hatte tatsächlich Humor. Vielleicht tat sie ihm ja tatsächlich unrecht, wenn sie meinte, seine positive Art sei aufgesetzt. »*Anno dazumal*«, sagte sie dann und betonte den Namen der Sendung, »stand der Backfisch auf dem Menüplan, gefolgt von Bordeauxpflaumen und Birnen, dazu reichte man garnierten Salat, danach ein Stück Weihnachtstorte und feines Gebäck.« Sie zwinkerte in die Kamera. »Lassen Sie sich's doch auch einmal so gut gehen, wie das die Adeligen damals taten.«

Am frühen Nachmittag hatten sie den gesamten ersten Teil abgedreht. Jedes Crewmitglied schnappte sich einen Teller und nahm sich, wonach ihm oder ihr der Sinn stand.

»Wenn ihr weiterhin solche Mengen kocht, werde ich in den zwei Wochen mindestens fünf Kilo zunehmen«, jammerte

Jessy halbherzig und ließ sich auf den Stuhl neben Leroy fallen. Barbara warf Nina einen genervten Blick zu. Jessy ging inzwischen selbst dem gutmütigsten Crewmitglied auf die Nerven.

»Und jedes Gramm würde dir bestens stehen«, sagte Julian mit schmeichelnder Stimme und lächelte sie an.

Jessy kicherte albern und legte beiläufig ihre Hand auf seinen Unterarm. »Das sagst du doch nur so.«

»Von Fisch wird man nicht dick«, sagte Nina und stocherte lustlos im Essen herum. Sie überlegte fieberhaft, welche Speise sie ihrer Großmutter zu Ehren kochen wollte. In Gedanken blätterte sie Seite für Seite in ihrem schönen alten Kochbuch um, konnte sich aber auf nichts einlassen.

»Schmeckt's dir nicht?«, fragte Jessy. »Hast ja immerhin du gekocht.«

Nina lächelte ihr nur nachsichtig zu und legte das Besteck zur Seite.

Jessy klopfte mit der Gabel auf den in goldgelber Panier herausgebackenen Fisch auf ihrem Teller. »Also wenn mich nicht alles täuscht, sind die Österreicher die Erfinder von Fischstäbchen.« Sie lachte laut über ihren eigenen Witz.

Nina hatte nicht vor, sich auf einen verbalen Zweikampf einzulassen. Deshalb stand sie auf und ging nach draußen. Vor der Tür streckte sie sich und genoss den Blick über die mit Feldern und Wiesen gesprenkelte Landschaft. Der Altweibersommer zeigte sich von seiner schönsten Seite. Die Sonne schien und tauchte die gesamte Gegend in wundersame warme Farben. Das war einmal die Heimat ihrer Großmutter gewesen. Sie hatte sie nie gefragt, weshalb sie Hofberg eigentlich verlassen hatte. Es war einfach so gewesen. Nun fragte sich Nina zum ersten Mal, ob etwas vorgefallen war, das sie zum Fortgehen gezwungen hatte, oder ob sie das Dorfleben einfach nur eingeengt hatte.

Die Tür ging auf. Konnte man hier nicht einmal eine Minute allein sein?, dachte Nina.

Leroy hielt ihr eine Tasse entgegen. »Tee?«, fragte er.

»Danke, das ist eine gute Idee.« Sie nahm sie ihm ab.

»Ist alles in Ordnung mit dir?«, fragte er.

Sie nickte stumm, sah wieder über die Weite der Felder.

»Ich lass dich allein. Du musst offensichtlich über etwas nachdenken.«

Er ging wieder, und Nina runzelte die Stirn. Sein Feingefühl überraschte sie.

Zwanzig Minuten später war die Drehpause zu Ende, und die Maskenbildnerin holte Nina wieder rein.

»*Anweisung in der feineren Kochkunst* von Johann Rottenhöfer«, sagte Leroy und hielt das schwere Buch in die Kamera. »Es wurde 1858 veröffentlicht und war eines der berühmtesten Kochbücher des neunzehnten Jahrhunderts. Bis zum Ersten Weltkrieg wurde es mehrfach neu aufgelegt.« Er legte das Buch zur Seite. »Dem folgte dann 1864 das Kochbuch *Der elegante Kaffee- und Teetisch*, das Rezepte des Leibkochs von König Ludwig II. enthielt, denn Rottenhöfer kochte auch für ihn.«

Nina war beeindruckt, weil er zum ersten Mal konzentriert interessante und fundierte Informationen an die Zuschauer weitergab. Auf einmal fand sie es schade, dass man von Josefine Türck so wenig wusste. Sie hätte gerne mehr über diese Frau erzählt.

»Ob wir auch mal so eine Berühmtheit erlangen, dass man noch in hundert Jahren von uns spricht, Nina? Was meinst du?«, stellte er ihr die rhetorische Frage, ließ ihr aber keine

Zeit zu antworten. »Da wir in dem österreichischen Teil der Sendung viel Fisch hatten, widmen wir uns nun den Fleischgerichten und beginnen mit Bratwürsten in rotem Wein.«

Also doch Würstel, dachte Nina belustigt. »Gibt's später auch was Süßes?«, fragte sie und schaute Leroy über die Schulter, während er die Würste in Butter bräunte.

»Natürlich«, sagte er, »einen Mandelauflauf. Wenn du dich schon mal drauf einstimmen willst, Seite sechshundertachtundachtzig, ist eingemerkt. Aber weißt du, was auch interessant ist? Auf den letzten Seiten im Buch beschreibt Rottenhöfer, wie man Speisezettel zusammenstellt, etwa für ein häusliches Mahl für zwölf bis sechzehn Gedecke. Wenn du möchtest, lies doch unseren Zuschauern einmal vor, was im Jahr 1860 so bei betuchten Leuten auf den Tisch kam. Und ich ziehe den Würsten inzwischen die Haut ab, schneide sie anschließend in kleine Stücke und gebe sie in die Kasserolle.«

Nina nahm das Buch zur Hand und suchte die Stelle heraus. »Reissuppe mit gesottenem Huhn«, las sie, »Fleischpastete, Lendenbraten mit gebratenen Kartoffeln, gedünstetes Sauerkraut mit geräucherter Schweinebrust, eingemachte junge Hühner, gebratener Rehschlegel mit Salat und Biskuittorte mit Zuckerguss.«

»Das ist doch mal ein Speiseplan für eine Großfamilie«, meinte Leroy lachend. »Aber zurück zu unseren Bratwürsten … Ich röste hier jetzt fünf Esslöffel geriebenes Weißbrot an, das wird mit einer eingedickten Fleischbrühe verrührt, dem Bratensaft, der in dem Kochbuch übrigens noch Taschenbouillon genannt wird, über die Würste gegeben, und dann ab damit in den Ofen. Fünfzehn Minuten vor Ende der Garzeit löschen wir das Ganze mit einer halben Flasche guten Burgunder ab. Und dann …«, er zwinkerte Nina zu, »trinken wir beide den Rest.«

Sie lächelte ihn an und hoffte, dass die Presse nicht etwas Größeres daraus machte, sobald die Sendung mit der Sequenz ausgestrahlt wurde.

Als Bernd Stunden später das Zeichen für das Drehende gab, atmeten alle mehrmals tief durch. Die Weihnachtssendung hatte die gesamte Crew extrem gefordert.

»Ich muss unbedingt noch in meinem Lokal vorbeischauen und dann ab ins Bett, bin fix und fertig.« Julian öffnete die Knöpfe seiner Kochjacke, sah müde aus.

»Kann ich mit dir mitfahren?«, fragte Jessy.

»Klar. Aber ich will gleich los.«

Sie hob ihre Tasche in die Luft. »Bin startklar.«

Nina ging nach draußen und setzte sich auf die Hausbank. Die beiden gingen an ihr vorbei, und Julian hielt Jessy die Beifahrertür seines Audi A3 auf. Sie stieg mit elegantem Hüftschwung ein und schenkte ihm ein bezauberndes Lächeln. Er schlug die Türe zu, setzte sich auf den Fahrersitz und fuhr los, ohne sich noch einmal zu ihr umzudrehen.

Na, dann werdet glücklich miteinander, dachte Nina und sah die roten Rücklichter verschwinden.

»Du findest ihn wohl inzwischen sympathisch.« Bernd setzte sich zu ihr.

»Wie kommst du denn da drauf?«

Bernd warf ihr nur einen vielsagenden Blick zu, überging aber ihre Frage. »Hast du dir schon Gedanken über die Sache mit deiner Großmutter gemacht?«

»Ich weiß es noch nicht, Bernd.« Sie legte ihm kurz die

Hand auf die Schulter und stand dann auf. »Lass uns morgen darüber reden, ich bin hundemüde, muss dringend ins Bett. Gute Nacht.« Sie gab ihm einen Kuss auf die Wange.

»Gute Nacht, Süße!«

Nina stellte sich unter die Dusche, wusch die Anstrengung des Tages mit warmem Wasser ab. In ihrem Zimmer öffnete sie die Terrassentür, stellte sich in den Türrahmen und sog die Landluft ein. Der Heugeruch des Sommers wich allmählich dem modrigen Duft des Herbstes. Feuchte Erde, Moos, Holz. Sie atmete tief durch, dehnte und streckte sich ein wenig, dann schloss sie die Tür und kroch unter die Bettdecke. Der waschfrische Lavendelgeruch verblasste langsam.

»Hast du dir schon Gedanken über die Sache mit deiner Großmutter gemacht?« Unaufhörlich kreiste Bernds Frage in ihrem Kopf. Sie drehte sich auf den Rücken und starrte an die Decke. Wie sollte sie sich entscheiden? Würde ihre Oma es gutheißen, wenn sie Teil der Sendung würde? Sie, die ihr ganzes Leben lang stark geerdet war, nie viel Aufsehen um ihre Person gemacht hatte? Es war schwer zu sagen.

»Zwei Apfelsinen im Haar ...«, summte Nina leise vor sich hin, und bei der Erinnerung, wie sie zu dem Lied gemeinsam durchs Zimmer getanzt waren, musste sie lächeln. »Was meinst du, Oma?«, murmelte sie schließlich in die Dunkelheit. »Soll ich es tun?« Noch eine Weile lag sie stumm da, dann wälzte sie sich herum. Ja, sie würde es tun. Sie würde sich ihre geliebte Großmutter in Erinnerung rufen und ihr so ein Denkmal setzen. Doch welche Speise sollte sie ihr zu Ehren zubereiten? Nina grübelte die halbe Nacht. Erst um zwei Uhr kam ihr die zündende Idee, und sie konnte endlich einschlafen.

11

Morgens schlief Nina so tief, dass sie weder die Kirchenglocken noch ihren Wecker hörte. Erst um halb zehn Uhr sprang sie erschrocken aus dem Bett und lief ins Badezimmer. Die Geräusche unten im Haus verrieten ihr, dass die Crew schon arbeitete. Sie zog sich in Windeseile an, und es gelang ihr kurz vor Drehbeginn in der Küche zu erscheinen. Die Weihnachtsdekoration war verschwunden, Bernd saß mit einer Tasse Kaffee am Tisch und tippte an seinem Handy herum. Jessy und Leroy standen nebeneinander und redeten. Heimlich suchte Nina nach Hinweisen, die verrieten, ob die beiden möglicherweise die Nacht zusammen verbracht hatten. Verliebte Blicke, zufällige Berührungen. Doch sie konnte nichts Verräterisches entdecken, zumindest nicht von seiner Seite. Davon abgesehen, starrte Jessy Julian bewundernd an und kicherte, sobald er den Mund öffnete. Warum kümmerte sie sich überhaupt darum? Sie konnte den Kerl eh nicht leiden.

Sie nickte grüßend in die Runde, ging auf Bernd zu und ließ sich neben ihn auf die Bank fallen.

»Du hast gesagt, der Drehplan wird umgeworfen, wenn ich so weit bin«, sagte sie.

»Stimmt.« Bernd stellte die Tasse auf den Tisch und sah sie erwartungsvoll an.

»Ich bin so weit.«

»Das ist großartig, Nina!« Seine Augen blitzten erfreut auf. »Du wirst sehen, das wird die Zuschauer an die Sendung binden. Also, was brauchst du?« Er winkte Jessy heran, die sofort dazukam.

»Milch, Eier, Mehl, Zucker, Vanillezucker, Backpulver und Rum«, zählte Nina auf.

»Eine Mehlspeise. Dafür haben wir alles da, denke ich.« Er warf Jessy einen Blick zu.

Die Regieassistentin hielt einen gezückten Stift und ein Klemmbrett in der Hand und nickte. »Haben wir … Wie heißt denn das Gericht?«

»Sennenhupfer.« Nina legte den Kopf schief und schaute gespannt in ihre Gesichter. Mehrere Augenpaare sahen sie fragend an.

»Was ist das?« Es war Leroy, der die Frage stellte.

»Eine Kost, die Sennerinnen den Gästen auf Salzburger Almen servieren«, erwiderte sie kryptisch, als ginge es darum, ein Geheimnis zu bewahren.

»Dann zeigst du es uns eben nachher«, sagte Julian.

Eine halbe Stunde später stand sie in einer hellblauen Kochschürze am Set und sagte in Richtung Kamera: »Der Teig für die Sennenhupfer ist rasch zubereitet, weil im Endeffekt alle Zutaten ähnlich einem Kuchenteig nach und nach in einer Schüssel verrührt werden.« Sie sah zu Leroy, verkniff sich jedoch die Bemerkung, dass das doch genau seine Art zu kochen sei. Derweil verrührte sie Eier, Rum, Zucker und Vanillezucker zu einer schaumigen Konsistenz, ihr Anblick löste bei Nina ein Gefühl der Geborgenheit aus. Wie lange schon hatte sie diese Süßspeise nicht mehr zubereitet?

»Der Teig darf weder zu fest noch zu weich sein«, erklärte sie und hob die Mehlbackpulvermischung unter. »Dazu reicht man übrigens Kompott, je nach Gusto und Saison.«

Nina begann, mit einem Löffel Nocken auszustechen, die sie anschließend in heißes Fett gleiten ließ.

»Woher kommt der Name Sennenhupfer?«, fragte Leroy und sah ihr interessiert über die Schulter.

»Schau«, sagte sie und setzte erneut vorsichtig eine Teigkugel in die hohe Pfanne. »Die Nocken springen beim Herausbacken, wir sagen hupfen, daher Hupfer.«

Sie machte eine kurze Pause, weil sie wusste, dass die Krankamera eine Aufnahme von oben machte, damit die Zuschauer später sehen konnten, wie die Nocken im Fett hüpften.

»Die Mehlspeise hat meine Großmutter gemacht, als sie Sennerin in den Salzburger Alpen gewesen war. Sie war eine bodenständige Frau, die zeitlebens großen Wert auf ursprüngliche Küche gelegt hat. Aufgewachsen ist sie übrigens auf einem Bauernhof in Bayern …«

»Und wissen Sie, wo sich dieser Bauernhof befand?«, fiel Julian ihr ins Wort. »Genau hier, in Hofberg, nahe der Bischofsstadt Eichstätt, wo sich diese tolle Küche befindet, in der wir für Sie kochen«, sagte er.

Nina nickte. »Sie war es, die mir mein erstes Kochbuch geschenkt hat. Ich habe das Buch heute noch.«

»Offenbar hat sie dein Talent erkannt«, sagte Julian.

»Ja, vielleicht«, sagte Nina. »Jedenfalls war ich schon als Kind sehr an ihrer Küche interessiert. Meine Großmutter wanderte also in jungen Jahren mit einer Herde Merinoschafen umher, sie war die letzte Wanderhirtin unserer Familie, und als sie aufhörte, ging eine jahrhundertelange Ära zu Ende.«

»Warum wurde sie Sennerin?«, fragte Julian und sah Nina dabei zu, wie sie die nächsten Nocken ausstach und ins heiße Fett setzte.

»Ende der Fünfzigerjahre zog es sie in die Salzburger Alpen, genau gesagt nach Maria Alm im Pinzgau. Sie wurde dort gebraucht, hatte sie immer behauptet.« Für Ninas Generation war es selbstverständlich von zu Hause wegzugehen, um eine Ausbildung zu machen, zu studieren oder sich weiterzuentwickeln. Aber warum sie, die Tochter von Landwirten, in den Fünfzigerjahren? Es gab viele Fragen in ihrem Kopf, auf die sie keine Antwort wusste und die sie vorher noch nie gestellt hatte. Sie hatte immer gedacht, ihre Großmutter gut zu kennen, doch nun begriff sie, vieles nicht zu wissen.

»Auf der Alm war alles anders, sagte sie, irgendwie magisch. Wenn du da oben stehst und morgens auf das Gipfelmeer blickst, dann begreifst du, dass dort Ruhe und Gelassenheit wohnen«, sagte sie. »Meine Großmutter war der Meinung gewesen, die Leute haben verlernt, der Natur zuzuhören. Allein, wenn im Winter ab Mitte Jänner vermehrt die Vögel morgens zwitschern, weißt du, dass der Frühling nicht mehr so weit ist … In ihren Ohren klang das noch schöner als das Neujahrskonzert der Philharmoniker, meinte sie immer.« Nina nahm die letzten Nocken aus dem Fett und setzte sie zum Abtropfen auf Küchenpapier zu den anderen.

»Nachdem meine Großmutter nach Wien gezogen war, ging sie, so oft es ihr möglich war, in den Lainzer Tiergarten, um die Mufflons zu beobachten, wie sie da mit stoischer Beharrlichkeit auf der Weide grasten. Jedem Menschen, der schwer zur Ruhe kommt, sollte vom Arzt ein Besuch bei einer Schafherde verschrieben werden, das entschleunigt«, sagte Nina und lachte. »Ich war als Kind so oft mit meiner Großmutter dort oben, dass ich dachte, die Wildschafe gehörten ihr. Sie kamen angerannt, sobald meine Großmutter auftauchte … Schafe sind übrigens nicht dumm, auch wenn man ihnen das nachsagt. In Wahrheit sind sie eine Ausgeburt an Geduld.« Das waren die Worte ihrer Großmutter gewesen. Nina hatte damals oft das Gefühl gehabt, in eine Sagenwelt einzutauchen, in der ihre Oma die Königin war und die Schafe ihre treuen Untertanen. Als sie sich kleine Wollschafe wünschte, weil ihr Vater echte im Garten nicht mochte, kaufte ihre Großmutter ihr prompt im nächsten Spielzeuggeschäft eine ganze Herde samt Schafhirten. In ihrer kindlichen Fantasie kämpfte Nina dann mit ihnen heldenmutig gegen den bösen Zauberer, der die Natur vernichten und die Welt mit Beton überschütten wollte.

»Natürlich können Schafe stur sein«, fuhr sie fort, »aber wer ihre Sprache versteht, der wird gut mit ihnen zurechtkommen …«

Je länger Nina von ihrer Großmutter sprach, umso lebendiger wurden die Bilder in ihrem Inneren. Und plötzlich war deutlich ein bestimmtes Ereignis auf der Alm in ihrem Kopf, an das sie schon seit vielen Jahren nicht mehr gedacht hatte. Sie und ihre Großmutter hatten am Weidezaun gestanden und den Schafen beim Grasen zugesehen.

»Einmal zeigte meine Großmutter in den Himmel, der wie ein weißer Fleckerlteppich aus flauschigen Wolken aussah. Das sind Schäfchenwolken, sagte sie, eine Wolke ist anders als die andere, wie bei den Schafen herunten auf der Erde. Merk dir, Kind, wenn es mehr werden, kommt schlechtes Wetter, bleiben sie flockenartig so wie diese, bleibt das Wetter stabil.«

Nina machte eine kurze Pause, weil sie in dem Moment realisierte, dass sie noch heute oft intuitiv nach Schäfchenwolken Ausschau hielt. »Und dann führte sie mich auf die Weide und sagte, das hier, Nina, ist ein großer Kräutergarten, und sie zeigte mir das Almkräutel, das auch Alpen-Mutterwurz oder Alpen-Liebstock genannt wird. Es gehört zu den besten Futterpflanzen, riecht sehr angenehm und hat eine positive Wirkung auf den Darm von Mensch und Tier, hat sie mir erzählt. Das wissen die Schafe von Natur aus, das muss man ihnen nicht beibringen.« Es huschte ihr ein Lächeln über die Lippen, weil die Pflanze auch als Aphrodisiakum galt.

»Ich denke, meine Liebe mit frischen Kräutern zu kochen, hab ich eindeutig von meiner Großmutter. Das Almkräutel verwendet man übrigens wie Petersilie, es wird auch gerne zum Würzen von Käse verwendet.« Nina verstummte und horchte in sich hinein. Es fühlte sich richtig an, hier vor laufender Kamera von ihrer Liesl-Oma erzählt zu haben. Sie war eine bewundernswerte Frau und eine große Naturliebhaberin gewesen, und das konnte ruhig jeder wissen.

Auf einmal sah Nina den alten Landwirt aus dem Augenwinkel heraus. Er stand, halb verdeckt von einem Scheinwerfer, im Türrahmen und beobachtete sie. Wie viel hatte er von dem Gesagten gerade gehört?, fragte sie sich. In den letzten Tagen hatte sie ihn nicht gesehen, und es schien ihr, als würde er ihr aus dem Weg gehen. Immer wenn sie morgens in die Küche gekommen war, stand sein Frühstücksgeschirr bereits abgespült im Waschbecken, den Industriespüler rührte er nicht an.

Nina konnte seiner Miene nicht entnehmen, was jetzt in ihm vorging. Sie lächelte ihm zu, doch er schien nicht darauf zu reagieren. Der Alte war ihr auf merkwürdige Art sympathisch, obwohl er sich ihr gegenüber zurückhaltend verhielt, fast so, als gäbe es etwas zu verbergen. Sie glaubte dennoch eine Art Verbindung zu ihm zu spüren, aber vielleicht lag das auch nur an seinem traurig-melancholischen Blick.

12

Nach Drehschluss holte sich Nina eine Flasche Pils aus dem Kühlschrank und ging nach draußen. Sie hatten fünf Tage und somit fünf Sendungen abgedreht. Es war Freitagabend und das erste Mal, dass sie nicht unmittelbar danach die ersten Aufräumarbeiten in der Küche erledigte. Sie brauchte ein paar Minuten Ruhe. Die Erinnerungen an ihre Großmutter hatten sie aufgewühlt. Sie setzte sich auf die Hausbank und sah hinunter auf das Dorf, das eingebettet dalag in eine Landschaftsmischung aus Wald, Wiesen und Felder. Nina fragte sich, wo genau die Weiden gelegen hatten, auf denen ihre Großmutter die Schafherde gehütet hatte. Es wurde allmählich Zeit, ihren Großonkel zu besuchen...

Die Eingangstür ging auf, und Leroy tauchte mit einem Pils in der Hand auf. Ausgerechnet der, schoss es Nina durch den Kopf. Wie immer machte sie seine Nähe etwas nervös, und möglicherweise würde er ihr gleich an den Kopf werfen, dass sie sein Sendekonzept, Privates wie beiläufig vor der Kamera zu erwähnen, gestohlen hatte. Sie setzte sich aufrecht hin, wappnete sich innerlich und formulierte in Gedanken ihre Verteidigung. Immerhin war es Bernds Idee gewesen, aus dem Leben ihrer Großmutter zu erzählen. Aber hatte er nicht auch irgendwie seine Strategie geändert und verzapfte weniger Schmarrn?

»Darf ich?« Leroy zeigte auf den freien Platz auf der Bank neben ihr. Nina nickte, und er ließ sich nieder.

»Ich wusste nicht, dass du von einer Bauerndynastie abstammst«, sagte er.

»Woher solltest du das auch wissen? Es steht nicht in meiner Biografie.« Und wenn es dort stünde, hättest du's sicher nicht gelesen, fügte sie in Gedanken hinzu. Ihre Spitzzüngigkeit war nichts anderes als Selbstschutz, das wusste sie selbst. Aber sonst müsste sie sich die aufkommenden Gefühle für ihn eingestehen. Und das war ein zu gefährliches Feld, das sie nicht betreten wollte. Ihr letzter Freund war ein ähnlicher Sonnyboy wie Julian gewesen, und sie war auf ihn hereingefallen. Die Beziehung ging in die Brüche, weil er sich mit anderen Frauen vergnügte, während sie im Restaurant gestanden war. Seine letzte Eroberung hatte der verfluchte Kerl sogar mit ins *Ludwig* genommen, und er hatte sie doch tatsächlich als seine Cousine vorgestellt. Da war ihr die Hutschnur geplatzt. Als er dann auch noch behauptet hatte, wenn sie weniger gearbeitet hätte, hätte er keine Gelegenheit gehabt fremdzugehen, da hatte sie ihn endgültig abserviert. Das Ganze lag nun ein Jahr zurück, und Nina hatte sich geschworen, sich nie wieder derart verletzen zu lassen und leichtfertig ihr Herz zu verschenken.

»Die Dynastie in dem Sinn gibt es nicht mehr«, sagte sie zu Leroy, der mit ernster Miene dasaß, nachdenklich wirkte, fast verletzlich, und dadurch, so musste sie es sich eingestehen, noch um eine Spur attraktiver. Nina unterdrückte den Impuls, ihn zu fragen, ob es ihm gut gehe, und dabei seine Hand zu berühren. Nur ganz sanft, als ob es unabsichtlich geschähe, so wie hin und wieder beim Kochen. Verdammt, sie war tatsächlich im Begriff sich zu verlieben. Das durfte einfach nicht passieren!

»Vermisst du etwas?«, fragte er sie unvermittelt.

»Wie meinst du das?«

»Aus deinen Jugendtagen. Die Alm zum Beispiel? Du hast sie vorhin in so leuchtenden Farben beschrieben.«

So hatte sie selbst es nicht empfunden. Sie war nervös gewesen, hatte ihrer Meinung nach verkrampft und völlig unreflektiert drauflosgeplappert.

»Den Geruch vielleicht. Es roch nach …«

»Wiesen und Kräutern? Schäfchenwolken riechen ja nach nichts, oder doch?«

Er sah sie vorwitzig an, dann legte er seine vollen Lippen um die Flaschenöffnung, kippte den Kopf nach hinten, damit das kühle Bier in seinen Mund floss. »Ich hab mein Leben lang in der Stadt gewohnt. Ein Ausflug in die Isarauen Richtung Wolfratshausen war mein ländlichstes Kindheitserlebnis.« Er lachte, und Nina fiel in das Lachen mit ein. Sein Lachen verzauberte die Menschen, und allmählich verzauberte es auch sie.

»Das ist jetzt nicht dein Ernst?«, sagte sie amüsiert.

»Nein, ein paarmal haben wir schon richtige Ausflüge gemacht. Aber auf einer Alm war ich noch nie.«

»Wie das? Es gibt doch genug Berge rund um München.«

»Meine Eltern sind keine Freunde der Berge. Dafür waren wir oft am Starnberger See oder Ammersee.«

In dem Moment fiel Nina ein, welcher Geruch es war, den sie vermisste, wirklich vermisste, weil sie ihn kaum mehr später gerochen hatte.

»Der Geruch nach Schafen.«

Mit der Antwort hatte Leroy offenbar nicht gerechnet. Er verschluckte sich, hustete. »Nach Schafen? Echt jetzt?«

Sie nickte bestimmt.

»Warum nach Schafen? Stinken die nicht fürchterlich?«

Nina grinste. »Weil meine Großmutter sie so sehr liebte und ich sie als Kind deshalb unglaublich toll fand.«

»Wie würdest du den Geruch beschreiben?«

Nina ließ sich Zeit mit der Antwort, tat, als müsste sie sich erst wieder daran erinnern. Derweil war dieser Duft fest in ihrem Hinterkopf abgespeichert. Sollte sie ihre Empfindung schildern oder etwas sagen, das er im Grunde erwartete? Streng, zum Beispiel, weil Schafe eigentlich so rochen. Sie entschied sich für ihre Wahrheit.

»Weich.«

»Weich?« Leroy klang überrascht.

»So hat zumindest meine Großmutter ihren Geruch bezeichnet, und ich finde, sie hatte recht.« Auf einmal war sie wieder unsicher, ob das nicht zu kindlich klang.

Er sah sie auf unergründliche Weise an, als habe er auf einmal das unsichere Mädchen hinter der mustergültigen Fassade entdeckt, und wenn sie seinen Gesichtsausdruck richtig deutete, gefiel ihm, was er sah. Er stieß sein Pils gegen ihres. »Auf die Schafe!«

Nina lächelte. »Auf die Schafe.«

Sie schwiegen einen kurzen Moment, der sich auf schleierhafte Weise besonders anfühlte. Die Dämmerung hielt Einzug, das Land um sie herum sah wie mit einem Filter weich gezeichnet aus.

»Hast du tatsächlich die Liebe zum Kochen beim Zwiebelschneiden entdeckt?«, fragte sie ihn plötzlich.

»Hast du mir etwa zugehört? Ich dachte, du wärst damit beschäftigt, genervt mit den Augen zu rollen.«

Nina verzog den Mund. »Es kam mir alles so aufgesetzt vor.«

»Keine Angst, ich nehm's nicht persönlich.« Da war es wieder, dieses lausbubenhafte Lächeln. »Meine Oma Rena ist übrigens auch eine begeisterte Hobbyköchin. Sie beglückt auch heute noch die gesamte Familie, derweil wird sie im Januar achtzig. Wir sind immerhin elf Leute mit meinem Bruder, meiner Schwester, meinen Eltern und der Familie meines Onkels. Und bald werden es mehr, die Frau meines Bruders bekommt Zwillinge.«

»So lange es ihr Spaß macht. Rena ist übrigens ein schöner Name«, sagte Nina.

»Ja, nicht wahr? Sie heißt Rena Kunstmann. Übrigens lässt sie sich nur selten von mir in mein Restaurant einladen, und ich bin mir nicht sicher, ob ihr schmeckt, was ich koche. Dafür stehen drei Kochbücher von dir in ihrer Küche.« Er lachte. »Sie ist ein größerer Fan von dir als von mir.«

»Oh, wirklich? Das freut mich.« Nina war ehrlich gerührt. »Wir haben offenbar beide die Liebe zum Kochen von unseren Großmüttern in die Wiege gelegt bekommen. Wobei ich es meinen Eltern verdanke, dass ich meine Lehre in einem Haubenlokal absolviert habe. Wenn das bei dir ähnlich war, wird mir unser Gespräch jetzt unheimlich.« Sie hob die Augenbrauen und sah ihn fragend an. Er erwiderte ihren Blick. Oh, diese Augen, dachte Nina und spürte, wie ihr Widerstand sich langsam in einen zarten rosaroten Nebel auflöste.

»Nein, ich hab mich in Eigeninitiative ohne das Wissen meiner Eltern beworben und hatte Glück«, sagte Julian und erzählte ihr von seiner Ausbildungszeit im Münchner *Vier Jahreszeiten* und seiner Karriere in unterschiedlichen Toprestaurants weltweit.

»Und als ich mein Restaurant im Schlachthofviertel in München eröffnete, war mir sofort klar, ausschließlich bodenständige Küche anzubieten«, schloss er.

»Warum das denn? Bei deiner Ausbildung?«

»Weil sie meines Erachtens am ehrlichsten ist.«

»Du meinst, weil Regionalität im Trend liegt.«

»Nein, das meine ich nicht. Es geht vielmehr darum, dass eine Kartoffel eine Kartoffel ist – oder ein Erdapfel, ganz wie du willst – und nicht zu irgendeinem unaussprechlichen Zeug kreiert werden sollte, das am Ende doch nur mit Aromata gestreckt wird und einen Modetrend bedient. Außerdem hatte ich es satt, tröpfchenweise billigen Aceto Balsamico auf Teller zu verteilen, damit die Gäste denken, sie bekommen etwas Besonderes. Ich hatte das Gefühl, mich nicht mehr weiterzuentwickeln. Die strenge Hierarchie in den großen Küchen hinderte mich daran. Ich empfand das alles plötzlich wie einen Klotz am Bein.« Er starrte auf den erdigen Boden zu seinen Füßen.

»Es steckt so viel Leidenschaft in dir«, platzte es aus Nina heraus, und bevor sie das Gesagte relativieren konnte, steckte Jessy den Kopf durch die Eingangstür.

»Ah, da bist du!« Offenbar hatte sie Leroy gesucht.

»Was gibt's?«, fragte er.

Jessy schüttelte den Kopf, bedachte Nina mit einem abschätzigen Blick und schloss wieder die Tür. Offenbar missfiel es der Regieassistentin, dass er hier nach Drehschluss bei ihr saß.

»Wo waren wir?«, fragte er schmunzelnd. »Ach ja, bei der Leidenschaft.«

Verlegen strich sich Nina mit der Hand über den nackten Unterarm. »Na ja, das ist mir nur so herausgerutscht.«

»Frierst du? Soll ich dir eine Jacke holen?«

Nina schüttelte rasch den Kopf. Wenn Jessy ihn drinnen erst einmal in die Finger bekam, würde er womöglich nicht mehr zurückkommen.

»Leidenschaft ist wichtig beim Kochen«, sagte Julian. »Unser Metier ist doch etwas Sinnliches, etwas Elementares, etwas, das man genießen sollte, ganz so wie man das einfache Essen genießen sollte«, fuhr er fort. »Ach, sorry. Ich weiß, du bietest in deinem Restaurant gehobene Küche an.«

»Wenn du damit meinst, dass ich mit regionalen Produkten koche, dann ja.«

»Ich bin mir sicher, dass im *Ludwig* ehrlich gekocht wird.«

Fieberhaft überlegte sie, wie sein Restaurant hieß, aber sie kam nicht auf den Namen.

»Schau, ich weiß, du hast zwei Hauben, und jetzt arbeitest du daran, eine dritte zu bekommen, und danach willst du bestimmt eine vierte. Der Ehrgeiz treibt dich an, und irgendwann kochst du nur mehr für Kritiker und nicht mehr für deine Gäste. Zudem ist dein Restaurant voller Leute, die nur zu dir kommen, weil es im Moment en vogue ist. Aber was kommt danach?«

Er sah sie mit einem intensiven Blick an, fuhr dabei kurz und mit sanften Fingern über ihren Handrücken. Nina hielt den Atem an.

»Ich persönlich hab mich halt für die einfache, bodenständige Küche entschieden«, sagte er. »Meine Gäste schätzen das.«

Er klang ehrlich, irgendwie verletzlich, machte es ihr auf einmal unmöglich, ihn auf Dauer unausstehlich zu finden. Sie schluckte.

Ein Auto fuhr auf den Hof. Zwei Frauen stiegen aus. Sie kamen zum Saubermachen.

»Ich muss jetzt los.« Er beugte sich zu ihr herüber, kam mit seinem Mund ganz nahe an ihr Ohr. »Du siehst übrigens unwiderstehlich aus. Das Drehen mit dir hier ist mir eine Freude.« Dann stand er auf und ging zu seinem Auto.

Als sie seinem Auto nachsah, beschloss sie, ihn in ihren Gedanken ab jetzt Julian zu nennen und nicht mehr Leroy, wie sie das bisher getan hatte.

13

Nina erwachte, und sobald sie zu denken anfing, pochte ihr Herz aufgeregt. Nicht nur wegen Julian, die Begegnung und das Gespräch auf der Hausbank am Vorabend hatten sie berührt. Heute war Samstag und damit ein drehfreier Tag. Nina wollte heute endlich ihren Verwandten einen Besuch abstatten, und sie war sich sicher, dass sie sich freuen würden, wenn sie am Hof auftauchte.

Als sie eine Stunde später zum Hof ihres Großonkels kam, klopfte ihr das Herz bis zum Hals. Das Scheunentor stand offen, jemand drinnen hackte Holz. Sie erkannte Fritz sofort, obwohl sein Haar inzwischen schlohweiß war. Er trug Gummistiefel, ein altmodisches kariertes Hemd und eine blaue Latzhose, die über dem Bierbauch spannte. Als sie auf ihn zukam, legte er die Axt zur Seite.

Er lächelte augenblicklich und trat aus der Scheune zu ihr auf den Hof. Offenbar hatte er sie sofort erkannt.

»Was sagt man jetzt dazu?« Er wandte sich um. »Xaver, komm schnell! Die Nina!«

Der Cousin ihrer Mutter tauchte hinter ihm auf. Groß, breitschultrig, in Jeans, grauem Flanellhemd und festen Arbeitsschuhen. Seine hellen Augen blitzten ähnlich freudig überrascht wie die seines Vaters.

»Ich war gerade in der Nähe und wollte nur kurz Grüß Gott sagen.« Nina deutete auf die Holzscheite. »Ich will euch nicht bei der Arbeit stören.«

»Nur kurz Grüß Gott sagen«, rief Fritz empört. »Da kommst du uns nach so langer Zeit endlich wieder mal besuchen und willst gleich wieder gehen?« Er schüttelte den Kopf. »Das kommt gar nicht in Frage. Jetzt setz ma uns erst einmal hin und trinken ein Bier.«

»Jetzt ein Bier?« Nina machte große Augen. Die Kirchenglocken hatten soeben zehn Uhr geschlagen.

»Mir san hier in Bayern«, erwiderte Xaver, als wäre damit alles gesagt, und holte drei Flaschen, die er sogleich öffnete und verteilte.

»Mei, so eine Überraschung ...« Ihr Großonkel schüttelte sein weißes Haupt. »Was treibt dich nach Hofberg?«

In dem Moment tauchte eine kleine, etwas stämmige Frau mit einem Fahrrad auf, das sie an die Hauswand lehnte. Es war Antonia, Xavers Frau, auch sie erkannte Nina sofort.

»Maria und Josef!«, rief sie, kam zu ihnen und zog Nina fest in ihre Arme. »So eine schöne Überraschung! Was machst du hier?« Sie gab Nina wieder frei und setzte sich zu ihnen auf die großzügige Hausbank.

»Wir drehen hier eine Kochsendung, eine gemeinschaftliche Produktion von ORF und BR.« Nina erzählte von der Sendeaufzeichnung, auch vom Drehort, und als sie in die Gesichter ihrer Verwandten sah, kam es ihr plötzlich so vor, als läge ihr letzter Besuch noch gar nicht so lange zurück.

»Das ist ja ein Zufall!« Antonia lachte. »Erst grad eben hab ich mich mit einer Nachbarin über das Treiben am Binder-Hof unterhalten. Ihr seid ja wahre Berühmtheiten.«

»Na ja, wie man's nimmt.«

»Geht's deinen Eltern gut?«, fragte Fritz.

»Ja, danke, die Mama ist viel in der Kanzlei, und der Papa genießt die Ferien mit seinen Büchern.«

»Die Eva hat sich auch schon lang nicht mehr hier blicken lassen. Telefoniert haben wir schon öfter, aber …« Er machte eine bedauernde Geste. »Es steckt halt jeder in seinem Hamsterradl drin.«

»Musst halt du mal nach Salzburg kommen«, sagte Nina.

»Weißt ja, die Arbeit am Hof.«

Xaver rollte mit den Augen. »Die Arbeit am Hof, Vater. Für ein, zwei Wochen würd ich es schon allein schaffen.« Er wandte sich Nina zu. »Meinen Vater bekommst du nicht aus dem Dorf hinaus. Er glaubt, es geht nicht ohne ihn. Wenn er mal nach Eichstätt zum Arzt muss, ist das eine Prozedur, als müsst er in die USA reisen.«

»So ein Schmarrn!«, empörte sich Fritz. »Wie immer übertreibt er maßlos.«

Antonia schlug sich mit der Hand auf den Oberschenkel und stand auf. »Ich lass euch mal allein, ich muss kochen. Du bleibst doch zum Mittagessen?«

»Ja, wenn es euch nichts ausmacht?«

»I wo, sehr gern.« Antonia verschwand im Haus.

»Du warst damals nicht bei Omas Begräbnis«, sagte Nina zu Fritz und hoffte, dass es nicht zu vorwurfsvoll klang. »Dafür hättest du das Dorf ruhig mal verlassen können.«

»Ich war im Krankenhaus. Das Herz, verstehst?«

Nina nickte, und Xaver sagte:

»Weil er sich halt allerweil so schnell aufregt. Bei jeder Kleinigkeit ist er auf hundert.«

»Geh, hör auf. Ich reg mich nur auf, wenn's wichtig ist«, sagte er bestimmt.

»Der Wald kann aber jetzt nicht mehr so wichtig sein, dass du dich noch immer darüber aufregen musst«, entgegnete Xaver.

»Was für ein Wald?« Nina spitzte die Ohren.

»Du musst wissen, ein Stück Wald, das jetzt dem Binder gehört, war mal unseres. Mein Großvater hat es vor einer gefühlten Ewigkeit dem Vater vom Vinzenz verkaufen müssen«, sagte Xaver.

»Warum müssen?«, fragte Nina.

»Aus finanziellen Gründen … Mein Vater will es seit Jahren zurückkaufen, und der alte Vinz gibt es ihm nicht.«

»Weil er ein alter Geizhals ist, genau wie seine verfluchte Mutter. Derweil bewirtschaftet er den Wald gar nicht mehr«, sagte Fritz aufbrausend.

»Siehst du, was ich meine, Nina? Es regt ihn immer noch zu Tode auf, derweil würden auch wir den Teil nicht mehr bewirtschaften. Die paar Hektar, die uns noch gehören, reichen völlig, Vater. Mehr Wald ist nur mehr Arbeit.«

»Mir geht's ums Prinzip.« Fritz ließ nicht locker. »Der Wald g'hört uns und damit basta.«

»Der Wald gehört dem Binder, Vater. Sei nicht so stur, und find dich endlich damit ab.« Xaver rollte mit den Augen und trank sein Bier aus.

Nina überlegte, ob der Verkauf des Waldes der Grund für die langanhaltende Feindseligkeit sein konnte. Immerhin hatte auch sie sofort Grundstücksstreitereien dahinter vermutet.

Als Antonia zum Mittagessen rief, war der Gartentisch schon gedeckt, und sie aßen im Freien.

»Es gibt halt nichts Besonderes«, sagte sie entschuldigend, als sie sich setzten, und reichte Nina einen weißen Teller mit zwei Krautwickeln und Kartoffeln darauf. »Wenn ich gewusst hätt, dass wir so eine berühmte Köchin hier haben …«

»Ich mag Krautwickel mit Salzkartoffeln sehr gerne«, versicherte Nina rasch, und das war nicht einmal gelogen. Sie wedelte mit der flachen Hand sanft die Duftmischung aus Kohl, Kräutern und Bratensaft in Richtung ihrer Nase. Erst dann schnitt sie ein Stück von der Roulade ab und schob es in den Mund, befühlte die Füllung aus Faschiertem und Gewürzen. Eine feine Mischung aus Thymian und Liebstöckel legte sich auf ihre Zunge. Sie kaute und schluckte. Dann nahm sie ein Stück Kartoffel in den Mund, die auf den Punkt gekocht war, und zerdrückte sie mit der Zunge am Gaumen, um die feine Salznote zu spüren. In dem Moment bemerkte sie, dass Antonia sie beobachtete.

»Berufskrankheit«, sagte Nina und schob augenblicklich ein Lob hinterher. »Es schmeckt ausgezeichnet. Du kannst wirklich gut kochen.«

Antonia errötete. Sie verstand das Lob offensichtlich als Aufforderung, denn sie lud Nina blitzartig noch mehr von allem auf, als müsste sie diese vorm Verhungern retten.

Nina wiegelte ab, doch sie hatte keine Chance. Sie beschloss, auf die Fotos zu sprechen zu kommen. »Oma hat meiner Mutter eine Schatulle mit alten Bildern hinterlassen. Wir haben sie uns erst kürzlich wieder angesehen. Es sind einige alte Aufnahmen aus Hofberg dabei.«

»Dem Vinzenz sein Vater war ein Hobbyfotograf«, brummte ihr Großonkel und schob sich ein Stück Roulade in den Mund. »Der hat immer das neueste Zeug g'habt, egal ob Auto,

Kühlschrank oder Fotoapparat. Der hat sich's auch leisten können.«

»Ein Foto zeigt euch Kinder beim Spielen. Die Oma, den Vinzenz, dich und zwei Mädchen, von denen ich nicht weiß, wie sie heißen.«

Fritz nickte lächelnd, als ob er sich ausgerechnet an die Entstehung dieses Fotos erinnern könnte. »Das ist sicher auf der großen Wiese hinterm Binder-Hof aufgenommen worden. Dort konnten wir Kinder gut Räuber und Gendarm spielen. Dabei hat uns der alte Binder gern fotografiert, und manchmal hat auch der Vinz in seinem Auftrag Schnappschüsse g'macht. Der alte Binder Heini hat von einer Dorfchronik geträumt, die er einmal verfassen wollte.« Er schüttelte bedauernd den Kopf. »Ist aber nie dazu gekommen.«

»Was ist mit den ganzen Fotos passiert?«

»Das weiß ich nicht.«

»Kann es sein, dass sie der Binder noch hat?«

Fritz zuckte gleichgültig mit den Schultern. »Der hat sich im Grunde genommen nie fürs Fotografieren interessiert. Der Vinz hat sich lieber die Sterne am Himmel angeschaut.«

Nina musterte ihren Großonkel aufmerksam. »In der Schatulle ist auch ein Foto von dir und Oma. Du hattest damals ganz zerzaustes strohblondes Haar und die Oma ordentlich geflochtene Zöpfe.«

»Ja, mei«, Fritz lachte, »meine Haare haben immer ausg'schaut, als wär ich in den Stromkreis gekommen. Hingegen die von der Liesl, die waren ganz lang und glatt und haben schön geglänzt. Ihre Augen waren ja fast genauso dunkel wie ihre Haare.« Er legte die Gabel zur Seite und schenkte Nina einen großväterlichen Blick. »Weißt du, was ich mir oft gedacht hab, wenn du als Kind bei uns zu Besuch warst? Die Nina schaut aus wie unsere Liesl, als sie klein war. Wie aus dem Gesicht gerissen.«

»Ich weiß. Mein Opa hat uns immer seine beiden Südländerinnen genannt. Ich hab lang nicht begriffen, was er damit meint. Aber die Oma hat's mir sehr anschaulich erklärt: Wir sind die beiden schwarzen Schafe in der weißen Herde.« Nina lachte, und die anderen stimmten mit ein. Dann stand Fritz abrupt auf und schlurfte wortlos ins Haus.

Antonia begann, das Geschirr zusammenzustellen, und Nina half ihr dabei.

»Ist irgendwas?«, fragte sie Xavers Frau.

»I wo«, meinte Antonia und warf ihrem Mann einen wissenden Blick zu. »Ich glaub, der holt nur was.«

Kurz darauf kam Fritz mit zwei Schuhschachteln zurück und setzte sich wieder an den Tisch. »Die Liesl hat mir jedes Jahr zwei Postkarten geschickt. Eine zu meinem Geburtstag und eine zu Weihnachten.« Er hob den Deckel an und nahm die oberste Karte heraus. Die Vorderseite zeigte eine Schwarzweißaufnahme von der Kirche in Maria Alm. »Das war die erste, die ich damals von ihr bekommen habe.«

Nina nahm sie und besah eingehend den verblassten Poststempel. Sie kniff die Augen zusammen, dennoch gelang es ihr nicht, das Datum zu entziffern.

»Die Karte wurde am fünfundzwanzigsten April 1959 abgestempelt«, sagte Fritz. »Das weiß ich auswendig, da war sie gerade mal eine Woche in Salzburg. Anfang Mai ist sie dann auf die Alm rauf, mit den Viechern. Kannst sie ruhig lesen, wenn du magst.«

Nina las vor:

Liebe Familie,
es geht mir gut. Ich freu mich schon sehr auf die Arbeit auf
der Fuchsbauhütte, vor allem, weil die Schafherde fast so
groß ist, wie die unsere war.
Liebe Grüße, eure Liesl

Nina war gerührt. »Ich war ein paarmal mit ihr auf der Alm
droben, als ich ein Kind war. Die Oma hat mir gezeigt, wo sie
als Sennerin gearbeitet hat. Ist schön dort oben.«

Der alte Landwirt nickte. »Weißt du, was sie mir einmal an-
vertraut hat, Jahre später?«

Nina sah ihn gespannt an.

»Das Erste, was sie sich auf der Reise nach Salzburg gekauft
hat, war … das wirst du vielleicht lächerlich finden … die Zeitschrift *Bravo*. Wenn ich mich recht erinnere, mit Elvis Presley
auf dem Titel. Den Starschnitt mit Brigitte Bardot in Lebens-
größe hat sie mir geschenkt.« Er lachte. »Kennt man die heute
überhaupt noch?«

Nina nickte. »Klar, aber sie ist auch nicht mehr die Jüngste.«

»Das Magazin war für sie etwas Besonderes«, fuhr Fritz
fort. »Wir konnten uns damals nicht einfach kaufen, was wir
wollten. So etwas dient rein zur Unterhaltung, dafür hatten
unsere Eltern kein Verständnis.« Fritz nahm die nächste Karte.
»Die hat sie uns aus Wien geschrieben. Da ist der Stephansdom drauf.« Er schob sie ihr über den Tisch.

Nina las sie. Ihre Großmutter berichtete von der Größe der
Stadt und der Weitläufigkeit des Lainzer Tiergartens.

»Sie ging oft dort spazieren, ist ein großes Naturschutzgebiet«, sagte Nina. »Ihr Haus lag nicht weit davon entfernt. Die Mufflons waren ihre Lieblinge.«

»Logisch, sind ja Wildschafe«, meinte Fritz. »Aber hier ist ein Wildschwein drauf.« Er zog eine weitere Karte hervor, auf der ihre Großmutter schrieb, dass der Lainzer Tiergarten der schönste Platz Wiens sei.

Da griff Xaver in die Schachtel und nahm ein Schwarzweißfoto heraus. »Schau mal, Nina, deine Mutter als Baby.«

Ihr Großonkel nickte. »Das hat mir die Liesl nach Evas Geburt geschickt. Wir konnten damals nicht zur Taufe fahren, wegen der Arbeit am Hof.« Er zuckte mit den Schultern. »Außerdem war dem August seine Schwester Taufpatin.« Er klang noch immer ein wenig unzufrieden, dass Liesl ihre Schwägerin als Patin ausgewählt hatte.

Nina betrachtete das Foto. Ihre Großmutter trug die dunklen Haare offen und nach hinten gekämmt. Ein Haarband verhinderte, dass ihr Strähnen ins Gesicht fielen, und passte perfekt zum hellen Kleid im Petticoat-Stil. In den Armen hielt sie ein Bündel Kind, sie strahlte übers ganze Gesicht. Ihr Großvater hatte einen eleganten Anzug an, und auch ihm sah man die Freude über das Neugeborene an. Nina drehte das Foto um und las: »Unsere Eva, geboren am 24. Juni 1962, getauft am 12. August 1962 in der Pfarrkirche Maria Hietzing.«

Sie musste schmunzeln, als sie ihre Mutter betrachtete. Es war zwar nicht das erste Babyfoto, das ihr in die Hände fiel. Dennoch begriff sie jedes Mal aufs Neue, dass auch die Frau, die heute eine gestandene Steuerberaterin mit eigener Kanzlei war, ebenfalls einmal ein Säugling gewesen war. Noch schwerer war es, sich ihre Großeltern als Kinder vorzustellen.

»Ich wollt das alles schon längst einmal ordnen, aber der

Vater lässt mich ja nicht«, drängte sich Antonias vorwurfsvolle Stimme in ihre Gedanken.

»Das bleibt, wie's is«, sagte Fritz trotzig. »Ich hab meine eigene Ordnung.«

Nina legte das Bild zurück in die Schachtel. »Oma hat mir übrigens nie erzählt, warum sie Hofberg verlassen hat.«

»Mei, wie soll ich das beschreiben?« Fritz kratzte sich am Kopf »Ich weiß auch nicht recht, was sie damals angetrieben hat. Es schien, als müsste sie gehen, um zu sich selbst zu finden.«

»Na, sehr weit ist sie ja erst mal nicht gekommen. Bis Maria Alm sind's gerade mal knapp dreihundert Kilometer oder so.«

»Ja, heute ist das keine Distanz mehr. Aber wir reden von den Fünfzigern«, sagte Fritz. »Da war das schon ganz schön weit.« Er sah Nina an, als wäre ihm plötzlich etwas eingefallen. »Sag amal, ihr dreht doch beim Binder Vinz. Hat er dir etwas erzählt ... über uns oder die Liesl?« Seine Stimme klang misstrauisch.

»Was soll der denn schon erzählen«, sagte Xaver. »Der Griesgram ist doch nur mit sich selbst und damit beschäftigt, den Besitz beieinanderzuhalten wie sei' Mutter.«

»Er hat mir nur erzählt, wie es in Hofberg früher ausgesehen hat und wie viele Landwirte es gegeben hat, aber explizit über dich oder die Oma hat er nix gesagt, nein.« Sie überlegte und sagte dann zu Fritz: »Nur als einmal die Sprache auf dich kam, war er irgendwie komisch.«

»Sag ich doch, er ist ein eigenbrötlerischer Griesgram«, wiederholte Xaver.

»Das sieht ihm ähnlich, dem Feigling«, sagte Fritz.

»Wie meinst du das?«

»Ansonsten müsst er irgendwann glatt einmal zugeben, was für ein Depp er damals gewesen ist.«

»Wovon sprichst du?« Nina dachte an das Foto, das ihr ihre Mutter gezeigt hatte. »Ihr habt als Kinder miteinander gespielt, und später sollten wir uns von den Bindern fernhalten. Warum eigentlich? Hat das etwas mit dem Wald zu tun?« Sie sah ihn eindringlich an.

Fritz machte eine wegwerfende Handbewegung. »Auch das ist eine lange Geschichte.«

»Ich hab dir schon gesagt, ich hab Zeit, wir drehen erst morgen wieder.«

»Des is scho so lang her«, wiegelte er weiter ab. »Gar nicht mehr der Rede wert.«

Nina glaubte, in seinen Augen Wehmut aufblitzen zu sehen. »Es wurmt dich noch immer«, sagte sie. »Oder täusch ich mich?«

»Mit dem Wald hat das nichts zu tun.«

»Ich würde einfach echt gerne die alten Geschichten aus eurer Kindheit und Jugend hören.«

Er schüttelte den Kopf und zog die Mundwinkel nach unten. »Da gibt's nicht viel zu erzählen, nur, dass mei Schwester halt nie von allein gegangen wär.« Ein spitzbübisches Lächeln huschte über sein faltiges Gesicht, als erinnerte er sich an einen gelungenen Streich. »Aber eins sag ich dir: Die Liesl, die hat mit den Schafen können wie kaum ein anderer. Sie war ein verdammt guter Schäfer.« Er verwendete selbstverständlich die maskuline Form, gendern war für seine Generation ein Fremdwort.

»Die Oma hat dazu immer gesagt, ein Schaf kennt halt das andere.«

Sie lachten, und Fritz zog ein weiteres Foto aus der Schachtel. »Das war die Liesl mit ihrem Lieblingsschaf, der Mary. Die hat's nach der Monroe benannt. Die hat ihr so gut gefallen, weil sie so blonde Haare g'habt hat. Die Liesl wollt auch immer blonde Haare haben.«

Im Geburtsjahr ihrer Mutter war Marilyn Monroe gestorben, und ihre Oma hatte noch Jahrzehnte später die Schlagzeilen der *Bild*-Zeitung auswendig gewusst: »Die Monroe ist tot. Sie nahm Tabletten …« Für Ninas Großmutter war der sechste August ein Tag der Trauer gewesen, das wusste Nina aus Erzählungen.

»Die Oma war eine schöne Frau«, sagte Nina und betrachtete aufmerksam ihre Großmutter, wie sie fröhlich in die Kamera lachte. »Wie alt war sie da?«

»Siebzehn. Ja, das war sie … ausg'schaut hat s' wie eine Südländerin, da hat dein Opa scho recht g'habt. Die Kerle haben sich nach ihr umgedreht, aber das hat die Liesl gar nicht bemerkt. Die Burschen aus dem Dorf waren ihr sowieso alle zu derb.« Ein verschmitztes Lächeln kam über seine Lippen. »Bis auf einen, der hat sie beeindrucken können.«

Nina legte ihre Hand auf den Unterarm des alten Landwirts und sah ihn eindringlich an. »Bitte, erzähl mir von Oma, von früher. Ich will alles über sie wissen.«

Fritz warf ihr einen langen Blick aus wässrig glänzenden Augen zu, dann begann er zu erzählen.

14

Hofberg, August 1956

»Liesl, Liesl!«

Lieselotte zuckte zusammen. Diesen durchdringenden hohen Ton schlug ihre Mutter nur an, wenn sie augenblicklich aufzutauchen hatte. Egal, wo sie sich gerade herumtrieb oder was immer sie tat. Meist stand dann irgendeine dringende Arbeit an, die ihrer Mutter nach keinen Aufschub duldete. So wie heute Morgen etwa, da hätte sie die Löcher in den Socken stopfen sollen, aber sie hatte es noch nicht erledigt. Sie hatte herumgetrödelt, und ihre Mutter hatte sie zum Einkaufen in den kleinen Lebensmittelladen unweit des elterlichen Hofes geschickt, damit sie ihr wenigstens so zur Hand ginge. Und genau dort stand Lieselotte, als sie entfernt das Rufen ihrer Mutter vernahm, und starrte wie gebannt auf die Zeitschrift mit der lachenden Marilyn Monroe auf dem Titelblatt. »Haben auch Marilyns Kurven geheiratet?«, las sie und wusste nicht recht, was damit gemeint war. Die Schauspielerin war erst vor Kurzem die Ehe mit dem Dramatiker Arthur Miller eingegangen, und Georg, Lieselottes älterer Bruder, hatte sie in dem Film *Das verflixte siebte Jahr* im Kino gesehen und ihnen allen begeistert davon erzählt. Seine grünblauen Augen hatten geblitzt, und er war sich mit der Hand durch seine dunkelblonden Haare gefahren, als er die Szene beschrieb, in der Marilyn Monroes weiter Rock durch die Abluft der U-Bahn aufgewirbelt worden war.

»Mit der wird's noch ein schlechtes Ende nehmen«, hatte ihre Mutter gemeint und sich wieder ihrer Arbeit gewidmet. Lieselotte jedoch gefielen Marilyn Monroes helle Haare, ihre blasse Haut und die blauen Augen. Alles an der Schauspielerin wirkte auf Lieselotte so elegant. Im Gegensatz dazu fühlte sie sich mit ihren dunkelbraunen Haaren, dem olivstichigen Teint und den dunklen Augen viel weniger attraktiv. Sie entsprach einfach nicht diesem Schönheitsideal.

»Dich haben Zigeuner vor die Tür gelegt«, hatte die Binderin schon öfter zu ihr gesagt und so getan, als meinte sie es humorvoll. Doch es klang, als gäbe es in Lieselottes Familie einen Verbrecher unter ihren Vorfahren, dessen Existenz geheim gehalten werden musste.

Sie fand die Bemerkung einfach nur gehässig, und die Andeutung grub tiefe Narben in ihre junge Seele.

»Hör einfach nicht hin«, riet ihr die Mutter jedes Mal, wenn die Binderin wieder loslegte. »Kennst sie doch, die will nur provozieren und sich wichtigmachen. Sei froh, dass d' nicht meine rundliche Figur, sondern das schlanke Wesen deiner Urgroßmutter geerbt hast.«

Lieselotte seufzte, denn Trost war ihr das keiner. Auch ihre Urgroßmutter war wohl blond gewesen, fast so hellblond wie die gefärbten Haare der Monroe. Welcher Vorfahre bei ihr durchschlug, konnte ihr niemand erklären.

Neben Marilyn Monroe prangte auf demselben Titelblatt

in einem schwarz umrahmten Kasten ein dunkler Ganove mit einer gezückten Pistole, der auf einen Mann im Anzug schoss, und Westernheld Richard Widmark mit einer dunkelhaarigen Schönheit im Arm. Aus einem leuchtend gelben Balken stach dick das schwarze Wort *BRAVO* heraus, darunter etwas kleiner: *Die Zeitschrift für Film und Fernsehen.* Es handelte sich um die allererste Ausgabe, die es seit drei Tagen zu kaufen gab. Herta, die Ladenbesitzerin, hatte ihr einen Blick ins Heft erlaubt. Lieselotte blätterte rasch bis Seite achtunddreißig vor, denn die Stimme ihrer Mutter wurde lauter. »So kennt sie jeder, aber kennt ihr sie auch so?«, lautete die Überschrift des Artikels. Gezeigt wurden Bilder der Schauspielerin mit und ohne Maske, ernste und fröhliche, mit dem Hinweis, dass sie auch düstere Seiten habe. Eilig überflog sie die einzelnen Absätze, dann suchte sie die Seite mit dem Horoskop. Unter dem Eintrag »Jungfrau« hieß es da, wäre alles nicht so schlimm … Und am Ende: »Ein Kognak ist manchmal Medizin.« Bevor sie noch in die Liebesgeschichte von Herta Carlsen eintauchen konnte, flog die Tür auf, und Lieselotte stellte schnell die Zeitschrift zurück ins Regal. Ihre Eltern erlaubten ihr sicher nicht, für so etwas Geld auszugeben. Nicht einmal, wenn sie die fünfzig Pfennig gespart hätte, die das Magazin kostete.

»Liesl, was reagierst du denn nicht? Komm schnell, der Papa!«, rief ihre Mutter, und ihr Gesicht war erschreckend blass. Sie schnappte nach Luft und wischte sich dabei unentwegt die Finger an ihrer schwarzen Schürze ab, die ihre runden Hüften betonte. In einer aufgeregten Bewegung riss sie sich das verschmutzte Kopftuch herunter, das einmal grün gewesen war, und richtete ihre im Nacken verschwitzten, zu einem Bauernzopf geflochtenen dunkelblonden Haare. Noch immer war sie völlig außer Atem, derweil lagen keine fünfzig Meter zwischen dem Schäfer-Hof und dem kleinen Laden.

»Was ist los, Mama?«, fragte Lieselotte. »Was ist mit Papa?« Magda Schäfer fand kaum mehr die Luft zum Sprechen.

»Magda, jetzt red halt«, schob Herta nach, als noch immer keine Antwort von ihr kam.

»Der Papa!« Magdas Stimme bebte, und sie schlug ein Kreuz.

»Um Himmels willen, was ist mit dem Korwe?«, fragte Herta alarmiert. Ihrer Miene war anzusehen, dass sie das Schlimmste befürchtete.

Lieselottes Mutter mochte es normalerweise nicht, wenn man ihren Mann Korwe nannte, er heiße Korbinian berichtigte sie dann zumeist. Doch jetzt überhörte Magda Schäfer die abgekürzte Form großzügig. Dass Lieselotte meist Liesl genannt wurde, ärgerte ihre Mutter hingegen nicht. Derweil klang Lieselotte hoheitsvoll, fand sie selbst. Ihren zweiten Namen Gisela benutzte weder sie noch ihre Eltern, er stand lediglich in der Geburtsurkunde, so, als wäre er aus Versehen dort gelandet.

Bevor Lieselottes Mutter auf dem Absatz umdrehte und wieder auf die Straße hinaus verschwand, sagte sie noch: »Ich pack schnell ein paar Sachen zusammen, und du komm endlich heim!«

Lieselotte begriff zwar noch immer nicht, wovon ihre Mutter sprach, dennoch erkannte sie den Ernst der Lage und riss sich los. Draußen bemerkte sie aus dem Augenwinkel, dass Herta ihnen durch die Fensterscheibe hinterhersah.

»Was ist denn mit dem Papa?«, rief sie ihrer Mutter zu, während sie zurück zum Hof hetzten. Die Nachbarinnen strömten nach und nach aus ihren Häusern, als habe sie jemand informiert. Mit neugierigen Blicken liefen sie hinaus auf die Straße, fragten Lieselottes Mutter, ob sie ihr helfen sollten und was mit dem Korbinian denn los sei. Dabei schirmten sie ihre Augen gegen das gleißende Sonnenlicht ab, weil sie aus den dunklen Häusern kamen. Neuigkeiten verbreiteten sich im Dorf wie ein Lauffeuer. Ihre Mutter reagierte mit einem verneinenden Winken, zum Zurückrufen fehlte ihr sichtbar der Atem. In dem Moment sah Lieselotte den Unimog vom Binder vor dem Hof. Es gab sonst niemanden, der sich einen solchen Kleinlastwagen leisten konnte, er war der Erste und Einzige im Dorf, der den Universalwagen von Mercedes besaß.

Die Binder waren die einflussreichsten Landwirte mit dem größten und schönsten Anwesen im Dorf, zudem besaßen sie mehrere Felder und einen sehr großen Teil des Waldes, der das Dorf umgab. Ihre gehobene Stellung ließ die Binderin jeden spüren, der ihr nicht in den Kram passte, ihre gehässigen Kommentare konnten jeden treffen. Sie war die ungekrönte Königin in Hofberg, das hatte man zu akzeptieren. Lieselotte konnte sie auf den Tod nicht ausstehen, sie war in ihren Augen ein durch und durch bösartiges Weibsbild, dem man gerne aus dem Weg ging.

Auf dem Beifahrersitz des Unimog sah Lieselotte neben Binder ihren Vater sitzen. Sein schmales Gesicht wirkte schmerzverzogen. Da kam ihr Bruder Fritz aus dem Kuhstall gelaufen, sein gelbblondes Haar stand wirr vom Kopf ab wie ein schlecht gemähtes Weizenfeld, auf seiner Stirn standen Schweißperlen. Er hielt die Mistgabel in der Hand, als gelte es den Hof zu verteidigen. Die Drohgeste passte so gar nicht zu dem fünfzehnjährigen schlaksigen Kerl. Lieselotte musste sich zusammenreißen, um nicht laut zu lachen.

Da stieg der Binder aus dem Wagen. Er war ein Bär von einem Mann. Sein Blick war grimmig, seine gelockten Haare dunkel. Ihm würde seine Frau sicher nicht an den Kopf knallen, dass ihn Zigeuner vor die Tür gelegt hätten, obwohl er genauso dunkel war wie sie selbst. Als Kind hatte Lieselotte sich vor ihm gefürchtet, weil er eine tiefe Stimme hatte, derweil war er kein schlechter Kerl. Nur wenn er mit seinem Fotoapparat daherkam und ihnen Anweisungen gab, wie sie zu stehen oder schauen hatten, das mochte sie nicht.

»Dein Vater ist gestürzt und hat sich das Bein gebrochen!«, rief er Lieselotte zu. »Der Vinz und ich haben ihn mit dem Bollerwagen von der Weide geholt.«

Korbinian kurbelte das Autofenster herunter. »Liesl, schau doch, wo die Mutter bleibt.«

In dem Moment kam ihre Mutter schon aus dem Haus gelaufen. In der Hand hielt sie einen kleinen Koffer.

»Hast du auch an eine zweite Hose gedacht, Magda?«, rief er ihr zu, und der Tonfall spiegelte seine Schmerzen wider. »Nur für den Fall, dass sie die, die ich anhab, zerschneiden.«

Magda nickte. Sie hatte die Schürze abgelegt und ein anderes schwarzes Kleid übergezogen, jedoch aus einem leichteren Stoff. Generell trug ihre Mutter nie bunte oder farbige Kleidung, Schwarz war nun mal ihre Lieblingsfarbe.

»Muss der Papa im Krankenhaus bleiben?«, fragte Lieselotte erschrocken.

»Ich hoffe nicht«, ihre Mutter klopfte auf den Koffer. »Der ist nur für den Notfall.«

»Liesl, du musst auf die Weide und die Schafe versorgen, solange ich weg bin.« Ihr Vater keuchte mehr, als er sprach.

»Der Vinz hält im Moment die Stellung. Schau, dass du ihn

schnell ablöst, der hat heute noch was anderes zu tun«, schob der Binder im Befehlston hinterher.

Das ist ja ungeheuerlich, dachte Lieselotte, immerhin gehörte ein Teil der Herde ihm.

»Der Heinrich bringt uns ins Klinikum nach Eichstätt«, sagte die Mutter aufgeregt, während Vinzenz' Vater den Koffer im Wagen verstaute und ihr beim Einsteigen half. Dann fuhren sie ab, und Lieselotte sah ihnen hinterher.

Ich darf zu den Schafen, jubelte sie stumm. Sie wusste, dass es falsch war, sich darüber zu freuen, weil ihr Vater sich doch schwer verletzt hatte. Trotzdem führte sie innerlich einen Freudentanz auf, nach außen hin ließ sie sich nichts anmerken. Wie oft hatte sie ihren Vater angebettelt, mit ihm zu den Tieren hinaus auf die Weide zu dürfen?

»Die Arbeit ist nichts für Mädchen«, hatte er stets geantwortet und ihr befohlen, der Mutter beim Putzen, Buttern oder Brotbacken zu helfen. Doch jetzt, dank seines gebrochenen Beines, würde sie endlich zu den Schafen dürfen. Der Fritz wurde am Hof gebraucht, und ihre älteren Geschwister Georg und Gertrud wohnten nicht mehr zu Hause. Ihr ältester Bruder arbeitete als Polier bei einem großen Bauunternehmen in München. Als Erstgeborener hatte er sowohl auf sein Anrecht, den Hof zu erben, als auch auf das Recht zu studieren verzichtet. Ihre Schwester hatte einen Landwirt aus dem Nachbardorf geheiratet.

»Haben ihn die beiden auch gefunden?«, fragte sie Fritz, und wie er da so neben ihr stand, dachte sie, dass man sich nur schwer vorstellen konnte, dass sie Geschwister waren. Er war ein Ebenbild ihres Vaters, blond mit blasser Haut, sie die dunkle Südländerin, die aus der Reihe schlug.

»Nur der Vinz. Er ist auf die Weide raus, weil der Vater nicht zum Mittagessen aufgetaucht ist. Die Schafe stehen doch auf dem großen Binder-Acker am Waldrand.«

Lieselotte nickte wissend. Der Schäfer, und manchmal auch die Hütehunde, wurden von jenem Landwirt verköstigt, auf dessen Weide die Schafherde graste. Nur zuweilen kam der Vater heim, oder sie musste ihm das Essen rausbringen. Biersuppe mit eingebrocktem Brot aß er am liebsten. Zudem hielt sie ihn warm und schützte vor einer Erkältung.

»Worauf wartest du noch?«, riss Fritz sie aus ihren Gedanken. »Hast doch gehört, was der Binder g'sagt hat.« Er grinste breit. Offenbar freute er sich mit ihr, weil er ihren großen Wunsch, die Schafe zu hüten, nur zu gut kannte. Dann verschwand der wieder mit seiner Mistgabel im Kuhstall. Fritz kannte seine Pflichten, immerhin würde er einmal den Hof übernehmen, und wenn er heute Abend den Leuten aus dem Dorf frisch gemolkene Milch in ihre Kannen füllte, musste er mit Sicherheit viele Male die Frage beantworten, was denn dem Vater Schreckliches passiert sei.

Lieselotte lief eilig ins Haus, packte ein paar Kleidungsstücke und etwas zu essen zusammen und lief, so schnell sie ihre Beine trugen, die knapp eineinhalb Kilometer hinaus zur Schafweide.

15

Erst als sie von Weitem die Schafhürde erahnen konnte, verlangsamte sie ihren Schritt. In dem Pferch, der aus langen tragbaren Holzgittern bestand, wurden die Schafe für die Nacht oder zur Klauenpflege zusammengetrieben. Doch jetzt stand das Gatter offen, die Tiere waren auf der Weide.

Sie blieb kurz stehen, verschnaufte und hielt sich ihre stechende Seite. Die letzten Meter legte sie mit langsamen Schritten auf dem unwegsamen Gelände zurück. Als sie näher kam, lehnte Vinzenz salopp am Schäferwagen. Lieselotte musste zugeben, dass er ihr ganz gut gefiel. Er war zwei Jahre älter als sie und befand sich augenscheinlich auf der Schwelle vom Jüngling zum Mann. Die dunklen Locken trug er nach hinten gekämmt, trotz der verschmutzten Arbeitskleidung wirkte er auf anziehende Art elegant. Aber vielleicht bildete sie sich das auch nur ein, weil er der Sohn des reichen Binder-Bauern war und jeder Jungbäuerin ins Auge stach. Er lehnte am Wagen und kaute auf einem Strohhalm herum, während er in der einen Hand den Schäferstab hielt und die andere lässig in seiner Hosentasche steckte. Er bemerkte sie nicht, sein Blick ruhte trotz der lässigen Pose konzentriert auf den Schafen. Es wirkte, als zähle er mit zusammengekniffenen Augen stumm nach, ob auch alle vierhundert Tiere noch da waren. Derweil drängte sich die Herde im Schatten eines Baumes. Die meisten Tiere schliefen oder dösten vor sich hin. Zudem lagen unweit entfernt die drei Hunde auf der Lauer. Vorne dran Anka, die Leithündin, die eine Mischung war aus Border Collie und Altdeutschem Schäferhund. Der Hündin mit dem dreifarbigen Fell entging nichts, natürlich auch nicht, dass Lieselotte sich ihnen näherte. Sie spitzte die Ohren und wedelte freudig mit dem Schwanz, ohne sich zu erheben oder die Schafe dabei aus den Augen zu lassen. Die Bewachung der Herde hatte im Leben der Hütehunde Priorität. Ankas Verhalten alarmierte nun auch Vinzenz. Er spuckte den Strohhalm aus dem Mund, stieß sich mit der Schulter vom Schäferkarren ab und drehte den Kopf in ihre Richtung.

Lieselotte ging auf ihn zu, seine grünbraunen Augen fixierten sie, als sie an ihn herantrat.

»Ich soll dich ablösen«, sagte sie.

»Wie geht's deinem Vater?«

Sie zuckte mit den Achseln. »Schmerzen hat er halt. Schauen wir mal, wie's weitergeht. Du hast ihn gefunden, hat der Fritz gesagt.«

Vinzenz nickte. »Ein Schaf ist ausgerissen und im Wald verschwunden.« Er deutete in eine bestimmte Richtung, und Lieselotte folgte mit den Augen seinem Zeigefinger. Er wies auf Mary. Sie war es gewesen, die das Tier nach Marilyn Monroe benannt hatte, weil es eine hellere Wolle als die anderen trug, und Lieselotte wusste, dass Mary gerne einmal ausriss.

»Dein Vater ist mit der Anka hinterher, den Zeus und die Ira hat er bei der Herde gelassen.«

Lieselottes Blick wanderte zu den beiden jüngeren Mischlingshunden, Ankas Nachwuchs. Sie hatten goldgelbes Fell, ein Erbe ihres Vaters, der eine Mischung aus Golden Retriever und Briard gewesen war. Hechelnd lagen Zeus und Ira nebeneinander, ihr Schwanz klopfte zur Begrüßung fest auf den Boden, aber wie Anka ließen auch sie die Schafe keinen Moment unbewacht.

»Die Anka hätt es sicher auch alleine geschafft, das Schaf wieder zurückzutreiben, aber dein Vater ist ihr hinterher … Jedenfalls hat er eine Baumwurzel übersehen, ist gestürzt und hat sich dabei den Fuß verdreht und gebrochen. Hat echt schlimm ausgesehen, als wenn er nicht ihm gehören würde. Als er um halb elf nicht zum Mittagessen gekommen ist, hab ich nachgeschaut, wo er bleibt, und da hab ich ihn dann gefunden. Er konnt nimmer alleine aufstehen.« Vinz wandte sich wieder den Tieren zu. »Die Anka hat gebellt und mich schließlich zu ihm geführt. Der Zeus und die Ira haben den Rest der Herde derweil im Zaum gehalten, sonst wären jetzt alle weg.«

Lieselotte glaubte, einen vorwurfsvollen Unterton in seiner Stimme zu hören. »Der Vater hat sich das Bein nicht absichtlich gebrochen«, entgegnete sie deswegen scharf, weil sie glaubte, ihn verteidigen zu müssen. Zudem wussten sie beide, dass nicht gleich die ganze Herde durchging, wenn ein einzelnes Schaf abhaute. Vorausgesetzt, es war nicht das Leitschaf, was in diesem Fall Thea gewesen wäre.

»Das hab ich auch nicht behauptet«, antwortete Vinzenz ungerührt. »Meinst du, du kannst die Tiere in den Griff bekommen?«

Seine abschätzige Meinung ihr gegenüber ärgerte Lieselotte noch mehr. Warum sollte sie die Herde nicht in den Griff bekommen? Nur, weil sie ein Mädchen und erst siebzehn Jahre alt war? Immerhin wurde sie nächsten Monat achtzehn. Am liebsten hätte sie ihm ihr Wissen über die Tiere ungefragt an den Kopf geworfen. Sie hielten ausschließlich seit Langem Merinos, der Wolle wegen, und im Schnitt gab jedes Schaf rund vier Kilogramm Wolle pro Jahr ab. Mary, ihr weiches Spitzenschaf, sogar das Doppelte. Es handelte sich bei der Rasse um mittelgroße Schafe mit keilförmigen, langen Köpfen, die breite, leicht hängende Ohren hatten und einen Wollschopf auf der Stirn. Diese Gattung war im achtzehnten Jahrhundert nach Deutschland gekommen, und sie waren, neben dem Wollgewinn, bestens geeignet für die Pflege der Wiesen und damit der Landschaft. Sie hörte immer aufmerksam zu, wenn ihr Vater von der Herde sprach. Jedes Wort über die Haltung, Eigenarten oder etwaige Krankheiten hatte sie aufgesogen und im Kopf abgespeichert. Sie hatte Ahnung davon, wie man Ektoparasiten vorbeugte, wusste Bescheid über die Blauzungenkrankheit, Scrapie, den Maedi-Visna-Virus und Listeriose. Wenn sie etwas nicht verstand, fragte sie nach. Auch wenn ihr Vater die Meinung vertrat, die Schäferei sei nichts für Mädchen, beantwortete er alle ihre Fragen.

Doch was nutzte es, wenn sie Vinzenz all das erzählte? Er wusste bestimmt Bescheid. Sie würde ihnen allen zeigen müssen, wie gut sie mit den Tieren umgehen konnte, ihnen beweisen, dass sie mindestens so gut war wie ein Mann. Vor allem die Klauenpflege beim Bock würde zur Herausforderung werden, ihr Vater hatte sich von dem imposanten Leithammel schon einige Schläge auf den Oberschenkel und sogar ins Gesicht eingefangen. Lieselotte war ihm ein-, zweimal zur Hand gegangen und hatte sich sehr geschickt dabei angestellt. Diese Tatsache jedoch hatte ihr Vater nicht kommentiert.

Energisch trat sie auf Vinz zu und riss ihm den Schäferstab

aus der Hand. Der drehte sich daraufhin um, ging ein paar Schritte, um sein Fahrrad, das im Gras lag, aufzuheben. Lieselotte bemerkte, wie seine sonnengebräunte Haut bronzen in der Mittagssonne schimmerte.

»Bleibst im Schäferkarren über Nacht, oder gehst wieder heim?«

»Ich bleib da«, sagte sie bestimmt und hoffte, dass ihre Mutter nicht Fritz auftrug, sie über Nacht abzulösen. »Ein Schäfer gehört doch zu seinen Schafen«, fügte sie hinzu und lachte unsicher.

»Gut, in Ordnung.« Vinzenz schwang sich aufs Rad und fuhr davon. Sie wusste, dass er ein mundfauler Kerl war, was ihn nur umso interessanter für die Mädchen im Dorf machte.

Lieselotte beobachtete, wie sein Rücken immer kleiner wurde, und stieg dann in den Schäferwagen. Aufmerksam sah sie sich um. Sie freute sich, ihr neues Reich erobern zu können, obwohl es im Grunde genommen nicht viel zu erobern gab. Der Wagen war klein und einfach eingerichtet. Eine Bettpritsche, ein Tisch, ein Stuhl und im Eck ein kleiner Ofen für die kälteren Tage auf der Winterweide. An der Decke baumelte eine Petroleumlampe. Die rot-weiß karierten Vorhänge vor den kleinen Fenstern ließen den notdürftig eingerichteten Wagen ein wenig heimelig erscheinen. Ihre Mutter hatte sie genäht, ebenso die dazu passende Tischdecke. Lieselotte stellte ihren Rucksack auf dem Holzboden ab und ging hinaus zu den Schafen, die noch immer im Schatten des Baumes Mittagsruhe hielten.

Am frühen Abend tauchte Fritz mit einem Korb an der Weide auf. Lieselotte wappnete sich mit Argumenten gegen die nächtliche Ablöse und die Aufforderung, die Nacht zu Hause zu verbringen. Sie wollte nicht erst morgens wieder auf die Weide rausdürfen. Doch Fritz erwähnte nichts dergleichen. »Die Mutter hat mir etwas für dich zu essen mitgegeben«, sagte er nur.

Lieselotte sah in den Korb und fand Wasser, Brot, Schmalz und ein bisschen Zucker darin. Sie liebte Schmalzbrot mit Zucker und leckte sich vor Vorfreude die Lippen, schon in der Schule war das ihr liebstes Pausenbrot gewesen. Lieselotte wickelte die Essensreste für die Hunde aus dem Butterbrotpapier und warf sie ihnen hin. Die Mischlinge stürzten sich darauf.

»Was ist mit dem Vater?«, fragte sie, während sie die Lebensmittel im Schäferwagen verstaute.

»Der ist noch im Krankenhaus, wird länger dauern, meinen die Ärzte. Der Bruch ist komplizierter als gedacht. Es hat den Knöchel erwischt, irgendwie ist alles blöd verdreht, was weiß ich. Hab nicht alles verstanden, was die Mutter erzählt hat. Jedenfalls müssen sie ihn operieren«, hörte sie ihren Bruder durch die offene Wagentür draußen sagen.

Lieselotte erschrak, sie trat hinaus auf die schmale Plattform. »So schlimm?«

»So schaut's aus«, antwortete Fritz. Er saß auf der Anhängerstange und blickte zu ihr nach oben. »Die Mutter meint, du kennst sicher den Plan, wann du die Schafe auf welchem Feld weiden lassen musst.«

Lieselotte schmunzelte verstohlen, zog die Tür hinter sich zu und trat die wenigen Stufen auf die Wiese hinunter. Und ob sie den Plan kannte! Die Tiere zogen zuerst über die abgeernteten Getreidefelder, um die verbliebenen Reste der vorangegangenen Ernte abzufressen. Durch ihre Trittbewegung verdichteten sie zudem automatisch den Boden, was es

Wühlmäusen schwermachte, sich auf dem Acker anzusiedeln. Außerdem hinterließen sie mit den Ausscheidungen zugleich wertvollen Dünger.

Die Route der Herde wurde daher im Vorfeld von der Gemeinde festgelegt und sogar versteigert. Vereinzelt steckte auf den Feldern ein mit dem Stroh nach oben ausgerichteter Besenstiel im Boden, das war ein Zeichen, dass die Tiere dort nicht fressen durften, weil bereits ausgesät worden war. Doch wenn man mit den Schafen von Weide zu Weide zog, konnte es schon einmal vorkommen, dass sich ein Tier selbstständig machte und sich auf so einer Wiese oder im Garten eines Hauses verbotenerweise satt fraß. Da hieß es höllisch aufpassen.

»Übermorgen musst du weiterziehen, dann ist ein anderer Acker dran«, riss Fritz sie aus ihren Gedanken. Er erhob sich. »Ich komm gleich in der Früh und bring die Zäune und den Schäferwagen dorthin.«

»Frag doch den Binder, ob er dir den Bulldog leiht.«

Fritz schüttelte den Kopf. »Ich spann die Kühe vor den Anhänger, so wie's der Vater immer macht.« Sein stolzer Blick verriet Lieselotte, dass er sich in der Rolle des Jungbauern wohlfühlte und es ihm nichts ausmachte, dass sie keinen Traktor hatten.

»Wie du meinst.« Lieselotte sah in den Himmel. Die Schwalben flogen hoch, das Wetter würde stabil bleiben. Fritz schnappte sich den leeren Korb, verabschiedete sich und machte sich auf den Weg.

Gegen neun Uhr abends erkannte Lieselotte an der trägen Maulbewegung der Schafe, dass sie für heute genug gefressen hatten. Sie trieb sie mithilfe der Hunde in den Pferch. Später, als sich die Dunkelheit allmählich über die Landschaft legte und sie müde wurde, nagte plötzlich ein beklemmendes Gefühl in Lieselotte. Die Einsamkeit überraschte sie, obwohl ihr klar gewesen war, am Waldrand fernab des Dorfes zu sein. Dennoch fühlte sie sich auf einmal verloren. Angespannt lag sie auf der Bettpritsche und lauschte dem Wind, der durch die belaubten Äste der Waldbäume streifte und ein unheimliches Geräusch erzeugte. Grillen zirpten, sonst war es still. Furchterregend still. Selbst die Hunde und Schafe schienen den Atem anzuhalten. Sie hatte nicht gedacht, dass ihr das Alleinsein nachts im Wagen Angst machte. Doch sämtliche unheilvollen Geschichten, die sie je gehört hatte, gingen ihr auf einmal durch den Kopf. Von Männern, die umherzogen und junge Frauen töteten, von Untoten, die wiederkehrten, um die Lebenden zu holen oder sie zu bestrafen. Einer trieb sich angeblich im Wald der Binder herum, weil ihm dort Unrecht widerfahren war. Ob der jetzt zu ihr kam, wo sie hier nächtigte, und sie marterte?

»Sei nicht kindisch, Lieselotte Schäfer«, ermahnte sie sich selbst.

In dem Moment begann die Kirchenglocke zur vollen Stunde zu läuten, und Lieselotte erschrak zu Tode. Zeitgleich schlugen die Hunde an und die Schafe blökten. Wölfe, schoss es ihr durch den Kopf. Blödsinn, schalt sie sich im selben Augenblick. Es gab in dieser Gegend keine Wölfe. Sollte sie nachsehen, was draußen los war? In dem Augenblick hörten die Hunde wie von Geisterhand angehalten zu bellen auf. Die gespenstische Ruhe kehrte zurück.

Lieselotte zählte bis zehn, ganz langsam. Da drang ein Geräusch an ihr Ohr. Waren das Schritte? Ihr Herz raste. Der

Wagen schaukelte leicht, jemand musste auf die Plattform gestiegen sein. Sie hielt die Luft an, sekundenlang. Es klopfte an die Wagentür. Sie unterdrückte einen Angstschrei, hielt sich die Hand vor den Mund, wartete mit stockendem Atem. Wieder klopfte es. Sie wickelte sich ihre Decke um die Schultern, stand auf und schlich zur Tür, legte ihr Ohr daran. Sie hörte nichts. Warum zum Teufel reagierten die Hunde nicht mehr?

Lieselotte nahm all ihren Mut zusammen und öffnete zaghaft die Tür. »Vinzenz!«, rief sie erleichtert aus. »Was machst du denn hier?« In der Dunkelheit hatte sie ihn nur an seiner Silhouette erkannt.

»Hab ich dich erschreckt?«

»Nein, nein … Ist was passiert?«. Lieselotte konnte sich keinen anderen Grund für sein Auftauchen zu so später Stunde vorstellen.

»Nein, keine Sorge«, sagte er. »Kannst du auch nicht schlafen? Es ist immer noch so warm. Nicht einmal in der Nacht kühlt es richtig ab.«

»Doch, kann ich.« Warum log sie ihn schon wieder an? Was war verkehrt daran zuzugeben, dass sie auch nicht schlafen konnte?

»Komm, ich muss dir etwas zeigen.« Sie bemerkte seine Begeisterung, es musste etwas Besonderes sein, wenn er schon extra hergekommen war. Er setzte sich neben dem Wagen ins Gras.

»Warte, ich zieh mir nur rasch etwas an.« Lieselotte schlüpfte in ihr Arbeitskleid, trat mit nackten Füßen hinaus und setzte sich zu ihm.

Vinzenz hielt den Blick nach oben gerichtet, die Hunde lagen in seiner Nähe. »Schau«, sagte er und stach mit dem Zeigefinger Richtung Firmament.

Ihr Blick wanderte nach oben, über ihnen spannte sich ein Sternenmeer. »Ist das schön!«

Vinzenz griff nach zwei Flaschen Pils, die neben ihm in der Wiese lagen, öffnete sie und reichte eine davon Lieselotte. Sie hatte erst einmal zuvor Bier getrunken, was sie aber jetzt nicht erwähnen wollte, weil er dann vielleicht dachte, sie wäre noch ein Kind. Schweigend saßen sie nebeneinander, tranken und genossen den Anblick. Die Sterne schienen nur für sie zu leuchten.

»Das hier, das ist der große Wagen.«

»Den kenne ich«, sagte Lieselotte.

Vinzenz zeigte in eine bestimmte Richtung. »Eigentlich ist das kein eigenes Sternbild, sondern setzt sich aus den sieben hellsten Sternen des Großen Bären zusammen. Die vier Sterne, die das Quadrat des Wagens bilden, heißen Dubhe, Merak, Phekda und Megrez.« Seine Hand wanderte weiter. »Wenn du zur Milchstraße schaust, kannst den Adler sehen. Der hellste Stern dieses Sternbildes heißt Altair und bildet mit den Sternen Alschain und Tarzed den Kopf des Adlers.«

Lieselotte staunte. Vinzenz' Wissen darüber begeisterte sie. Dann, plötzlich und unerwartet, legte er seinen Arm um sie, und Lieselotte war überrascht, wie angenehm sie seine Berührung fand. Er sah sie lächelnd an, seine Augen funkelten im Dunkeln, und küsste sie von einem Moment auf den anderen so hitzköpfig, dass es ihr den Atem verschlug. Dann nahm er den Arm wieder weg und tat, als wäre nichts geschehen. Lieselotte war verwundert, irritiert, und glaubte, geträumt zu haben. Sie sah wieder nach oben und verfolgte den Lauf einer Sternschnuppe.

»Du darfst dir etwas wünschen«, sagte Vinzenz, offenbar

hatte er sie auch entdeckt. »Aber nicht verraten, sonst geht der Wunsch nicht in Erfüllung.«

Sie lächelte ihn an und wünschte sich spontan, bei den Schafen bleiben zu dürfen.

Vinzenz interpretierte ihr Lächeln offenbar falsch, denn er presste sie sanft zurück ins Gras und küsste sie erneut. Durch den Stoff ihres Kleides spürte sie seine Erregung an ihren Schenkeln und sein unbändiges Verlangen. Wenn das die anderen Mädchen aus dem Dorf wüssten, dachte sie, würden sie vor Neid und Eifersucht vergehen. Noch während sie überlegte, was genau es mit ihr machte, ließ Vinzenz schon wieder von ihr ab. Er machte keine Anstalten, mehr von ihr zu verlangen. Irgendwann erhob er sich, schnappte sich sein Rad und fuhr weg. Ohne ein weiteres Wort an sie zu richten. Verwirrt blieb sie im Gras sitzen. Es dauerte minutenlang, bis ihre weichen Knie es zuließen, sich zu erheben und zurück in den Wagen zu gehen.

16

Lieselotte brachte kein Auge zu, Vinzenz' Küsse hatten sie zu sehr aufgewühlt. In ihrer Magengegend flatterten Hunderte Schmetterlinge durcheinander. Ein Gefühl, das sie bisher nicht gekannt hatte. Zudem raste ihr Herz, und sie musste unentwegt lächeln. Fühlte es sich so an, wenn man verliebt war? In dem Groschenroman, den sie kürzlich, von Gertrud geschenkt, gelesen hatte, war es jedenfalls so ähnlich beschrieben.

Hellwach lag sie auf der Pritsche und zählte stündlich jeden Glockenschlag. Tausende Gedanken rasten durch ihren Kopf. Fühlte Vinzenz so wie sie, oder war er einfach einer momentanen Laune gefolgt? Wie sollte sie sich verhalten beim nächsten Wiedersehen? Bis gestern hatte sie nicht einmal gewusst, dass sie in ihn verliebt war. Oder doch?

Als es halb fünf Uhr schlug, schob Lieselotte die Decke zurück, schwang sich von der Bettpritsche, zog sich an und ging nach draußen. Der Pferch gehörte umgestellt, damit der wertvolle Schafmist ein anderes Stück Weide düngte. Zudem bekam es den Klauen der Tiere nicht gut, wenn sie zu lange im eigenen Kot umherstiegen.

Beseelt von positiven Gefühlen, atmete Lieselotte den Duft des frühen Morgens ein. Es roch nach Sommer und Tagesanbruch. Frisch und zerbrechlich. Die zeitigen Stunden glichen in ihren Augen einem Heilmittel, das man mit keinem Geld der Welt bezahlen konnte. Verpasste man den Moment, bekam man erst vierundzwanzig Stunden später wieder die Chance, ihn zu erleben. Die Vögel waren längst wach und sangen ihr Lied. Gedämpfte Geräusche drangen aus dem Dorf herüber an ihr Ohr und verrieten ihr, dass allmählich Leben in den Ort kam. Lieselotte wusste, die Stallarbeit rief, die Kühe gehörten gemolken und gefüttert, die Tröge der Schweine gefüllt, die Hühner aus dem Verschlag gelassen, in dem sie die Nacht verbracht hatten, damit sie nicht dem Fuchs zum Opfer fielen. Obwohl das alles Routine war und vor allem den Jugendlichen im Dorf wenig Abwechslung bot, wollte Lieselotte an keinem anderen Ort der Welt leben. Und schon gar nicht, nachdem Vinzenz sie geküsst hatte.

Sie lächelte, ihr Blick verlor sich. Niemals wäre sie auf die Idee gekommen, dass er und sie …

Die drei Hunde bellten sie auffordernd an. Ungeduldig warteten sie auf ihren Arbeitsbeginn. Die Schafe erkannten, dass sich in den nächsten Minuten das Holzgatter ihres Verschlags öffnen würde, sie blökten hungrig und drängten zum Ausgang. Mary stand in der ersten Reihe, neben ihr Thea, das Leitschaf. Den Namen hatte ihr der Vater gegeben, weil es übersetzt Gottesgeschenk bedeutete. Horst, der große Zuchtbock, wachte an ihrer Seite. Auf dem Rücken prangte, mit blauer Ölfarbe gefärbt, die Zahl Vierzehn. Seine Nummer im Zuchtbuch.

Ihr Vater hatte Lieselotte schon vor langer Zeit eingebläut, dass man auf ihn besonders aufpassen musste. »Der Bock ist dreitausend Mark wert«, hatte er nachdrücklich erwähnt, auch weil das Tier dem Binder gehörte. Sie nannte Horst heimlich

Heini, nach seinem Besitzer, weil er ihr ebenso wuchtig und bullig vorkam wie Heinrich Binder. Der Schafbock verströmte aus jeder Faser seiner Masse Stärke, Charakter und kompromisslosen Widerstand gegen Gegenspieler. Seine einfach gewundenen und nach hinten gerichteten Hörner unterstrichen das Bild eines eindrucksvollen Kerls. Lieselotte wusste, dass man ihm nie den Rücken zudrehen sollte, denn ein Stoß von ihm war schmerzhaft. Wobei er im Grunde genommen handzahm war, nur während der Brunstzeit musste man besonders aufpassen. Er trug als Einziger ein Halsband, damit konnte man ihn bei Bedarf halten und leichter führen.

»Abhauen gilt nicht«, wies Lieselotte die Herde an und strich Mary und Thea liebevoll über die Köpfe. Die Tiere waren im Mai geschoren worden, und ihr Wollschopf wuchs allmählich nach. Lieselotte öffnete das Gatter, die Tiere strömten heraus, und sie begann, die tragbaren Holzteile des Pferchs zu versetzen, während die Hunde auf die Herde achteten.

Um halb sechs rief das Angelusläuten zum Morgengebet. Ihre Mutter würde sicher zur Messe gehen, dachte Lieselotte, mit dem verschlafenen Fritz im Schlepptau. Sie verspürte Erleichterung, denn ihre momentane Arbeit befreite sie von dieser Pflicht, die ihr mehr als lästig gewesen war. Ein Schafhirte war zu entschuldigen, er musste bei den Tieren bleiben, das sah ihre Mutter ein, weshalb sie den Kirchgang auch nicht von ihr einforderte. Und auch morgen am Sonntag durfte sie der Heiligen Messe fernbleiben. Normalerweise griff an Sonntagen kein Argument, und man konnte ihrer Mutter nicht damit kommen, dass das zwanzigste Jahrhundert das Zeitalter der Moderne war und Wissenschaft, Technik und Aufklärung vor allem anderen standen.

»Papperlapapp«, pflegte sie dann zu sagen. »Wir sind gottesfürchtige Menschen, und Gottesdienste zu besuchen, gehört sich am Land, egal in welchem Jahrhundert.« Ihr Ton war stets keifend gewesen, wenn Lieselotte an einem Sonntag ausschlafen wollte und sich weigerte, zur Kirche zu gehen.

Im Grunde genommen bedeutete das Argument ihrer Mutter jedoch nur, dass man sich dort zu zeigen hatte, um nicht ins Gerede zu kommen. Die Predigten des Pfarrers schüchterten Lieselotte regelmäßig ein, denn sie waren lediglich darauf ausgerichtet, den Sündern im Dorf, berechtigt oder unberechtigt, die Leviten zu lesen. Kaum jemand wagte es, ihm zu widersprechen. Also ließ man stoisch die Androhung der zehn biblischen Plagen über sich ergehen. Lieselotte befürchtete, eines Tages selbst Zielscheibe des priesterlichen Zorns zu werden, weshalb sie sich angewöhnt hatte, dem Pfarrer nie direkt in die Augen zu schauen, während er von der Kanzel herunterwetterte. Vielleicht trieb sie auch die Angst vor der ewigen Verdammnis dazu, jetzt, da sie die Glocke hörte, das Angelusgebet zu beten:

»Der Engel des Herrn brachte Maria die Botschaft und sie empfing vom Heiligen Geist …«

Um halb acht machte Lieselotte sich auf, zum Binder-Hof zum Frühstückskaffee zu gehen. Das war so ausgemacht. Anka begleitete sie, Zeus und Ira bewachten die Herde, die sie zuvor noch in den umgesteckten Pferch am Weiher getrieben hatte. So waren die Tiere geschützt und hatten auch innerhalb der Einzäunung genug zu trinken. Auf dem Weg überlegte Lieselotte, wie sie sich Vinzenz gegenüber verhalten sollte, wenn sie ihn dort antraf. Wieder flatterte ein Schwarm Schmetterlinge in ihrem Bauchraum umher.

Als sie die kleine Anhöhe zum Anwesen hinaufstieg, kam es ihr vor, als beobachtete das prächtige Gut jeden Schritt eines Ankommenden. Trotz der vielen blühenden Pflanzen am Wegesrand sah es in Lieselottes Augen grimmig und erhaben drein. Möglich, dass ihr das auch deshalb nur so erschien, weil hier Annemarie Binder regierte, des Teufels Schwester.

Die Haustür stand offen, und Lieselotte trat ein.

An der Wand in den ersten Stock hinauf hingen dekorative Teller, der Binder war dieses Jahr zum vierten Mal in Folge Schützenmeister geworden, obwohl einige andere im Dorf wahrlich besser schossen als er. Jedoch war er der Einzige, der die traditionelle Runde Freibier für den Verein spendieren konnte, deshalb ließ man ihn jedes Jahr gewinnen.

»Wart draußen«, brummte es hinter ihr. »Wir haben grad den Boden aufgewischt.«

Erschrocken wirbelte Lieselotte herum. Groß, wuchtig und dunkel im Gemüt, stand die Binderin vor ihr und zeigte anklagend auf ihre staubigen Schuhe. Das blonde, zu einem Bauernzopf geflochtene Haar der Landwirtin passte überhaupt nicht zu ihrem Charakter. Sie dachte an Vinzenz' schwarze Locken, die eindeutig ein Erbe seines Vaters waren.

Von wegen, schoss es Lieselotte boshaft durch den Kopf. Jeder im Dorf wusste, dass die Binderin kaum selbst einen Finger rührte. Hier am Hof waren ein Knecht und eine Magd beschäftigt, die die Binderin wie Sklaven antrieb und die ihr dennoch ergeben waren wie treue Hunde.

Lieselotte machte kommentarlos kehrt, ging nach draußen und setzte sich auf die Bank vor der Tür. Der Tisch vor ihr war leer. Sie ärgerte sich, dass die Binderin sie nicht einmal nach dem Befinden ihres Vaters gefragt hatte. Kurz darauf brachte die Magd eine große Tasse Kaffee und ein trockenes Stück Brot. Ihre dralle Figur steckte in einem dunkelgrünen Arbeitskleid aus Baumwolle. Die brünetten Haare verbarg ein helles Kopftuch, das im Nacken zusammengebunden war. Sie hatte Hände, die zupacken konnten, sonnengebräunte Haut und eine selbstbewusste Mimik.

»Butter gibt's keine«, sagte das Mädchen, das Vroni hieß, knapp und trollte sich wieder.

Und morgen sitzt sie wieder in der Kirche in der ersten Reihe, der Bosnickel, dachte Lieselotte und biss von dem Kanten ab.

Annemarie Binder war einmal eine Schönheit gewesen, so hatte man es ihr erzählt. Doch der Verlauf des Lebens hatte sie in ein böses Weib verwandelt, behaupteten die alten Leute. Welchem Umstand die Binderin ihre Bösartigkeit genau verdankte, erläuterte jedoch niemand im Dorf genau. Fragte man nach, bekam man immer die gleiche Antwort: »Weil's so ist.« Lieselotte verstand es einfach nicht. Die Binderin hatte alles, was man sich wünschen konnte, ein großes Anwesen, einen fleißigen Ehemann und einen ebenso tatkräftigen Sohn. Zudem besaß sie Ansehen und Geld. Welchen Grund gab es also für sie, böse mit der Welt zu sein?

Der Bauer kam ums Eck und ging auf die offene Haustür zu. Sie überlegte, ihn nach Vinzenz zu fragen, ließ es aber sein. Vielleicht tauchte er ja auch gleich auf.

»Mirl«, rief der Binder von der Türschwelle aus in den Hausflur, »bin wieder da.« Er warf Lieselotte einen Blick zu und setzte sich zu ihr auf die Bank. »Wie geht's dem Vater?«, fragte er.

Sie erzählte, was sie von Fritz wusste.

»Blöde G'schicht«, brummte der Binder. »Da musst wohl noch länger draußen bleiben, bei den Schafen.«

Lieselotte nickte. »Das macht mir nichts«, sagte sie.

»Ich komm mal vorbei und mach ein paar Fotos von dir. Ein Madl allein beim Schafhüten, sowas hat's im Dorf noch nie g'eben.«

Die Binderin trat mit einem Tablett in der Hand aus dem Haus. Natürlich brachte sie ihrem Mann das Frühstück persönlich, denn wenn man den Gerüchten im Dorf glauben wollte, hegte der Großbauer eine starke Zuneigung für die Magd.

Vielleicht ist ja auch das der Grund für ihre Bösartigkeit, ging es Lieselotte durch den Kopf, und sie besah sich das Tablett. Selbstverständlich bekam er Butter zum Brot, dachte Lieselotte. Die Binderin betrachtete sie argwöhnisch, als befürchtete sie, dass sie ihrem Mann die Butter vom Brot stehlen würde.

Auch als sie gegen halb elf wieder zum Mittagessen am Hof erschien, war auch diesmal Vinzenz weit und breit nicht zu sehen. Vielleicht war ihm peinlich, was gestern geschehen war, und seine plötzliche Zuneigung war dem Alkohol geschuldet gewesen.

Am späten Nachmittag fiel Lieselotte auf, dass Mary das linke Hinterbein nicht mehr ordentlich aufsetzte, sondern hochhielt, als habe das Tier Schmerzen. Als sie das Hufmesser aus dem Schäferwagen holte und zurück zur Herde ging, sah sie Vinzenz am Waldrand. Er schob sein Rad über den holprigen Weg, der zur Weide hinüberführte. Augenblicklich begann ihr Herz aufgeregt zu pochen. Doch seine ernsthafte und verschlossene Miene, die sie erkannte, sobald er näher kam, ließ sie schlechte Neuigkeiten erahnen.

Sie tat, als sähe sie ihn nicht, und machte sich daran, Mary einzufangen. Es gelang ihr leichter, als sie dachte, und sie war froh darüber. Lieselotte fixierte das Schaf zwischen ihren Beinen, griff nach ihrem Huf und besah sich eingehend die Klaue. Möglich, dass sich Dreck angesammelt hatte oder der Klauenrand nach innen ragte, was er nicht sollte, weil das Tier dann nicht mehr gerade stehen konnte. In dem Fall musste sie den Huf freischneiden. Doch soweit sie wusste, hatte ihr Vater erst kürzlich das Horn der gesamten Herde kontrolliert und zurechtgeschnitten.

Marys Klaue zeigte sich daher auch gleichmäßig, doch zwischen den Zehen spießte ein kleiner Holzsplitter. Sie zog ihn heraus und säuberte die winzige Wunde, dann ließ sie das Tier wieder frei. Aus dem Augenwinkel sah Lieselotte, dass Vinzenz bereits in ihrer Nähe war. Deshalb blieb sie einfach stehen und tat, als beobachtete sie die Merinos. Zum Glück reagierten auch die Hunde nicht, weil sie ihn ja kannten. Der Wind trug den Duft von Vinzenz' gewaschenen Haaren in ihre Richtung. Sie unterdrückte das Verlangen, die Augen zu schließen und tief einzuatmen. Um ihre weichen Knie und ein eventuelles Zittern zu verbergen, setzte sie sich ins Gras, ohne dabei den Blick von den Schafen abzuwenden.

»Du hast tatsächlich eine Hand für die Viecher«, sagte Vinzenz in ihrem Rücken.

Sie wandte sich ihm zu, tat, als hätte sie sich erschrocken, blieb jedoch sitzen. »Ich hab dich gar nicht kommen hören.«

»Aber dass die Hunde die Ohren gespitzt haben, hast du schon gesehen.« Er zwinkerte ihr zu, warf das Fahrrad ins Gras und setzte sich zu ihr.

Sie antwortete nicht, spürte nur ihr Herz klopfen.

»Übermorgen ist Regen ang'sagt«, fuhr er fort, als wäre er nur gekommen, um sie vorzuwarnen.

»Dann ist's endlich nimmer so heiß.« Sie wollte ihn am liebsten fragen, was der Kuss zu bedeuten hatte, wollte wissen, wieso es ihn zu ihr herauszog, wo er doch genauso gut im Pfarrheim sitzen konnte, dem Jugendtreff im Dorf. Doch stattdessen erwähnte sie Nebensächlichkeiten, etwa, dass ihr der Kartoffelschmarrn geschmeckt hatte, den sie heute Mittag am Hof aufgetischt bekommen hat. »Deine Mutter hat mir auch noch was für die Hunde mit'geben.«

»Ja, für die Viecher hat's was über, meine Frau Mutter.« Vinzenz lachte unbekümmert, und Lieselotte stimmte mit ein.

Er zog aus seinem mitgebrachten Rucksack Speck, Brot und eine Flasche Wasser. »Und jetzt mach ma a g'scheite Brotzeit.«

»Hast du die Speisekammer geplündert?« Lieselotte sah ihn beschämt an. Als Schafhirte standen ihr nur der Frühstückskaffee und das Mittagessen zu. Übermorgen würde sie auf einem anderen Acker stehen und folglich bei anderen Landwirten essen. Das trübte jetzt schon ihre Stimmung, weil die Möglichkeit, Vinzenz wiederzutreffen, gegen null sank.

Er lachte wieder, und Lieselotte war überrascht, dass es sich ganz selbstverständlich anfühlte, mit ihm hier auf der Erde zu sitzen und Speckbrote zu essen. Es waren die intensivsten Minuten ihres bisherigen Lebens. Sie zog den Duft seiner Seife ein, der würzigen Wiese um sie herum, der Schafwolle und des Specks. An diese Mischung würde sie sich immer erinnern wollen.

Als sie fertig waren, packte er die Reste wieder in seinen Rucksack und zog zwei Zigaretten heraus. »Magst du?«, fragt er und bot ihr eine an.

Lieselotte schüttelte den Kopf. »Nein, danke. Warum kommst du eigentlich jeden Tag raus auf die Weide?«

Vinzenz sah sie mit großen Augen an. »Jeden Tag? Gestern war ich da, und heute bin ich da, das ist doch nicht jeden Tag.«

»Bei meinem Vater hast du sicher nicht so oft vorbeig'schaut«, erwiderte sie und lächelte ihn an. Doch als er ihr daraufhin einen Moment lang schweigend in die Augen schaute, wandte sie beschämt den Blick ab.

»Ich muss doch schauen, wie's unseren Schafen geht.« Er zündete sich die Zigarette an und blies den Rauch in die Luft. Irgendwo im Schatten des Waldrandes raschelte es, wahrscheinlich ein Fuchs oder ein Marder.

»Aha, freilich, du musst nach *euren* Schafen schauen«, sagte sie und betonte das Pronomen. »Du traust mir noch immer nicht zu, mit dem Haufen zurechtzukommen.« Es klang vorwurfsvoller, als sie wollte, weil sie doch insgeheim wusste, dass er schwindelte.

»Nein, ich trau dir das schon zu. Hab grad selber sehen können, wie gut du das hinbekommst.«

»Oder magst mich wieder in Sternenkunde unterrichten?«, fragte sie schmeichelnd.

»Vielleicht.« Er zog an der Zigarette, stieß den Rauch aus.

»Wie viele Sternbilder gibt es denn?«

»Die Internationale Astronomische Union hat sich auf achtundachtzig Sternbilder festgelegt«, betonte er. »Ich nenn dir nur die wichtigsten: der Große Bär, der Löwe, der Schwan, Orion und das Kreuz des Südens.«

Lieselotte war beeindruckt. »Warum interessiert dich das?«

»Ich weiß nicht. Schon mit drei Jahren hab ich mir ein Fernrohr gewünscht, um die Sterne anschauen zu können. Meine

Eltern haben mir eines aus Plastik geschenkt. Ich hab zwar nicht viel gesehen, war aber trotzdem überglücklich.«

»Gibt es das Sternbild Schaf?«

»Nein, aber Hase und Luchs.«

Lieselotte zuckte mit den Schultern und wandte demonstrativ den Blick vom Firmament ab. »Dann interessiert mich der Sternenhimmel nicht mehr.«

Vinzenz lachte. »Wolf? Steinbock?«

Lieselotte schüttelte den Kopf.

»Du bist unnachgiebig«, sagte er. »Aber es gibt zumindest das Sternbild Widder.«

»Schon besser.«

Wieder lachte er und berührte ihren Oberarm mit seinen Fingern, flüchtig und so zart wie ein Windhauch. Dabei lächelte er ein Lächeln, das ihr Gewissheit gab. Sie hatten sich beide ineinander verliebt.

Den Rest des Abends lagen sie Hand in Hand nebeneinander im Gras und blickten nach oben. Die Stille wurde nur unterbrochen, wenn Lieselotte eine Frage stellte und Vinzenz ihr antwortete. Sie hätte ewig so liegenbleiben können, seine Hand in der ihren spüren. Doch um Mitternacht stand Vinzenz auf, nahm sein Rad und fuhr zurück.

17

Der nächste Morgen stellte Lieselotte vor eine große Herausforderung. Sie musste mithilfe der Hunde die Herde von der Weide zur nächsten treiben, und die lag am anderen Ende des Dorfes. Thea, das Leitschaf, hatte eine enge Bindung zu ihrem Vater, und ob sie ihr so ohne Kompromisse folgen würde wie ihm, war noch nicht entschieden. Sie hatte nur die zurückliegenden zwei Tage gehabt, um ein Band zu dem Tier zu knüpfen, und hoffte, dass es für den Weg ausreichte. Denn die Herde würde Thea folgen, egal wohin sie ging. Wie versprochen, tauchte Fritz in aller Früh, so um kurz nach fünf Uhr, auf. Der Binder hatte ihm am Vorabend unaufgefordert seinen Bulldog samt Anhänger vom Knecht vorbeibringen lassen, ließ Fritz sie wissen und reichte ihr den Korb. »Die Mutter hat dir Frühstück eingepackt«, sagte er.

Lieselotte schenkte sich Kaffee aus der Warmhaltekanne in einen Becher und aß das Butterbrot, während Fritz ihr erzählte, dass die Mutter meinte, der Vater sei sehr ungeduldig im Krankenhaus.

»Kein Wunder!«, rief Lieselotte aus. »Der Vater ist es gewohnt, wochenlang in der freien Natur herumzuwandern, und plötzlich ist er ans Bett gefesselt.«

»Und jetzt sagen ihm fremde Leut, was er zu tun hat«, sagte

Fritz und grinste. Offenbar gefiel ihm die Vorstellung, dass nun auch einmal der Vater folgen musste. »Aber eine Woche muss er mindestens noch drinbleiben. Der Bruch ist wirklich kompliziert, sagt die Mam. Möglich, dass es länger dauert, bis er wieder g'scheit laufen kann. Wir fahren ihn heute nach der Kirche besuchen.« Fritz stand auf und begann, rasch die Holzteile auf den Anhänger zu laden. Erst jetzt realisierte Lieselotte, dass Sonntag war.

»Dann grüßt ihn schön von mir«, sagte sie ein bisschen traurig darüber, nicht mitfahren zu können. Sie beobachtete Fritz und stellte ihm insgeheim ein gutes Zeugnis aus. Ihr kleiner Bruder würde einmal ein guter Landwirt werden. Er blühte richtiggehend auf, jetzt wo der Vater im Krankenhaus lag und ihn nicht herumkommandierte wie einen dummen Lausbuben.

»Ich fahr die Teile schon mal auf den Acker und hol dann den Wagen«, sagte Fritz und deutete auf den Schäferkarren. »Du kannst jederzeit losmarschieren.«

Lieselotte band sich das Kopftuch im Nacken fest, griff nach dem Schäferstab und gab das Zeichen zum Aufbruch. Anka und Ira marschierten seitlich der Herde, Zeus bildete das Schlusslicht. Es lief besser, als Lieselotte befürchtet hatte. Stolz führte sie die Herde über Waldwege bis ins Dorf hinein, wobei Thea und Mary an ihrer Seite gingen und sie Horst fest am Halsband hielt. Sie durchquerten den Ort an einer bestimmten Stelle, um an die Weide am anderen Ende zu gelangen. Einen Moment überlegte sie, einen Umweg zu gehen, nur damit sie am Hof ihrer Eltern vorbeikam. Ihre Mutter war garantiert schon dabei, sich für die Sonntagsmesse herzurichten. Sie würde ihr schwarzes Festdirndl mit der glänzenden, ebenfalls schwarzen Schürze anziehen, wie meistens, wenn sie zur

Kirche ging. Ihre Mutter sollte sehen, wie gut sie mit den Tieren zurechtkam, vielleicht legte sie dann ein gutes Wort beim Vater ein, in Zukunft öfter mit auf die Weide zu dürfen. Dann konnte sie endlich noch etwas anderes tun als Schuhe putzen, Löcher stopfen und für die gesamte Familie kochen, wenn die Mutter vor lauter anderer Arbeit nicht dazukam, etwa wenn die Ernte am Kartoffelfeld anstand. Wenngleich es Lieselotte lockte, verwarf sie die Idee sogleich wieder. Sie würde sich nur Ärger einhandeln, wenn sie die vorgesehene Route verließ.

Die Kirchenglocken riefen zur Heiligen Messe, und Lieselotte begann instinktiv, stumm ein Gebet zu sprechen. Sie sah nach oben, die Schwalben flogen tief.

Es war bereits Montag, als der Regen kam, und zwar um einiges heftiger als angenommen. Um sechs Uhr morgens peitschten Sturmböen das Wasser waagrecht über die Wiesen. Lieselotte hatte um eine Spur zu lange gewartet und daher alle Hände voll zu tun, die Schafe so schnell wie möglich zum Binder-Hof zu treiben. Die Binder hatten den größten Stall, deshalb war es Usus, dass sie bei extremem Schlechtwetter die Tiere aufnahmen, wenn sie nahe dem Dorf weideten, egal auf wessen Acker die Tiere gerade standen. Lieselotte würde sie erst wieder holen, wenn der Regen nachließ.

Mary versuchte auszureißen, lief auf ein Feld und versank mit ihren dünnen Füßen im Schlamm. »Verdammt, Mary«, schimpfte Lieselotte und lief ihr hinterher. Sie rutschte aus und landete der Länge nach im Dreck. Vinzenz, der auf der Anhöhe vor dem Hof stand und sie beobachtet hatte, setzte sich in Bewegung und eilte ihr zu Hilfe. Doch Anka hatte Mary inzwischen schon wieder zur Herde zurückgejagt.

»Deine Mary ist doch ein Mistviech«, sagte Vinzenz und half Lieselotte auf.

»Das bin eher ich«, antwortete Lieselotte lachend und zeigte an sich hinunter. »Die Mary ist sauber.«

Er stimmte in ihr Lachen ein. Der Regen lief an ihnen hinab, und sie wurden beide nass bis auf die Unterwäsche. Aber das störte Lieselotte nicht, solange Vinzenz in ihrer Nähe war.

Als Lieselotte das Gatter des Pferchs schloss, zog Vinzenz die Stalltür zu und kam auf sie zu. Er hielt ein Handtuch in den Händen und begann, sie sachte damit abzutrocknen. Sanft küsste er ihr den Regen vom Hals und Nacken. Lieselotte schloss die Augen. Er roch nach frischem Stroh, derweil war seine Kleidung ebenso feucht wie ihre.

»Vinz!«, donnerte da die mächtige Stimme seiner Mutter über den Hof, und sie stoben auseinander. Keine Minute zu früh, denn im selben Moment wurde das wuchtige Tor aufgerissen und Vinzenz' Mutter stand wutentbrannt vor ihnen.

»Was machst du denn noch da?«, keifte die Binderin Lieselotte augenblicklich an. »Und wie schaust du überhaupt …« Annemarie Binder verstummte, weil sie da auf einmal ihren Sohn bemerkt hatte. Sie betrachtete ihn argwöhnisch.

»Der Horst war … ganz nass«, stammelte Lieselotte. »Der Vinz hat mir geholfen, ihn trockenzureiben.«

Der Blick der Bäuerin flog misstrauisch zum Bock und wieder zu ihr zurück. »Und das hat so lange gedauert?« Sie fixierte Lieselotte wie ein lästiges Insekt.

»Er war ziemlich nass«, untermauerte Vinzenz Lieselottes Behauptung und hielt zur Bestätigung das feuchte Tuch in die Höhe. Seine Stimme klang auf einmal unsicher, und Lieselotte bemerkte, dass er seiner Mutter beim Sprechen nicht in die Augen sah. Es kam ihr sogar vor, als zöge er den Kopf ein wenig ein. Aber das konnte sie sich genauso gut einbilden, weil ihr selbst die Beine zitterten. Die Frau machte ihr Angst.

»Das nächste Mal schaust, dass du d'Schof früher in den Stall bringst und nicht erst, wenn sich die Schleusen des Himmels öffnen«, knurrte sie. »Und jetzt schau, dass du weiterkommst, Liesl. Und wasch dich! Du schaust aus, als wärst am Misthaufen g'legen. Bis morgen früh wird's sicher aufhören zu regnen. Kannst die Tiere also gleich um sechs wieder abholen. Wir brauchen den Platz im Stall selber, hast verstanden?«

Lieselotte nickte, gab den Hunden, die im Stroh lagen, das Zeichen zum Aufbruch und nahm ihre Beine in die Hand. Ohne sich noch einmal umzudrehen, rannte sie zum Hof ihrer Eltern. Sie war sich sicher, dass des Teufels Schwester ihr hinterherblickte.

18

Hofberg, September 1956

Obwohl die Herde nun auf einem anderen Weideplatz stand, tauchte Vinzenz Abend für Abend bei ihr auf. Diese heimlichen Treffen sollten für sie zum Fixpunkt werden, nahmen sie sich beide fest vor. Nichts und niemand sollte zwischen ihnen stehen. Wenn die Kirchenglocke sieben Uhr schlug, fieberte Lieselotte dem Wiedersehen entgegen. Gemeinsam trieben sie dann die Herde gegen neun Uhr in die Umzäunung und vertrieben sich die verbleibende Zeit mit Küssen, Lachen, Reden und Sterngucken. Lieselotte hatte ihm deutlich zu verstehen gegeben, dass sie für mehr noch nicht bereit war, und Vinzenz akzeptierte ihren Wunsch, wenn auch schweren Herzens.

Sie fühlten sich unverwundbar, wie wenn sie allein auf der Welt wären. Doch das waren sie nicht, und sie unterschätzten beide das Dorfgetratsche. Mit einem Gerücht verhielt es sich wie mit einem hinterfotzigen Bock. Es kam nie von vorne, von Angesicht zu Angesicht, sodass man sich dagegen wappnen und gegebenenfalls wehren konnte gegen den Stoß, der einen von den Füßen riss. Es erreichte einen heimtückisch von hinten, wucherte und vermehrte sich wie Moderhinke, eine bakterielle Infektion bei Wiederkäuern. Die Tiere gingen bei einer Erkrankung im wahrsten Sinn des Wortes in die Knie und bewegten sich nur mehr auf den Karpalgelenken vorwärts.

Vergleichbar fühlte sich Lieselotte. Das Gerede verbreitete sich ebenso schnell wie unbehandelte Moderhinke und zwang sie beide in die Knie. Wie konnte sie sich nur dem Irrglauben hingeben, dass Vinzenz' abendliche Besuche auf der Weide geheim blieben? In einem Dorf wie Hofberg blieb nichts geheim, auch nicht, was nachts in absoluter Dunkelheit passierte. Derweil war noch gar nichts passiert, außer zaghafte Küsse, die sie ausgetauscht hatten, weiter waren sie ja noch gar nicht gegangen.

Lieselotte sah ihre Mutter schon von Weitem auf die Weide zukommen. Die schweren Schritte verrieten die Wut, die die Landwirtin mit sich trug.

»Du bist schwanger?«, bellte ihr die Mutter aus wenigen Metern Entfernung entgegen.

Lieselottes Herzschlag setzte einen Moment aus. »Ich bin … was?«

»Schwanger!« Ihre Mutter atmete ein paarmal tief durch. Der Weg und die Aufregung hatten sie angestrengt.

»Wer sagt das?«

»Die Leute.«

»Welche Leute?«, fragte Lieselotte wütend.

»Herta hat mich heute darauf angesprochen.«

»Aha …« Der Dorfladen also, dachte Lieselotte. Die Brutstätte der Gerüchteküche. »Ich bin nicht schwanger, Mama. Von wem auch? Außer der Heilige Geist …«

»Versündige dich nicht, Kind«, unterbrach ihre Mutter sie böse und schlug sofort ein Kreuz.

»Nein, ich bin nicht schwanger«, wiederholte Lieselotte in gemäßigtem Tonfall. »Die Leute sollen nicht so einen Schmarrn daherreden.«

Ihre Mutter bedachte sie mit diesem ganz bestimmten Blick, der bei Lieselotte sofort ein schlechtes Gewissen hervorrief. Eine Komposition aus Wissen, Misstrauen und dem Erstreben, das geliebte Kind ohne grobe Blessuren erwachsen zu bekommen.

»Lüg mich nicht an, Liesl!«

»Ich lüg dich nicht an, Mama.«

Magda Schäfer warf einen anklagenden Blick auf den Schäferkarren, als wollte sie sagen, dass Lieselotte dieses Heiligtum mit ihrem frevelhaften Verhalten für alle Ewigkeit entweiht hatte.

»Außerdem ... heute ist der fünfte September, Mama. Ich bin erst seit einer Woche auf der Weide ...« Lieselotte verstummte, ihre Mutter verstand auch so, was sie damit sagen wollte. Welche Frau wusste bereits nach einer Woche, dass sie schwanger war? Und wenn die Schwangere es nicht wusste, woher sollten die Leute es dann wissen?

Ihre Mutter sah ihr einen kurzen Augenblick in die Augen und gestand ein, dass das Gerede ein ausgemachter Blödsinn war. »Man macht sich halt Sorgen«, sagte sie mit einem befreiten Lächeln auf den Lippen. »Du da heraußen, ganz allein. Da können die Jungs schon auf blöde Ideen kommen.«

»Du kennst doch das Dorfgetratsche, die Leut kommen einfach nur schwer damit klar, dass ein Madl auf der Weide steht und die Arbeit des Vaters macht. Das passt nicht in ihre Welt.«

Magda Schäfer nahm Lieselottes Hand, und sie setzten sich

auf die Stufen des Schäferwagens. Sodann versuchte sie in unmissverständlicher Muttersorge, Lieselotte die Sinnlosigkeit dieser Verbindung einzutrichtern.

»Du weißt, dass ich es nur gut meine«, sagte ihre Mutter sanft. Ihre Jüngste war ihr absoluter Liebling. Auch wenn sie das niemals ausgesprochen hätte, weil sie alle ihre Kinder liebte. Doch keines ihrer Geschwister bekam so viel Aufmerksamkeit wie Lieselotte. »Auf dich muss ich dreimal schauen«, sagte ihre Mutter gerne. Und das lag daran, dass bei Lieselottes Geburt der Tod an die Haustür geklopft hatte, wie ihre Mutter ausdrückte, dass sie in den ersten Tagen fast gestorben wäre. Die Angst um sie hatte ein enges Band zwischen ihnen geknüpft. »Der Boandlkramer darf die Kinder nicht vor den Eltern holen. Niemals«, betonte ihre Mutter stets, wenn irgendwo ein Kind starb. Magdas Züge wirkten in solchen Momenten traurig und auf eine eigentümliche Art mutlos.

Obwohl Lieselotte sich vorgenommen hatte, immer ehrlich ihren Eltern gegenüber zu sein, bestritt sie, dass Vinzenz abends bei ihr gewesen war. Sie spürte jedoch, wie ihr das Blut verräterisch in die Wangen schoss. Rasch wandte sie den Blick ab und schwieg. Doch eine Lawine, die auf einen zurollte, konnte man nicht mit Schweigen aufhalten.

»Das hört auf, ein für alle Mal«, sagte die Mutter bestimmt. »Eine junge Frau muss auf ihren Ruf achten, Liesl. Das war schon immer so und wird auch immer so bleiben. Egal ob man dem Adels- oder Bauernstand angehört.«

Lieselotte ärgerte sich stumm über die Rückständigkeit ihrer Mutter, sagte aber nichts.

»Ein Glück, dass dein Vater noch im Krankenhaus liegt und von alldem nichts mitbekommt.«

Sie werden's ihm schon noch erzählen, wenn er heimkommt, dachte Lieselotte und sagte zaghaft: »Was wär denn so schlimm daran … Also angenommen, der Vinz und ich …«

»Was daran so schlimm wäre?«, unterbrach ihre Mutter sie mit schriller Stimme. »Die Binderin wird nie zulassen, dass ihr einziger Sohn eine Kleinhäuslerin heiratet, die nix in die Ehe mitbringt als sich selbst. Du weißt doch, wie größenwahnsinnig sie ist!«

»Mama, wir leben im zwanzigsten Jahrhundert. Die Obrigkeit in dem Sinn gibt's nicht mehr.«

»Oh, doch! Daran hat sich nichts geändert. Die Binder sind Großbauern, und wir sind Kleinbauern, das passt nicht zusammen.« Sie zuckte teilnahmslos mit den Schultern. »Außerdem … die Binder Mirl hat doch längst beschlossen …« Ihre Stimme wurde um eine Spur milder. Sie griff nach Lieselottes Hand, drückte sie.

»Was?«, unterbrach Lieselotte sie schärfer als gewollt und zog ihre Hand zurück.

»Der Vinz ist doch längst versprochen. Die Tochter eines Großbauern aus Denkendorf soll die neue Landwirtin am Binder-Hof werden.«

»Blödsinn.«

»Das hat mir die Herta erst heute Morgen bestätigt, dass das eine ausg'machte Sach is.«

Lieselotte hielt den Atem an, versuchte ihre Enttäuschung wegzuatmen, um nicht in Tränen auszubrechen. Dann sagte sie mit heiserer Stimme: »Was heißt versprochen? Wir leben im zwanzigsten Jahrhundert, da arrangiert man keine Hochzeiten mehr …«

»Ach, Kind.« Die Mutter tätschelte ihr die Hand. »Die

Binderin hat dich schon von klein auf nicht leiden können. Eines Tages wirst du den Richtigen finden, da bin ich mir ganz sicher.«

»Aber warum kann mich die Binderin nicht ausstehen? Ich hab ihr doch nichts getan!«

Magda Schäfer zuckte mit den Achseln. »Es ist, wie's ist. Außerdem, Geld hat immer schon Geld geheiratet. Das war so und wird immer so bleiben.« Sie seufzte. »Der Vinz ist nicht der Richtige, der nimmt doch keine wie dich, darf er doch gar nicht.«

Die Worte der Mutter trafen sie wie ein Schlag ins Gesicht, obwohl sie wusste, wie es gemeint war. Sie fühlte sich ausgeliefert, hilflos, spürte die aufkommenden Tränen und presste fest die Lippen aufeinander. Vor den Augen ihrer Mutter wollte sie auf gar keinen Fall weinen, denn von ihr konnte sie sich keinen Trost erwarten. Vielmehr Vorhaltungen, dass sie dumm gewesen sei zu glauben, einer wie der Binder Vinzenz würde es ernst mit ihr meinen.

Lieselotte wandte sich ab und ging zu den Schafen. Sie tauchte ihre Hand in die weiche Schafwolle ein, die Wärme spendete ihr leisen Trost. Die Mutter sollte nicht sehen, wie sehr sie ihre Worte verletzt hatten: »Der nimmt doch keine wie dich ...« Wie die Spitze eines Pfeils bohrten sie sich in ihr Herz.

An diesem Abend trieb Lieselotte die Schafe bereits um halb neun in den Pferch. Als Vinzenz wenig später auftauchte, war ihre Wut noch nicht verraucht, wenngleich sie sich auch nicht gegen ihn richtete.

Auch er erschien ihr wütend, jedenfalls stapfte er mit schweren Schritten daher, ähnlich wie ihre Mutter zuvor. »Na, ich hab mir heute was anhören können«, sagte er, ohne sie zu grüßen, und stellte sich ans Gatter.

»Was denkst du, was hier los war? Meine Mutter hat mir an den Kopf geworfen, schwanger zu sein!«, brauste Lieselotte auf. »So ein ausgemachter Blödsinn!«

»Ich war heute Morgen im Laden, und Herta hat mich doch tatsächlich gefragt, warum ich meinen Eltern so viel Kummer bereite«, schimpfte Vinzenz. »Was geht das alles diese Ratsch'n an?«

Lieselotte kochte vor Wut. Am liebsten wäre sie los und hätte allen im Dorf ihre Meinung gegeigt. »Was bilden sich die Leut eigentlich ein, so saublöde Lügen zu verbreiten?«

»Und unsere blöden Eltern glauben das Dorfgetratsche auch noch!«, erboste sich Vinzenz. »Mei Vater hat ned viel gesagt, dem is sowieso fast alles gleich, was nicht mit dem Hof direkt zu tun hat, aber meine Mam hättest hören sollen.«

»Lass uns weggehen«, schlug Lieselotte plötzlich vor. »Irgendwohin, wo uns niemand kennt, wo wir uns gemeinsam etwas aufbauen können. Am besten eine eigene Schafherde.« Kaum hatte sie den Gedanken ausgesprochen, spürte sie Begeisterung aufkeimen. Sie nahm seine Hand und zog ihn mit sich zum Schäferkarren. Sie holte eine Decke aus dem Wagen und breitete sie wie üblich auf dem Boden aus. Sie ließen sich darauf fallen, und er zog sie in seine Arme.

»Was hältst du von einer eigenen Zucht?«, fuhr sie fort. »Ich könnte versuchen, Thea und Mary mitzunehmen. Die beiden könnten das Fundament einer neuen Zuchtlinie werden, die die beste Wolle abgibt. Und einen guten Bock finden wir auch noch, wirst sehen.«

»Das kostet aber ziemlich viel«, wandte Vinzenz ein.

»Fritz bekommt den Hof und muss uns Geschwister auszahlen. Möglich, dass ich auch das Waldstück zugesprochen bekomme, das meinen Eltern gehört. Das könnten wir dann verkaufen und ...«

»Das ist Zukunftsmusik, Liesl, und viel zu unsicher. Du weißt ja gar nicht, ob der Fritz jemals so viel Geld hat, euch alle auszubezahlen, und vielleicht bekommt dein anderer Bruder ja den Wald«, unterbrach er sie. »Zustehen würd er ihm. Immerhin ist er der Älteste, und er hat von sich aus auf den Hof verzichtet.« Eine Locke fiel ihm in die Stirn, Lieselotte strich sie ihm sanft zur Seite.

»Wir nehmen einen Kredit bei einer Bank«, schlug sie euphorisch vor. Darüber, ob sie überhaupt Geld von einer Bank bekamen, wollte sie später nachdenken. Jetzt wollte sie sich schlichtweg eine gemeinsame Zukunft mit Vinzenz ausmalen.

Er schüttelte den Kopf. Offenbar erwärmte er sich nicht sehr für die Idee, eine eigene Schafzucht zu gründen. »Du wirst erst achtzehn, das heißt, du bist erst in drei Jahren volljährig, Liesl«, erinnerte er sie daran, dass sie noch nicht eigenständig Verträge unterschreiben durfte.

»Aber ...«

»Du bist zu jung«, unterbrach er sie erneut barsch und setzte sich auf.

»Aber du ...«, bist doch bald alt genug, wollte sie den Satz vollenden, doch stattdessen starrte sie ihn erschrocken an.

Sein Tonfall war ihr auf einmal fremd. Offenbar tat es ihm leid, sie so schroff zurückgewiesen zu haben, denn er nahm ihre Hand. »Ich komm mir vor wie ein Prinz, der verschachert wird, um das Königreich zu vergrößern.«

Sein Blick wanderte hoch zu den Wolken, die gemächlich über sie hinwegzogen. Vermutlich wünschte er ein Stern zu sein, weit weg von seiner befehlenden Mutter.

Lieselotte folgte seinem Blick. Die Schwalben würden sich bald auf den Weg in den Süden machen. Wie gerne wäre sie in diesem Augenblick mit Vinzenz davongeflogen.

»Lass uns gemeinsam weggehen«, wiederholte sie um eine Spur leiser, ließ seine Hand los und schloss die Augen. Sie wollte von ihrer eigenen Schafzucht träumen, die sie bereits in Reichweite wähnte. Vinzenz würde sie schon noch überzeugen. Sie spürte, wie er sich über sie beugte und mit seinen Fingern liebevoll über ihre Stirn fuhr. Die Berührung löste in ihnen beiden etwas aus. Lieselotte lief ein wohliger Schauer über den Rücken. Sie seufzte verträumt, und Vinzenz' Liebkosungen wurden fordernder. Sie war sich sicher, dass ihre Herzen im gleichen Takt schlugen. Vergessen war Lieselottes Vorsatz, bis zu ihrem achtzehnten Geburtstag warten zu wollen, bevor sie sich einem Mann hingab. Sie öffnete ihre Augen. Einen endlosen Atemzug lang fixierte er sie schweigend. Sie bemerkte, dass sie errötete, und hoffte, dass er es in der Dämmerung nicht erkennen konnte.

Achtsam zog er das Band von ihren Zöpfen, öffnete ihr Haar und suchte ihre Lippen für einen langen, sehnsuchtsvollen Kuss. Sie spürte seine Zungenspitze, die zärtlich über ihre Lippen strich und dann erst ihre Zunge berührte. Seine Hand wanderte hinunter zu ihrer Taille. Lieselotte schloss erneut die Augen, fühlte Hitze, die ihren Körper durchströmte und ihre Knie weich werden ließ. Sie wähnte sich im Paradies, wollte, dass die Zeit stehenblieb. Sein schneller werdender Atem an ihrem Ohr verriet ihr, wie seine Lust sich von Sekunde zu

Sekunde steigerte. Sie fühlte seine Erektion durch den Stoff hindurch, drückte sich an ihn, was Vinzenz nur noch mehr anheizte.

Er öffnete den Reißverschluss seiner Hose und streifte sie ab. Dann fuhr er mit der Hand unter ihren Rock, schob ihren Baumwollslip zur Seite und betastete vorsichtig mit seinen Fingern ihre Scham, als hätte er Angst, sie zu verletzen. Sie waren beide unerfahren in Sachen Liebe. Dementsprechend ungelenk waren anfangs ihre Berührungen, und doch wussten sie instinktiv, wohin die Reise führte. Nach und nach schälten sie sich aus den Kleidungsstücken, berührten und küssten den nackten Körper des anderen, ließen sich einfach treiben. Ihre Verliebtheit, die Sehnsucht, unbezähmbares Begehren und Neugier aufeinander führten sie schließlich weiter. Verschwunden war all die Hässlichkeit der letzten Tage. Es gab wieder nur mehr sie beide.

19

Jetzt bist du eine Frau, war Lieselottes erster Gedanke am nächsten Morgen. Vinzenz hatte sie erst vor wenigen Stunden verlassen und versprochen, am frühen Nachmittag wiederzukommen. Obwohl sie völlig aufgewühlt gewesen war, hatte sie, nachdem sie ihre Unschuld verloren hatte, zu kurz, aber selig geschlafen, ohne schlechtes Gewissen ihren Eltern gegenüber.

Rasch schlüpfte sie in ihre Arbeitskleidung, trat ins Freie, fütterte die Hunde, öffnete das Gatter und wusch sich am nahegelegenen Bach. Als sich ihr Gesicht im Wasser spiegelte, frage sie sich, ob man ihr ansah, was letzte Nacht passiert war. Sie wäre gern nach Hause gelaufen, um sich ausgiebig mit warmem Wasser zu waschen und eines ihrer schönen Kleider zu holen. Vielleicht das helle mit den gelben Blüten darauf. Doch sie musste bis Samstag ausharren, erst dann konnte sie zum Hof gehen und sich wieder ausgiebig in der Metallwanne mit aufgeheiztem Wasser waschen. Bis dahin musste eine Katzenwäsche mit dem kalten Wasser vom Bachlauf genügen. Sie spritzte sich das kühle Nass aus dem Bottich ins Gesicht.

»Morgen!«

Erschrocken wirbelte sie herum. Vor ihr stand Vroni. »Was machst du da?« Rasch griff Lieselotte nach dem Handtuch und trocknete sich das Gesicht.

»Die Binderin hat mich in den Dorfladen geschickt, und da hab ich mir gedacht … gehst amal bei der Liesl vorbei und schaust, wie's ihr geht.«

Wer's glaubt, wird selig, dachte Lieselotte.

»Irgendwer muss dir doch den letzten Tratsch aus dem Dorf erzählen«, sagte Vroni, und sie gingen die wenigen Schritte zurück zur Weide.

Lieselotte überkam Angst. Wusste die Binder-Magd etwa von letzter Nacht? Womöglich waren sie beobachtet worden?

»Was für ein Tratsch?«, fragte Lieselotte so gleichgültig wie möglich und erwartete die angedichtete Schwangerschaft als Antwort. Sie hoffte sogar darauf, denn alles war besser, als dass jemand sie gesehen hatte und das womöglich am Stammtisch im einzigen Gasthof des Dorfes herumerzählte.

»Darf ich mir den Karren ansehen?«, wich Vroni ihrer Frage aus. »Ich möchte so gern wissen, wie's da drin ausschaut.«

Vermutete sie etwa Vinzenz darin? Blödsinn, dachte Lieselotte, der ist doch längst wieder am Binder-Hof. Zudem hätte sie niemals mit Vinzenz darin geschlafen. Es war immerhin der Wagen ihres Vaters.

»Bitte«, sagte Lieselotte und machte eine einladende Handbewegung. »Geh ruhig rein, du wirst nicht finden, was du suchst.«

Die Magd hielt inne und grinste sie bösartig an. »Was such ich denn, deiner Meinung nach?«

Lieselotte schwieg.

»Ich geb dir jetzt einen guten Rat, Liesl Schäfer. Ihr solltet damit aufhören.«

»Wer ihr? Und womit aufhören?« Lieselotte musste sich auf die Zunge beißen, um ihr nicht die heimliche Beziehung mit ihrem Herrn an den Kopf zu werfen. »Du wolltest mir doch den neuesten Tratsch erzählen. Also, fang an!«

»Du kannst dir sicher denken, worüber die Leut im Dorf reden«, sagte Vroni und sah sich alles genau an.

»Worüber denn?«

»Der Vinz ist erst um drei Uhr morgens heimgekommen. Und er war nicht mit seinen Freunden unterwegs.«

»Falls du hergekommen bist, um mich zu fragen, wo er war …« Lieselotte zuckte teilnahmslos mit den Achseln. »Woher soll ich das wissen?«

»Dein Vater wird dich grün und blau schlagen, wenn er heimkommt.« Der Gedanke daran ließ die Magd lächeln. »Und der Braut vom Vinzenz wird's auch nicht recht sein, wenn ihr euch hier heimlich trefft.« Sie ging nach draußen und zeigte verächtlich mit dem Kinn auf den Schäferwagen.

Der Braut?, dachte Lieselotte. Also hatte ihre Mutter doch recht gehabt, oder war das hier nur ein mieser Trick?

»Sie ist übrigens grad am Binder-Hof, gemeinsam mit ihren Eltern.« Die Magd blickte Lieselotte in die Augen und drehte sich dabei hin und her, wie ein kleines Mädchen, das um eine Süßigkeit bettelte. Ihr knielanger Rock schwang mit.

Am liebsten hätte Lieselotte sie angeschrien, sie der Lüge bezichtigt. Doch ihr war klar, dass Vroni nur auf eine niedergeschlagene Reaktion ihrerseits wartete. Diesen Gefallen würde Lieselotte ihr nicht tun. Sie rief sich deshalb sofort die Zärtlichkeiten der vergangenen Nacht in Erinnerung, und so schaffte sie es, dem Blick der Magd auszuweichen, ohne ihre Würde zu verlieren. Mary blökte, Lieselotte fixierte das Schaf, als rechtfertige es ihr Wegschauen.

»Ist das der Tratsch, den du mir unbedingt erzählen wolltest?« Es gelang ihr sogar, zynisch zu klingen. »Dafür hättest du nicht extra herkommen müssen«, sagte sie so gleichgültig wie möglich und wandte sich wieder Vroni zu. »Das interessiert mich nämlich nicht.« Es kostete Lieselotte all ihre Kraft, der Magd fest in die Augen zu blicken, ohne loszuheulen. Ihr war so unglaublich elend zumute wie schon lange nicht mehr. Warum ließ man sie nicht einfach in Ruhe? Wieder blökte Mary, als spürte sie Lieselottes Last.

»Ich muss mich jetzt um die Schafe kümmern.« Sie ließ die Magd stehen, rief nach den Hunden und ging langsam auf die Herde zu. Als sie sich kurze Zeit später umdrehte, war Vroni verschwunden. In dem Augenblick brachen in Lieselotte alle Dämme. Sie setzte sich auf den Boden, schlug die Hände vors Gesicht und begann hemmungslos zu weinen. Anka leckte ihr über die tränennassen Hände.

Die nächsten zwei Tage jagten nicht nur graue Wolken über den Himmel, sondern auch ebenso dunkle Gedanken durch Lieselottes Kopf. Es war die Hölle. Sie sah und hörte nichts von Vinzenz. Mehrmals am Tag öffnete sie ihre langen dunklen Zöpfe und flocht die Haare erneut, nur um ihre Hände zu beschäftigen. Sie sah nach oben, hoffte, dass die Schwalben niedrig flogen, wünschte sich sturmartigen Regen, nur um die Schafe zum Binder-Hof treiben zu können und dort Vinzenz anzutreffen. Doch die Vögel blieben hoch in der Luft. Heute, an Maria Geburt, würden sie endgültig Richtung Süden verschwinden, und die Wolken nahmen den Regen mit, wohin auch immer.

Als Fritz vorbeikam, erzählte er ihr in seiner unbekümmerten Art von dem Mädchen aus Denkendorf, das sich am Binder-Hof aufgehalten hatte. Sigrid hieß sie und war drei Jahre jünger als Vinzenz.

»Die ist zwar nicht hübsch, hat eine ganz spitze Nase und rote Haare«, meinte Fritz arglos, »aber angeblich ist ihre Familie stinkreich. Bald wird's der Binderin in die Nasen hineinregnen, so hoch trägt sie die mittlerweile. Aber bei den Leuten macht das natürlich Eindruck, dass der Vinz eine Geldige bekommen soll.«

Lieselotte zog die Stirn kraus. Offenbar wusste jeder im Dorf inzwischen Bescheid über das Arrangement der Binderin mit Sigrids Eltern. Wir leben also tatsächlich noch im tiefsten Mittelalter, dachte sie bitter, während sie bemüht war, sich gleichgültig zu geben.

»Steht denn schon ein Hochzeitstermin fest?«, fragte sie.

»Nein, das wird auch noch dauern, meint die Mutter. Die ist doch erst sechzehn. Mit Erlaubnis der Eltern darf sie frühestens mit neunzehn oder zwanzig heiraten. Aber die werden sie schon erteilen, sagt unsere Mam, weil der Vinz eine gute Partie ist.«

Gerade mal sechzehn, und schon verschachern sie ihre Eltern an den nächstbesten reichen Landwirt, dachte Lieselotte bitter. Zugleich schöpfte sie Hoffnung. Drei bis fünf Jahre, das war eine lange Zeit. Bis dahin konnte viel passieren. Sie könnte sich zum Beispiel den Hals brechen, schob sich ein böser Gedanke in ihren Kopf. Schlechtes Gewissen hatte sie deshalb aber keines.

Ungeduldig wartete Lieselotte darauf, dass Fritz endlich wieder ging. Sie wollte allein sein. Eifersucht nagte in ihr, zerfraß sie förmlich. Diese blöde Sigrid und ihr Geld, fluchte sie stumm.

Als Fritz endlich gegangen war, stromerte Lieselotte aufgeregt zwischen den Schafen umher. Die Hunde behielten sie aufmerksam im Blick. Möglich, dass sie auf ein Zeichen warteten oder einfach nur irritiert waren ob Lieselottes Unruhe. Ob sie die Tiere in den Pferch sperren und ins Dorf gehen sollte? Lieselotte wusste, dass, wenn sie es tat, niemand sie sehen durfte, denn wenn ihre Eltern Wind davon bekamen, dass sie außerhalb der Essenszeiten die Tiere alleine ließ, würde sie ziemlichen Ärger bekommen. Sie blieb stehen und strich Mary zärtlich über den Rücken.

»So a blöde Drutsch'n«, schimpfte sie. »Die soll daheimbleiben, was macht die in Hofberg?« Tränen liefen erneut über ihre Wangen. Was war nur los mit ihr? Sie sollte überglücklich sein! Endlich lebte sie ihren Traum, inmitten einer Herde zu sein. Mary presste den Kopf an Lieselottes Oberschenkel, als verstünde sie ihren Schmerz. Entschlossen schob sie die unguten Gedanken beiseite und setzte sich auf den Boden. Die Tiere waren viel wichtiger als ihr Liebeskummer. Am Waldrand machte sie zwei Eichhörnchen aus, die nach Nüssen suchten und damit begannen, sich Fettpolster für den Winter anzufressen. Noch war das Gras grün, doch schon bald würde es in der Region auf den Weiden nicht mehr ausreichend Nahrung für die Schafe geben. Nächste Woche begann zudem die Kartoffelernte, ein weiterer Hinweis, dass der Sommer zu Ende ging. Wenigstens ging die einher mit dem lebendigen Duft nach aufgeworfenen Äckern, dachte Lieselotte. Anka kam näher und legte sich neben sie, Mary und Thea grasten friedlich in der Nähe. Der sich heranschleichende Herbst roch jetzt nach weicher Wolle und Hundefell. Sie streichelte der Hündin liebevoll über den Rücken und kraulte ihr die Ohren.

Lieselotte konnte nicht sagen, wie lange sie zwischen den

Tieren am Wiesenboden gesessen war und auf die Bäume gestarrt hatte, deren Blätter sich bereits vereinzelt verfärbten, als sie Vinzenz näher kommen sah. Ihr Herz begann von einem Moment auf den anderen wild zu schlagen. Sie sprang auf und ging ihm entgegen, Anka begleitete sie. Am Schäferwagen trafen sie aufeinander. Er nahm ihr Gesicht in seine Hände und küsste sie zärtlich. Als er sie wieder freigab, erzählte sie ihm von Vronis Besuch.

»Glaub nicht alles, was sie dir erzählen«, beruhigte Vinzenz sie. »Ja, die Sigrid war hier. Ja, es stimmt, meine Mutter wäre über eine Verbindung glücklich. Aber diese Rechnung hat sie ohne mich gemacht.« Er erschien ihr ernster und gedankenverlorener als noch vor wenigen Tagen. Doch über den Grund wollte sie nicht nachdenken. Nicht jetzt, wo er endlich wieder bei ihr war.

Sie nahm seine Hand. »Lass uns von etwas anderem reden«, wechselte sie das Thema und erzählte von den Sternbildern, die sie letzte Nacht betrachtet hatte, weil sie nicht schlafen konnte. »Ich glaub, ich hab doch ein Schaf gesehen«, behauptete sie augenzwinkernd. Vinzenz lachte ausgelassen.

Von einem Moment auf den anderen duftete der nahende Herbst nach Verliebtheit und Hoffnung, rosarot und grün. Als es dunkel war und man seine Hand vor den Augen nicht mehr erkennen konnte, drückte er sie im Schutz des Schäferkarrens auf die Decke und öffnete die Knöpfe ihrer Arbeitsbluse. Sein Unterleib presste sich an ihren Oberschenkel, und sie spürte seine Erektion durch den Stoff ihres Rocks. Er ist in mich verliebt und nicht in diese Braut aus Denkendorf, dachte Lieselotte, bevor sie ihre Umgebung vergaß und in seinen Armen versank.

20

Der zwölfte September war ein windiger, kühler Herbsttag, und für Lieselottes Vater ging die Zeit im Krankenhaus endlich zu Ende. Er ließ sich von Fritz mit dem Traktor vom Binder zur Weide fahren. Lieselotte klopfte das Herz bis zum Hals, als sie ihn herannahen sah. Hatte die Mutter ihm die Geschichte mit Vinzenz erzählt? Sie machte sich auf eine gewaltige Standpauke gefasst. Ihr Vater stieg schwerfällig ab und schleppte sich die letzten Meter mit Hilfe von Krücken zur Herde. Er hatte abgenommen. Seine Arbeitshose und das dunkelgrüne Hemd hingen an seinem Körper, als gehörten sie ihm nicht. Nur der Hut passte noch. Den obligatorischen Staubmantel, den er üblicherweise bei der Arbeit mit den Schafen drüberzog, hatte er zu Hause gelassen. Für Lieselotte ein Zeichen, dass er nicht vorhatte, das Regiment sofort zu übernehmen.

»Wie geht es dir?«, begrüßte sie ihn und band sich ihr Kopftuch aus Baumwolle fester um den Kopf. Ihr karierter Wollrock reichte ihr bis zu den Waden, die Stutzen aus Merinowolle und die festen Schuhe, die eigentlich Fritz gehörten, sowie die blaue Jacke und der rote Schal aus Schafswolle hielten sie warm.

»Geht so«, brummte er und begutachtete streng der Reihe nach die Schafe. Nach einigen Minuten entschied er offenbar,

183

dass seine Tochter gute Arbeit leistete, denn sein Blick wurde milder. Nicht geschimpft war Lob genug, wusste Lieselotte. Ihr Vater lobte nie. Nichts und niemanden.

»Du wirst noch eine Weile bleiben müssen. Ich soll den Fuß noch ruhig halten, meinen die Ärzte.« Sie konnte ihm seinen Unmut darüber ansehen. »Mir wär's also recht, wennst noch zumindest eine Woche die Arbeit übernehmen könntest. Nicht, dass ich am Ende noch auf dem unebenen Weideboden umknicke und mir den zweiten Knöchel brech.«

»Kein Problem, Vater«, sagte Lieselotte und hoffte, dass man ihr die Freude darüber nicht anmerkte.

»Aber an deinem achtzehnten Geburtstag nächste Woche bist daheim, versprochen.«

»Und wenn nicht, Vater, dann feiere ich bei den Schafen«, sagte sie und fügte in Gedanken hinzu: und mit Vinzenz.

Der neunzehnte September war ein unbeständiger Tag. Sonne und Wolken wechselten sich ab, ab und zu ging ein kurzer Regenschauer nieder. Lieselotte war das Wetter egal, sie feierte ihren achtzehnten Geburtstag, ihr Vater hielt sein Versprechen und kümmerte sich an dem Tag um die Herde. Ihre Mutter hatte eine Schokoladentorte gebacken, die mochte Lieselotte besonders gern.

»Alles Liebe zum Geburtstag, großes Madel!« Ihre Mutter drückte ihr einen Kuss auf den Scheitel und überreichte ihr eine kleine Schachtel, die in ein mit Wiesenblumen verziertes Geschenkpapier gewickelt war.

»Danke«, sagte Lieselotte überrascht, denn normalerweise bekamen sie und ihre Geschwister nur Nützliches zum Geburtstag geschenkt. Schuhe, eine Jacke oder einen Pullover aus

Schafwolle. Manchmal auch Seife aus Schafsmilch, die ihre Mutter selbst herstellte.

Neugierig riss sie das Papier ab und hielt gleich darauf eine Zündholzschachtel in der Hand.

»Ich hab nichts Besseres gefunden«, sagte ihre Mutter entschuldigend und zeigte auf die Schachtel mit der Aufschrift *Haushaltsware, Deutsche Zündwaren-Monopolgesellschaft*, auf der eine rote Fünf prangte, die verriet, dass die Zündhölzer fünf Pfennig kosteten. Dennoch fühlte es sich irgendwie an, als halte sie einen Schatz in der Hand.

Langsam zog Lieselotte den Behälter auf. »Eine Kette mit einem Schutzengel«, sagte sie freudig und betrachtete den goldenen Anhänger eingehend.

»Das ist ab heute dein persönlicher Schutzengel, Liesl.« Sie sah, wie Tränen in den Augen ihrer Mutter schimmerten und sie die Lippen aufeinanderpresste. Verstohlen wischte sich Magda mit einem Taschentuch über die Augen. Lieselotte sah sie irritiert an. Ihre Mutter wirkte oft melancholisch, besonders, wenn es um die Familie ging. Als quälte sie ein unaussprechlicher Kummer.

Ihre Mutter schüttelte unmerklich den Kopf und schluckte, bevor sie Lieselotte erklärte: »Die Kette hat meiner Mutter gehört. Sie hat sie dir zu deiner Geburt vermacht.«

Lieselotte hob die Augenbrauen. Ihr lag die Frage auf der Zunge, warum sie erst jetzt von der Kette erfuhr.

»Ich hab sie all die Jahre für dich aufbewahrt«, kam ihr die Mutter zuvor. »Ich hatte Angst, dass du sie verlierst. Aber jetzt bist du alt genug, um darauf aufzupassen.« Wieder wischte sie sich Tränen aus den Augen. Die Erinnerung an ihre Mutter wühlte sie sichtlich auf.

Lieselotte wusste nicht, was sie sagen sollte. Ihre Großmutter, die sie nie kennengelernt hatte, weil sie starb, als sie noch ein Baby war, hatte ihr ein Geschenk hinterlassen. Hatten ihre Geschwister auch ein Andenken bekommen? Sie konnte sich nicht erinnern, nahm sich aber vor, bei Gelegenheit Gertrud danach zu fragen. Sie legte sich die Kette um den Hals und schwor sich, sie einmal an ihre Kinder weiterzugeben.

Das größte und wertvollste Geschenk jedoch bekam sie fünf Tage später von ihrem Vater, ohne dass er es jedoch überhaupt wusste. Ende September gab es für die Schafe in der Region nicht mehr genug zu fressen, der Aufbruch Richtung Niederbayern zur Winterweide stand unmittelbar bevor.

»Der lange Fußmarsch dorthin wird mir mit Sicherheit noch schwerfallen«, sagte ihr Vater. »Ich befürchte, du musst mit der Herde gehen.«

Lieselotte frohlockte innerlich, obwohl es bedeutete, bei der Wanderung ganz allein auf sich gestellt zu sein. Und es bedeutete, die nächsten Abende ohne Vinzenz verbringen zu müssen.

»Jetzt werden wir uns eine ganze Weile nicht sehen«, sagte Lieselotte am Abend vor ihrem Aufbruch zu ihm. Sie und Vinzenz standen eng beieinander und betrachteten die Tiere im Pferch.

»Es ist ja nur für zwei Wochen.« Vinzenz nahm sie fest in die Arme. »Dann kommst eh wieder zurück.«

»Hast ja recht«, sagte Lieselotte und seufzte. Wenn sie zurück war, kamen die Tiere den Winter über in den Stall. Dennoch fühlte es sich für sie wie eine Ewigkeit an. Augenblicklich schalt sie sich dafür. Sie hatte so lange gehofft, in die Fußstapfen ihres Vaters treten zu dürfen, dann wollte sie jetzt nicht jammern, nur weil sie verliebt war. Die Tiere mussten an erster Stelle stehen.

Vinzenz fuhr Lieselotte zärtlich mit den Fingern über die Wange. »Und bis dahin hab ich die Sache mit uns beiden mit meiner Mutter geklärt. Verlass dich drauf.«

Lieselotte lächelte ihn an. Der Traum von einer eigenen Schafzucht gemeinsam mit Vinzenz nahm wieder Gestalt an.

21

Hofberg, Januar 1957

Vinzenz war es weder in den zwei Wochen während Lieselottes Abwesenheit noch danach gelungen, ein klärendes Gespräch mit seiner Mutter zu führen. Woran das lag, konnte er ihr nicht mal erklären. »Es ist halt schwierig, mit ihr zu reden.«

Lieselotte hatte insgeheim befürchtet, dass er den Vorstoß nicht schaffen würde, auch wenn sie es sich nicht offen eingestehen wollte. Demzufolge hielt sich ihre Enttäuschung in Grenzen. Hauptsache, sie waren wieder ein Paar, und wenn es weiterhin heimlich sein musste, dann war das halt so.

»Irgendwann wird's passen«, sagte Lieselotte und gab sich hoffnungsvoll.

Anfang des neuen Jahres überstrahlte zum Glück ein besonderes Ereignis die leidige Angelegenheit. Horst und fünf weitere Böcke sollten sich im Winterquartier mit dreihundert Schafen paaren. Mary würde in diesem Jahr zum ersten Mal ablammen. Thea war älter, hatte schon vielen Lämmern das Leben geschenkt. Lieselotte durfte beim Deckakt zusehen, ihr Vater meinte, sie sollte ihr Wissen über die Deck- und Tragezeiten ausbauen. Die Trächtigkeitsdauer betrug etwa fünf Monate, das wusste sie bereits. Auch dass die Paarung mehrmals erfolgte, also in fünf bis zehn Stunden wiederholt wurde, um auch wirklich eine Befruchtung zu sichern. Ihr Herz jubelte. Endlich akzeptierte er sie als Schäferin und schickte sie nicht mehr weg, um ihrer Mutter im Haus zu helfen.

Es fiel ihr schwer, Vinzenz' anzügliche Blicke zu ignorieren, wenn Horst ein Schaf bestieg. Sie zwang sich, ihn zu ignorieren, denn auf gar keinen Fall sollte ihr Vater von ihrer heimlichen Liebschaft erfahren. Ihre Mutter glaubte zum Glück, dass die Sache zwischen ihr und Vinzenz vorbei und somit nicht mehr der Rede wert war. Doch Vinzenz hatte es sogar geschafft, sie zweimal auf der Winterweide zu besuchen, obwohl diese zig Kilometer entfernt lag. Niemand ahnte etwas davon. Glaubte sie zumindest.

Heinrich Binder stand mit einem Eimer voll gelber Ölfarbe in der Hand mitten in der Herde und bestrich jedes Schaf, das von Horst gedeckt worden war. Ein Teil der Lämmer sollte ihm gehören.

»Wenn alles gut geht, werden wir im Mai jede Menge Arbeit haben.« Zufrieden blickte Korbinian Schäfer auf den Fotoapparat vom Binder in seiner Hand. Der Landwirt hatte ihm aufgetragen, Fotos zu schießen, um diesen Moment für die Nachwelt festzuhalten.

Lieselotte lächelte glückselig, denn die Worte ihres Vaters bedeuteten, er würde sie weiterhin mitarbeiten lassen, auch wenn sein Fuß völlig gesundet war. Was im Moment noch immer nicht der Fall war, denn er humpelte anhaltend, und bei längerer Belastung kamen noch Schmerzen dazu.

Die Binderin hatte den Stall betreten und sich direkt neben Lieselotte gestellt. Ihr entging der Blick ihres Sohnes nicht, den er Lieselotte schenkte, als der Zuchtbock das nächste Schaf bestieg.

»Ein Mann muss sich seine Hörner abstoßen«, raunte die Landwirtin leise, damit nur Lieselotte es hören konnte. »Und da wir keine Huren im Dorf haben ...« Sie grinste bösartig, ließ den Rest des Satzes unausgesprochen. Lieselotte verstand auch so.

»Ich denke, dass ich Vinzenz' Ausrutscher ignorieren kann«, fuhr sie fort. »Wird eh nicht mehr lang dauern, dann hat er das Schäfer-Madl satt, wirst sehen. Du und mei Bua, Großbauer und Magd, das passt einfach ned.«

»Ich bin keine Magd«, entgegnete Lieselotte und schluckte die Bemerkung hinunter, warum denn dann ihr eigener Mann hinter der Vroni her war.

»Kriegst du am End den Hof?«, fragte die Binderin.

Lieselotte schwieg. Was sollte sie daraufhin sagen? Sie sah hilfesuchend zu Vinzenz hinüber, der jedoch damit beschäftigt war, die Schafe im Zaum zu halten.

»Na siehst.« Die Binderin blickte Lieselotte abschätzig an, als wäre sie nur ein vorübergehendes, lästiges Übel. Lieselotte fühlte sich hundeelend.

Bis Anfang März blieben die Tiere am Binder-Hof im Stall. Lieselotte sah täglich nach ihnen, vor allem, nachdem sie wusste, dass der Deckakt gelungen und die Mutterschafe allesamt trächtig waren. Mary schenkte sie besonders viel Aufmerksamkeit. Außerdem gelang es ihr so, Vinzenz weiterhin zu treffen, auch wenn ihre ausgetauschten Zärtlichkeiten lediglich vereinzelt und nur noch selten geschahen. Die Gefahr, überrascht zu werden, erschien ihnen zu groß. Vinzenz' Mutter behielt sie fest im Blick, obwohl sie nach außen hin eine gewisse Gleichgültigkeit vortäuschte. Lieselotte und Vinzenz wussten, dass das Taktik war und sie nur darauf wartete, die beiden in flagranti zu erwischen. Dann würde sie Lieselotte mit Spott und Hohn vom Hof jagen und das gesamte Dorf darüber informieren. Diese Demütigung wollte sich Lieselotte nicht einmal ausmalen. Sie waren deshalb noch viel vorsichtiger geworden, trafen sich während der Wintermonate unregelmäßig und immer an unterschiedlichen Orten. Wenngleich es zunehmend schwieriger wurde, den passenden Ort für ihre heimlichen Stelldichein auszuwählen. Selbst Jägerstände konnten zur gefährlichen Falle werden. Am Vorabend war es ihnen gerade noch in letzter Sekunde gelungen, sich anzuziehen und hinabzusteigen, bevor der Jäger unten an der Leiter aufgetaucht war.

Mitte März musste Lieselottes Vater noch einmal operiert werden. Die Schmerzen im Bein wollten nicht verschwinden. Das bedeutete, dass sie abermals eine Weile die Herde allein versorgen musste. Sie trieb die Tiere erneut auf die Binder-Weide am Dorfrand. Damit entkamen Vinzenz und sie unvorhergesehen der strengen Überwachung durch seine Mutter.

Nach der neuerlichen Operation ging es Korbinian Schäfer rasch besser, und er übernachtete wieder im Schäferkarren, und Lieselotte musste zu ihrem Leidwesen heim in ihr eigenes Bett.

Im Mai hatten sich die Eisheiligen um eine Woche vor ihrem kalendarischen Beginn eingestellt. Deshalb erblickten zweihundertfünfzig Lämmer bei Schneefall und eisigen Temperaturen das Licht der Welt. So viele Neugeborene auf einmal hatten sie schon seit Jahren nicht mehr gehabt. Sie hatten alle Hände voll zu tun, die neu geborenen Jungtiere zusammen mit den Müttern in den warmen, sicheren Stall zu bringen. Auf der Weide war es für sie zu gefährlich. Nicht nur, weil die Temperatur nachts unter den Gefrierpunkt fiel, sondern auch, weil sie leichte Beute für Füchse waren. Jetzt musste auch Fritz helfen. Er brachte einige Mutterschafe und Lämmer auf den Schäfer-Hof. Aufgrund von Platzmangel mussten die meisten Tiere wieder am Binder-Hof untergebracht werden. Als Lieselotte mit den Jungtieren eintraf, trat Vroni sogleich aus dem Haus.

»Ich soll dir helfen«, meinte sie knapp und band sich ein blaues Kopftuch um ihren geflochtenen blonden Haarkranz. Sie stapfte in Stiefeln über den Hof, den der Knecht erst zur Hälfte von den unerwarteten Schneemassen befreit hatte, und schob das wuchtige Tor zum Stall auf.

Lieselotte sah sich unauffällig um und rieb sich die rot gefrorenen Hände warm.

»Der Vinz ist nicht da«, sagte die Magd herablassend. »Seine Mutter hat ihn nach Denkendorf geschickt. Sein zukünftiger Schwiegervater braucht ihn.« Sie hatte Nachdruck in ihre Worte gelegt, und Lieselotte hielt unmerklich die Luft an. Am liebsten hätte sie sich die Ohren zugehalten.

Gemeinsam trieben sie die Lämmer und Muttertiere in die dafür vorgesehenen Boxen, die mit frischem Stroh ausgelegt waren. Es würde sicher nicht lange dauern, bis sie stark genug waren und wieder ins Freie konnten.

»Du glaubst wohl noch immer, dass er mit einer wie dir ...«, setzte Vroni an.

»Ich weiß, was du mir sagen willst, brauchst mir nicht erklären, dass wir Kleinhäusler sind«, unterbrach Lieselotte sie barsch, schob grimmig das Gatter hinter den Schafen zu und verließ den Stall.

Sofort pfiff ihr der kalte Wind um die Ohren. Sie zog sich den Schal über die Haare und band ihn unter dem Kinn fest. Vinzenz ist in Denkendorf, ging es ihr in Endlosschleife durch den Kopf. Warum? Er hatte doch gesagt, dass seine Mutter die Rechnung ohne ihn gemacht hatte.

Wieder tauchte die Magd neben ihr auf. »Du denkst, dass das der Grund ist, weil ihr Kleinhäusler seid und deine Eltern die Lohnschäfer der Binder? Kann gut sein, dass das mitspielt. Immerhin wirst du keine ordentliche Mitgift bekommen, aber das ist es nicht allein.« Sie griff nach Lieselottes Arm, die wollte sich erst losreißen, doch Vroni insistierte und zog sie ein Stück vom Stall weg. Verstohlen sah sie sich um, dann flüsterte sie Lieselotte zu: »Es geht generell um deine Herkunft.«

»Generell um meine Herkunft? Was heißt das?« Verständnislos blickte Lieselotte sie an.

»Schau dich doch mal an! Du bist viel dunkler als deine Geschwister.«

»Ja, und?«

Die Magd verdrehte die Augen. »Du willst es nicht verstehen, oder?«

»Was?«

»Dein wirklicher Vater war ein herumstreunender Nichtsnutz, ein vagabundierender Dieb, den s' erschossen ham.«

Einen Moment blieb Lieselotte die Luft weg. Sie starrte die Magd ungläubig an, wartete darauf, dass diese laut zu lachen begann, weil sie sich einen bösen Scherz erlaubt hatte. Doch sie blieb ernst.

»Was redst du denn für einen Blödsinn daher? Du kennst doch meinen Vater!« Lieselotte zog ihre Jacke fester um den Körper, sie fröstelte. Zugleich fiel ihr die Gruselgeschichte ein, die die Alten im Dorf den Jungen erzählten: Ein Untoter ging um, im Wald vom Binder. Lieselotte war sich sicher, dass sie die Geschichte nur erzählten, damit keines der Kinder das Stück Wald betrat und womöglich Holz mitgehen ließ. Die Binderin glaubte sowieso ständig, dass man sie bestahl.

»Aber ist er auch dein leiblicher Vater?«, riss Vroni sie aus ihren Gedanken.

»Natürlich ist er mein leiblicher Vater, wer sollte es denn sonst sein? Wie kommst denn überhaupt auf so eine unsinnige Idee? Das ist doch völlig absurd!« Dich haben Zigeuner vor die Tür gelegt, schoss ihr die bissige Bemerkung der Binderin durch den Kopf.

»Deine Mutter trägt seit deiner Geburt ausschließlich Schwarz. Hast du dir darüber schon mal Gedanken g'macht?«

»Schwarz ist ihre Lieblingsfarbe.«

Die Magd rollte belustigt mit den Augen. »Wer's glaubt. Außerdem stellt sie immer sechs Tage nach deinem Geburtstag eine Kerze ans Grab ihrer Eltern. Das ist doch schon sehr merkwürdig.«

»Aus Dankbarkeit, dass ich überlebt hab. Ich kam krank zur Welt, und sie glaubte, dass ich sterben würde. Und jetzt sagst du mir endlich, was du mir eigentlich sagen willst.«

»Mir ist was anderes zu Ohren gekommen«, meinte Vroni. »In Wahrheit bittet sie um Vergebung für ihre Sünde, deinem Vater ein Kuckuckskind untergejubelt zu haben. Noch dazu das Kind eines dahergelaufenen Taugenichts.«

»Nimm das sofort zurück!«, zischte Lieselotte wütend,

und ihre Hände ballten sich zu Fäusten. Sie würde zuschlagen, wenn das hinterfotzige Weibsstück diese Ungeheuerlichkeit nicht zurücknahm.

Vroni zuckte abschätzig mit den Schultern. »Wenn es nicht stimmt, warum erzählt man sich's dann?«

»Wer erzählt es sich denn?«

»D'Leut.«

»D'Leut«, blaffte Lieselotte sie an. Es waren immer nur die Leute, wenn man nachfragte, wer Gerüchte streute. »Wer sind denn d'Leut genau? Doch nur du und ...« In dem Moment fiel bei ihr der Groschen. Die Binderin! Natürlich. Die bösartige Landwirtin ließ all die Lügen über sie verbreiten, nur um ihre Familie schlecht dastehen zu lassen. Vroni war lediglich die Überbringerin.

Lieselotte konnte sich gut vorstellen, wie das Gerede im Eiltempo im Dorf die Runde machte, so wie damals die Sache mit ihrer angeblichen Schwangerschaft sich in den Köpfen der Bewohner kurzzeitig festgesetzt hatte. Eine Unwahrheit, die man gerne glauben wollte, weil sie Abwechslung in den eintönigen Dorfalltag brachte. Über die Absurdität der Nachricht dachte in dem Augenblick niemand nach. Es betraf einen ja nicht selbst. Ihre Mutter wäre zutiefst getroffen, und ihr Vater würde toben, wenn ihnen die Geschichte zu Ohren kam. Und über kurz oder lang würden sie Wind davon bekommen, das war so klar wie das Amen im Gebet.

22

Lieselotte hasste die Binderin. Sie wünschte ihr die Pest an den Hals, hoffte, dass sie erstickte an ihrer Hinterhältigkeit. Angestrengt versuchte sie einen klaren Gedanken zu fassen, überlegte, wie sie herausfinden konnte, wie weit sich die Lügengeschichte bereits verbreitet hatte. Herta, dachte sie und strebte sogleich auf den Dorfladen zu. Kaum dass sie das Geschäft betreten hatte, erzählte ihr die Ladenbesitzerin vermeintlich Neues über Vinzenz und Sigrid. Herta klang, als spräche sie über ein Prinzenpaar, und Lieselotte erfuhr Dinge, die sie eh schon wusste und nicht mehr hören wollte.

»Der Vinzenz ist zu jung zum Heiraten«, entgegnete sie deshalb trotzig.

»Der ist zwanzig! In dem Alter bekam ich mein erstes Kind«, meinte Herta und reichte ihr den gewünschten Essig. Lieselotte kramte in ihrer Kleidertasche nach Geld.

»Ich schreib's auf eure Liste. Ist sowieso bald Monatsende, dann kommt deine Mutter zahlen.«

Lieselotte nickte und verließ den Laden. Sie fühlte sich immer noch elend, aber wenigstens wusste sie nun, dass die Lüge der Binderin noch nicht umgegangen war. Jetzt musste sie nur mehr ihrer Mutter eine plausible Erklärung liefern, weshalb sie unverlangt Essig gekauft hatte.

In dieser Nacht wälzte sich Lieselotte im Bett hin und her und überlegte, was Vinzenz in Denkendorf genau getan hatte und ob er immer noch dort war. Dementsprechend schlecht gelaunt kam sie am nächsten Morgen in die Küche. Fritz war bereits bei den Kühen im Stall, ihre Mutter hatte Frühstück gerichtet. Lieselotte aß zwei Schnitten Brot mit Butter und Marmelade und trank eine Tasse Malzkaffee. Dann zog sie eine Jacke über ihr Arbeitskleid, schlüpfte in die Schuhe und sah nach den Lämmern, die auf dem Hof untergebracht waren. Sie schienen alle gesund und wohlauf.

Mary war eine aufmerksame Mutter. Sie ließ ihre beiden Kleinen keine Sekunde aus den Augen. Ihr Vater hatte ihr am Vorabend noch aufgetragen, auch gleich am Binder-Hof nach dem Rechten zu schauen. Allein der Gedanke verursachte ihr Bauchschmerzen. Denn sie konnte sich das zynische Grinsen gut vorstellen, mit dem Vroni sie begrüßen würde. Doch es nützte nichts. Der Auftrag ihres Vaters glich einem Befehl, und sie wollte nicht diejenige sein, die ihm die Lügengeschichte als Erklärung ihrer Befehlsverweigerung servierte, deshalb hielt sie den Mund und ging. Die Aussicht, Vinzenz zu treffen, versöhnte sie mit dem Gedanken. Bevor sie sich auf den Weg machte, nahm sie ihr braunes Baumwollkopftuch ab, kontrollierte mit einem gekonnten Handgriff, ob der Haarkranz ordentlich saß oder sich eine Strähne gelockert hatte.

Als sie den Binder-Stall betrat, stand Vinzenz mit hochgekrempelten Ärmeln vor dem Gatter. Er betrachtete die Jungtiere darin und reagierte nicht auf ihr Kommen.

Sie stellte sich neben ihn. »Du warst gestern in Denkendorf.«

»Ja.«

»Und, war's schön?«, fragte sie in spöttischem Tonfall, zwang sich jedoch zu einem ungezwungenen Lächeln.

»Hm«, brummte er ernst und zuckte mit den Achseln. »Scho.«

Seine Antwort irritierte sie.

»Ich dachte, du willst nicht ...«

»Was?«, unterbrach er sie barsch, und sein Blick verfinsterte sich. Lieselottes Herz schlug augenblicklich schneller. Hitze stieg ihr ins Gesicht. Hatte er sich etwa in Sigrid verliebt?

»Was ist denn los?«, fragte sie zaghaft.

»Meine Mutter verweigert mir mein Erbe, wenn ich nicht mach, was sie von mir verlangt.«

»Und was ist mit unserer Idee wegzugehen, eine eigene Schafzucht aufzumachen?«

»Das war deine Idee.«

Lieselotte atmete unauffällig tief durch, bemühte sich, ihre Enttäuschung zu verbergen. Sie wollte keine Szene machen, er konnte ja nichts dafür. Seine Mutter war der Teufel. Sie strich zart über seine Hand und erzählte vom gestrigen Tag, vom Ablammen der Muttertiere im Schnee, den die Eisheiligen über Nacht gebracht hatten, und wie gut Mary ihre Mutterrolle ausübte. Sie hoffte, ihn durch den Themenwechsel auf andere Gedanken zu bringen, ihm ein Lächeln zu entlocken, ein zärtliches Wort von ihm zu hören oder zumindest einen zärtlichen Blick geschenkt zu bekommen.

»Hast du nicht begriffen?«, unterbrach er ihren Redefluss schroff.

Sie zuckte zusammen. »Doch Vinz, ich hab's begriffen. Dann soll sie den Hof doch behalten.«

Sie betrachtete seine Hände, die sich zu Fäusten ballten und wieder öffneten. Endlich sah er sie an. Doch sein Blick stellte eher ihren Geisteszustand in Frage, als dass er seine Gefühle für sie verriet.

»Sie den Hof behalten? Bist du verrückt? Wie stellst du dir das denn vor?« Er schnaubte verächtlich. »Hast du auch darüber nachgedacht, was ich dann machen soll? Vielleicht als Knecht bei deinem Vater arbeiten?« Seine Antwort triefte vor Sarkasmus. »Wir sind die größten Landwirte in Hofberg«, setzte er grimmig nach. Möglich, dass ihm noch auf der Zunge lag: Und ihr seid Kleinhäusler. Doch er war klug genug, es in diesem Moment nicht auszusprechen. Lieselotte war den Tränen nahe. Sie schluckte schwer. Was passierte hier gerade?

»Ich will den Binder-Hof, der steht mir zu«, brummte er verärgert, dann machte er eine kurze Pause, sah sie eindringlich an, als suche er in ihren Augen nach etwas. »Ich hab gehört, dass dein Vater nicht dein wirklicher Vater ist«, sagte er schließlich und drehte den Kopf wieder zu den Lämmern.

Die Worte trafen sie wie eine schallende Ohrfeige. »Blödsinn!«, brauste sie auf.

Er strich sich mit einer auffallend langsamen Handbewegung eine Locke aus der Stirn, ohne den Blick von den Tieren zu nehmen. Warum sah er sie nicht mehr an? Warum nahm er sie nicht in den Arm, tröstete sie, sagte, dass nichts und niemand sie trennen konnte? Dass er die Lüge nicht glaubte!

»Außerdem …«, setzte sie an.

»Woher kommt das?«, schnitt er ihr das Wort ab.

»Ich weiß es nicht«, behauptete sie. »Aber du weißt doch, wie das ist, in einem Dorf. Irgendwer fängt an, Blödsinn zu erzählen, und der Rest plappert's nach. Wirst sehen, spätestens wenn das nächste Gerücht verbreitet wird, vergessen s' den Schmarrn wieder.«

Sie musste sich zusammenreißen, um ihn nicht an den Schultern zu packen, ihn zu schütteln und anzubrüllen, ob er das tatsächlich glaubte. Endlich drehte er erneut den Kopf in ihre Richtung. Diesmal sah er sie nachdenklich an.

»Du und das Kind eines Landstreichers, ich meine, da hätte doch deine Mutter …« Er brach ab, ließ den Blick kurz über sie hinwegschweifen, um gleich darauf Lieselotte wieder direkt in die Augen zu sehen. »Das hätte deine Mutter doch nie getan. Außerdem gab es keine Landstreicher in unserem Dorf, hat mein Vater gesagt. Woher also …«

»Heißt das, es würde dich stören?«, unterbrach ihn Lieselotte verärgert über seine Reaktion. Nicht, dass sie eine Sekunde daran glaubte, die Tochter eines Landstreichers zu sein, obwohl sie sich schon manchmal darüber Gedanken machte, weshalb sie ihren Geschwistern und ihren Eltern so gar nicht glich. Doch in diesem Augenblick ging es ihr mehr ums Prinzip. War sie bereits jetzt eine andere für ihn, eine, mit der man sich besser nicht abgab, weil seine Mutter ein böses Gerücht streute? Für ihr Empfinden zögerte er um einen Augenblick zu lange. Außerdem schüttelte er den Kopf, ohne sie dabei anzusehen. Das Herz schlug ihr inzwischen verzweifelt bis zum Hals. Konnte es sein, dass Vinzenz' Mutter langsam, aber sicher einen Keil zwischen sie schob? Wurde sie zum bemitleidenswerten Fremdkörper, der keinen Platz mehr in Vinzenz' Welt hatte? Sie presste die Lippen aufeinander, die Tränen konnte sie nur mehr mit allergrößter Mühe zurückhalten. Nur jetzt nicht weinen, dachte sie.

»Der Sigrid ihre Eltern besitzen zwei Bulldog und einen Columbus-Mähdrescher. Der hat vierzig PS. Nächstes Jahr soll ein größerer auf den Markt kommen, der Matador mit achtzig PS und einer Schnittbreite von sechs Metern. Den will sich der Sigrid ihr Vater dann auch kaufen. Du musst wissen, deren Felder sind zweimal so groß wie unsere«, schwärmte er plötzlich mit glänzenden Augen im begeisterten Tonfall. Er gab sich, als hätte es das vorangegangene Gespräch nie gegeben.

»Warum redest du auf einmal ...«

»Da geht dann alles noch viel schneller. Und das Heu wird mithilfe eines Gabelwenders gedreht ... Stell dir vor, Liesl, die bewirtschaften den Hof nahezu vollautomatisch.«

»Was willst du mir damit eigentlich sagen?«

Er zuckte mit den Achseln.

Lieselotte wandte sich hastig um und verließ so schnell wie möglich den Stall. Vinzenz kam ihr nicht hinterher.

Die nächsten Tage sah und hörte sie nichts von Vinzenz. Dafür wurde ihrer Mutter die Lügengeschichte zugetragen. Ausgerechnet von Herta. Lieselotte stellte sich auf großen Ärger ein, weil dadurch auch klar war, dass sie die intime Beziehung zu Vinzenz nicht beendet hatte, wie ihre Mutter dachte. Ihre Eltern würden ihr sicher Vorhaltungen machen. Doch es kam anders. Ihr Vater verlor kein Wort darüber, und ihre Mutter tat es als das ab, was es war, eine böse Lüge.

»Die Binderin und ihr Schandmaul«, meinte sie lediglich. »Der Herrgott wird sie eines Tages dafür strafen. Wirst sehen! Aber er wird auch dich bestrafen, wenn du nicht endlich aufhörst, dich mit dem Vinzenz zu treffen. Das gehört sich nicht.«

»Wer bestimmt das?«, fragte Lieselotte verzweifelt.

Der Blick ihrer Mutter genügte als Antwort.

»Warum wehrt ihr euch nicht?«

»Begreifst du denn nicht, Kind, dass sie genau darauf wartet. Sie will einen offen ausgetragenen Streit mit uns, bei dem sie als Siegerin vom Platz geht. Und das wird sie, denn ihre Stimme hat im Dorf wesentlich mehr Gewicht als unsere. Das war jetzt nur ein Schuss vor den Bug. Da hilft nur ignorieren und die Sache aussitzen. Alles andere könnte dumm ausgehen für uns.«

»Was will sie denn gegen euch unternehmen?«

»Ihren Teil der Herde einem anderen Schäfer zuteilen.«

Lieselotte erstarrte. Daran hatte sie noch nicht gedacht.

»Damit würde eine wichtige Einnahmequelle deines Vaters wegfallen«, fuhr ihre Mutter fort. »Also halt dich endlich fern von ihrem Jungen.«

»Aber es ist eine Lüge, Mama. Das kann man sich doch nicht einfach so gefallen lassen«, argumentierte sie unglücklich. »Die tyrannisiert doch ständig irgendwen im Dorf, führt sich auf wie eine Königin, und wir lassen das zu!«

Magda Schäfer zuckte ergeben mit den Achseln. »So ist das nun einmal. Wir sind die Kleinhäusler und sie die Großbäuerin. Such dir einen aus unseren Reihen, Liesl.«

»Sie ist eine böse Hexe«, giftete Lieselotte.

»Ich hab dich gewarnt, Liesl. Du passt nicht in ihr Muster. Wenn du und der Vinz ... das muss jetzt endlich aufhören«, wiederholte sie die Forderung scharf, »dann hört die Binderin auch auf, uns schlechtzureden.«

Wenn es nur so einfach wäre, dachte Lieselotte. Am liebsten hätte sie laut gebrüllt, dass die Binderin kein Recht hatte, in ihr oder Vinzenz' Leben einzugreifen. Doch das machte keinen Sinn. Weil es war, wie es war. Verzweifelt machte sie kehrt, lief in ihr Zimmer und weinte bitterlich.

23

Hofberg, November 1957

Es war ein kalter Donnerstagnachmittag im November. Der Himmel über Hofberg war schon den ganzen Tag grau und wolkenverhangen. Lieselotte sah vom Küchenfenster aus ihren Vater über den Hof aufs Wohnhaus zustapfen. Den Hut tief ins Gesicht gezogen, den knöchellangen Schäfermantel bis oben hin zugeknöpft. Seit Wochen schon lief er mit einem betrübten Gesicht herum. Lieselotte erschien es, als rechnete und schmiedete er irgendwelche unausgegorenen Zukunftspläne. Ihr Teil der Herde befand sich seit ihrer Rückkehr von der Winterweide vor drei Wochen im Stall. Dort würden die Tiere erst einmal bleiben, bis im Januar die Bedeckung am Binder-Hof erfolgte.

Lieselotte lächelte bei dem Gedanken, dass Mary nächstes Jahr zum zweiten Mal Mutter werden würde. Sie hatte sich durchgesetzt und Marys ersten beiden Lämmer behalten dürfen. Die beiden waren inzwischen stattliche Jungschafe und hörten auf die Namen Annabell und Agathe. Das Lamm des zweiten Wurfs würde auch bleiben dürfen, war sie sicher. Betty wäre doch ein netter Name, dachte sie, als ihr Vater mit dunkler Miene die Küche betrat. Stumm setzte er sich auf die Eckbank. Irgendeine Laus musste ihm gehörig über die Leber gelaufen sein. Denn er war noch griesgrämiger als in den letzten Wochen. Die Küchentür ging erneut auf, und Fritz kam herein.

Magda Schäfer stellte eine Flasche Pils vor Lieselottes Vater ab und wischte sich die Finger an der schwarzen Schürze ab. Fritz bekam Limonade.

»Was ist los?«, fragte sie.

»Wir müssen die Schafe verkaufen, wir müssen die Schafe verkaufen …«, wiederholte der Vater mehrmals hintereinander den Satz wie eine düstere Parole, während er vor sich hinstarrte und die Flasche in der Hand drehte.

»Die Schafe verkaufen?« Lieselottes Stimme klang schrill. »Das ist doch ein Witz?« Sie setzte sich auf den freien Stuhl.

»Es bleibt uns nichts anderes übrig.«

Die Erklärung zur bevorstehenden Flurbereinigung im gesamten Landkreis, die ihr Vater abgab, rauschte an Lieselotte vorbei wie ein unheilvolles Gewitter.

»Wenn die Hofberg erst einmal am Reißbrett neu eingeteilt haben, ist's vorbei mit der Schäferei.« Er nahm einen langen verzweifelten Schluck aus der Flasche. »Der Binder und ich haben gestern noch einmal mit dem Bürgermeister gesprochen. Da führt kein Weg dran vorbei, die Sach ist beschlossen.«

Fritz zuckte bedauernd mit den Achseln.

Lieselotte starrte ihren Vater aus großen Augen an, ihr wurde schwindelig. Sie verstand nicht, weshalb es vorbei sein sollte. Jetzt wo sie endlich ihren Traum leben konnte! »Wieso?«

»Weil die entworfenen Veränderungen den landwirtschaftlichen Grundbesitz neu regeln. Verstehst du? Die Grundstücke der einzelnen Landwirte, die jetzt oft weit auseinanderliegen, werden zusammengelegt. Kein Landwirt muss dann mehr von dem einen Ende des Dorfs zum anderen fahren, um seine Felder bestellen zu können. Außerdem werden Straßen und Wege danach anders verlaufen.«

»Dann gehen wir eben neue Wege«, schlug Lieselotte hoffnungsvoll vor und warf ihrer Mutter einen Blick zu. Doch die schüttelte nur den Kopf.

»Es wird keine ausgewiesenen Wege und Weiden mehr geben«, schmetterte Lieselottes Vater ihre letzte Hoffnung wie eine zerbrechliche Vase an die Wand.

Lieselotte schnappte nach Luft. »Ein Hofberg ohne Schafe«, brauste sie auf. »Da können wir auch gleich …« Sie suchte nach einem passenden Vergleich, wischte sich Tränen mit dem Handrücken von der Wange, »Weihnachten und Ostern abschaffen.«

»Lieselotte«, mahnte ihre Mutter streng. »Mit dem Herrgott treibt man keine bösen Scherze.«

»Aber er darf böse Scherze mit uns treiben«, knurrte sie angriffslustig zurück. »Und ihr … ihr führt euch auf wie Schafe, nehmt hin, was euch vorgekaut wird.«

»Es ist, wie's ist«, knurrte ihr Vater streng. »Die Landwirtschaft verändert sich. Wirst scho sehen, bald werden nur mehr Mähdrescher auf den Feldern zu sehen sein und keine Landarbeiter mehr. Die Kuh- und Ochsenwägen werden durch Bulldog ersetzt, und mit der Hand melken werden die Leut auch bald verlernt haben. Maschinen kommen, Liesl. Die machen die Arbeit in der Hälfte der Zeit wie wir.« Seinem Tonfall konnte sie nicht entnehmen, ob ihn das traurig stimmte oder er sich auf die neue maschinelle Zeit freute.

Lieselotte kamen Vinzenz' glänzende Augen wieder in den Sinn, als er von der vollautomatischen Bewirtschaftung vom Hof von Sigrids Eltern sprach.

»Die Landwirtschaft verändert sich, also müssen auch wir uns verändern, sonst bleiben wir am Ende übrig«, endete ihr Vater.

»Was ist mit den Kühen?« Sie zeigte auf ihren jüngeren Bruder. Fritz fuhr sich verlegen mit den Fingern durch seine borstigen Haare.

»Die bleiben, die stehen's ganze Jahr über im Stall. Nur die Schafe müssen weg, die rentieren sich nicht mehr. Es ist ja nicht nur, dass wir keine Weiden mehr haben werden … selbst die Wolle lässt sich nur mehr schwer verkaufen.«

»Lass doch wenigstens die Mary, ihre Jungen und die Thea am Hof«, bettelte sie.

Der Vater schüttelte den Kopf. »Ein Schaf ist kein Haustier, das braucht seine Herde.« Er sah sie unbeugsam an. »Außerdem diskutier ich nicht mit dir. Ich hab's entschieden, und so wird's gemacht«, brauste er auf, was dennoch beinahe wie eine Rechtfertigung klang.

Wutentbrannt sprang Lieselotte auf. Der Stuhl kippte nach hinten und fiel krachend zu Boden. »Echt? Ein Schaf braucht seine Herde? Auch auf dem Weg zum Metzger?«

»Ich bin auch nicht froh darüber«, erwiderte ihr Vater ein wenig milder. »Und jetzt heb den Stuhl auf!«

Lieselotte warf ihrer Mutter einen grimmigen Blick zu. Noch vor wenigen Wochen hatte sie ihr erklärt, dass es eine Katastrophe wäre, wenn der Binder seinen Teil der Herde von einem anderen hüten ließe als von ihrem Vater. Nur, weil sie und Vinzenz ein Paar sein wollten. Und jetzt ergab sie sich dem Schicksal? Ihre ganze Familie ergab sich dem Schicksal! Welch erbärmlicher Hohn!

Lieselotte rannte aus der Küche, ohne den Stuhl aufzuheben. Die Tür warf sie so fest sie konnte hinter sich zu.

»Lieselotte!«, hörte sie die dröhnende Stimme ihres Vaters. Rasch zog sie sich eine Jacke über und schlüpfte vor der Haustür in die Arbeitsstiefel ihres Bruders, dann lief sie zum Stall.

Mary, Annabell, Agathe und Thea lagen aneinandergekuschelt auf dem mit Stroh bedeckten Boden. Die Hunde lagen bei ihnen. Sie sprangen hoch und begrüßten Lieselotte freudig. Sie öffnete das Gatter und setzte sich ins Stroh zu den Tieren. Die Hunde ließen sich wieder neben ihr nieder. Abwechselnd strich sie den Hunden und Schafen übers Fell und die Wolle. »Ich lass nicht zu, dass sie euch mir wegnehmen.« Stumm fragte sie sich, ob sie das Unglück verhindern konnte, wenn sie ihre Liebschaft mit Vinzenz aufgab.

Anka leckte ihr die Hände, Zeus und Ira drängten sich eng an ihren Körper, sie genoss die Wärme der Tiere.

Der Erste, der sich der Schafe entledigte, war der Binder. Noch vor Weihnachten brachte ein Lieferwagen Horst und den Rest der Herde weg. Wohin, wollte ihr niemand sagen.

»Ich weiß es selbst nicht«, behauptete sogar Vinzenz, und sie glaubte ihm. Daran, dass sie womöglich alle geschlachtet werden sollten, wollte sie nicht denken. Über ihren Streit hatten sie beide kein Wort mehr verloren. Lieselotte wusste nur, dass sich etwas zwischen sie gestellt hatte.

Nach und nach verkauften auch die anderen Landwirte ihre Merinos. Für Lieselotte zerbrach eine Welt. Hofberg war nicht mehr ihr Hofberg.

Zwei Tage vor Jahresende tauchte auch am Schäfer-Hof ein Mann auf einem Traktor mit einem großen Viehanhänger auf. Lieselotte stand vor der Stalltür, hinter der sich Mary, Thea und die anderen befanden. Ihr Blick fiel auf die Hunde. Zeus und Ira bewachten die Tür. Anka bellte aufgeregt. Die spüren genau, was hier passiert, dachte Lieselotte. Sie war stolz darauf, wie die drei Hunde ihr Rudel bewachten.

Der Mann stellte den Motor ab und stieg vom Traktor. »Hawe de Ehre«, grüßte er Lieselotte. »Ich bin der Kestl Rupert. Is dei Vater da?«

Lieselotte drehte sich grußlos um und verließ den Hof. Sie wollte nicht, dass der Fremde sie weinen sah, und sie wollte ihm auch nicht zu Diensten sein. Bis zum Dorfrand lief sie und hinein in den Wald. Dort setzte sie sich auf den kalten Boden und ließ ihren Tränen freien Lauf.

24

Hofberg, September 2017

»Sie hat danach tagelang kein einziges Wort mehr gesprochen, ist jedem von uns aus dem Weg gegangen, und wenn die Eltern mit ihr reden wollten, hat sie sich die Ohren zugehalten und ist weggelaufen«, beendete Fritz Schäfer seine Geschichte.

Nina blickte überrascht von einem zum andern. Sie war hergekommen, um nach langer Zeit ihre Verwandten wieder zu besuchen, und jetzt wusste sie so viel mehr über ihre Großmutter. Das Ende der Schäferei hatte ihr das Herz gebrochen. Nina konnte sich nicht erinnern, dass ihre Großmutter diesen Umstand jemals in ihrer Gegenwart erwähnt hatte.

»Derweil wollten ihr die Eltern erklären, dass der Kestl Rupert eine große Schäferei besaß und kein Metzger war«, fuhr Ninas Großonkel fort. »Irgendwann hat unser Vater sie festgehalten und ihr das ins Gesicht gebrüllt. Erst danach hat sie sich ein bisschen beruhigt. Der hat übrigens auch die Schafe vom Binder gekauft. Am Ende hat er fünftausend Tiere gehabt. Ich glaub, die Schäferei gibt's heut noch.«

»Und der alte Binder war ihre erste große Liebe«, sagte Nina nachdenklich und dachte zeitgleich: Warum eigentlich nicht? Man traute den eigenen Großeltern oftmals keine leichtlebige Jugend zu und dachte nicht darüber nach, dass auch ihnen eine Vergangenheit zustand. Ja, über den Krieg, den ihre Urgroßeltern erlebt hatten, sprach man oder darüber, dass die Aufarbeitung der Gräueltaten in Österreich erst in den Neunzigerjahren begonnen hatte. Aber darüber, dass ihre Großmutter zu jener Generation gehörte, die das Kriegstrauma der Eltern als Rucksack umgeschnallt bekommen hatte, ohne die Chance, es aufarbeiten zu können, sprach man ebenfalls nicht.

»Ich versteh nur nicht, warum die beiden sich von Vinzenz' Mutter so drangsalieren ließen.«

»Das war damals so, musst wissen, Nina«, erklärte ihr Großonkel. »Nicht nur bei den Aristokraten, auch bei den Großbauern hatten die Eltern ein gewichtiges Wort bei der Brautwahl mitzureden.«

»Ich dachte, die Sechzigerjahre war die Zeit von Hippies, Drogen, Jimi Hendrix, Janis Joplin und Widerstand.«

»Das war vielleicht in der Stadt so, und selbst dort bin ich mir nicht sicher. Da wird heute mehr geredet, als wirklich war. Hier am Land jedenfalls gab's das alles nicht. Wir haben noch von Kindesbeinen an gelernt, dass man den Eltern, dem Lehrer und dem Pfarrer nicht widerspricht. Und im Grunde genommen waren wir die Kinder der Vierziger- und Fünfzigerjahre, deine Oma wurde 1939 geboren, vergiss das nicht. Da galten noch die alten Regeln. Mund halten und gehorchen. Der erste Sohn bekommt den Hof oder darf studieren. Mein älterer Bruder hat zwar nicht studiert, und den Hof wollt er auch nicht, deshalb hab ich den Hof bekommen, obwohl ich der Jüngste von uns bin.«

»Und die Mädchen?«

»Die hat man im besten Fall gut verheiratet. Ledige Töchter sind oft als Mägde am Hof geblieben. So war das damals. Nix Hippie, Drogen oder anderer Unfug, dafür hatten wir keine Zeit. Nur manchmal sind wir in ein Tanzcafé nach Ingolstadt. Conny Francis, Conny Froebess oder Peter Kraus waren die großen Stars zu meiner Zeit. ›Pack die Badehose‹ ein oder …«

»›Zwei Apfelsinen im Haar und an den Hüften Bananen‹«, summte Nina spontan.

»Ja, das auch!« Ihr Großonkel lachte.

»Aber wieso hat die Binderin dann auch noch behauptet, es hätten Zigeuner meine Oma vor die Tür gelegt? Es hätte doch gereicht, dass sie gegen die Verbindung war. Das hat sie übrigens ihr Leben lang schwer getroffen, hat mir meine Mutter einmal erzählt.«

»Ja mei, das hat man früher halt so dahergesagt, wenn ein Kind sich aufmüpfig benahm. Und das hat die Liesl in den Augen der Binderin. Die alte Hex hat doch über ihren Buben gewacht wie eine Furie. Und was glaubst, wie oft das Kinder meiner Generation sogar von den eigenen Müttern gehört haben? Die Liesl hat das viel zu ernst genommen, vielleicht auch deshalb, weil's ausgerechnet die Binderin gesagt hat. Mei, die Leut wollen glauben, was glauben wollen … So eine G'schicht bringt Schwung in den Alltag. Niemand sollte eine Verbindung zwischen unserer Liesl und dem Vinz gutheißen, da ist die Binderin halt mit allen Geschützen aufgefahren.«

»Das ist doch absurd.«

Ihr Großonkel zuckte lediglich mit den Schultern. »Es ist, wie's ist. Da kannst nix machen. Am besten nicht zu viel drüber nachdenken, das macht nur hässliche Falten.« Er lachte erneut. »Hat doch eh keiner geglaubt, und in Wahrheit war's jedem wurscht im Dorf. Nur hat man das der Binderin nicht direkt ins Gesicht g'sagt, das ist einem damals nämlich gar nicht gut bekommen. Die Leut haben genickt, sich umgedreht und weitergemacht.«

Den nächsten drehfreien Tag nutzte Nina, um sich von Fritz die alten Weiden zeigen zu lassen. Auf einigen ehemaligen Äckern standen nun Einfamilienhäuser. Das Weidevieh gehörte ebenso der Vergangenheit an wie Hertas Krämerladen, der Schäferwagen und die Schafe, obwohl zwischenzeitlich in vielen Regionen das Schäferleben wiederbelebt wurde. Dennoch lernte Nina auch anhand von alten Fotos Hofberg von jener Seite kennen, die bereits sechzig Jahre zurücklag.

Vinzenz Binder begegnete ihr zunehmend freundlicher, vor allem, nachdem sie ihm anvertraute, über seine enge Beziehung zu ihrer Großmutter Bescheid zu wissen. Sie hatte ihn nach den alten Fotos seines Vaters gefragt, und er hatte ihr zwei Schuhschachteln voll alter Aufnahmen gezeigt. Darunter auch einige von ihrer Großmutter beim Schafhüten. »Den Rest der Bilder hat meine Mutter nach seinem Tod einfach weggeschmissen.«

Am letzten Drehtag saß der alte Vinz die gesamte Zeit über am Esstisch und sah ihnen zu. Manchmal lächelte er verträumt, wenn Nina sich etwa mit der Hand durch die Haare fuhr. Erinnerte ihn vielleicht diese Geste an ihre Großmutter? Nach Drehschluss setzte sich Nina zu ihm.

»Und, hat Ihnen gefallen, was wir da in Ihrer Küche getan haben?«

»Und wie! Ihr seid's ja richtige Profi.« Er klang, als überraschte ihn diese Tatsache.

»Sowohl Julian als auch ich haben ein eigenes Restaurant, eigene Kochsendungen und schreiben Kochbücher ... Ja, ich denke, wir sind Profis«, antwortete sie ihm amüsiert.

»Der Julian muss sich aber noch ein bisschen mehr anstrengen, damit er dich beeindrucken kann.« Der alte Mann zwinkerte ihr zu. Nina errötete leicht.

»Wir sind nur Kollegen.«

»I wo! Das sieht man doch, dass da mehr is. Was muss er tun?«

»Darüber hab ich noch nicht nachgedacht, weil es gar nicht zur Debatte steht«, behauptete Nina nachdrücklich, derweil konnte sie die Frage sehr wohl beantworten. Ihr imponierten kluge Männer mit Sinn für Humor. Status- und Machtsymbole beeindruckten sie in keiner Weise, ein Mann musste sie zum Lachen und Staunen bringen.

»Deine Oma war auch eine großartige Frau, so wie du«, sagte der alte Landwirt unvermittelt schwärmerisch, mit einem Blick, der verriet, dass er diese alten Zeiten gerne zurückhätte. Er wischte sich seine Finger an der braunen Cordhose ab und sah nach oben an die Decke, als ob dort eine Erinnerung verborgen lag.

»Ich hab ihr einmal die Sternbilder erklärt. Sie wollte unbedingt ein Schaf da oben wissen.« Er lachte und wandte sich wieder Nina zu. »Wie ich deine Oma kenn, hat's inzwischen eines g'funden, dort wo sie jetzt ist.« Er wischte sich verstohlen eine Träne aus dem Auge, dann nahm er Ninas Hand. Seine Finger fühlten sich rau an.

»Ich kann dir gar nicht sagen, wie sehr ich deine Generation beneide. Ihr konntet alle auf höhere Schulen gehen, ihr hattet freie Wahl beim Beruf, dürft tun und lassen, was ihr wollt. Ich hoff, du weißt das zu schätzen.«

Nina wusste nicht, was sie darauf erwidern sollte. Sie zog stattdessen ihre Hand zurück, umarmte den alten Mann fest und drückte ihm einen Kuss auf die Wange.

Am nächsten Tag reisten sie alle ab. Die Filmcrew zu verabschieden schmerzte zu Ninas Überraschung ebenfalls. Sie waren in den vergangenen zwei Wochen zusammengewachsen. Sogar Jessy umarmte sie. Irgendwann würde man sich wieder über den Weg laufen, die Branche war klein. Die Verabschiedung der Salzburger Crew ging rasch, Nina würde sie ja bald wiedersehen.

Julian ließ sich Zeit beim Händeschütteln und allgemeinen Umarmen. Nina hatte er sich offenbar bis zum Schluss aufgehoben. Er zog sie an der Hand nach draußen, stellte sich mit ihr vor den Hof und schaute auf das alte Gemäuer. »So schnell ist's wieder vorbei. Schön war's!«

Lag ein wenig Wehmut in seiner Stimme, oder bildete sie sich das ein, weil sie hoffte, dass ihm der Abschied von ihr schwerfiel?

»Es hat echt Spaß gemacht, mit dir zu kochen. Auch wenn einen dein Ordnungstick in den Wahnsinn treiben kann«, fuhr er fort.

Nina reagierte nicht. Es gab keinen Grund, sich zu rechtfertigen. Sollte er doch in seinem Chaos ersticken …

»Kommst du mal nach München?« Seine blauen Augen fixierten sie, das bemerkte Nina aus den Augenwinkeln, denn sie sah ihn nicht an. Er würde ihr sonst an der Nasenspitze ansehen, dass sie sich über die Frage freute.

»Vielleicht irgendwann mal, wenn ich Zeit find.«

»Sonst komm ich nach Salzburg.«

»Das klingt wie eine Drohung.« Sie löste zögernd den Blick vom alten Bauernhof und wandte sich ihm zu.

Er schwieg einige Sekunden. Nina hätte zu gerne gewusst, welche Gedanken ihm in diesem Moment durch den Kopf gingen.

»Für mich wird's langsam Zeit. Ich muss … Servus, Nina.«

»Servus, Julian.«

Sie verabschiedeten sich, so wie sie alle anderen verabschiedet hatten, mit einer kurzen Umarmung und zwei flüchtigen Wangenküssen. Nina wünschte sich stumm, dass die Berührung länger gedauert hätte. Sie genoss es, ihm nahe zu sein, auch wenn sie das nicht offen zugegeben hätte. Die letzten Tage hatten sich deutlich unterschieden von den ersten. Sie hatte einen anderen Julian kennengelernt, einen, der ihre Vorurteile entkräftet hatte. Der Mann war sensibler, als sie angenommen hatte. Der ewig gut gelaunte Sonnyboy war doch manchmal nur Fassade.

Als seine Wagentür zuschlug und er abfuhr, tat ihr das blitzartig weh.

Zum Glück trat in dem Moment Vinzenz Binder aus der Tür. Er hielt zwei große Tassen in der Hand. »Magst noch einen Kaffee mit mir trinken, Madl?«

Nina nickte dankbar, und sie setzten sich auf die Bank vor dem Haus. Der alte Landwirt reichte ihr eine Tasse. Sie blickten eine Weile schweigend auf die Landschaft rundum und das Dorf hinunter, nippten am Kaffee.

»Ich hab dich die letzten Tage beobachtet«, begann er. »Du bist der Liesl sehr ähnlich. Nicht nur vom Ausschauen her, auch im Wesen. Ehrgeizig, stur und immer die Erste bei der Arbeit.«

Nina konnte sich ein Grinsen nicht verkneifen, war aber froh, dass er nicht weitersprach, sondern wieder in andächtiges Schweigen verfiel. Sie war zu sehr damit beschäftigt, ihre Gefühlswelt wieder in Ordnung zu bringen. Mit jemandem schweigen zu können war für sie oft genauso wichtig, wie mit jemandem reden zu können.

»Weißt, was ich wirklich bereue?«, fragte der alte Binder nach einer Weile.

Nina schüttelte den Kopf und schaute ihn aufmerksam an.

»Dass ich keine eigenen Kinder hab. Früher, als ich jung war, hab ich gedacht, das ist nicht so wichtig. Aber jetzt tut es mir leid.« Er tätschelte ihre Hand. »Zum Glück hab ich dich noch rechtzeitig kennengelernt.«

»Wie rechtzeitig?«

»Na ja, vor meinem Tod halt. Du bist zwar nicht meine Enkelin …« Er zuckte mit den Schultern, »aber jetzt, wo uns das Schicksal zusammengebracht hat, fühlt es sich ein bisserl so an, als wärst du's.« Er grinste spitzbübisch, und Nina schenkte ihm ein liebevolles Lächeln.

Als sie ausgetrunken hatten, nahm der Alte die Tasse wieder an sich und stand auf. »Bleib so, wie'st bist, und pass auf beim Heimfahren«, verabschiedete er sie. »Wenn du magst, schickst mir amal eine Karte aus Salzburg.«

Nina versprach es und ging hinein, um ihre Sachen zu holen.

Als sie alles verstaut hatte und im Mini saß, kam ihr eine Idee. Sie rief Ellen über die Freisprechanlage an.

»Bist du etwa schon im Anflug?«, rief ihre Freundin aufgeregt statt einer Begrüßung ins Telefon. »Der Herzlich-Willkommen-Sekt ist nämlich noch nicht eingekühlt. Das wollte ich heute Mittag tun.« Im Geiste sah sie Ellen, wie sie hektisch versuchte, die blonden Locken zu bändigen und unter das Tuch zu stecken.

»Keine Angst, ich bin gerade erst losgefahren. Ich wollte ...« Sie druckste herum.

»Nach München und mit Julian Leroy heiße Nächte verbringen«, vollendete Ellen den Satz lachend. »Meinen Segen hast du, obwohl ich dich schon beneide, weil ...«

»Nein«, schnitt Nina ihrer Freundin das Wort ab. »Ich wollte nach Wien fahren, meinen Opa besuchen und bei der Gelegenheit schauen, ob er noch die alten handgeschriebenen Rezepthefte meiner Oma hat.«

»Ach so!« Ellen machte keinen Hehl aus ihrer Enttäuschung. »Deine Oma ist seit Jahren tot, glaubst du wirklich, dass er die noch hat?«

»Keine Ahnung, aber er wird sich sicher freuen, seine Enkelin zu sehen. Kommst du noch zwei Tage ohne mich klar?«

»Sicher! Und was ist jetzt mit Leroy?«

»Nichts! Was soll mit ihm sein?«

Ellens schallendes Lachen verriet, dass ihre Freundin genau wusste, was los war. »Er hat dich an der Angel, meine Süße.«

»Hat er nicht«, gab Nina trotzig zurück. »Wie kommst du überhaupt auf so eine absurde Idee?«

»Dein plötzliches Interesse an alten Kochrezepten und bodenständiger Küche.«

»Das hat doch nichts mit Leroy zu tun, sondern mit dem Thema der Kochsendung. Ich fand es toll, die letzten Wochen in alten Kochbüchern rumzustöbern ...«

»Ja, ja!«, unterbrach sie Ellen wenig überzeugt. »Ich freu mich jedenfalls darauf, dich bald wieder an meiner Seite zu haben. Die Küche ist schon arg leer ohne dich.«

»Schön zu hören, dass du mich vermisst.«

Nach dem Telefonat mit Ellen rief Nina ihre Mutter an. Eva Ludwig zeigte sich begeistert von Ninas Idee, nach Wien zu fahren, obwohl das bedeutete, dass sie sich zwei Tage länger um die Abrechnung im *Ludwig* kümmern musste. Sie bot ihr an, ihrem Großvater ihren Besuch anzukündigen, und Nina stimmte zu.

Ausnahmsweise wurde Nina ihrer Devise, der Weg ist das Ziel, untreu und versuchte, auf der Autobahn so schnell wie möglich nach Wien zu kommen. Erst kurz nach dem Grenzübergang Suben gönnte sie sich in Schärding eine kurze Kaffeepause. Auf dem Weg ertappte sie sich mehrmals dabei, kurz ihre Nachrichten auf dem Handy, das in der Freisprecheinrichtung steckte und ihr die Route anzeigte, zu checken. Vielleicht schickte ihr Leroy ja was. Oder er rief an. Doch das Handy blieb stumm.

25

Wien, September 2017

Die österreichische Bundeshauptstadt begrüßte sie mit Sonnenschein. Ein herbstlich gefärbter Wienerwald säumte die letzten Kilometer der Westautobahn bis hinein nach Hietzing. Mein Gott, wann war sie zuletzt hier gewesen? Vor vier oder fünf Jahren? Ihr Großvater hatte nach dem Tod ihrer Großmutter die Feiertage, wie etwa Weihnachten, bei der Familie in Salzburg verbracht, damit er nicht allein war. Er wohnte nach wie vor in dem Einfamilienhaus in der Hermesstraße im Bezirk Hietzing. Das Haus war von Ninas Urgroßvater Mitte der Fünfzigerjahre gebaut worden, ihr Großvater hatte später Wände rausgerissen, Fensterflächen und die Terrasse vergrößert. Den Vorgarten schmückte ein etwa zwei Meter hoher Hagebuttenstrauch. Ihre Großmutter hatte ihr erzählt, dass der Strauch irgendwann einmal wild gewachsen sei und sie ihn einfach gewähren hatte lassen. »Es wird einen Grund geben, weshalb er sich diesen Platz ausgesucht hat«, hatte sie gemeint und sich gefreut, wenn im Herbst die Früchte intensiv rot leuchteten, wie angemalt und frisch poliert. Zweimal hatte sie aus den Früchten Hagebuttenmarmelade hergestellt, es aber aufgrund der mühseligen Erzeugung wieder gelassen.

August Koller riss die Eingangstür auf, kaum, dass Nina den Klingelknopf gedrückt hatte. »Deine Mutter hat mich angerufen«, begrüßte er sie in dunkelgrüner Jogginghose und blauem Baumwollhemd. Während Nina den schmalen Gartenweg auf ihn zuging, betonte er mehrfach, wie sehr er sich über den unerwarteten Besuch freute. Er hatte im Juli seinen siebenundsiebzigsten Geburtstag gefeiert, sah jedoch viel jünger aus. Was möglicherweise daran lag, dass er regelmäßig Sport betrieb und auf seine Gesundheit achtete. Lediglich seine rostbraunen Haare, die ihre Mutter von ihm geerbt hatte, waren in den letzten Jahren grau geworden, aber noch immer voll und kräftig.

»Was führt dich eigentlich hierher? Geschäfte?«

Nina stellte den Koffer ab, und er zog sie freudig in seine sehnigen Arme. Er roch nach Aftershave, hatte sich offenbar gerade erst rasiert.

»Ich wollt einfach mal wieder nach Wien fahren.«

Er entließ sie aus seiner Umarmung, sah sie skeptisch an. »Du und einfach so wohin fahren! Ha, dass ich nicht lache. Dafür hast du doch gar keine Zeit. Und schon gar nicht, um einfach mal so einen alten Mann zu besuchen …« In dem Moment schien ihm eine Idee zu kommen. »Du hast Liebeskummer, Kind.« Er nahm ihren Koffer, zog sie in den Flur und schloss die Tür hinter ihnen.

»Hab ich nicht, Opa!« Nina schmunzelte bei der Idee, dass sie ausgerechnet zu ihm käme, wenn dem so wäre. »Ich wollt einfach zwei Tage in Wien verbringen und dich sehen.«

Die Augenbrauen des alten Mannes wanderten skeptisch

nach oben, was so viel hieß wie: Na, wenn du's sagst. »Wie auch immer, jetzt komm erst einmal rein. Du hast sicher Hunger. Oder hast du unterwegs etwas gegessen?«

»Nein, hab ich nicht.«

»Ich wollte mir Knödel mit Ei machen, weil ich noch welche übrig hab von gestern … Isst du so etwas überhaupt?« Er stellte den Koffer im Vorraum ab.

»Opa!«, sagte Nina vorwurfsvoll. »Warum sollte ich Knödel mit Ei nicht essen?«

Er zuckte mit den Achseln. »Könnt ja sein … wenn man sich die Speisekarte in deinem Restaurant ansieht.«

»Nur weil es dort gehobene Küche gibt, heißt das ja nicht, dass ich keine Hausmannskost mehr mag.«

»Na, wenn das so ist, dann lass dich von mir kulinarisch verwöhnen.«

Als sie zwanzig Minuten später gemeinsam im Wohnzimmer am Esstisch saßen und zusammen aßen, erzählte Nina von den Dreharbeiten in Hofberg. Er war interessiert, erkundigte sich nach Leroy, wie sie sich verstanden hatten, und Ninas Wangen wurden ein klein wenig heiß. Wenn ihr Großvater etwas bemerkte, dann überging er es vornehm.

»Hast du eigentlich noch Omas selbst geschriebene Rezepthefte?«, fragte sie, um das Thema zu wechseln.

Einen Moment lang sah er sie schweigend an. Täuschte sie sich, oder blitzte da ein freudiges Leuchten in seinen Augen auf?

»Hast du eigentlich noch das Kochbuch, das Oma dir mal geschenkt hat? Es hatte einen braunen Umschlag«, stellte er eine Gegenfrage.

»*Vom Essen auf dem Lande*.« Nina nickte. »Ja, natürlich

hab ich das noch. Das ist mir heilig, ist immerhin mein allererstes Kochbuch. Dass du dich daran erinnerst!«

Er lächelte milde, stand kommentarlos auf, um sechs A5-große Schulhefte aus der Kommode hervorzuholen. Er kam zum Tisch zurück und überreichte sie Nina. »Die Liesl hat mir befohlen, sie aufzuheben, bis du mich danach fragst. Sie hat gewusst, dass du sie eines Tages haben willst.«

Nina schluckte. »Wie das?«

»Sie hat dich besser gekannt als du dich selbst, Nina. Gustl, hat sie gesagt, das Kind ist bodenständig erzogen worden, obwohl der Vater ein Universitätsprofessor und die Mutter eine Steuerberaterin ist.« Er grinste breit. »Und der Opa ein Lehrer, hat sie sich immer verkniffen … Jedenfalls meinte sie, das Kind besinnt sich eines Tages seiner Wurzeln, wirst schon sehen. Der Sternekoch, bei dem sie lernt, hat ihr nur den Kopf verdreht. Der rückt sich schon von allein wieder gerade.«

Nina presste die Lippen aufeinander, um ihre Tränen zurückzuhalten.

Nach dem Essen brühte August Koller Kaffee auf, mit heißem Wasser, das durch einen Dauerfilter mit frisch gemahlenem Kaffee lief. Niemals hatte eine moderne Kaffeemaschine diese Küche gesehen. Generell hatte sich in dem Haus die letzten zwanzig Jahre nicht viel geändert, dachte Nina. Er stellte seiner Enkelin eine dampfende Tasse Kaffee vor die Nase, dazu einen Apfelstrudel.

»Den hab ich gestern in einer Konditorei gekauft, kannst also ruhig sagen, wenn er dir nicht schmeckt.«

»Warum glaubst du eigentlich, dass mir nicht schmeckt, was andere kochen oder backen?«

Er zuckte gleichgültig mit den Schultern. »Du bist eine Zweihaubenköchin ... Lass es dir schmecken!«

Er drückte ihr einen Kuss auf die Stirn, ging mit seiner Tasse hinaus auf die Terrasse, setze sich auf einen Plastikstuhl und zündete sich eine Zigarette an. Nina kannte diese Gewohnheit. Ihr Großvater gönnte sich schon seit Jahrzehnten täglich vier Smart Export, aber ausschließlich aus der schwarzen Softpackung mit weißen und goldenen Strichen. Daran hielt er fest. Es erinnerte ihn an seine Jugend, betonte er, wenn man ihn nach dem Grund fragte, warum es ausgerechnet diese Zigaretten in dieser Verpackung sein mussten.

Nina aß indessen den Apfelstrudel und widmete sich den Heften ihrer Großmutter, blätterte nach vorne und wieder zurück, versank schon bald in ihre handschriftlichen Aufzeichnungen. Schon bald war ihr klar, dass sie ihr die Hefte tatsächlich vermacht hatte, denn zu jedem Rezept hatte sie ihrer Enkelin eine persönliche Bemerkung zur Speise hinterlassen. Neben dem Rezept für Obatzter hatte sie beispielsweise notiert: Nimm unbedingt überreifen Camembert oder Schlierbacher, so schmeckt er am besten. Schlierbacher Käse wurde in einer Klosterkäserei in einem gleichnamigen Stift in Oberösterreich hergestellt und war ausschließlich Biokäse in ausgezeichneter Qualität, wusste Nina.

In dem Moment wurde ihr bewusst, dass sie seit dem Tod ihrer Großmutter keinen Obatzten mehr gegessen hatte. Ob sie nicht mal Roggenbrot mit Obatzten auf die Vorspeisenkarte im *Ludwig* setzen sollte? Was würde sie hier noch für Anregungen für ihr eigenes Restaurant finden?

Auch die Rohrnudeln oder die bayerische Creme hatte ihre Mutter nie zubereitet, als Nina ein Kind war. Das waren alles

Gerichte, die sie ausschließlich bei ihrer bayerischen Liesl-Oma in Wien bekommen hatte.

»Mei, heut hab ich wieder Blumenkohl statt Karfiol gesagt. Das Gesicht der Verkäuferin hättest du amal sehen müssen«, erinnerte sich Nina an das Erstaunen ihrer Großmutter, wenn sie wieder einmal beim Konsum, dem Lebensmittelgeschäft in ihrer Straße, den deutschen Ausdruck für das Gemüse ausgesprochen hatte. Sie konnte sich auch nach so vielen Jahren in Österreich nur schwer an die landestypischen Lebensmittelbezeichnungen gewöhnen. Nina biss sich auf die Lippen, denn auch sie hatte ihre Großmutter einige Male diesbezüglich korrigiert. Etwa, wenn sie intuitiv Johannisbeeren zu den Ribiseln sagte oder Auberginen statt Melanzani. Heute, im Nachhinein, schämte sie sich dafür. Es erschien ihr auf einmal so kleinlich und banal.

Sie nahm das nächste Heft zur Hand, schlug es auf und hielt wenige Augenblicke später die Luft an. Das durfte doch nicht wahr sein!

Für meine Nina, stand da in schön geschwungener Handschrift. Sie überflog das nachstehende Rezept und konnte es noch immer nicht glauben. Ihre Großmutter hatte ihr tatsächlich das Rezept für das Bauernbrot aufgeschrieben, das Nina als Kind so sehr geliebt hatte. *Früher backte man Brot, um sich zu versorgen*, begann die Nachricht an sie, *heute ist Brot viel zu selbstverständlich geworden. Es ist ein heiliges Lebensmittel, denk immer daran! Schmeiß es niemals fort, auch wenn es ein bissl hart ist! Das Wichtigste, liebe Nina: Gib dem Teig die Zeit, die er braucht, und Sauerstoff, denn der Teig ist lebendig.* Daneben hatte sie mit wenigen Strichen ein lachendes Gesicht gezeichnet.

Zuerst brauchst du einen guten Sauerteig, las Nina weiter. *Vor Gebrauch den Sauerteig in lauwarmem Wasser auflösen (Vorsicht, nicht zu heiß, sonst sterben die natürlichen Bakterien ab), dann in das Mehl gießen und vermengen. Mit Mehl überdecken und den Backtrog zudecken (lass ihn mindestens zwölf Stunden gehen).*

Den Rest überflog Nina, weil ihr die Tränen die Sicht nahmen. Sie konnte es nicht fassen. Hier vor ihr lag das Rezept des besten Brotes, das sie jemals gegessen hatte. Sie lehnte sich zurück und fühlte sich wie ein kleines Kind. Wie gerne hätte sie jetzt ihre Liesl-Oma umarmt und ihr für dieses Juwel gedankt.

»Sie hat gewusst, dass d' dich darüber freust, das war ihr Dank genug«, hörte sie die Stimme ihres Großvaters neben sich.

»Freuen ist gar kein Ausdruck, Opa. Es ist, als hättest du mir einen Schatz überreicht.« Sie schämte sich kurz, denn auch die Kette mit dem Schutzengel sollte sie als wertvollen Schatz betrachten, doch sie konnte nicht anders. Die Rezepte waren für sie eine unübertreffliche Kostbarkeit. Berufskrankheit in Verbindung mit Familienerbe. Sie stand auf und umarmte ihn. »Dann drück ich eben dich für die Oma.«

Ihr Großvater erwiderte die Umarmung einen Moment lang, dann schob er sie sanft von sich. »So, und jetzt wischst dir die Tränen aus dem Gesicht und pack dich z'amm. Es ist so ein schöner Herbsttag, da sollte man nicht drinnen sitzen. Wenn du dich schon deiner bodenständigen Wurzeln entsinnst, dann gehen wir jetzt auch zu Omas liebstem Platz in Wien.« Er schloss die Terrassentür und zog sich die Schuhe an. Allein bei dem Gedanken, mit seiner Enkelin durch den Lainzer Tiergarten zu spazieren, schienen die Jahre von ihm abzufallen.

»Das ist eine gute Idee.« Nina war begeistert. Es lag eine gefühlte Ewigkeit zurück, dass sie das beliebte Naturschutzgebiet besucht hatte. Zudem musste sie sich endlich bewegen, sie war den ganzen Tag gesessen, erst im Auto und jetzt hier beim Essen. Sie gingen hinaus, und Nina holte ihre Jacke und einen dünnen Schal aus dem Auto. Auch wenn jetzt noch die Sonne schien, es war Herbst, und da konnte es schnell kühler werden. Nina hakte sich bei ihrem Großvater unter, die zehn Minuten Fußmarsch bis zum Lainzer Tor legten sie schweigend zurück.

»Als deine Oma zum ersten Mal in Wien war, hab ich ihr viele Plätze gezeigt, von denen ich annahm, sie damit beeindrucken zu können. Aber irgendwie hat sie nix wirklich fasziniert.« Er lachte leise bei der Erinnerung. »Nur der Lainzer Tiergarten hat sie vom ersten Augenblick an begeistert«, sagte er, während sie durch das offene Tor schritten. »Ich glaube sogar, dass ich es genau diesem Flecken Wiens zu verdanken habe, dass die Liesl zu mir gekommen ist.« Sie gingen den direkten Weg zum Gehege mit dem Damwild und den Mufflons.

Nina ließ ihren Blick über das weitläufige Areal schweifen, beobachtete die Wildschafe, die am anderen Ende der Weide beisammenstanden. Dem Widder schenkte sie ihre besondere Aufmerksamkeit. Er trug mächtige nach hinten gebogene Hörner, wachte stolz am Rand der Herde über die Weibchen. Obwohl sein Fell rostrot war, erinnerte sich Nina bei seinem Anblick an Fritz' Erzählungen über Horst. Möglicherweise, weil ihr der Widder ähnlich selbstbewusst wie der Merinoschafbock erschien.

»Wann hast du eigentlich gewusst, dass Oma die richtige Frau für dich ist?«, fragte sie ihren Großvater.

August Koller musste nicht lange nachdenken. »Als ich sie zum ersten Mal gesehen habe«, grinste er schelmisch. Offenbar hatte er jedes Detail in seinem Kopf gespeichert. »Das war im Bus von Saalfelden nach Maria Alm. Ich war ein junger Student, hab mir eingebildet, einen Sommer lang Senner sein zu müssen. Deine Oma saß auch im Bus. Die ist es, hab ich gedacht. Weshalb, kann ich dir auch nicht erklären. Es war einfach so.«

»Wirklich? Liebe auf den ersten Blick? So etwas gibt's? Und sie hatte noch gar nicht mit dir gesprochen?«

August Koller schüttelte sein ergrautes Haupt und tippte sich mit dem Zeigefinger auf seine Brust. »Da drinnen spürst du's. Es war aber nicht einfach, ihr Herz für mich zu gewinnen.«

26

Maria Alm, April 1959

Liselotte hatte sich entschieden, Hofberg zu verlassen, den Ort, der für sie ihr ganzes Leben lang die Heimat gewesen war. Frühmorgens am fünfzehnten April war es so weit. Der Binder-Bauer hatte sie vor ein paar Wochen durch die lapidar hingeworfene Bemerkung, dass die bayerischen Landwirte schon im Mittelalter ihre Schafe zur Sommerung in den Pinzgau trieben, auf die Idee gebracht: Von da an ließ Lieselotte die Idee nach Salzburg zu gehen nicht mehr los. Das gesamte letzte Jahr hatte sie heimlich Annoncen in Zeitungen gelesen und schließlich Almbetreiber gefunden, die in Maria Alm auf der Suche nach Sennern waren. Das war vielleicht die Lösung all ihrer Probleme! Sie würde Hofberg verlassen, auch Vinzenz, würde die boshaften Unterstellungen nicht mehr hören müssen und würde weiterhin Schafe hüten dürfen.

Beim Abschied drückte ihr die Mutter ein kleines Stück geräucherten Speck und selbst gebackenes Brot als Reiseproviant in die Hand. »Schreib, wenn du angekommen bist.« Es standen ihr Tränen in den Augen, das kam selten vor.

Magda Schäfer war eine Frau, die ihre Emotionen kontrollierte. Ebenso ihr Vater. Gefühle waren etwas für schwache Menschen, der Meinung waren Lieselottes Eltern. Er streckte Lieselotte die Hand entgegen und wünschte ihr alles Gute. Zu mehr ließ er sich nicht hinreißen. Man sah sich ja schließlich wieder. Wozu also ein tränenreiches Aufheben um die Verabschiedung machen?

Es ist, wie's ist, dachte Lieselotte.

Fritz fuhr sie mit dem Traktor zum Bahnhof in den Nachbarort. Durch den Verkauf der Herde hatten sie sich endlich einen eigenen Bulldog leisten können. Vor dem Bahnhofsgebäude umarmte er sie fest, drückte ihr den Koffer in die Hand und schwang sich wieder auf den Fahrersitz. »Die Viecher«, murmelte er entschuldigend, weil er nicht warten wollte, bis der Zug kam. Die Angst, vor Lieselotte in Tränen auszubrechen ob des schmerzhaften Abschieds, ließ ihn schnell verschwinden. Das wussten sie beide. Fritz war ein gefühlsbetonter Mensch, das verbarg er viel zu oft, fand Lieselotte.

Jetzt stand sie unter fremden Menschen am Gleis und wartete auf den Zug nach München, wo sie in den nach Saalfelden umsteigen musste. Noch fünfundzwanzig Minuten, dann begann ihr Abenteuer. Lieselotte hielt den Griff ihrer braunen Handtasche fest umklammert.

»Liesl!«, hörte sie da auf einmal eine Stimme in ihrem Rücken. Sie wirbelte herum. Vinzenz kam auf sie zugelaufen.

Sie hatte insgeheim gehofft, dass er auftauchen und sie verabschieden würde, doch nicht damit gerechnet, dass ihr Wunsch in Erfüllung ging. Er hatte sie, als sie ihm ihre Entscheidung mitteilte, Hofberg zu verlassen, nicht nach dem Grund gefragt. Vermutlich ahnte er ihn und hatte nicht den Anschein gemacht, dagegen anzukämpfen. Was Lieselotte traurig gemacht hatte. Sie hatte gehofft, dass er versuchen würde, sie umzustimmen. Immerhin dauerte ihre Liebe nun schon zwei-einhalb Jahre an, auch wenn ihre Treffen seltener geworden waren, weil Vinzenz' Angst, erwischt zu werden, ins Uner-messliche gestiegen war und ihm seine Mutter täglich so viel Arbeit aufbrummte, dass er sich wesentlich seltener vom Hof stehlen konnte. Dazu kamen die regelmäßig arrangierten Tref-fen mit Sigrid, die er mit gespielter Höflichkeit über sich er-gehen ließ.

»Ich hoffe, du vergisst mich nicht.« Er trat noch einen Schritt auf sie zu und hob ihr Kinn mit den Fingern an. Zärtlich küsste er sie auf die Lippen.

Lieselottes Finger hielten noch immer krampfhaft den Griff der Handtasche fest. Sie hoffte, dass er sie darum bat hierzu-bleiben.

Doch er tat es nicht. Er ließ sie gehen.

»Schreib, so oft du kannst«, bat er sie. »Ich werd dir auch schreiben, gleich heute noch. Und im Oktober, wenn du zu-rückkommst, hab ich meine Mutter umgestimmt. Versprochen! Der Hof steht mir zu, auch wenn ich die Sigrid nicht heirate.«

Lieselotte lächelte schwach. Immerhin, ein Zugeständnis. Der Zug fuhr ein.

Vinzenz griff in seine Jackentasche, zog ein kleines ge-schnitztes Holzschaf heraus und drückte es ihr in die Hand. »Zur Erinnerung«, sagte er.

Da kamen ihr doch die Tränen.

Am späten Nachmittag erreichte Lieselotte Saalfelden. Dort stieg sie in den Postbus um, der sie bis Maria Alm brachte. Der Bus war bis auf den letzten Platz gefüllt. Urlauber, Wanderer,

Einheimische und ein junger Mann, der ebenfalls einen Koffer bei sich trug. Er erschien ihr zeitgemäßer als die Jungs, die sie aus Hofberg kannte. Er hatte dichte rostbraune kurz geschnittene Haare, trug ein helles Perlonhemd, eine dunkle Bundfaltenhose, und in der Hand hielt er einen modernen Hut, den man garantiert nicht zum Arbeiten aufsetzte. Man sah ihm an, dass er aus gutem Haus kam. Auch Lieselotte hatte für die Fahrt ihr bestes Kleid ausgewählt. Dunkelblau mit weißen Tupfen, einem weit ausgestellten wadenlangen Rockteil und anliegendem Oberteil. Dazu trug sie eine feingestrickte hellblaue Strickjacke. Dennoch fühlte sie sich bei seinem Anblick fürchterlich rückständig. Damit sie den Mann nicht endlos anstarrte, vertiefte sich Lieselotte in die *Bravo*. Sie hatte das Magazin beim Umsteigen am Münchner Bahnhof gekauft. Ihre erste selbst erworbene Zeitschrift fühlte sich wunderbar an, und sie las jede einzelne Zeile…

Auf der Titelseite war Elvis Presley in Uniform abgebildet, er absolvierte derzeit seinen Militärdienst in Deutschland. Gertrud hatte ihr letztes Jahr zu Weihnachten *Jailhouse Rock* vorgespielt. Sie hatte kein Wort verstanden, aber die Musik hatte sie begeistert. Aufmerksam las Lieselotte nun den Artikel über den Skandal um Elvis' amerikanische Freundin Kitty Dolan, die zuvor in einer amerikanischen Zeitschrift unter der Überschrift »War ich eine Närrin, dich zu lieben, Elvis?« angebliches Liebesgeflüster gegen Bezahlung preisgegeben hatte.

»Pfui Teufel, Kitty Dolan«, titulierte die Bravo-Redakteurin Steffi daraufhin und prangerte an, dass die Amerikanerin offenbar Elvis Presley nachstellte und die deutschen Mädchen beschimpfte.

Pfui Teufel, dachte auch Lieselotte und blätterte eine Seite weiter, wo über Gina Lollobrigidas Rolle der Marietta in dem Film *Wo der heiße Wind weht* berichtet wurde. Darin lehnte sie sich gegen das verbreitete Gewohnheitsrecht auf, das Stärkeren erlaubt, Schwächere zu unterdrücken. Zwei ehemalige Gangsterbosse machten sich in dem Film die Frauen eines Dorfes gefügig, nur Marietta wehrte sich und ging als Siegerin hervor. Eine Geschichte ganz nach Lieselottes Geschmack.

Als sie aus dem Postbus ausstiegen und der junge Mann mit den rostbraunen Haaren vor ihr war, betrachtete Lieselotte seine Hände. Die Finger waren feingliedrig und lang und bezeugten, keine Arbeiterhände zu sein.

An der Haltestelle wartete ein Mann mit schütterem Haar auf einem Traktor. Er stieg ab, kam ihnen entgegen und reichte ihr die Hand. Sie fühlte sich rau an und packte fest zu, wie Lieselotte es gewohnt war. Sollte der junge Mann etwa auch mitkommen?, fragte sie sich.

»I bin der Hanusch Hans«, stellte er sich vor. Er war der Besitzer der Fuchsbauhütte, wusste Lieselotte, und bewirtschaftete zugleich einen großen Bauernhof im Tal.

»Und du musst der Gustl sein«, begrüßte er ihren Begleiter. Sie reichten sich die Hände.

»Wir scheinen ja dasselbe Ziel zu haben«, sagte er dann zu Lieselotte. »Ich bin der August Koller aus Wien.«

»A Weaner als Senner auf der Alm«, lachte Hans, klappte die Wände des Einachsanhängers herab, nahm die beiden Koffer und warf sie auf die Ladefläche. Dann deutete er ihnen an, ebenfalls darauf Platz zu nehmen.

August half Lieselotte beim Aufsteigen und zwinkerte ihr

fröhlich zu. Lieselotte nahm erstmals das intensive Grün seiner Augen wahr. Sie errötete.

»Machst du das auch in den Ferien?«, fragte er, als sie sich niederließen.

Lieselotte runzelte fragend die Stirn, woraufhin August erklärte, Mathematik und Biologie zu studieren, weswegen er nun auch seine freie Zeit auf der Alm verbringen wollte. Nun fühlte Lieselotte sich noch rückständiger. Sie konnte kein Studium oder ähnliche Ambitionen vorweisen. Sie hatte wie die meisten Kinder in ihrem Dorf acht Jahre die Volksschule besucht und arbeitete seither am elterlichen Hof. Eine höhere Schule kam für sie nicht in Frage, weil ihr Vater das für ein Mädchen nicht für wichtig erachtete. Lediglich ihr älterer Bruder Georg hatte nach der Grundschule eine Lehre gemacht, und Fritz war auf die landwirtschaftliche Berufsschule gegangen. Ihrer Schwester und ihr selbst stand keine höhere Ausbildung zu.

Lieselotte war froh, dass Hans begann, die beeindruckende Berglandschaft zu benennen, das bewahrte sie davor, August eine Antwort geben zu müssen. Er zeigte auf das Bergpanorama, brüllte über die Schulter hinweg, um den Traktormotor zu übertönen, dass sich Salzburg das Steinerne Meer mit Bayern teilte, und fügte hinzu, dass es sich hierbei um ein Karsthochplateau der Nördlichen Kalkalpen handelte. Was immer das bedeuten mochte.

Dann wanderte seine Hand zum Hochkönig. »Der ist knapp dreitausend Meter hoch und gehört zu den bekanntesten Bergen der Alpen. Er ist über die Torscharte mit dem Steinernen Meer verbunden.«

Lieselotte zeigte sich beeindruckt von dem Blick auf das

Gipfelmeer um sie herum. August erzählte, dass er schon öfter mit seinen Eltern Urlaub in Maria Alm gemacht hatte und die Gegend gut kannte, deshalb auch die letzten eineinhalb Monate auf der Universität schwänzte, um hier als Senner arbeiten zu können. Ah, dachte Lieselotte, deswegen hatte er jetzt schon Ferien. Sie hatte sich schon darüber gewundert.

»Die Sommertouristen pilgern schon seit Ende der Zwanzigerjahre nach Maria Alm. Beim Arthurhaus in Mühlbach gibt's seit neunzehnhundertzwanzig sogar einen Lift für die Wintertouristen«, beendete Hans seinen Vortrag und auch die Fahrt.

Zwei Mischlingshunde kamen bellend angelaufen.

»Der weiße Riese ist der Wastl, da steckt ein Tatra-Schäferhund drin, deshalb ist er so groß«, erklärte er. Wastl war eine stattliche Erscheinung. Lieselotte schätzte die Schulterhöhe des Hundes auf siebzig Zentimeter.

»Die Bella ist ein besonderer Mix«, fuhr Hans fort, »Collie, Berner Sennenhund und Kroatischer Hütehund, ist alles drin.« Sie war kleiner als Wastl und hatte ein goldenes Fell mit weißen Brusthaaren. Die Hunde wedelten freundlich, Lieselotte mochte beide vom ersten Augenblick an.

Hans half ihnen, vom Anhänger zu steigen. »Die gehen mit uns auf die Alm, sind beide hervorragende Hütehunde.«

Die Hunde beschnüffelten die Ankommenden. Lieselotte und August streichelten ihnen übers Fell. Auf ein Zeichen von Hans trollten sich die Mischlinge wieder. Das Anwesen der Hanusch erinnerte Lieselotte aufgrund der Größe an den Binder-Hof. Eine schwangere Frau begrüßte sie vor dem Haus. Leopoldine Hanusch mochte Anfang dreißig sein, stellte sich ihnen als Poldi vor. Sie war stämmig mit ausladenden Hüften, hellblonden Haaren, einem strahlenden Lächeln und einem Babybauch, der Lieselotte vermuten ließ, dass es bald so weit war.

»Unser Viertes«, verkündete sie stolz und streichelte sanft über die dicke Wölbung. »Deshalb geh ich dieses Jahr auch nicht mit auf die Alm.« Sie winkte Lieselotte und August einzutreten, zeigte ihnen ihre Zimmer, die sie bis zum Aufbruch bewohnen konnten. Lieselottes Raum war spärlich eingerichtet, ein Bett, ein schmaler Schrank und eine Kommode. Ihre Kammer in der Fuchsbauhütte würde noch dürftiger möbliert sein, vermutete sie.

Lieselotte war nun so lange in Zügen und zuletzt im Bus gesessen, dass sie plötzlich das Gefühl bekam, sich endlich bewegen zu müssen. Bis zum Abendessen blieb ihr noch ein bisschen Zeit. Sie gab der Bäuerin Bescheid, eine Runde in Maria Alm drehen zu wollen.

»Verlauf dich halt nicht«, lachte Poldi.

Das Landleben roch hier anders als in Hofberg, obwohl auch in diesem Dorf Schafe und Kühe die Landwirtschaft dominierten. Sie fröstelte in der kühlen Bergluft. Am Dorfplatz entdeckte sie einen kleinen Laden mit Postkarten. Eine Frau mittleren Alters wollte gerade zusperren, und Lieselotte bat sie, noch rasch eine Karte kaufen zu dürfen. Die Frau lud sie mit einer Geste ein, den Kiosk zu betreten. Lieselotte wählte eine Ansichtskarte mit der Kirche von Maria Alm darauf aus. Das würde ihre Mutter sicher freuen. Immerhin befand sich ihre Tochter jetzt in einem Wallfahrtsort, mit dem höchsten Kirchturm im Land Salzburg, wie ihr die Ladenbesitzerin erzählte, während Lieselotte bezahlte. Wie zur Bestätigung ertönten in diesem Moment die Kirchenglocken. Einen Moment dachte sie daran, noch eine Karte für Vinzenz zu kaufen. Sie verwarf den Gedanken aber, weil sie befürchtete, seine Mutter würde sie abfangen.

Als sie auf den Hof zurückkam, erwartete man sie bereits. Am Tisch saßen zwei Buben und ein Mädchen, das offensichtlich die Älteste war, und August. Er scherzte mit den Kindern, die so herzhaft lachten, wie nur Kinder es konnten.

»Das sind die Maria, Johann junior und der Alois. Sieben, fünf und drei«, zählte Hans das Alter der Hanusch-Nachkommen auf und setzte sich neben den Jüngsten.

»Es gibt eine Brettljause, damit ihr gleich einmal seht, wie das dann auf der Almhütte für die Wanderer angerichtet werden soll. Das wird dann eher deine Arbeit, Liesl«, sagte Poldi und reichte Lieselotte ein Tablett mit Holzbrettern, auf denen fein aufgeschnittene Wurst- und Fleischsorten, Paprika und ein hart gekochtes Ei lagen.

»Vorsicht, der Kren ist frisch und scharf«, sagte die junge Landwirtin und stellte eine kleine Glasschüssel mit Meerrettich auf den Tisch. »Und die Essiggurkerl sind der Poldi ihre Spezialität.«

Wie zur Bestätigung schnappte sich der kleine Alois ein Gurkerl und steckte es sich in den Mund. Sie lachten.

»Die leg ich nach einem alten Rezept meiner Großmutter ein.« Poldi zeigte auf die Schüssel mit den Gewürzgurken. »Und morgen zeig ich dir, wiest die Sennenhupfer und den Kaiserschmarrn machst.«

Bei der Erwähnung der beiden Süßspeisen jubelten die Kinder voll Vorfreude.

»Und übermorgen backen wir frisches Brot für die Alm.

Den Sauerteig für die nächsten Laibe geb ich dir mit, Liesl. Kannst den Teig vorm Backen ja noch mit Brennnesseln oder anderen Almkräutern verfeinern, das gibt's dort oben zuhauf. Wiest magst. Musst halt nur den Brotbackofen etwa zwei Stunden vorm Backen anheizen.«

Lieselotte nickte. Brot hatte ihre Mutter in Hofberg auch selbst gebacken, und Lieselotte hatte ihr oft genug dabei geholfen, bevor der Vater den Unfall gehabt hatte. Sie wusste, worauf es dabei ankam.

Sie aßen mit großem Appetit. August erzählte von seinem Studium, das er im Herbst letzten Jahres begonnen hatte. Lieselotte war froh, dass die Sprache nicht mehr auf ihre Schulbildung kam.

In dieser Nacht lag Lieselotte lange im Dunkeln wach und dachte an Vinzenz. Sie fragte sich, ob auch er gerade in seinem Bett lag und sich nach ihr sehnte? Der Gedanke quälte sie, weil sich ihr zugleich die ihr unbekannte Sigrid in den Kopf schlich. Um sich abzulenken, machte sie das Licht wieder an und schrieb die Ansichtskarte an ihre Familie. Sie wollte sie in den nächsten Tagen abschicken, bevor sie auf die Hütte gingen. Danach holte sie das Holzschaf aus ihrer Handtasche hervor, kroch wieder unter die Decke, löschte das Licht und drückte dem Schaf einen Kuss auf den Kopf. Endlich schlief sie ein.

27

Zehn Tage nach ihrer Ankunft schälten sich Lieselotte und August um halb vier Uhr morgens aus dem Bett. Die Tiere gehörten gefüttert, zudem die Kühe gemolken. Poldi gab den Tieren Heublüten des Weihbuschen zu fressen. Die Kräuter und Blumen dafür hatte sie am 15. August des Vorjahres zu Maria Himmelfahrt, dem hohen Frauentag, gesammelt. Allem, was an diesem Tag wuchs und blühte, sagte man eine besondere Heilkraft nach. Die Weihe dieser gesegneten Blütenpracht in der Kirche war die Krönung des alten Brauchtums.

»Das gibt den Tieren Kraft und beschützt sie«, erklärte ihnen Poldi.

Um halb sechs Uhr morgens gingen sie los. Beim Almauftrieb bekam Lieselotte erstmals eine ungefähre Vorstellung davon, was sie den Sommer über erwartete. Hans und die Tiere legten ein Tempo vor, das Lieselotte ins Schwitzen brachte. Sie überlegte, wie der Tross von sechzig Rindern und zweihundert Schafen aus der Vogelperspektive wirken mochte. Wahrscheinlich wie ein braun-weiß gefleckter Strom und ein einzigartiges weißes Wollknäuel mit einem schwarzen Fleck. Das schwarze Schaf namens Blacky hatte Lieselotte besonders ins Herz geschlossen, weil sie jetzt nicht mehr das einzige schwarze Schaf inmitten einer weißen Herde war.

Zum Glück kannten die Tiere den Weg, und die Hunde passten auf, dass keines von ihnen ausscherte. Aufgrund von Wastls rein weißem Fell konnte man ihn, wenn er mitten unter ihnen lief, oft nicht von den Schafen unterscheiden. Lieselotte war froh, dass die Hunde großartige Arbeit leisteten, so konnte sie sich die meiste Zeit auf sich selbst konzentrieren und darauf, nicht vor Erschöpfung beim Anstieg zusammenzubrechen. Sie hatte nicht geahnt, wie anstrengend eine Höhentour sein würde. Woher auch? Sie war noch nie auf einen Berg gestiegen.

Poldi hatte ihr am Vorabend einen Rucksack für die Kleidung in die Hand gedrückt. Mit dem Koffer würde sie am Berg nicht weit kommen, hatte sie gemeint und ihr noch einen Bergstock aus Nussweide für den Aufstieg überreicht. August hatte seine Stadtbekleidung, wie er sie nannte, am Hof gelassen und sie gegen robustere Kleidung eingetauscht. Er sah nun wie ein richtiger Landwirt aus, fand Lieselotte. Lediglich seine zarten Finger standen im Kontrast zur derben Arbeitskleidung. Sie stellte sich heimlich die Frage, ob ihm die bevorstehende Arbeit Probleme bereiten würde. Vinzenz hätte die Aufgaben auf der Alm mit links erledigt, aber einem Stadtmenschen traute sie das nicht zu. Doch er schlug sich gut. Er war kaum außer Puste, und sein Hemd blieb trocken. Keine Schweißflecken am Rücken oder unter den Achseln. Lieselotte war beeindruckt.

Hans, der den Tross anführte, drosselte das Tempo ein wenig und ließ sich zurückfallen, bis er auf Lieselottes Höhe war. Offenbar war ihm nach einer kleinen Plauderei. Lieselotte hoffte, genug Luft zum Antworten zu haben.

»Letztes Jahr hat's Ende Mai noch einmal geschneit«, sagte

er und zeigte auf ein abfallendes Gelände am Berghang. »Das ist nicht ungewöhnlich in den Bergen, aber als es kurz darauf wieder wärmer wurde, entluden sich die Steilhänge, und eine gewaltige Lawine ging runter. Normalerweise halten sich die Schafe von den steilen Lawinenhängen fern, aber der Hunger hatte sie reingetrieben, und als die Lawine kam …« Er sah nach oben, seine Miene wurde wehmütig. »Hundert Stück haben wir verloren. Ich hoff, das passiert dieses Jahr nicht.« Sein Blick wanderte wieder auf den Weg, wo er mit dem Stock Astwerk zur Seite schob.

»Das hoffe ich auch«, keuchte Lieselotte. Hundert Stück, das war die Hälfte der Herde, das durfte nicht passieren.

»Wenn's anfangt zu schneien, dann schauts, dass die Tiere weiter runtertreibts, wenn ihr sie rechtzeitig findet. Manchmal schlagt das Wetter am Berg ganz schnell um.«

Es würde nicht leicht werden, auf der Alm auf die Tiere zu achten, zumal sie nicht, wie in Hofberg, nachts im Pferch eingesperrt waren, sondern sich zu jeder Zeit frei bewegen konnten. Lediglich das Läuten ihrer Glocken würde ihnen verraten, wo sie sich aufhielten.

»Was für eine Rasse habts g'habt?«, fragte Hans.

»Merinos. Der Wolle wegen.«

»Unsere sind alles Kärntner Brillenschafe«, erklärte er und zeigte auf die kräftigen mittelgroßen Tiere. Auffallend war ihr stark gewölbter, unbewollter Kopf sowie die feinknochigen, langen Beine und festen Klauen. Die Ohren standen zum Teil ab oder hingen herunter.

»Durch die schwarzen Brillen, die s' um die Augen herum haben, vertragen s' das UV-Licht besser«, erklärte Hans und lachte kehlig. »Die Natur is scho a Hund, richtet uns z'amm, wie wir's brauchen. Deswegen sind auch die Ohren zu zwei Drittel schwarz, und durch die überdurchschnittlich langen Haare sind s' ganz schön widerstandsfähig und wetterbeständig. Der Regen dringt kaum bis aufs Vlies durch. Und sie können ohne Probleme hoch hinaufsteigen, und was das Futter anbelangt, da sind s' genügsam. Wirst sehen, Liesl, das sind perfekte Schaf fürn Berg. Wobei s' dort oben eh genug Kräuter und Pflanzen finden.« Er zeigte auf den Widder, der in ihrer unmittelbaren Nähe lief und im Gegensatz zu den Merinos keine Hörner hatte.

»Die Rasse hat einen asaisonalen Brunstzyklus, lammen deshalb oft zweimal im Jahr ab«, erklärte er stolz weiter, als wäre er selbst der Vater der Lämmer. »Wenn ein Schaf trächtig wird, bringt es einer von euch runter zum Hof. Nicht, dass es auf der Weide gebärt und der Fuchs das Lamm holt.«

Lieselotte nickte. Sie würde gut aufpassen, nahm sie sich vor.

»Und merk dir eins, Liesl. Die Sennerin ist auf ihrer Alm die Königin. Was du sagst, muss g'macht werden.« Er zwinkerte August, der zu ihnen aufgeschlossen hatte, belustigt zu.

Nach allem, was Lieselotte erlebt hatte, taten ihr diese Worte unheimlich gut.

Der Blick auf die umliegende Berglandschaft und die mächtigen Gipfel entschädigte Lieselotte schon jetzt für alle Mühen, die auf sie zukommen würden.

Die Fuchsbauhütte war komplett aus Lärchenholz gebaut, das Dach mit Schindeln bedeckt. Das Sonnenlicht brach sich am Glas der Kastenfenster. Holzstufen führten zu einer schmalen Veranda und dem Eingang hinauf. Über der mit Eisen beschlagenen Lärchenholztür prangte ein Holzbrett, darauf eingebrannt war die typisch österreichische Begrüßung: *Griaß di.*

Hans holte einen schweren Schlüssel hervor, steckte ihn ins Türschloss, sperrte auf und betrat die Hütte. Neugierig kamen sie ihm hinterher.

Im unteren Teil war eine Wohnküche mit zwei Tischen und Stühlen und einer Eckbank untergebracht. An der Decke hingen mehrere Petroleumlampen an Haken.

»Hier könnts d'Wanderer bewirten, wenn's draußen mal nicht so schön ist, dass s' vor der Hütte sitzen können.« Hans drückte eine Tür zwischen Anrichte und Wohnherd auf. »Das ist deine Kammer, Liesl.«

Lieselotte trat ein und stellte ihren Rucksack ab. Das Zimmer war so klein, dass gerade einmal ein schmales Bett, ein Stuhl und eine Kommode darin Platz fanden.

»Passt's?«, fragte Hans freundlich.

»Passt«, sagte Lieselotte und dachte, im Gegensatz zum Schäferwagen ist das hier regelrecht komfortabel.

»Unsere Kammern sind oben, direkt unterm Dach«, sagte er zu August. Nacheinander stiegen die beiden Männer eine steile Holztreppe in den ersten Stock hinauf. Sie stellten ebenfalls ihre Rucksäcke in ihre Kammern und kletterten den steilen Aufstieg wieder nach unten.

Hans öffnete eine Tür, die gegenüber der Küchentür lag. »Letztes Jahr hab ich ein Bad mit Wanne eingebaut. Es ist klein, aber zum Waschen reicht's. Wenn ihr warmes Wasser haben wollt, müsst ihr's vorher in einem großen Topf am Herd wärmen und in die Wanne schütten. Aus dem Hahn kommt nur kaltes Wasser vom Bach.« Er schloss die Tür wieder. »Und hier ist der Keller.« Er bückte sich und schob seine Hand durch eine Lederlasche. Erst jetzt sah Lieselotte, dass ein Teil des Bodens ausgeschnitten war. Hans hob den Boden an. Eine ebenso steile Treppe wie nach oben führte unter die Hütte. Lieselotte sah zwei Holzregale mit Porzellanschüsseln. Am gestampften Erdboden standen eine Milchzentrifuge und ein Butterfass.

Hans stieg nach unten und reihte Eier, die er vom Hof mitgenommen hatte, in eine Holzkiste.

Nach der Runde durch die Hütte gingen sie wieder nach draußen.

»Frisches Bergwasser gibt's aus dem Brunnen.« Hans zeigte auf einen dicken ausgehöhlten Baumstamm, in den von einer hölzernen Quellfassung frisches Alpenwasser lief. Der Heustadel für das gemähte Gras für die Wintermonate auf dem Hof im Tal stand etwas abseits. Nach und nach zeigte er ihnen alles.

Lieselotte fand die Hütte wunderschön, die Berge magisch und die Almlandschaft wohltuend. Sie liebte schon jetzt die gesamte Umgebung.

Am nächsten Morgen wachte Lieselotte vor lauter Aufregung bereits um fünf Uhr auf. Hans wollte sie heute in die Arbeitsabläufe einführen. In der Hütte war noch kein Laut zu hören. Sie schälte sich aus dem Bett, öffnete das Fenster ihrer kleinen Kammer und horchte in den dunklen Morgen. Von irgendwoher drang das Geräusch von Kuhglocken an ihr Ohr. Die Tiere waren also ebenfalls schon wach. Ihre erste Aufgabe heute Morgen war es, die Milchkühe zum Melken einzufangen, hatte ihnen Hans vor dem Schlafengehen erklärt.

»Die werden überall sein, es kann also eine Weile dauern«,

meinte er. »Die Euter müssen komplett leer gemolken werden, sonst droht eine Entzündung«, hatte er ihnen zudem eingeschärft.

Sie sog die kühle Luft tief in ihre Lungen. Es roch nach Gestein, Alpenkräutern und Moos. Entspannt und glasklar. Dann schloss sie das Fenster wieder, zog sich die Arbeitskleidung über und verließ ihren Schlafraum. In der Küche heizte sie den Ofen ein und machte Kaffee. Wenige Minuten später kamen die Männer in Arbeitsmontur die steile Treppe herunter.

»Morgen«, brummten Hans und August.

»Morgen«, erwiderte Lieselotte.

Die beiden sogen den Kaffeegeruch ein und lächelten. Allein der Duft belebte sie offenbar. Lieselotte drückte jedem eine große Tasse in die Hand. August trank ihn schwarz, Hans schüttete aus einer kleinen Kanne, die am Fensterbrett stand, etwas Milch in seine Tasse.

Sie brauchten nicht lange, bis sie die Rinder fanden. Von den Schafen war weit und breit keines zu sehen. Die Kuhherde hatte sich nicht weit von der Hütte entfernt. Gemeinsam trieben sie die Mutterkühe und die Kälber zur Hütte. Während Lieselotte die Kälber sauber schrubbte, weil diese nachts im Dreck gelegen waren, begann Hans die erste Mutterkuh zu melken. August holte die Milchzentrifuge aus dem Keller, stellte sie auf den Tisch vor der Hütte und widmete sich daraufhin der ersten Mutterkuh.

Lieselotte war überrascht, wie geschickt er sich beim Melken anstellte. Das hätte sie einem Großstadtkind gar nicht zugetraut.

»Hast du gewusst, dass die Menschheit schon seit etwa sechstausend Jahren Butter herstellt und sie nach dem Krieg sogar als Währung nutzte?«, fragte August wenig später, als er die Milch durch ein Leinentuch, um etwaige Verunreinigung durch Staubpartikel zu vermeiden, in die Milchzentrifuge goss und Lieselotte zwei Porzellanschüsseln unter die beiden Ausgänge stellte.

»Ja, und ich weiß auch, dass ich etwa zwanzig Liter Milch für ein Kilo Butter brauche.« Sie lächelte ihn herausfordernd an und drückte den kleinen Hebel nach unten, damit die Milch einfloss. Augenblicklich begann sie, die Handkurbel auf der Seite zu drehen.

»Du musst ohne Pause und gleichmäßig drehen«, wies Hans sie breit grinsend an. Offenbar belustigte ihn Lieselottes Schlagfertigkeit. »Sonst trennt sich der Rahm nicht ordentlich von der Milch.«

Lieselotte drehte unaufhörlich. »Ich weiß, Hans.« Am Hof ihrer Eltern hatten sie zwar selten gebuttert, ein geringer Teil der Kuhmilch wurde direkt ab Hof verkauft, der Großteil ging an die große Molkerei im Landkreis. Die lieferte dann, wenn man wollte, gleich direkt Butter und Rahm. Den Landwirten, die Schweine hielten, wurde zudem die Magermilch als Futter geliefert. Dennoch kannte sie die Handgriffe, als hätte sie sie täglich getan.

Eine Stunde später stellte sie die Schüssel mit dem Rahm in den Keller. Morgen würde sie Butter daraus machen.

Erst als sie mit dieser Arbeit fertig war, wurden die Schafe versorgt. Die Tiere kamen im Grunde genommen alleine zurecht, fanden genug Futter. Dennoch mussten sie regelmäßig mit Viehsalz versorgt werden. Lieselotte ging rasch in ihre Kammer, holte die *Bravo* hervor, steckte sie in ihren Rucksack und machte sich auf den Weg, um die Schafe zu suchen.

»Die können viel weiter oben sein«, sagte Hans und zeigte den Berg hinauf. »Stell dich auf einen längeren Fußmarsch ein.«

Lieselotte griff nach dem massiven Bergstock, der ihr beim Gehen helfen würde. Dazu reichte ihr Hans noch Steigeisen.

»Ich hoff, du bist schwindelfrei«, sagte er.

Lieselotte nickte und gab Wastl und Bella das Zeichen zum Aufbruch. Sie stieg mit den Hunden über die Almwiesen hinauf. Bienen, Wespen und Fliegen flogen auf, wenn sie mit den Füßen die Pflanzenwelt berührte, die Gänseblümchen, den Rostroten Almrausch und das gelb blühende Alpenkreuzkraut und Berghahnenfuß. Als sie Alpenmutterwurz ausmachte, pflückte sie einen ganzen Buschen. Einen Teil wollte sie an die Schafe verfüttern, weil das aromatische Heilkraut reich an Roheiweiß und Fetten war und damit bestes Futter. Den anderen Teil wollte sie trocknen und einen Absud daraus zubereiten, ein magenstärkendes Getränk.

Wenig später wurde es steiler, und die saftigen Wiesen wichen vermehrt einer Felslandschaft. Lieselotte legte die Steigeisen an, weil das Gestein an einigen Stellen aufgrund der noch immer winzigen Schneefelder spiegelglatt sein konnte.

Sie liefen eine halbe Stunde bergauf, bis sie die Herde schließlich friedlich grasend auf eintausendsechshundert Meter Höhe fand. Sie rief die Tiere und lockte sie mit dem Salz und dem Strauß Alpenmutterwurz. Blacky war zuerst bei ihr. Augenblicklich rupfte das Schaf an dem Kräuterbusch. Die Hunde formatierten sich am Rand der Herde, nach und nach kamen die Tiere gemächlich angelaufen. Lieselotte zählte den Bestand, während sie die Tiere aus der Hand fütterte. Als sie bei zweihundert ankam und hoffte, sich nicht verzählt zu haben, atmete sie erleichtert auf. Keines war abgestürzt und augenscheinlich auch keines verletzt.

»Passt schön auf euch auf«, mahnte sie und streichelte Blacky über den kahlen schwarzen Schädel. Dann setzte sie sich in die Wiese, holte die *Bravo* hervor und schlug sie auf. »Schönes Fräulein, darf ich es wagen? Ein neues Tanzpaar stellt sich vor. Christine Kaufmann und Peter Kraus«, las sie den Tieren laut vor, die sich um sie herum versammelten wie Kinder einer Schulklasse um ihre Lehrerin. »Der Peter darf. Das Fräulein zeigt sich nur nach außen abgeneigt. Auf der nächsten Seite stellt man die Frage, ob Peter Kraus der deutsche Fred Astaire sei«, erklärte sie den Schafen und erzählte, dass Fred Astaire ein berühmter amerikanischer Tänzer war.

Eine Stunde später war es Zeit für den Aufbruch. »Das nächste Mal lese ich weiter«, versprach sie und rappelte sich auf. Schweren Herzens verabschiedete sie sich und stieg wieder zur Hütte ab.

28

Nach zwei Wochen kam der Förster der Region in die Hütte und brachte frische Eier, Mehl und Maisgrieß. Er ließ Hans wissen, dass es Zeit war heimzugehen. Der Bauer packte sofort seinen Rucksack. Sobald das Kind auf der Welt war, wollte Hans noch einmal auf der Hütte nach dem Rechten sehen und ihnen mitteilen, ob es ein Bub oder ein Mädchen war. Nach seinem Aufbruch waren die beiden auf sich gestellt und allein verantwortlich für das Wohl der Tiere. Hans ging, und die Hunde blieben. Sie waren Helfer, auf die Lieselotte und August nicht verzichten konnten.

»Heute koche ich einmal für dich«, sagte August zu Lieselottes Überraschung. Sie standen an dem kalten Bachlauf oberhalb der Hütte, der auch den Brunnen speiste. August zog Schuhe und Hemd aus, krempelte die Hose nach oben und stieg ins kalte Wasser. Er war muskulöser, als Lieselotte es erahnt hatte. Rasch wandte sie sich ab und hob das Hemd auf. »Waschtag ist aber erst morgen.« Sie versuchte, ihre Stimme leicht klingen zu lassen, und zeigte auf den Waschbottich, der im Freien stand und mit Holz angefeuert werden musste. »Und wennst morgen Früh schon beim Anheizen bist, heiz auch gleich den Brotbackofen an, dann back ich auch gleich frisches Brot.« Sie zeigte auf den Ofen aus ungebrannten Lehmziegeln und flüchtete dann, ohne seine Antwort abzuwarten, zurück in die Hütte, schlug die Tür hinter sich zu und atmete dreimal tief durch. Das Hemd, das sie noch immer in Händen hielt, legte sie ihm auf die Treppe.

Der scharfsinnige Wiener machte mehr Eindruck auf sie, als sie das wollte. Sie musste etwas tun, um sich zu beruhigen. Etwas, das sie an Vinzenz erinnerte. Lieselotte eilte in ihre Kammer und presste sich das hölzerne Schaf an ihre Brust. Sie durfte nicht zulassen, dass die romantische Erinnerung an ihn verblasste, während ihr Herz für August zu schlagen begann. Wie sollte sie das Vinz erklären, wenn sie nach Hofberg zurückkam und er mit seiner Mutter endlich alles geklärt hatte? Obwohl nichts passiert war, nagte das schlechte Gewissen an ihr.

Lieselotte hörte die Tür schlagen, gleich darauf verrieten Schritte, dass August die Stufen zu seiner Kammer hinaufstieg. Sie wartete noch einen kurzen Augenblick, stellte dann das Schaf an seinen Platz zurück und verließ ihr Zimmer wieder.

Kurz darauf tauchte August in einem frischen Hemd in der Küche auf, blitzte sie fröhlich an und machte sich gleich ans Werk. Falls er ihre Unruhe bemerkte, ließ er es sich nicht anmerken. Lieselotte nahm auf der Eckbank Platz, zündete die Petroleumlampen an. Währenddessen behielt sie ihn im Auge. Seine Geschicklichkeit beim Trennen von Dotter und Eiklar verblüffte sie ebenso wie seine Fertigkeit beim Kühemelken.

»Woher kannst du kochen?«, fragte sie.

»Meine Mutter hat es mir beigebracht. Ich kann aber nur Kaiserschmarrn und Wiener Schnitzel, das muss jeder Österreicher können«, erklärte er augenzwinkernd.

»Was macht eigentlich dein Vater?«, fragte sie aus einer Laune heraus.

»Er ist Architekt«, antwortete er und schlug das Eiklar mit dem Schneebesen mit gleichmäßigen Bewegungen zu Schnee.

Also auch ein Studierter, dachte Lieselotte und rückte verlegen die Teller am derben Holztisch zurecht.

Als August mit der schweren Pfanne an den Tisch trat, schaute sie auf, und ihre Blicke verfingen sich einen kurzen Moment. Schnell stellte er die Gusspfanne ab. »Ist ganz schön schwer, das Ding.« Er schaufelte Schmarrn auf Lieselottes Teller. Sie wartete, bis auch August sich genommen hatte, und begann dann erst zu essen.

»Das schmeckt ausgezeichnet«, lobte sie ihn und meinte es ehrlich.

»Danke. Was ist mit deinen Eltern?«

»Meine Eltern sind Landwirte. Bis vor einem Jahr hatten wir auch jede Menge Schafe, Merinos, der Wolle wegen. Aber die Flurbereinigung macht eine Weidehaltung fast unmöglich. Jetzt haben wir nur mehr Kühe, Hasen, Gänse und Hühner.«

»Mir ist schon aufgefallen, dass dir Schafe sehr am Herzen liegen.« Er schob sich eine Gabel Schmarrn in den Mund.

»Das ist dir aufgefallen?«

»Natürlich. Du hast regelrecht gestrahlt, als du zu ihnen raufkonntest, und als du zurückgekommen bist, hast du noch immer gestrahlt.«

»Ich mag sie einfach.« Sie überlegte kurz, ihm zu gestehen, dass sie ihnen vorgelesen hatte, verwarf den Gedanken aber wieder, weil er sich sicher über sie lustig machen würde. »Zu Hause hatte ich ein Lieblingsschaf, Mary. Sie ist schuld, dass ich nach langen Diskussionen mit meinem Vater endlich auf die Weide durfte.«

»Diskussionen?«

»Er meinte, Schäfer zu sein ist nichts für Mädchen. Aber dann ist Mary ausgerissen, mein Vater ist ihr nach und hat sich dabei den Knöchel gebrochen. War eine langwierige Angelegenheit. Na ja, und weil mein Bruder die Arbeit am Hof erledigen musste, bin ich auf die Weide. Schäferin zu sein war schon immer mein Traum, musst du wissen.«

»Was fasziniert dich an ihnen?«

»Ihr friedliches Wesen, ihre Geduld …« Sie lächelte ihn an. »Ich find sie einfach großartig. Du hättest Mary und Thea sehen müssen. Thea war unser Leitschaf. Die beiden waren klug und irgendwie …« Sie dachte kurz nach. »Manchmal dachte ich, sie verstehen, was in uns Menschen vorgeht«, sagte sie um eine Spur leiser. »Vor allem Mary wusste, ob ich gut aufgelegt oder traurig war. Fast wie ein Hund.«

»Du warst traurig?«

Lieselotte machte eine wegwerfende Handbewegung. »Nein, i wo, ich war glücklich auf der Weide. Das hab ich jetzt nur so dahergesagt, quasi als Beispiel.« Sie hatte nicht vor, ihm von Vinzenz zu erzählen oder Sigrid. »Was ich sagen will, die Hunde, die Schafe … Es fühlt sich an, als lebtest du in einer Großfamilie, die friedlich zusammenlebt und sich selbst genügt, verstehst du? Keiner muss dem anderen beweisen, wie toll er oder sie ist.«

»Nicht einmal der Bock?«, grinste August.

»Natürlich, der schon ein bisschen«, gab Lieselotte zu und lachte. »Der ist ja auch ein Mann.«

August hob kurz die Augenbrauen und blitzte sie amüsiert

aus seinen grünen Augen an. »Wir Männer müssen uns auch schließlich immer wieder etwas einfallen lassen, um euch Damen zu begeistern.«

Damen, dachte sie amüsiert. Seine Ausdrucksweise gefiel ihr. Sie aßen einen Moment schweigend weiter.

»Du hast einen ganz bestimmten Blick, wenn du von deiner Herde erzählst, weißt du das?«, stellte er fest.

»Einen bestimmten Blick?« Lieselotte runzelte die Stirn.

»Du siehst so glücklich, so zufrieden aus. Als könnte nichts auf dieser Welt dir etwas anhaben, wenn du nur mit deinen Schafen zusammen sein kannst.«

Lieselotte schmunzelte. »Da könntest du recht haben.«

»Ich könnte dir übrigens Tag und Nacht zuhören«, sagte August. »Ich glaub, dieses Hofberg muss ich mir einmal genauer anschauen.«

»Brauchst du nicht.« Sie hoffte, dass er nicht bemerkte, wie sehr sie die Vorstellung erschreckte. Wie sollte sie Vinzenz und ihren Eltern seinen Besuch erklären? »Da reiht sich nur ein Bauernhof an den anderen. Auf der Straße siehst du Pferde und Ochsenfuhrwerke und immer mehr Traktoren. Nichts Besonderes. Solche Dörfer habt ihr in Österreich bestimmt auch.«

»Dann kommst eben du zu mir nach Wien.«

Lieselotte sah ihn überrascht an.

»Vielleicht gleich nach dem Abtrieb. Sonst fährst du am Ende heim und hast den Senner aus Wien gleich wieder vergessen.« Er lachte herausfordernd. »Na, was sagst?« Er hatte sich in sie verliebt, das war ihr seit einiger Zeit bewusst. Seine Blicke, die zufälligen Berührungen und seine Körperhaltung hatten ihn schon lange verraten.

»Ich weiß nicht … wir sind doch grad mal zwei Wochen am Berg. Bis zum Abtrieb dauert's doch noch eine ganze Weile.«

»Überleg es dir.«

»Das gehört sich nicht, eine Frau, die einem Mann hinterherreist.« Der Bericht in der *Bravo* über Elvis Presleys Freundin in Amerika fiel ihr ein, in dem es hieß, sie stelle ihm nach.

»Du reist mir nicht hinterher, sondern besuchst mich, um dir Wien anzusehen.«

Er stand auf, trug die Teller und die Pfanne in die Küche und machte sich über den Abwasch her. Lieselotte ging ins Freie. Am Himmel zogen langsam dicke Wolken auf und verdeckten einen Teil der Sterne. Das gewaltige Bergmassiv wurde zunehmend in Dunkelheit gehüllt und wirkte dadurch bedrohlicher als am Tag. Es roch intensiv nach Regen. Die Hunde lagen vor der Hütte und schliefen. August gesellte sich zu ihr, trocknete sich an einem Geschirrtuch die Hände ab.

»Schaut nach Regen aus«, sagte er mit dem Blick nach oben.

»Ich hoffe, dass es nicht zu stürmisch wird. Ich hätte kein gutes Gefühl bei dem Gedanken, dass die Schafe dort oben alleine sind.«

»Die kennen das«, erwiderte er. »Die stellen sich sicher unter.«

Lieselotte sah ihn skeptisch an. Sie wusste, dass er sie lediglich beruhigen wollte, die Realität sah anders aus. Die Tiere waren dem Unwetter nahezu schutzlos ausgeliefert, konnten sich unmöglich in einen Bau zurückziehen, wie das Dachse oder Füchse taten. Auch gab es dort oben keinen Binder-Hof, dessen Stallungen Schutz boten.

»Ich kann sie nachts nicht runtertreiben.« Sie fuhr sich mit den Fingern nachdenklich übers Kinn.

»Vielleicht wird's ja nicht so schlimm«, startete er erneut einen Versuch, sie zu beruhigen. »Hat dir eigentlich schon mal jemand gesagt, dass du wunderbar bist?«

»Bin ich gar nicht.« Lieselotte nahm die Hand runter und vermied ihn anzusehen. Sein Blick würde ihre Knie weich werden lassen, das wusste sie. Wie gerne hätte sie in diesem Moment ihren Kopf an seine Schulter gebettet und ihn gebeten, seine Arme tröstend um sie zu legen. Sie musste rasch etwas Unverfängliches sagen, etwas, das sie von dem gefährlichen Terrain forttrug.

»Nächste Woche kommen die bayerischen Schafbauern, dann sind knapp achthundert Tiere oben auf der Sommerweide.«

August nickte und schwieg.

Später, als sie bereits im Bett lag, hörte sie ihn noch in der Küche herumräumen. Vielleicht überlegte er, zu ihr zu kommen. Sie hielt mehrmals kurz den Atem an. Doch August schien ihr nicht der Typ zu sein, der eine Situation ausnutzte oder einen Schritt weiterging, ohne dass sie ihn dazu ermutigte. Er war wohlerzogen, stammte aus einem Akademikerhaushalt. Während sie noch darüber nachdachte, wie sie reagieren sollte, falls sie sich doch irrte, hörte sie seine Schritte auf der steilen Holztreppe.

Drei Stunden später warf sie ein gewaltiger Donnerschlag aus dem Bett. Ihr Herz klopfte wild. Sie schwang sich aus dem Bett und riss das Fenster auf. Am Himmel war kein einziger Stern mehr auszumachen, stattdessen fegte ein warmer böiger Wind durch ihr Zimmer. Sie schloss das Fenster wieder und zog sich rasch an. August war schon an der Tür, riss sie auf und rief die Hunde.

»Da kommt ein gewaltiges Gewitter daher«, rief er ihr über die Schulter hinweg zu.

»Verdammt«, murmelte Lieselotte. Hans hatte ihnen aufgetragen, wachsam zu sein. Sie hätte die Schafe am Nachmittag doch runterholen sollen. Jetzt war es zu spät.

Ein Blitz erhellte für den Bruchteil einer Sekunde das Bergmassiv. Lieselotte zählte stumm bis fünfzehn, dann zerriss erneut ein gewaltiger Donnerschlag die Luft. Das Gewitter kam näher. Dicke Tropfen fielen bereits zu Boden.

»Wo sind Wastl und Bella?«, fragte Lieselotte, weil die Hunde noch nicht ins Haus gekommen waren.

»Ich weiß es nicht. Ich hoffe nur, dass sie nicht auf die Weide gelaufen sind. Verdammt«, fluchte er. »Fürchten sich Hunde nicht normalerweise vor so einem Unwetter? Wastl! Bella!«

»Das sind Hütehunde«, sagte Lieselotte. »Die Herde steht über ihrer Angst. Außerdem sind Hütehunde solche Wetter gewöhnt. Unsere haben sich beim Gewitter auch nicht verkrochen, sondern sich unter die Schafe gemischt. Die sind ihr Rudel.«

August brummte etwas Unverständliches, zog sich seine Jacke über, nahm die Taschenlampe von dem schmalen Brett neben der Tür. Wieder rollte ein gewaltiger Donnerschlag über sie hinweg. Keine zehn Sekunden später blitzte es erneut.

»Bleib du hier!« Er stemmte sich gegen den peitschenden Regen, lief nach draußen in die Dunkelheit und schaltete die Taschenlampe ein.

»Was ist mit den Kühen?«, rief Lieselotte ihm nach.

»Ich hoffe, es passiert ihnen nichts!« Er leuchtete mit der Taschenlampe in der Hand die Gegend ab. »Wenn eine vom Blitz getroffen wird, ist oft die ganze Herde hin, weil sie sich so dicht aneinanderdrängen. Wastl! Bella!«, brüllte er wieder.

Lieselotte lauschte derweil auf Geräusche, die ihr verraten konnten, wo sich die Kühe aufhielten. Ob sie nahe der Hütte standen oder sich im Wald versteckten. Sie hoffte, dass keine in Panik davongelaufen und abgestürzt war und die anderen womöglich hinterher. August verschwand in der Dunkelheit. Bald darauf war er nur mehr als winziger pendelnder Lichtpunkt auszumachen. Sie widerstand dem irrationalen Verlangen, ihm zu folgen. In Gedanken ging sie das umliegende Gelände durch und erschrak. Es gab zu viele Stellen, an denen auch August in die Tiefe stürzen konnte.

In dem Moment krachte ein neuer Donnerschlag über sie hinweg, und augenblicklich darauf blitzte es. Der ohrenbetäubende Lärm verriet ihr, dass der Blitz in unmittelbarer Nähe eingeschlagen hatte. Dann hörte sie, wie ein Baum krachend umfiel.

»Lieber Gott«, betete sie. »Beschütze August und das Vieh!« Sie stand im Türrahmen, ihr Gesicht nass vom Regen oder den Tränen, so genau konnte sie das nicht mehr unterscheiden. Sie horchte in die Dunkelheit. Aber abgesehen von dem tosenden Sturm hörte sie nichts.

»Gustl?«, brüllte sie gegen das stürmische Wetter an.

Er antwortete nicht. Licht war ebenfalls keines mehr zu sehen. »Gustl!«

Wieder nichts.

»Wastl, Bella!«, schob sie mit schriller Stimme hinterher, weil sie nicht wusste, was sie sonst tun sollte. Sie fühlte sich hilflos, obwohl sie zeitgleich wusste, dass es keinen Sinn machte, wenn auch noch sie loslief. Sie musste auf den Instinkt der Tiere vertrauen und das Beste hoffen. Lieselotte konnte sich nicht erinnern, jemals so eine Angst gehabt zu haben. Nicht einmal in der ersten Nacht allein im Schäferkarren. Sie ging in die Küche und heizte den Wohnherd an. Wenn August zurückkam, musste es warm in der Hütte sein, und er brauchte etwas Heißes zu trinken. Sie stellte einen Topf mit Wasser darauf, gab Schwarztee hinein. Der Anrichte entnahm sie eine Flasche Rum. Dann bezog sie wieder ihren Posten im offenen Türrahmen. Das Gewitter zog langsam weiter.

29

Eine halbe Stunde später, die Lieselotte endlos vorgekommen war, kehrte August alleine zurück. Ihr stockte das Herz. Müde und abgekämpft ließ er sich auf die Bank vor der Hütte fallen. Sein Gesicht war verdreckt, und er war nass bis auf die Knochen.

»Wo sind die Hunde?« Lieselotte befürchtete das Schlimmste, eilte die Stufen hinunter zur Bank.

»Ich hab sie bei den Kühen gefunden, keine zehn Minuten von hier entfernt, bei einem Jägerstand. Die werden sich in der nächsten Stunde nicht wegbewegen. Ich hab sie alle dort gelassen, hol sie, wenn's Zeit zum Melken wird. Die passen echt gut auf, dass keine davonläuft, sind verdammt gute Hunde.«

Er fuhr sich mit den Fingern durch die nassen Haare. Eine Geste, die wahrscheinlich seine Studienfreundinnen in Wien nervös werden und auch Lieselottes Herz höherschlagen ließ. Sie nahm seine Hand und zog ein wenig daran.

»Komm rein! Sonst holst dir noch den Tod.«

August stand auf, folgte ihr, zog die klammen Sachen gleich in der Küche aus und hängte alles über den Herd. Nur die Unterhose ließ er an. Währenddessen goss Lieselotte Tee in eine große Tasse und versuchte, seinen halbnackten muskulösen Körper zu ignorieren. Er schien ihre Blicke nicht zu bemerken, verließ die Küche und stieg die schmale Treppe zu seiner Kammer hinauf.

Kurz darauf kam er angezogen wieder zurück. Sie reichte ihm den Tee und die Flasche Rum. August goss sich großzügig ein.

»Gleich nach dem Melken steig ich zu den Schafen rauf«, sagte sie. Am liebsten wäre sie sofort los.

»Ich komm mit!« Er sah sie an und versank in ihren dunklen Augen. Diesmal wich Lieselotte seinem verliebten Blick nicht aus. Er trank den Tee in einem Zug aus, stellte die leere Tasse auf den Tisch. »Lass uns nachschauen, ob der Sturm Schäden hinterlassen hat.«

Sie erhoben sich nahezu zeitgleich und verließen die Hütte. In der Morgendämmerung räumten sie abgerissene Äste und herumliegendes Buschwerk zur Seite. Zum Glück hatte weder die Hütte noch die Scheune größere Schäden abbekommen.

Eine halbe Stunde später war Zeit zum Melken. Lieselotte bemerkte, dass sich die Kühe bereits intensiv gegenseitig ableckten.

»So stabilisieren sie ihre Beziehung zueinander. Zudem entspannt es sie, was nach dem Sturm heute Nacht sicher notwendig ist«, erklärte Lieselotte August, der dieses Sozialverhalten der gutmütigen Riesen zum ersten Mal beobachtete. Lieselotte begann, die Tiere zur Hütte zu treiben, diesmal folgten ihnen auch die Jungtiere. Die Hunde behielten die gesamte Gruppe im Auge.

Kaum dass sie mit dem Melken fertig waren und sich für den Aufstieg bereit machten, tauchte Hans auf. Er erkundigte sich bei ihnen, wie sie das Gewitter überstanden hatten, und Lieselotte und August berichteten ihm in groben Zügen von der turbulenten Nacht.

»Es reicht, wenn der Gustl und ich nachschauen. Bleib du bei der Hütte, Liesl«, schlug er vor, nachdem sie geendet hatten.

»Nein«, entgegnete Lieselotte entschieden. Sie wusste nicht genau, woher diese Entschlossenheit kam. Vielleicht, weil sie allmählich vom jungen Fräulein zur Frau heranreifte. Jedenfalls wollte sie in diesem Fall nicht nachgeben.

»Ich hab mir die halbe Nacht Sorgen um die Herde gemacht, ich bleib jetzt sicher nicht hier und warte, bis ihr wieder zurück seid«, legte sie nach.

Hans zuckte mit den Achseln. »Na gut, dann gehen wir halt alle.«

Auch wenn es das vermutlich nicht war, fühlte sich Hans' Bereitwilligkeit für Lieselotte wie ein kleiner Sieg an. Sie schnappte sich den Rucksack, in den sie den Leinensack mit dem Salz für die Schafe gepackt hatte, und marschierte mit den Männern los. Während August beim Aufstieg Hans die Details der letzten Nacht berichtete, spielten sich in Lieselottes Kopf Horrorszenarien ab. Vor ihrem inneren Auge sah sie zweihundert Schafe im Abgrund liegen. Blacky obenauf. Das schlechte Gewissen plagte sie, und eine innere Stimme schimpfte sie, nicht genug aufgepasst zu haben. So wie damals in Hofberg, als sie vom Regen überrascht worden war. Ich bin eine schlechte Schäferin, dachte sie betrübt. Vielleicht hätte sie doch bei der Hütte bleiben sollen, dann blieb ihr zumindest der Anblick der toten Tiere erspart. August schenkte ihr einen aufmunternden Blick, als ob er ahnte, woran sie gerade dachte.

Sie waren gerade einmal eine halbe Stunde unterwegs, als Hans' lautes Rufen Lieselotte alarmierte.

»Da schauts einmal, was für g'scheite Viecher das sind!«,

rief er. »Die sind von selbst zweihundert Meter runter, wo s'
sicherer waren. Die sind nicht dumm.«

Lieselotte sah Blacky sofort, das schwarze Schaf blitzte aus
der weißen Herde hervor. Während sie näher herangingen, rief
Hans das Leitschaf beim Namen. Es horchte sofort auf und
setzte sich in Bewegung. Lieselotte schnallte den Rucksack ab
und streute sich Salz in die Hand.

Gemeinsam zählten sie nach. Am Ende stellte sich heraus,
dass keines fehlte. Lieselotte atmete erleichtert auf.

»Die sind nicht dumm«, meinte Hans zum wiederholten
Mal froh gestimmt. »Die sind nicht dumm.«

Anfang Juli war es um acht Uhr abends noch so warm, dass
man sich mit einer Strickjacke im Freien aufhalten konnte.
Lieselotte setzte sich auf die Bank vor der Hütte und ertappte
sich dabei, in den Himmel zu schauen. Ob Vinzenz jetzt auch
nach oben blickte? Sie schüttelte den Gedanken ab, weil er ihr
Heimweh verursachte. Obwohl Hans seit der Geburt des
Mädchens alle zwei Wochen zur Hütte hochstieg, um ihnen
Mehl, Eier und etwaige Post zu bringen, hatte sie von Vinzenz
nichts gehört. Ihre Mutter hatte ihr geschrieben, dass in Hofberg nichts Aufsehenerregendes passiert war. Alles wie immer,
schloss sie ihren Brief. Das war besser als möglicherweise die
Hiobsbotschaft, dass Vinzenz etwas zugestoßen sei. Wieder
wanderte ihr Blick nach oben.

»Man sieht die Sterne von hier oben aus viel intensiver, auch
wenn es noch nicht ganz dunkel ist«, riss August sie aus ihren
Gedanken und setzte sich zu ihr. »Das liegt daran, dass kein
künstliches Licht stört. In Wien sieht man sie nicht so genau.«

»Interessierst du dich für Sterne?«

»Nicht besonders«, gab er zu. »Ich schau gerne nach oben und freu mich, wenn sie hell leuchten. Interessierst du dich dafür?«

»Ein bisschen, vielleicht.« Sie senkte den Kopf, wandte sich ihm zu. Seit dem Unwetter hatte sich zwischen ihnen etwas geändert. Irgendwie hatte sie das Erlebnis zusammengeschweißt und zu einem Gefühl der Zusammengehörigkeit geführt. Jedenfalls konnten sie sich aufeinander verlassen. Und das zählte am Berg mehr als alles andere.

»Erzähl mir von Wien«, forderte sie ihn auf.

Er lachte und wandte ebenfalls seinen Blick vom Firmament ab. »Was willst denn hören?«

Sie mochte den österreichischen Akzent. Manches war dem bayrischen ähnlich, und doch klang vieles ganz anders.

»Ich weiß nicht. Ich kenne die Stadt nicht. Was ist typisch?«

»Hm, das kann ich gar nicht genau sagen. Für mich ist alles typisch und selbstverständlich. Der Stephansdom, das Riesenrad …«

»Keine Sehenswürdigkeiten. Ich will etwas über die Leut wissen.«

»Die Leute«, wiederholte er, als müsse er darüber nachdenken. »Wir gehen gerne zum Heurigen, trinken Wein und sind g'sellige Leut, die auch einmal grantig werden können.«

Lieselotte lachte. »Gesellig und grantig zugleich sein können die Bayern auch, halt mit einem Bier in der Hand.«

August stieg in ihr Lachen ein. Von den Bergen hallte ihre Fröhlichkeit wider, die Hunde zu ihren Füßen spitzten die Ohren. Er senkte die Stimme.

»Findest du nicht auch, dass man hier oben dem Paradies schon ganz nahe kommt?«

»Da bin ich ganz deiner Meinung.«

Sie schwiegen eine Zeitlang, dann legte August plötzlich seinen Arm um Lieselotte, wie es Vinzenz damals getan hatte.

»Ist das in Ordnung für dich?«, fragte er vorsichtig.

Lieselotte räusperte sich verlegen. Sie fühlte sich wohl, hatte aber zugleich ein schlechtes Gewissen. Offenbar bemerkte August ihre Anspannung, denn er machte Anstalten, seinen Arm wieder wegzunehmen.

»Ist in Ordnung«, sagte sie leise.

Als August sie daraufhin zärtlich küsste, ließ sie es zu, erwiderte den Kuss sogar leidenschaftlich. Seine Finger berührten unmerklich ihren Hals. Die sachte Geste elektrisierte sie, und sie merkte, wie sehr sie sich nach Zärtlichkeit sehnte. Vinzenz ließ sie schon so lange im Ungewissen, das schmerzte und machte sie verletzlich. August öffnete die oberen Knöpfe ihrer Bluse, küsste ihr Dekolletee. Sie schob die Hand unter sein Hemd und streichelte liebevoll über seinen muskulösen Rücken. Seine Haut fühlte sich warm und weich an. Sie fragte sich, wie weit sie August gehen lassen sollte, ob es unerhört war, ihn zu küssen und ihn danach zurückzuweisen. Augenblicklich meldete sich ihr schlechtes Gewissen zurück. Sie schob ihn entschuldigend lächelnd von sich und begann, ihre Bluse wieder zuzuknöpfen. August verstand sofort und entließ sie aus seiner Umarmung.

»Entschuldige«, sagte Lieselotte.

»Wofür?«

»Ich hätte nicht …«

»Schsch!«, unterbrach er sie und legte seinen Zeigefinger auf ihre Lippen. »Ich muss dein Herz wohl erst noch erobern.«

Ende August begann es in den Bergen heftig zu schneien. Die Tiere mussten früher als geplant von der Alm zurück auf den Hof, sonst liefen sie Gefahr, eingeschneit oder von einer Lawine mitgerissen zu werden. August hatte nicht mehr versucht, sie zu küssen oder sie in den Arm zu nehmen, was Lieselotte, wenn sie ehrlich zu sich war, ein bisschen schade fand.

Für Lieselotte war der Almabtrieb ein Tag mit gemischten Gefühlen. Auf der einen Seite war sie traurig, dass die Zeit auf der Fuchsbauhütte vorbei war, auf der anderen Seite freute sie sich auf ihre Familie zu Hause in Hofberg.

»Hast du über meine Einladung nachgedacht?«, riss August sie aus ihren Gedanken. In seinen Augen konnte sie erkennen, dass er hoffte, keinen Korb zu bekommen.

»Warum eigentlich nicht«, antwortete sie einer spontanen Eingebung nachgebend.

Doch als sie am Hanusch-Hof ankamen, änderten sich Lieselottes Pläne. Sie entschied sich zu bleiben, weil Poldi krank geworden war und Hans ihr das Angebot machte. »So lange, bis die Poldi wieder richtig gesund ist«, bat er sie, weil er glaubte, Lieselotte habe inzwischen sicher großes Heimweh. Sie sagte ihm zu. Die hinausgezögerte Abreise verschaffte Lieselotte zudem Zeit, sich über ihre Zukunft Gedanken zu machen. Sie hatte keine Lust, am Hof der Eltern ein Leben lang als Magd zu arbeiten, und Beruf hatte sie keinen gelernt. Außerdem hatte Vinzenz sich noch immer nicht bei ihr gemeldet. Keine Karte, kein Brief, nichts. Derweil wollte er ihr doch sofort schreiben. Das hatte er ihr am Bahnhof zugesichert. Ob er überhaupt schon mit seiner Mutter gesprochen hatte? Diese Frage wollte sie ihm einige Male per Brief stellen, doch am Ende hatte sie ihm kein einziges Mal geschrieben.

August blieb noch einen Tag in Maria Alm. Am Abend vor seiner Abreise spazierten sie langsam vom Hof zur Kirche. Sie sprachen über ihre gemeinsame Zeit auf der Alm. »Ein magisches Stück Erde da oben«, sagte August am Ende des Weges.

Als sie die Kirche betraten, hielt Lieselotte einen Moment lang den Atem an. Sie wusste nicht, wohin sie zuerst schauen sollte. Eine derartige Vielfalt an Barockkultur hatte sie noch nie gesehen. Sie richtete ihren Blick unwillkürlich auf den Hochaltar, der wie ein Baldachin für das Gnadenbild wirkte. August legte den Kopf in den Nacken und betrachtete das Deckenfresko. Lieselotte folgte seinem Blick. Es zeigte die Krönung Mariens und unzählige Engel drumherum. Wie gerne hätte sie jetzt Augusts Hand genommen, doch sie traute sich nicht. Es wäre ein falsches Signal gewesen. August riss seinen Blick vom Fresko los. Es kam Lieselotte vor, als suchte er etwas. Da ging er auf die Opferkerzen zu, warf Geld in den Schlitz und zündete eine Kerze an. Sie stellte sich neben ihn.

»Für wen hast du sie angezündet?«

Ohne ihr zu antworten, verließ er die Kirche. Sie folgte ihm. Den Retourweg legten sie schweigend zurück.

Als sie sich endgültig voneinander verabschiedeten, flüsterte August ihr ins Ohr: »Vergiss mich nicht, und komm nach Wien!«

Die Kinder hatten bald einen Narren an ihr gefressen und sie an ihnen. An ihrem zwanzigsten Geburtstag kam ein Paket mit geräuchertem Schinken im ganzen Stück aus Hofberg an. Auf der beiliegenden Karte hatten ihre Eltern und Fritz unterschrieben und ihre beiden anderen Geschwister liebe Grüße ausrichten lassen. In Gedanken sah sie ihre Mutter vor sich, wie sie wie üblich sechs Tage nach ihrem Geburtstag am Grab ihrer Eltern eine Kerze entzündete. Fern der Heimat fühlte sich der Gedanke überraschend gut an.

Lieselotte schloss die Augen, als sie sich ein Stück Geräuchertes auf die Zunge legte. Der Geschmack führte sie zurück nach Hause. Sie sah förmlich die dunkle Räucherkammer vor ihrem inneren Auge, in dem das gepökelte Stück Schinken wochenlang geräuchert wurde. Die rußgefärbten schwarzen Wände, der Duft nach Gewürzen und Rauch.

Endlich kam von Vinzenz ein Brief. Poldi gab ihn ihr mit der anderen Post, darunter eine Ansichtskarte von August mit dem Stephansdom darauf. Sie steckte beides ungelesen in ihre Schürzentasche.

Als sie allein in ihrem Zimmer saß, holte sie die Schreiben augenblicklich hervor. Zuerst nahm sie das Kuvert mit Vinzenz' Brief darin, küsste es und riss es auf.

Liebe Liesl!
Ich wünsch dir alles Liebe zum 20. Geburtstag. In einem Jahr bist endlich volljährig und kannst tun und lassen, was du willst. Sogar eine eigene Schafzucht aufbauen.
Ich freue mich auf den Tag, an dem du wieder heimkommst. Meld dich gleich!
Liebe Grüße
Vinzenz

Er schrieb zwar nicht, dass er die Schafzucht mit ihr betreiben wollte, aber der letzte Satz zauberte ihr doch ein Lächeln ins Gesicht. Plötzlich war sie froh, August lediglich geküsst zu haben. Ihr Herz begann aufgeregt zu klopfen. Sie wollte so schnell wie möglich nach Hofberg zurück. Doch irgendetwas störte sie an dem Brief, und sie wusste auch genau, was es war.

»Was ist mit deiner Mutter? Hast du endlich mit ihr über uns gesprochen?«, murmelte sie. Denn darüber schrieb er nichts.

Sie nahm Augusts Karte zur Hand, er schrieb, dass er sich schon sehr darauf freue, ihr bald seine Stadt zeigen zu können, und erinnerte sie an ihr Versprechen, nach Wien zu kommen. Er meinte es offenbar ernst. Auch bei diesen Zeilen klopfte ihr Herz. Konnte es sein, dass man zwei Männer liebte?

Er habe mit seinen Eltern gesprochen, sie könne gerne im Zimmer seiner Schwester übernachten, stand am Ende der Karte. Und dass sie sich freuten, sie kennenzulernen.

Was zum Teufel hatte er ihnen erzählt?, fragte sich Lieselotte. Dass es ernst sei mit ihnen?

30

Wien, Dezember 1959

Am zweiten Dezember fuhr Lieselotte mit dem Bus zum Bahnhof Saalfelden und dann weiter mit dem Zug nach Wien. Nur für zwei Wochen, hatte sie sich vorgenommen, dann wollte sie endlich zurück nach Hofberg. Aber die Reise würde sie ein wenig von Vinzenz ablenken und ihm zudem mehr Zeit geben, sein Versprechen endlich einzulösen.

Vor dem Zugfenster tobte der Winter. Dicke Flocken wehten über Felder, Wälder und Wiesen hinweg. Rund hundert Kilometer vor Wien änderte sich die Wetterlage, der Schnee wurde zu Regen, doch Wien zeigte sich schließlich trocken. Kein Regen, keine Schneeflocke, nur kalter Wind empfing sie am Bahnsteig des Westbahnhofs … und August. Er strahlte bei ihrem Anblick, sah weltmännisch aus in seinem grauen Mantel und dem eleganten Hut. Fast schon wie ein Lehrer. Sie hatte sich in Maria Alm extra ein neues dunkelblaues Kostüm für Wien gekauft. Es war zwar nicht nach der neuesten Mode geschnitten, das bekam man dort nicht. Aber es betonte ein wenig ihre schlanke Taille, das würde August sehen können, sobald sie den dunkelgrünen Mantel ablegte.

»So, da bin ich. Und jetzt zeig mir dein Wien«, forderte sie ihn lächelnd auf und drückte ihm ihren Koffer in die Hand.

»Schön, dass du da bist.« Er drückte ihr zwei Küsse zur Begrüßung auf die Wangen, dann gingen sie Seite an Seite Richtung Ausgang. Sie konnte es von der Seite sehen, dass August unentwegt grinste.

»Mein Vater hat mir seinen Wagen geliehen. Damit könnten wir gleich in die Innenstadt fahren«, schlug er kurz vor. »Dort steht ein Christbaum. Eine sechzehn Meter hohe Fichte, die kam erst gestern aus Kärnten. Bei der Spinnerin am Kreuz wurde sie in Empfang genommen«, erzählte er mit glänzenden Augen. »Vorausgesetzt du bist nicht zu müde.«

»Keine Spur. Ich bin die letzten Stunden nur im Zug gesessen. Was ist eine Spinnerin am Kreuz?« Sie waren inzwischen beim Wagen vor dem Bahnhof angekommen. August hielt ihr galant die Tür des grauen VW Käfer auf, ging, nachdem sie eingestiegen war, um den Wagen herum und verstaute ihren Koffer auf der Rückbank.

»Das ist eine gotische Steinsäule im zehnten Bezirk«, sagte er, während er sich auf den Fahrersitz fallen ließ und den Käfer startete. »Einer Sage nach wartete an dieser Stelle eine Frau jahrelang spinnend auf ihren Mann, der in den Krieg gegen die Türken gezogen war. Mit dem Spinnen hat sie das Geld für die Säule verdient, und als sie fertig war, kam er tatsächlich von den Kreuzzügen unversehrt zurück.«

»Das ist eine schöne Geschichte.« Das Spinnen mit Wolle erinnerte sie an ihre geliebten Schafe.

»Beim Rathaus kann ich dir auch gleich das Burgtheater auf der anderen Seite des Rings zeigen.« Er wischte mit der Hand über die beschlagene Windschutzscheibe.

»Des Rings?«

»Die Ringstraße«, verbesserte er sich. »Die führt rund um den ersten Bezirk. Die historischen Bauwerke entlang dieser Straße gehören zu den wichtigsten Sehenswürdigkeiten Wiens. Und wenn dir kalt wird, können wir ins *Landtmann* auf einen Kaffee gehen. Das liegt direkt neben dem Burgtheater«, fuhr er fort. »Das Café ist sehr beliebt, dort gingen und gehen noch viele berühmte Leute aus und ein, die Paula Wessely, der Attila Hörbiger, Hans Moser, Thomas Mann oder Siegmund Freud etwa«, zählte er einige Berühmtheiten auf.

Er will mir seine Stadt schmackhaft machen, dachte Lieselotte.

Sie parkten in der Lichtenfelsgasse. Das Neue Rathaus wachte prächtig über den gesamten Platz. Davor ragte die mit Lichtern geschmückte Fichte aus dem Boden. Es war ein beeindruckendes Bild.

»Den ersten historisch bezeugten Weihnachtsbaum gab es in Wien angeblich 1814 im Palais des Bankiers Nathan Adam Arnstein. Seine Frau Fanny hat diese Tradition aus Berlin mitgebracht. Endgültig ist der Weihnachtsbaum aber dann erst zwei Jahre später in Wien angekommen. Prinzessin Henriette, die Gemahlin von Erzherzog Carl, hat ihn nach der Geburt ihrer Tochter Maria Theresia 1816 aufstellen lassen. Kaiser Franz Joseph I., der bei der Weihnachtsfeier war, soll daraufhin angewiesen haben, auch in der Hofburg eine Tanne mit Kerzen aufzustellen. Na ja, so führte eines zum anderen, und heute haben wir alle einen Christbaum«, endete August seinen Vortrag.

»Was du alles weißt«, sagte Lieselotte ehrlich beeindruckt.

August legte seine Hand um ihre Hüften und zeigte mit dem Zeigefinger aufs Dach des Rathauses. »Siehst du da oben den Rathausmann?«

Lieselottes Blick folgte seinem Finger. Seine Berührung fühlte sich ebenso angenehm an wie im Sommer auf der Hütte. »Tatsächlich!« Auf einem der fünf Türme stand ein Ritter mit Standarte.

August nahm seine Hand wieder weg. »Auf Wunsch von Kaiser Franz Joseph I. durften die Türme des Rathauses die neunundneunzig Meter hohe Votivkirche nicht überragen. Der Architekt hat sich pro forma an die Vorgabe gehalten und den Turm nur achtundneunzig Meter hoch gebaut, und mit dem Rathausmann an der Spitze umging er die Höhenangabe ganz legal«, grinste er.

Lieselotte schenkte ihm ein sanftes Lächeln. Er sprühte vor Energie, das gefiel ihr, aber seine Klugheit verunsicherte sie auch ein wenig. Was konnte sie ihm schon bieten? Ihr Wissen um Zucht, Pflege und Krankheiten von Schafen würde ihr nicht viel nutzen in der Großstadt. Plötzlich fröstelte sie.

August bemerkte es sofort. »Ist dir kalt? Komm, wir gehen ins *Landtmann*.« Er zog sie fort von dem Baum.

Auf dem kurzen Weg brachte sie das Gespräch auf Maria Alm, die Kinder, Poldi und Hans. »Vielleicht arbeite ich nächstes Jahr wieder als Sennerin auf der Alm. Mir macht die Arbeit Freude.«

»Das hab ich gemerkt.«

»Hat's dir keinen Spaß gemacht?«

»Doch, doch«, behauptete August rasch. Doch er wirkte auf Lieselotte grüblerisch, als er ihr die Tür zum Café aufhielt. Sie fanden einen Platz beim Fenster. Bei einem Kellner bestellte Lieselotte sich einen Kräutertee, August orderte eine Melange.

»Ich werde nächstes Jahr die Universität nicht mehr so lange schwänzen können. Aber im Juli oder August kann ich dich besuchen kommen.« Er nahm ihre Hand. »Ist zwar nicht das Gleiche, aber immerhin eine Chance, dich wiederzusehen.«

Als sie am späten Nachmittag nach Hietzing fuhren, steigerte sich Lieselottes Nervosität. Welche Meinung würden seine Eltern über sie haben? Eine junge unverheiratete Frau, die einem Mann nachreiste. Noch dazu war sie nicht einmal volljährig. Doch sie machte sich umsonst Sorgen. Augusts Eltern empfingen sie, als wäre sie bereits ein Teil der Familie. Augusts Mutter, eine schlanke Schönheit mit kastanienbraunem modernem Kurzhaarschnitt, mästete sie mit Kuchen. Mehlspeisen waren ihre Leidenschaft, wie sie Lieselotte gestand. »Und Augarten-Porzellan«, sagte sie rechtfertigend und wies auf die unzähligen herumstehenden Vasen, Flaschen und Figuren im Haus. Sein Vater, ein großer, attraktiver Städter, behandelte sie wie einen willkommenen Gast.

Die Wiener leben tatsächlich im zwanzigsten Jahrhundert, dachte Lieselotte und war sich sicher, dass ihre Eltern umgekehrt nicht so reagiert hätten. Wohlweislich hatte sie den beiden ihren Ausflug nach Wien verschwiegen, sie wähnten Lieselotte noch in Maria Alm. Augusts Mutter wies ihr das Zimmer von Augusts Schwester am Ende des Gangs zu, das hatte er ihr ja bereits angekündigt. »Du hast es ganz für dich allein, Augusts Schwester macht gerade ein Auslandssemester in Berlin«, erklärte sie stolz. »Sie studiert Medizin.«

Lieselotte lächelte tapfer, fand den Ausflug nach Wien doch

nicht mehr ganz so eine gute Idee. Sie passte nicht in ein Akademikerhaus. Sicher waren Augusts Freunde auch alles Studenten. Worüber sollte sie mit ihnen reden? Über Besamung und Klauenpflege?

Am nächsten Tag fuhren sie erneut in die Innenstadt. August parkte den VW diesmal auf der Kärntnerstraße direkt vor dem Palais Esterházy, in dem sich der *Haute-Couture-Salon* Fred Adlmüller befand.

»Hier gehen bekannte Künstlerinnen und Politikergattinnen aus und ein. Und er stattet Operninszenierungen und Filme aus«, erklärte August, als spräche er über sein eigenes Modehaus. »Es ist übrigens das älteste Gebäude der Kärntnerstraße.«

Lieselotte besah sich die gelb-weiß gestrichene Fassade, hörte aufmerksam zu, fragte sich jedoch lediglich, ob der Modezar bei all dem Erfolg auch Zeit fand, auf dem lang gezogenen Balkon des Haues zu stehen und die Leute auf der Straße zu beobachten. Denn das hätte sie an seiner Stelle jeden Tag getan.

August bot ihr den Arm an. »Jetzt zeig ich dir den Stephansdom, sind nur ein paar Schritte bis dorthin.«

Sie hakte sich bei ihm unter. Augusts Benehmen war ganz anders als Vinzenz'. An seiner Seite fühlte sie sich wie eine Dame und nicht wie die Tochter von Kleinhäuslern. Sie konnte nur noch nicht sagen, ob ihr das gefiel oder noch mehr Angst machte.

Im Stephansdom staunte sie ebenso wie am Vortag vor dem Rathaus. Er war so groß und gewaltig. Sie setzte sich in eine der vielen Kirchenbänke, achtete darauf, auf der linken Seite zu sitzen, so wie es in der kleinen Kirche in Hofberg üblich war. Frauen links, Männer rechts. August blieb im Mittelgang stehen. Er beobachtete sie aus dem Augenwinkel, das konnte sie genau sehen. Sie versuchte dennoch, ihn und die Menschen um sich herum zu ignorieren. Ihr war danach, ein Gebet zu sprechen, und sie senkte den Kopf. Vielleicht gelang es Gott ja, die Schafe nach Hofberg zurückzubringen.

»Heute steht noch etwas auf dem Programm«, sagte August verschwörerisch, als sie den Dom verließen. »Aber vorher lass uns eine Kleinigkeit essen.« Er führte sie in ein Gasthaus in der Singerstraße, das bekannt war für gute Wiener Küche. Lieselotte fragte sich kurz, woher er das Geld dafür nahm. Doch dann rief sie sich den Beruf seines Vaters ins Gedächtnis und glaubte, die Antwort zu kennen. August bestellte für sich ein Krügel und für Lieselotte ein Seidel. »Das ist ein kleines Bier«, erklärte er ihr.

»Seidel, Vogerlsalat«, sagte sie belustigt, als ihr der Ober das Kalbsschnitzel mit dem Erdäpfel-Vogerlsalat servierte. »Was für lustige Bezeichnungen ihr habt.«

Lieselotte war noch nie in einem Museum gewesen. Dementsprechend nervös war sie, als August ihr vorschlug, eine Ausstellung der Wiener Künstlergruppe *Phantastische Realisten* im Oberen Belvedere zu besuchen. Weder konnte sie sich darunter etwas vorstellen, noch sagten ihr die Namen der Maler Arik Brauer, Ernst Fuchs oder Rudolf Hausner etwas. Dennoch ließ sie sich gerne von Augusts Euphorie anstecken.

»Ich hätte dir ja gerne eine Ausstellung von Heinrich von Zügel oder Bassano gezeigt …«

Lieselotte runzelte die Stirn. Sie wusste nicht, von wem er sprach. August interpretierte ihren Gesichtsausdruck richtig. »Von Zügel ist ein deutscher Impressionist und Bassano ein italienischer Maler der Renaissance, der eigentlich *Jacopo de Ponte* heißt. Beide haben wunderbare Bilder mit Schafen als Motiv gemalt. Aber leider gibt es derzeit keine Ausstellung der beiden in Wien.«

Erneut schüchterte sein Wissen Lieselotte ein wenig ein. Sollte sie ihm erzählen, dass sie hoffte, irgendwann einmal wieder Schafe halten zu können? Auf dem Terrain fühlte sie sich sicher, da konnte ihr so schnell niemand etwas vormachen.

»Die Schlossanlage hat Prinz Eugen von Savoyen, ein bedeutender Feldherr des Habsburgerreiches, im 18. Jahrhundert als Sommerresidenz erbauen lassen«, erklärte August währenddessen die Schlossanlage. Die Kälte biss Lieselotte in die Nase, sie musste niesen. August reichte ihr galant ein Taschentuch und betonte, die Anlage sei im Frühling und Sommer dreimal so schön, weil jetzt im Dezember halt nichts in der weitläufigen Gartenanlage blühe. Auch die Brunnen waren trockengelegt. Doch all das störte Lieselotte nicht. Sie konnte sich kaum sattsehen an der imposanten Anlage, staunte wie ein kleines Kind.

»Das heißt, du musst im Frühling wiederkommen«, sagte August schließlich.

Lieselotte lächelte die Bemerkung weg. August verstand und wechselte das Thema.

»Vor vier Jahren, genauer gesagt am 15. Mai 1955, wurde hier übrigens der Österreichische Staatsvertrag unterzeichnet«, erklärte er und zeigte auf den Balkon des Oberen Belvedere. »Da oben ist er gestanden, unser Außenminister Leopold Figl, und hat der Menge den Vertrag gezeigt. Der Garten war damals voll Leut, die alle gejubelt haben. Ich war gerade fünfzehn … Mein Vater hat mich mitgenommen, es war überwältigend.« Augusts Augen glänzten bei der Erinnerung.

Er zog Lieselotte weiter, hinein ins Schloss. Wenige Augenblicke später schritt sie eine prunkvolle Treppe hinauf, fühlte sich augenblicklich wie eine Prinzessin. Sie schenkte August ein strahlendes Lächeln.

31

Die Zeit verflog, und bald schon stand der Abschied bevor. Lieselotte hatte die Zeit an Augusts Seite genossen, doch sie fieberte dem Wiedersehen mit ihrer Familie entgegen. Weihnachten musste sie einfach bei ihren Lieben feiern, alles andere fühlte sich traurig an.

»Das Beste hab ich mir für heute aufgehoben«, sagte August am Tag vor ihrer Abreise. Er drängte sie, sich zu beeilen, und Lieselotte spürte förmlich seine Anspannung, als sie sich beim Frühstück ausgiebig Zeit nahm.

Augusts Mutter ermahnte ihn, Lieselotte nicht zu hetzen. »Davon bekommt man ein Magengeschwür«, sagte sie, und Lieselotte warf ihr einen dankbaren Blick zu.

Für ihren Geschmack hatte sie mehr als genug Sehenswürdigkeiten gesehen, wollte ihm das aber nicht gestehen, weil er doch so stolz darauf war, ihr seine Welt zu zeigen.

»Hast du eigentlich auch Hosen dabei?«, fragte er, als sie endlich Anstalten machte, das Frühstück zu beenden. Letzte Nacht hatte es nun auch in Wien geschneit.

»Nein, ich besitze keine Hosen«, antwortete Lieselotte und errötete leicht. Auf die Idee, sich Hosen zu kaufen, war sie noch nicht gekommen. In Hofberg trugen die Frauen Kleider und Röcke. Er musste sie für einen rückständigen Bauerntrampel halten.

»Meine Mutter kann dir sicher welche ausborgen.«

Lieselotte sah ihm direkt in seine grünen Augen. »Das macht mir jetzt Angst. Wo gehen wir denn hin?«

August lachte. »Keine Sorge! Es wird dir gefallen.«

Lieselotte zog sich um, und als sie wenig später vor dem Haus standen, wunderte sie sich, dass sie nicht den Wagen nahmen. Stattdessen führte er sie die Hermesstraße entlang. Die Temperaturen waren in der Nacht noch einmal gesunken, und Lieselotte war froh um ihren dicken Mantel und die gefütterten Winterstiefel, die ihr Poldi zum Abschied geschenkt hatte. Die Hosen von Augusts Mutter hielten auch ihre Waden warm.

»Wir sind gleich da«, sagte er wenige Minuten später und zeigte auf eine Steinmauer mit verschlossenem Eisentor. Dahinter ragten mannshohe Bäume hervor.

»Was ist das?«, fragte Lieselotte neugierig.

»Der Lainzer Tiergarten.«

Lieselotte runzelte die Stirn. »Und was tun wir hier? Es ist offensichtlich geschlossen.«

»Im Winter immer.« Er zog sie ein Stück weiter die Mauer entlang. Sie kamen auf unebenes Gelände. Lieselotte erschien es, als suche er nach einer bestimmten Stelle.

»Voilà«, rief er und blieb abrupt stehen. Lieselotte lief fast in ihn hinein.

»Da sind wir.«

Lieselotte sah sich um, konnte aber nichts Spannendes erkennen.

»Wir müssen über die Mauer klettern. Das geht an der Stelle ganz leicht.«

»Über die Mauer klettern?«, fragte Lieselotte überrascht.

»Ja! Das machen hier sogar die Kinder, wenn im Winter gesperrt ist. Sonst wären wir selbstverständlich beim Pförtner vorbei und hätten brav unsere zwei Schilling Eintritt bezahlt«, grinste er verschmitzt. »Und jetzt komm!«

Er half ihr beim Drüberklettern, und sie landete auf der anderen Seite mitten in einem Waldstück. August folgte ihr über die Mauer. »Wir müssen aufpassen, dass uns niemand erwischt. Und auf die Wildschweine.«

»Wildschweine?«, quiekte Lieselotte.

»Ja, davon gibt es hier inzwischen wieder jede Menge. Nach dem Krieg war der Tiergarten sowjetische Besatzungszone. Damals wurden viele Tiere abgeschossen, aber inzwischen hat sich der Bestand wieder erholt.«

Er nahm sie an der Hand, und sie liefen geduckt durch den Wald. Lieselotte fühlte sich in ihre Kindheit zurückversetzt, als sie mit ihren Freunden Räuber und Gendarm gespielt hatte. Damals war die Welt von ihr und Vinzenz noch unberührt gewesen.

Sie kamen auf eine Lichtung. Es sah aus, als hätte jemand Puderzucker über der Wiese verteilt.

»Der Lainzer Tiergarten ist eines unserer Naherholungsgebiete in Wien«, erklärte August und zog sie rasch weiter. Sie liefen eine Weile einen von Wiesen und Wald gesäumten Weg entlang. Plötzlich tauchte ein Schloss vor ihren Augen auf.

Lieselotte staunte nicht schlecht, wähnte sich in einem Märchen, in dem sie ein längst vergessenes Gebäude entdeckte, denn das Schloss vor ihnen erschien ihr verlassen und zugegebenermaßen ein wenig ungepflegt. An der hellrosa Fassade bröckelte der Verputz ab, die zahlreichen weißen Fensterläden gehörten längst gestrichen. Und doch war der im Stil der französischen und italienischen Renaissance angefertigten Landvilla ihre ehemalige prunkvolle Schönheit anzusehen. Im Geiste sah Lieselotte förmlich die Damen und Herren der Monarchie in feinen Kleidern auf grazilen Veranden und der ausladenden Terrasse stehen, mit Champagnergläsern in der Hand. In der weitläufigen winterlichen Parklandschaft standen Statuen aus Stein, denen ebenfalls Wind und Wetter im Laufe der Jahre zugesetzt hatten.

Sie blieben im Schutz eines Baumes stehen. »Das ist die Hermesvilla«, erklärte August. »Kaiser Franz Joseph hat sie für seine Frau Sisi erbauen lassen. Sie nannte es das Schloss der Träume. Der Architekt war Karl Freiherr von Hasenauer, ein bedeutender Vertreter des Historismus in Wien.«

»Was du alles weißt«, neckte sie ihn erneut keck.

Er überging ihre Bemerkung. »Der Kaiser hat gehofft, dass sie sich darin wohlfühlt und in Folge öfter in Wien bleiben würde. Du musst wissen, die Kaiserin war am Wiener Hof unglücklich und floh, wann immer es ihr möglich war.«

»Von dem einmal abgesehen, dass sie wie ich aus Bayern stammte, war sie wohl auch keine Städterin«, witzelte Lieselotte. »Obwohl mir deine Führungen durch die Stadt großen Spaß gemacht haben.«

August lächelte milde. »Den Namen verdankt die Villa übrigens der Statue *Hermes als Wächter*, die im Garten steht.«

»Wollen wir nicht näher rangehen?«, fragte Lieselotte.

»Lieber nicht. Ich weiß nicht genau, ob es tatsächlich leer steht. Nicht, dass uns am Ende noch jemand erwischt«, antwortete August und zog sie ungeduldig weiter.

»Wolltest du mir nicht das Schloss zeigen?«

»Nein.«

Lieselotte sah August skeptisch nach, der bereits einige Schritte vorausgelaufen war. Sie platzte schier vor Neugier. Was konnte in diesem Park schöner sein als das Schloss der Kaiserin? Sie eilte August hinterher, danach liefen sie eine Weile weiter, bis das Gebiet weitläufiger wurde.

Irgendwann blieb August plötzlich stehen. »Und jetzt schließ bitte die Augen.«

»Ich soll was?«

»Die Augen schließen. Vertrau mir!«

Lieselotte schloss die Augen, spürte, wie August sie an der Hand nahm und vorsichtig weiterführte. Sie hörte den Kies des geschotterten Weges unter ihren Füßen, schwankte ein wenig, als sie plötzlich unebenen Boden spürte. Sie zögerte. Augusts Griff wurde fester.

»Keine Angst, ich führe dich.«

Lieselotte zählte mit geschlossenen Augen fünfzehn Schritte, dann hörte sie ihn sagen:

»Und jetzt mach sie wieder auf.«

Lieselotte öffnete die Augen, blinzelte, brauchte einen Moment. Sie standen vor der Absperrung eines riesengroßen Freigeheges. Und in dem Moment sah sie sie. Hinter dem Gatter fraß eine Horde Mufflons Heu, das auf der Erde verteilt herumlag.

Lieselottes Augen begannen augenblicklich zu strahlen. Nichts konnte diesen Anblick ihrer Meinung nach übertreffen. Kein Schloss, keine Kunst, kein Café. In dem Moment hob der Widder den Kopf und blickte in ihre Richtung. Lange. Als ob er sie erkennen würde. Dann kam er näher. Vorsichtig, aber zielstrebig. Die Schafe hoben nun ebenfalls die Köpfe, folgten dem Widder zögernd. Irgendwann waren sie alle am

Zaun angekommen. Lieselotte konnte durchgreifen, spürte den warmen Körper des Widders und fühlte sein glattes Haarkleid. Sie seufzte überwältigt, konnte nicht sagen, wie lange sie reglos dagestanden war, mit der Hand auf dem Tier. Doch irgendwann wandte sich die Herde ab und ging davon. Langsam zog sie ihre Hand zurück.

August sah sie an. »Liesl, ich weiß, wir kennen uns nur einen Sommer lang …«

Lieselotte stoppte ihn mit einer raschen Handbewegung, sie wollte nicht, dass er weitersprach. Egal, was er ihr zu sagen hatte. Alles würde diesen einzigartigen Moment, den sie so sehr genoss, zerstören.

»Lieselotte Schäfer, kannst du dir vorstellen, bei mir in Wien zu bleiben und mich …« Er ließ sich nicht aufhalten, machte eine kurze Pause, schluckte. »… heiraten?«

Sie presste die Lippen aufeinander, spürte Tränen in ihren Augen und schüttelte den Kopf.

»Also nicht gleich, wenn ich das Studium beendet habe«, fügte er hastig an.

Lieselottes Nasenflügel bebten. Sie musste zugeben, sie hatte sich in August verliebt und bewunderte seine Klugheit. Der Mann hatte ihr in zwei Wochen mehr gezeigt, als Vinzenz das in seinem gesamten Leben tun konnte. Und doch war Vinzenz in ihrem Herzen. Offenbar konnte man wirklich zwei Männer zur gleichen Zeit lieben, aber irgendwann kam der Zeitpunkt, da musste man sich entscheiden. Erneut schüttelte sie den Kopf, diesmal heftiger.

32

Wien, September/Salzburg, Dezember 2017

»Sie hat dir tatsächlich einen Korb gegeben?«, fragte Nina ihren Großvater überrascht. »Warum?«

»Ich hab sie das erste Mal viel zu früh gefragt«, sagte August Koller. »Wir kannten uns ja kaum. Und nur weil ich mir sicher war, heißt das ja noch lange nicht, dass deine Oma … Also, sie war sich damals halt noch unsicher.« Er lachte sanftmütig, weil Nina so überrascht dreinsah.

»Ich hab sie anfangs mit meinem Besichtigungsprogramm überfordert. Die Museen, die Sehenswürdigkeiten Wiens und wohin ich sie noch geschleppt habe, das war zu viel auf einmal. Außerdem hat es sie verunsichert, dass meine Schwester und ich studierten. Sie fühlte sich uns unterlegen, derweil war sie klug und unglaublich begabt, was Tiere anbelangt. Sie wär sicher eine tolle Tierärztin geworden, wenn sie die Möglichkeit dazu gehabt hätte. Deine Großmutter war durch und durch ein Kind vom Land, nichts konnte sie mehr begeistern als die Natur. Sie brauchte Wiesen, Wälder und am besten noch Schafe um sich herum. Die Mufflons zehn Minuten vom Haus entfernt zu wissen stimmte sie glücklich.«

Nina erinnerte sich an die Spaziergänge mit ihrer Großmutter in den Tiergarten, wenn sie als Kind in Wien gewesen war. Diese hatten immer vor dem Gehege der Mufflons geendet.

»Das sind Wildschafe«, hatte sie Nina immer wieder aufs Neue erklärt. »Ihre Schulterhöhe liegt bei etwa achtzig Zentimeter, damit sind sie ein wenig kleiner als Hausschafe.« Nina hatte jedes Mal aufmerksam zugehört und sich gewundert, weshalb diese imposanten, aber scheuen Tiere sofort nahe herankamen, wenn ihre Großmutter am Zaun auftauchte.

»Sie erkennen mich«, hatte sie gesagt.

»Außerdem musste sie in Hofberg noch die Sache mit Vinzenz Binder klären«, riss ihr Großvater sie aus der Erinnerung.

Nina sah ihn erstaunt an. »Du kennst die Geschichte?«

»Natürlich, deine Großmutter hat mir von ihm erzählt. Nachdem sie meinen Antrag abgelehnt hatte, glaubte sie, sich mir erklären zu müssen.«

Nina starrte ihren Großvater mit offenem Mund an.

»Jetzt schau mich nicht so an, Kind! Da ist doch nichts dabei.« Er schüttelte belustigt den Kopf. »Dass ihr jungen Leut uns Alten aber auch so gar keine private Vergangenheit zutraut. Hast du ihn eigentlich bei den Dreharbeiten kennengelernt, den Vinzenz?«

»Ja, wir haben auf seinem Hof gedreht.«

Er nickte. »Aha. Und?«

Nina zuckte mit den Schultern. »Im Dorf sagen s' Griesgram zu ihm, aber ich denke, er ist einfach nur ein einsamer alter Mann.«

August Koller hakte sich bei Nina unter. »Und jetzt lass uns nach Hause gehen. Mir ist nach einem Glaserl Wein.«

Mitte Dezember schickte Nina Vinzenz Binder die versprochene Karte vom Weihnachtsmarkt. Sie legte sie in ein hellgraues Paket und packte noch original Salzburger Mozartkugeln vom Café Fürst dazu. Diese besondere Spezialität bekam man ausschließlich in Salzburg. In der Adventszeit kam auch ihr Großvater zu Besuch. Er wollte die restliche Adventszeit bleiben und Silvester wieder in Wien verbringen. Wie angekündigt wurde die Weihnachtsaufzeichnung der in Hofberg gedrehten Kochsendung in diesen Tagen ausgestrahlt. Das *Ludwig* blieb an diesem Abend ausnahmsweise geschlossen, dafür kochte Nina in der Küche ihrer Mutter für den bevorstehenden Fernsehabend. So war sie beschäftigt und konnte geschickt ihre Nervosität überspielen. Kochen beruhigte sie, das war schon immer so.

Julian Leroy und sie gemeinsam in einer Sendung! Nina hatte Angst, vor den Augen der zigtausend Zuschauer nicht zu bestehen. Leroy überzeugte mit seiner angeborenen Lockerheit, das hatte sie am Set oft genug erlebt. Sie hingegen wollte mit ihrem Können überzeugen. Ob ihr das gelang? Fans ihrer Kochsendung in Österreich würden sie mit Sicherheit gut finden, aber was war mit dem deutschen Publikum? Was, wenn sie zu verbissen, zu genau und pedantisch rüberkam?

Nina gab das gewaschene Sauerkraut in ein Sieb und schaltete das Ceranfeld mit dem Topf Rindsuppe darauf ein. Während sie darauf wartete, dass die Suppe heiß wurde, fischte sie eine der Kartoffeln aus dem Kochwasser daneben, schälte sie und passierte sie in noch heißem Zustand.

Die Türglocke ertönte. Kurz darauf trat Ellen zu ihr in die Küche, Nina hatte sie zu ihren Eltern eingeladen. »Hey, das duftet … Kann ich dir helfen?«

»Du könntest das Sauerkraut in der Suppe einkochen.«

Ihr Großvater tauchte im Türrahmen auf. »Was gibt es eigentlich zu essen?«

»Eachtlingplattln mit Sauerkraut«, sagte Nina und übersetzte den Lungauer Ausdruck für Kartoffeln, »oder eben Erdäpfelkrapfen.«

»Die gute alte Hausmannskost«, sagte er augenzwinkernd und verschwand wieder.

»Wir könnten doch im *Ludwig* auch mal Hausmannskost auf die Karte setzen«, schlug Ellen vor. »Und dafür die original handgeschriebenen Rezepthefte von deiner Oma durchforsten.«

»Schauen wir mal!«, wiegelte Nina ab, weil sie sich selbst noch nicht sicher war, ob ihre Gäste, die gehobene Küche schätzten, sich mit Hausmannskost zufriedengeben würden.

»Das Konzept funktioniert doch im *Julian* auch gut«, sagte Ellen.

»Daher weht der Wind!« Nina grinste. »Du willst über Leroy reden und endlich aufregende Geschichten von den Dreharbeiten hören. Es gibt nur in der Hinsicht nichts Aufregendes zu erzählen.«

»Versteh ich nicht«, schüttelte Ellen verständnislos ihr blondes Haupt.

»Nicht jede Frau erliegt automatisch Julians angeblich so unwiderstehlichem Charme.«

»Klar, Süße.« Ellen strich Nina über die Wange. Ihrem Gesichtsausdruck nach glaubte sie ihr jedoch kein Wort.

Nina bröselte die gepressten Kartoffeln mit Mehl ab, fügte Topfen, ein Ei und Salz hinzu und verknetete alles rasch zu einem festen Teig.

»Sollte er aber doch mal zum Zug kommen, bin ich hoffentlich die Erste, die's erfährt«, schob Ellen nach.

»Das kann ich dir gerne versprechen, denn es wird nie dazu kommen«, sagte Nina und glaubte selbst nicht recht, was sie da von sich gab. Rasch wusch sie sich die Hände, formte dann aus dem Teig eine Rolle und schnitt sie in Scheiben.

Ellen rührte ein letztes Mal das Sauerkraut um, bevor sie das Kochfeld abdrehte, bemehlte die Arbeitsfläche und rollte die Scheiben mit Hilfe eines Nudelholzes aus.

»Sogar in der Küche meiner Mutter sind wir ein gutes Team«, sagte Nina zufrieden, während sie die Kartoffelkrapfen goldgelb im Fett herausbackte.

»Wir beide sind überall ein gutes Team«, gab Ellen gut gelaunt zurück. »Und wenn du jetzt auch noch die Liebe zur traditionellen Küche wiederentdeckst, wird alles gut. An wem das wohl liegen mag?«

»Jetzt hör schon auf!«, sagte Nina und gab ihr spielerisch einen Hieb in die Seite.

Kurz vor acht Uhr versammelten sie sich alle vor dem Fernsehapparat. Eva hatte den Couchtisch gedeckt, Werner öffnete eine gute Flasche Grünen Veltliner aus dem Weinviertel und füllte ihre Gläser. Nina tat die krustigen Erdäpfelkrapfen mit Sauerkraut auf und verteilte die Teller.

Als Intro der Sendung wurden Aufnahmen des alten Bauernhofes gezeigt, und ihre Familie war begeistert ob der idyllischen Aufnahmen. Über der Kochstelle hing die eigens angebrachte Tannenzweiggirlande mit glänzenden roten und goldenen Weihnachtskugeln. Nina warf ihrem Großvater einen raschen Blick zu, dem er jedoch mit einem Lächeln begegnete.

Da tauchten auch schon Nina und Leroy am Bildschirm auf und begrüßten gemeinsam das Publikum.

»Wie zwei alte Profis«, witzelte Ellen und schob sich eine Gabel Kartoffeln in den Mund. Sie prosteten einander zu, dann aßen sie schweigend und schauten dabei gebannt auf den Bildschirm.

»Ich weiß nicht, was du hast, Nina«, sagte Eva nach einer Weile. »Dieser Leroy scheint mir doch äußerst sympathisch zu sein.«

Nina reagierte nicht, sah nur aus dem Augenwinkel, wie Ellen zustimmend nickte. Nervös fuhr sie sich durch ihre dunklen Haare. Sie musste sie demnächst wieder schneiden lassen, das Deckhaar war zu lang. Als ihre Freundin sie weiter grinsend von der Seite ansah, spürte Nina, wie ihr die Röte in die Wangen stieg. Hastig aß sie ihren Teller leer.

Am nächsten Morgen meldete sich Hofinger bei ihr.

»Gratuliere, Nina«, sagte er. »Die Sendung war sensationell, knapp zwei Millionen Leute haben euch zugesehen.«

»Danke, Oskar.«

»Jetzt schauen wir mal, wie die anderen Sendungen laufen, aber wenn's so bleibt, ist es gut möglich, dass wir das wiederholen«, ließ er sie wissen. »Jedenfalls hat der *BR* dem alten Bauer schon Bescheid gegeben, dass wir den Hof gegebenenfalls noch einmal mieten. Ach ja, bevor ich vergesse: *Nina kocht* wird's natürlich weiterhin geben, das hat mich heute Morgen der *ORF* wissen lassen.«

»Na, das sind doch gute Nachrichten«, sagte Nina und fügte in Gedanken hinzu: Solange die Quoten stimmen.

»Ich schick dir den neuen Vertrag zu«, sagte er noch und verabschiedete sich.

Am nächsten Tag trafen sich Ellen und Nina schon am frühen Vormittag im *Ludwig*. Heiligabend stand bevor, und sie wollten die Woche davor nutzen und ihren Gästen noch einmal etwas ganz Besonderes bieten. Beim Dessert waren sie sich sofort einig. Bratäpfel mit einer Mandel-Marzipan-Fülle, Rotweinbirnen und Apfel-Tiramisu. Auch der Aperitif, der in dieser Woche aufs Haus gehen sollte, war schnell gefunden. Ein Glühwein-Secco, ein Rote-Rüben-Punsch oder ein alkoholfreier Granatapfel-Cocktail, je nach Wunsch und Laune. All das passte farblich zur traditionell rot-grünen Adventsdekoration.

Doch bei der Vorspeise unterschieden sich die Vorlieben der beiden. Während Ellen für eine Rote-Rüben-Suppe mit Obershaube plädierte, weil die Farbe der Suppe perfekt zum Aperitif passte, schlug Nina einen kleinen Teller mit geräuchertem Fuschlsee-Fisch-Tartar und eine klare Rindssuppe mit Grießnockerln vor.

Noch während sie diskutierten, läutete Ninas Handy. Sie warf einen raschen Blick aufs Display. Julian. Ihr Herz begann wild zu schlagen. Sie hielt den Atem an und hob ab.

»Servus, Nina«, hörte sie augenblicklich seine Stimme an ihrem Ohr. Augenblicklich schoss ihr wieder die Röte ins Gesicht. Wie sie das hasste!

Ellen schien es prompt zu bemerken, ihre Augenbrauen wanderten fragend nach oben.

»Servus, Julian.«

»Oh«, hauchte Ellen und sah Nina belustigt und zugleich neugierig an.

»Was verschafft mir die Ehre?«, versuchte Nina, möglichst gleichmütig zu klingen.

»Ich hab dir doch von meiner Großmutter erzählt.«

»Von Rena?«

»Ja. Sie ist ein großer Fan von dir. Na ja, was soll ich sagen, sie hat die Sendung mit uns beiden gesehen und …«

Ellen schob ihr einen Zettel über den Tisch: Was will er?, stand darauf.

Nina sah sie an und zuckte mit der Schulter.

»Ich weiß, jetzt ist ein schlechter Zeitpunkt, weil Weihnachten vor der Tür steht und dein Restaurant sicher ausgebucht ist bis dahin … Aber ich versuch's trotzdem. Die Geburtstagsfeier findet im Januar statt.«

»Im Jänner«, wiederholte Nina, als dächte sie ernsthaft darüber nach, ob sie Anfang des Jahres Zeit finden würde.

»Ich würde mich jedenfalls sehr freuen, wenn du kommen könntest.«

»Aber … zum Geburtstag deiner Großmutter?«

Super, formten Ellens Lippen lautlos.

»Ich bezahl auch das Hotelzimmer«, hörte Nina Julians Stimme. »Du wärst sozusagen mein … versteh das bitte nicht falsch … Geburtstagsgeschenk für sie.«

»Ich kann mein Hotelzimmer selbst bezahlen«, sagte sie patzig und spürte, wie der Zauber schon wieder verflog. »Wann genau im Jänner?«

»Am achten. Könntest du da?«

»Ich denke …«, Nina ließ sich Zeit, »das könnte sich einrichten lassen. Und wo?«

»In meinem Restaurant natürlich. Wo denn sonst?«

Klar, wo sonst, dachte Nina spöttisch. »Ich würde gern mit meiner besten Freundin kommen, sie schmeißt das *Ludwig* mit mir. Das wär nämlich mein Weihnachtsgeschenk für sie.«

Ellen schickte Nina einen Luftkuss.

»Du hast eine Freundin, die ein Fan von mir ist?«

»Ja, man hält es kaum für möglich, in welch verrückter Welt wir leben.«

Ellen tanzte lautlos mit übertrieben freudiger Gestik im leeren Restaurant herum.

»Aber ich bin mir sicher, wenn sie dich ein bisschen näher kennenlernt, wird sich das bald legen.«

Ellen deutete Nina einen Vogel.

»Ach ja, und noch etwas. Wenn ich schon die Überraschung auf der Geburtstagsparty bin, dann lass mich wenigstens das Dessert übernehmen.«

»Was machst du?«

»Das wird eine Überraschung.«

»Was ist mit den Zutaten?«

»Das lass meine Sorge sein.«

Er zögerte kurz, sagte dann: »Gut! Dann ist es also abgemacht. Wir sehen uns am achten Januar um sechs Uhr abends in meinem Restaurant, und ich bezahle die Hotelrechnung für euch beide, ausgenommen, ihr quartiert euch im *Bayerischen Hof* ein.« Er lachte und legte auf, bevor Nina widersprechen konnte.

Am zweiten Weihnachtsfeiertag griff Nina um elf Uhr vormittags zum Telefon und rief Vinzenz Binder an. Der Gedanke, ihn an Weihnachten allein zu wissen, stimmte sie traurig. In Gedanken sah sie den alten Mann in leicht gebeugter

Haltung gemächlich über die Fleckerlteppiche zum Telefon schlurfen. Es läutete sieben Mal, ehe er sich meldete.

»Hallo, Herr Binder! Hier ist die Nina Ludwig aus Salzburg.«

»Mei, dass du dich meldest. Ich hab die Sendung mit euch g'sehen ... dass mei Küch amal im Fernsehen ist, hätt ich mir nicht denkt.« Er klang beschwingt. »Ach ja, danke für die Karte und die Mozartkugeln, Madl. Ich hab mich sehr g'freut, dass d' an mich dacht hast.«

»Ich hoffe, Sie mögen Süßes. Das sind übrigens die original Mozartkugeln, die gibt's nur in Salzburg. Ist wirklich was Besonderes.« Sie wollte, dass er wusste, dass sie ihm nicht irgendwas geschickt hatte.

»Ja, ich mag Süßes ... Aber, Madl, sag endlich du und Vinz zu mir«, forderte er sie auf. »Ich hab dich nämlich adoptiert.« Er lachte heiser, und das Lachen ging in Husten über.

»Geht es Ihnen ... dir gut?«

»Ich bin achtzig, da musst schon das eine oder andere Wehwehchen haben, damit'st weißt, dass d' noch lebst.« Er räusperte sich und kicherte dann leise. »Ich hoff, das stört dich nicht, dass ich dich als Familienmitglied betrachte, aber irgendwie ... na ja, du weißt schon ... ich hab ja sonst niemanden mehr.« Der Satz glich einer Bitte.

»Kein Problem. Ich freu mich«, sagte Nina. Sie horchte in sich, ob sie ein schlechtes Gewissen ihrem Großvater gegenüber hatte. Sie war sich aber sicher, dass er verstehen würde, weshalb sie dem alten Landwirt dieses Ansinnen nicht abschlagen konnte. Auch ihre Großmutter würde es verstehen, das wusste sie. Er war nicht mehr der Vinz von früher, er war ein einsamer alter Mann.

»Was ist eigentlich mit Ihrer Frau?«, wagte Nina endlich zu fragen.

»Die gibt es schon lang nicht mehr.« Ein genervtes Schnauben kam aus der Leitung.

»Das tut mir leid.«

»Muss es aber nicht.« Seinem Tonfall konnte sie entnehmen, dass er nicht weiter darüber reden wollte, deshalb wechselte sie das Thema. »Ich war übrigens bei der Liesl ihren Eltern am Grab«, sagte er. »Und ich hab überlegt, endlich wieder amal beim alten Fritz reinzuschauen.«

Nina lächelte. Offenbar hatte ihr Aufenthalt etwas bei dem alten Landwirt ausgelöst. Gut möglich, dass er sich auf seine alten Tage noch aussöhnen wollte. »Und, wirst hingehen?«, fragte sie.

»Weiß nicht, vielleicht.«

»Ihn wird's sicher freuen«, sagte Nina, war überzeugt davon, dass ihr Großonkel ihm nicht die Tür vor der Nase zuschlagen würde. Egal, was alles passiert war.

»Ich hab mich sehr g'freut, dass d' ang'rufen hast. Meldst dich wieder amal«, beendete er plötzlich das Telefonat. Mutmaßlich strengte es ihn an, mit ihr zu telefonieren.

»Mach ich!« Sie legte auf und blickte noch eine Weile auf das Handy in ihrer Hand.

33

München, Januar 2018

Das *Julian* lag in der Schmellerstraße im Schlachthofviertel. Nina kannte den Münchner Stadtteil nur vom Hörensagen, hatte sich aber erkundigt und herausgefunden, dass das Viertel groß im Kommen war. In der Innenstadt, Schwabing, Pasing oder Giesing war sie schon gewesen, aber das Schlachthofviertel war ihr persönlich völlig unbekannt. In den Kommentaren lobten die Gäste das Lokal als bodenständig mit bester bürgerlicher Küche und gemütlicher Atmosphäre. Die Speisekarte auf der Homepage spiegelte dies wider.

»Kein Schnickschnack, nur gediegene Hausmannskost, schreibt hier jemand«, las Nina vor. »Man spricht den Namen des Lokals übrigens englisch aus. Hast du nicht gesagt, sein Vater käme aus England?« Sie sah Ellen an.

»Na, da klingt *Ludwig* aber eindeutig bodenständiger als *Tschuliän*«, sagte ihre Freundin grinsend.

Sie hatten sich in einem Dreisternehotel ums Eck einquartiert und saßen nun an der Bar. Nach langem Hin und Her hatte Ellen Nina doch überzeugt, die Rechnung, wie von Julian Leroy vorgeschlagen, an ihn schicken zu lassen.

»Lass ihn das doch machen!«, hatte Ellen gemeint. »Du hast ihm sicher schon mehrmals bewiesen, dass du ein großes selbstständiges Mädchen bist.«

Sie ließen Ninas Mini auf dem hoteleigenen Parkplatz stehen und liefen die wenigen Minuten zu Fuß bis zum *Julian*. Nina trug alles, was sie brauchte, in einem Rucksack, der zum Glück nicht sehr schwer war.

An der Restauranttür hing ein Schild, auf dem *Heute geschlossene Gesellschaft* stand. Sie traten ein.

In der Mitte des Lokals stand für den heutigen Anlass eine lange Reihe aneinander geordneter Tische. Neugierig sah Nina sich um, es waren noch keine Leute da. Insgesamt mochte das Restaurant wohl zehn Tische haben, überschlug sie rasch, das bedeutete, dass, mit je sechs bis acht Stühlen, rund siebzig bis achtzig Leute darin Platz fanden. Weißes Gedeck lag auf weißen Tischtüchern mit unzähligen rosa Teelichtern und rosafarbenen Servietten. Die Wände waren in zeitlosem Ocker gestrichen, ein breiter gelblich leuchtender Lichtstreifen im Gemäuer sorgte für eine angenehme, freundliche Stimmung. Das *Julian* gefiel ihr, das musste sie zugeben. In seiner Schlichtheit strahlte es fast Wohnzimmeratmosphäre aus.

»Wo sind die alle?«, fragte Ellen. »Sind wir zu früh?«

Nina blickte auf ihre Armbanduhr. »Sechs Uhr hat Leroy gemeint, wenn ich mich recht erinnere. Es ist jetzt fünf Minuten nach sechs.«

Da kam Julian aus der Küche. Er wischte sich die Hände an einem Geschirrtuch ab und legte es auf die lang gezogene Bar aus ockerfarbenem Plexiglas.

»Da seid ihr ja!« Erfreut kam er auf sie zu. Er trug ein schwarzes Hemd und eine schwarze Schürze über der Jeans und sah wieder einmal umwerfend aus. Seine blauen Augen strahlten, er lächelte verschmitzt. Als er zuerst Nina umarmte, musste sie sich zusammenreißen, nicht die Augen zu schließen. Er roch so verdammt gut und fühlte sich wunderbar an. Dann räusperte sie sich und stellte ihm Ellen vor.

Julian umarmte auch ihre Freundin, als wären sie bestens miteinander vertraut. »Freut mich!«

»Die Freude ist ganz auf meiner Seite«, sagte Ellen und schüttelte ihre blonden Locken.

»Sind wir die Ersten?«, unterbrach Nina das Geplänkel der beiden.

»Natürlich! Ich hab euch ein bisschen früher herbestellt. Du willst doch noch das Dessert machen. Außerdem bist du doch meine Überraschung«, sagte er zu ihr.

»Ich hüpf aber nicht aus einer Torte oder sowas!«

Julian lachte. »Nein, keine Angst! Ich bitte dich nur, so lange in der Küche zu bleiben, bis meine Großmutter auf ihrem Platz sitzt. Dann hol ich dich, und du setzt dich neben sie. Und jetzt …« Er ging vor ihnen her in die Küche, »stell ich euch mein Team vor.«

»Wow, der Ehrenplatz neben seiner Oma«, flüsterte Ellen Nina ins Ohr und rollte belustigt mit den Augen.

Die Küche im *Julian* war um einiges größer als ihre im *Ludwig*. Es duftete verführerisch nach Braten, der gerade eben mit Rotwein abgelöscht worden war.

»Darf ich euch vorstellen?«, sagte Julian zu den beiden Köchen und zeigte auf die beiden Frauen. »Das ist die Nina, mit ihr hab ich die Sendung in Hofberg gedreht, und das ist die Ellen. Sie kocht in Ninas Restaurant in Salzburg.«

»Sie kocht nicht nur«, widersprach Nina, »sie ist meine große Stütze. Ohne sie ginge vieles nicht.«

»G'freit mi, ich bin der Leo«, sagte der Ältere und schüttelte zuerst Nina, dann Ellen die Hand.

»Markus«, sagte der jüngere Koch und streckte ebenfalls die Hand aus.

»Und, was kocht ihr beide jetzt?«, fragte Julian neugierig, doch die beiden Köchinnen mauerten und hielten dicht.

»Jetzt lass dich doch mal überraschen«, sagte Nina.

Julian gab sich geschlagen, zeigte auf eine Reihe Gewürze und Lebensmittel und grinste. »Du kannst sie sortieren, wie du möchtest.«

»Danke, ich hab alles dabei.« Nina stellte ihren Rucksack auf die Anrichte aus Edelstahl und begann, ihn Stück für Stück auszuräumen.

»Du hast Kartons dabei?« Julian sah ungläubig drein. »Hattest du vor, hier einzuziehen, oder hattest du Angst, dass meine Küche leer ist?«

Nina ignorierte die Bemerkung und warf Ellen einen raschen Blick zu. Selbstverständlich kannte ihre Freundin den Inhalt der Pappschachteln, sie war bei der Vorbereitung immerhin dabei gewesen.

»Du hast doch nicht ernsthaft geglaubt, ich steh dir und deinen Leuten im Weg herum und koch an meinem freien Tag kostenlos in deiner Küche.« Sie öffnete den Deckel der ersten Schachtel und hielt sie ihm unter die Nase. »Deshalb haben Ellen und ich gestern hundert Stück Brandteigkrapferl mit Vanillecremefüllung vorbereitet.« Sie lächelte ihn an. »Ich hoffe, deiner Großmutter schmecken sie. Der Produzent meiner Kochsendung würde mir dafür glatt sein Filmstudio überschreiben!«

Sie lachte, Ellen stimmte mit ein, und auch auf Julians Gesicht erschien ein breites Grinsen.

»Sie wird entzückt sein«, sagte er. »Ganz bestimmt.«

»Es fühlt sich irgendwie an, als würde ich seiner Familie vorgestellt werden«, gestand Nina ihrer Freundin, als Julian sie mit den Köchen alleine ließ, um seine Gäste zu begrüßen. Sie lehnten an der Küchenwand, beobachteten die Köche, die den Hauptgang zubereiteten, und hielten ein Glas Craft-Bier in Händen, das ihnen Julian als Aperitif eingeschenkt hatte. Es stammte von zwei jungen ambitionierten Bierbrauern aus Oberbayern und schmeckte köstlich.

»Du wirst ja auch der Familie vorgestellt«, sagte Ellen. »Nur eben anders.« Sie stieß ihr Glas gegen Ninas. »Und jetzt mach dich nicht verrückt. Tu, als würde ich dich meiner Oma vorstellen.«

»Deine Oma kenne ich aber schon.«

»Und, warst nervös? Na also.« Ellen senkte ihre Stimme zu einem Flüstern. »Wahrscheinlich liegt dir doch mehr an ihm, als du dir eingestehen willst.«

»Blödsinn.« Nina hielt ihr Glas gegen das Licht. »Die Farbe ist wunderschön … Das sollten wir auch anbieten.«

Als Julian sie zwanzig Minuten später bat zu kommen, klopfte Nina das Herz bis zum Hals. Was, wenn sie Rena Kunstmann doch nicht sympathisch war? Wenn ihr Licht in der Realität verblasste? Umtauschen konnte man sie ja schlecht. Sie warf Ellen einen Blick zu, der wie ein Eingeständnis wirkte. Ja, sie gab es zu, sie war sehr nervös.

Die beiden folgten Julian ins Lokal.

Rena Kunstmann war eine imponierende Erscheinung. Die achtzig Jahre sah man ihr kaum an, von den wenigen Falten einmal abgesehen. Sie war so groß wie Nina, ihre grauen Haare waren zu einer modernen Kurzhaarfrisur geschnitten. Das blaue elegante Samtkleid unterstrich ihre schlanke Figur und hob das strahlende Blau ihrer freundlichen Augen hervor.

Als sie Nina sah, schlug sie die Hände vor den Mund. »Ich glaub es nicht«, rief sie aus und lachte glücklich. Augenblicklich standen Tränen in ihren Augen.

Um seiner Großmutter ein paar Minuten Erholung zu gönnen, stellte Julian ihnen die übrigen Gäste vor. Julians Mutter, Paula, sah ihrer Mutter wiederum sehr ähnlich, auch sie hatte kurze Haare, und ihre Augen strahlten ebenso blau wie Julians und die von Rena Kunstmann. Seine Schwester Sonja trug ihre dunklen Locken zu einem lässigen Knoten zusammengebunden, was ihre regelmäßigen Gesichtszüge betonte. Gabriel, sein Bruder, sah Julian ähnlich, bis auf die ebenfalls dunklen Haare und die graugrünen Augen. Seine Frau Cora war eher ein nordischer Typ, groß, strohblond. Die fortgeschrittene Schwangerschaft ließ sich nicht mehr verbergen. »Ende Februar ist es so weit«, sagte sie und strich zärtlich über ihren dicken Babybauch. Julians dunkelblonde Haare waren eindeutig ein Erbe seines Vaters, der Nina ein wenig an den englischen Musiker Sting erinnerte. Unmittelbar kam ihr der Refrain des Songs *Englishman in New York* in den Sinn. Nur, dass Reuben Leroy *Englishman in Munich* hätte singen müssen.

Nina und Ellen wurden wie Familienmitglieder begrüßt, die man bedauerlicherweise schon zu lange nicht mehr gesehen hatte. Der freundliche Empfang war ihnen fast peinlich, und sie waren froh, als sie sich endlich auf ihre Plätze setzen konnten.

»Ich freu mich so sehr, dass ich gar nicht weiß, was ich Sie zuerst fragen soll.« Rena Kunstmann griff nach Ninas Hand und tätschelte sie.

»Was Sie wollen«, sagte Nina lachend. »Wir haben den ganzen Abend Zeit und fahren erst morgen früh wieder nach Salzburg zurück.«

Ein sanfter Klang ertönte, Julian schlug mit einem Teelöffel gegen sein Glas dunkles Weizenbier. Er stand auf, war ihr direkt gegenüber.

»Liebe Oma, meine tollen Köche und ich haben uns bemüht und bringen heute zum Geburtstag ausschließlich Lieblingsgerichte von dir auf den Tisch, und am Ende wartet eine besondere Überraschung von Nina auf dich …« Julian nickte ihr über den Tisch hinweg zu. »Wir beginnen mit einer traditionellen Pfannkuchensuppe.« Er klatschte in die Hände.

Augenblicklich schwang die Küchentür auf, die beiden Köche trugen Suppentöpfe heraus und stellten sie auf Untersetzern auf dem Tisch ab. Julian setzte sich wieder.

»Du weißt aber schon, dass ich achtzig bin und abends nicht mehr so viel essen kann«, erwiderte Rena Kunstmann und zwinkerte ihrem Enkel zu.

»Was du nicht schaffst, essen wir, Oma«, sagte Julians Schwester, die neben ihm saß, und erhob sich, um die Suppenteller zu füllen, die ihr der Reihe nach gereicht wurden.

Als jeder einen Teller vor sich stehen hatte, wünschten sie sich einen guten Appetit und begannen zu essen.

»Mein Enkel hat mir erzählt, dass Sie von einem Bauernhof abstammen«, sagte Rena Kunstmann zu Nina.

Sie legte den Löffel ab. »Abstammen ist übertrieben. Meine Mutter ist Steuerberaterin, und mein Vater unterrichtet an der Universität in Salzburg Germanistik, Vergleichende Literatur und Kulturwissenschaft. Meine Großmutter stammte von einem Bauernhof in Oberbayern ab, sie war die letzte Wanderhirtin unserer Familie mütterlicherseits.«

»Julian hat mir erzählt, dass Sie die Liebe zum Kochen von ihr geerbt haben.«

»Ja, das stimmt.« Nina lächelte beim Gedanken an ihre Großmutter Liesl. »Ich habe meine Oma sehr gern gehabt. Leider ist sie bereits vor vierzehn Jahren verstorben.«

»Ach, das tut mir leid«, sagte Rena Kunstmann.

Die Suppenteller wurden abserviert, und sie erzählte Julians Großmutter von den ersten Dampfnudeln, die sie mit ihr in Wien zubereitet hatte. Dabei kam ihr eine Zeitungsmeldung in den Sinn, die sie am Vortag gelesen hatte. »Ist nicht France Gall gestern gestorben?«, fragte sie. »Meine Oma hat beim Kochen gerne deutsche Schlager gehört, und ich erinnere mich besonders an das Lied ›Zwei Apfelsinen im Haar‹. Es lag besonders oft bei meinen Großeltern am Plattenteller.« Sie musste plötzlich schlucken und war froh, dass der Hauptgang aufgetragen wurde.

Rena Kunstmann tätschelte ihr die Hand, dann jubelte sie auf einmal: »Rindsbraten mit Spätzle und Blaukraut! Er ist so ein guter Junge.«

Nina reckte die Nase in die Luft und sog das Aroma des Bratens ein. Es roch nach edlem Rotwein mit einem Hauch Thymian und Lorbeer.

»Da läuft einem das Wasser im Mund zusammen«, raunte Ellen ihr zu, die ebenfalls, ihrem Beruf geschuldet, dabei war, den intensiven Duft der Speise aufzunehmen.

Als allen aufgetragen war, schnitt Nina ein Stück Braten ab und schob es sich genießerisch in den Mund.

Natürlich hatte sie nach kurzer Zeit schon in Hofberg begriffen, welch großartiger Koch Julian war. Doch der Rinderbraten hier übertraf alles, was sie bisher von ihm gekostet hatte.

In dem Moment erst realisierte Nina, dass Julian sie über den Tisch hinweg fixierte.

»Und, schmeckt's dir?«, fragte er.

»Ein Traum«, sagte sie. »Du verwendest besten Bordeaux und als zweite Sauce eine Rotweinreduktion, wenn ich mich nicht irre.«

»Du hast einen perfekten Geschmacksinn.«

»Du kannst entweder genau diesen Bordeaux dazu trinken oder …«, seine Stimme wurde lauter. »Unseren österreichischen Gästen zu Ehren gibt es auch einen Pinot Noir Cavallo aus dem burgenländischen Rust. Und wer Bier will, auch das haben wir, und zwar ein einheimisches besonders gutes.«

Die Gäste lachten.

»Lasst es euch schmecken!«

»Erzählen Sie mir von Ihrem Restaurant in Salzburg«, sagte Rena Kunstmann. »Julian meint, Sie servieren gehobene Küche. Was heißt das genau? Bekommt man bei Ihnen nur Austern und Kaviar?«

»Aber nein, gar nicht.« Nina lächelte verlegen. Was sollte sie der alten Dame erzählen, ohne überheblich zu klingen?

Ellen beugte sich zu ihnen herüber, offenbar hatte sie mitgehört. »Also den Rinderbraten bekommen wir nicht besser hin.« Die Gäste lachten, und Nina überlegte, ob sie den Gedanken der Regionalität bringen sollte. Allerdings musste sie das an diesem Ort nicht hervorheben, denn auch Julian kochte nur mit einheimischen Produkten.

»Nur, dass man bei euch die Hälfte auf den Teller bekommt und dafür das Doppelte bezahlt«, sagte Julians Bruder, der neben Ellen saß.

Nina schüttelte den Kopf. »Nein«, verteidigte sie sich, »wir sind zum Beispiel für unser geräuchertes Saiblingfilet mit Eierschwammerl-Risotto … Eierschwammerl sind Pfifferlinge«, erklärte sie, »oder die Lammschulter mit Zitronenreis und Minze berühmt.«

Sie unterhielten sich noch eine Weile über die unterschiedlichen Speisekarten, bis Julian aufstand und wenig später wieder in der Küchentür auftauchte.

»Und sie sind auch berühmt für ihre Brandteigkrapfen«, sagte er und präsentierte ihr Geschenk auf einem Silbertablett, als handle es sich um Golddukaten.

»Ja«, Ellen nickte, dass ihre Locken wippten, »dafür sind wir besonders berühmt.«

Ein erwartungsvolles Raunen ging durch die Reihen.

»Er mag sie«, sagte Rena Kunstmann plötzlich und stieß Nina leicht in die Seite.

Nina errötete. »Wer?«, fragte sie und hätte sich auf die Zunge beißen können.

»Jetzt tun Sie doch nicht so, als ob Sie das nicht längst bemerkt hätten.« Julians Großmutter sah sie fast strafend von der Seite an, und Ninas Wangen wurden noch heißer.

»Er mag, so kommt es mir wenigstens vor, alle Menschen«, wich Nina verlegen aus.

»Das stimmt.« Ihr Blick wanderte kurz zu ihrem Enkel, der den Gästen die Krapfen servierte, und wieder zurück zu

Nina. »Aber an Ihnen hat er einen besonderen Narren gefressen«, sagte sie.

Kurz vor Mitternacht gingen die ersten Gäste. Sie hatten fast alle
Krapfen gegessen, und Nina und Ellen hatten viel Lob dafür bekommen. Als Rena Kunstmann sich verabschiedete, nahm sie
Ninas Hand fest in ihre. »Sie können sich gar nicht vorstellen,
welche Freude Sie einer alten Frau wie mir gemacht haben.«

»Bedanken Sie sich bei Ihrem Enkel, es war seine Idee«,
sagte sie.

Da zog Rena Kunstmann sie in ihre Arme und drückte sie.
»Ich hoffe sehr, Nina, dass wir uns wiedersehen.«

Die wenigen Verbliebenen versammelten sich an der Bar,
wo Julians Bruder Bier und Wein ausschenkte. Seine Frau war
bereits nach Hause gefahren. Nina war müde und überlegte,
ob sie und Ellen nicht aufbrechen sollten. Doch Ellen sprach
angeregt mit Julians Schwester Sonja.

»Lass uns noch in Ruhe ein letztes Glas trinken«, sagte
Julian, der bemerkt hatte, dass sie unschlüssig umhersah. »Wir
haben uns heute Abend ja noch nicht einmal persönlich unterhalten können.« Er schnappte sich eine Flasche Bordeaux mit
zwei Rotweingläsern und setzte sich an einen Zweiertisch am
Ende des Lokals. Nina folgte ihm, nahm Platz und sah über
seine Schulter hinweg auf die dunkle Straße.

Julian schenkte den Rotwein in ihre Gläser. »Nachdem du
dich beim Essen selbstverständlich für den österreichischen
Wein entschieden hast, musst du jetzt den Wein verkosten, der
in meinen Rinderbraten kommt.«

»Beißt sich das nicht mit deinem Leitbild, nur bürgerliche
Küche?«, neckte sie ihn und schnupperte am Wein.

Er hob sein Glas und zwinkerte ihr zu. »Das ist bürgerlich. In Frankreich trinkt sogar die Landbevölkerung Bordeauxwein.«

»Na dann, auf die gute einfache Küche.«

Sie stießen an, und während sie tranken, sahen sie einander über den Rand ihrer Gläser hinweg tief in die Augen. Die anderen Gäste traten in den Hintergrund, ihre Stimmen wurden zu einem Murmeln.

»So, ich glaub, ich hab genug getrunken, um dir mein geheimstes Geheimnis zu verraten. Ich …« Er machte große Augen und verstummte.

»Dein geheimstes Geheimnis?« Nina legte den Kopf schief. »Du isst heimlich Austern und trinkst Champagner dazu.«

»Nein, Nina, ich hab Angst vor dir.«

Ninas Augenbrauen wanderten nach oben. Sie war überrascht. Damit hatte sie nicht gerechnet. »Angst?«, fragte sie.

»Du bist so … so …«

»Sag bloß, jetzt fällt dir kein Adjektiv ein!«

»Perfekt. Du bist so perfekt.«

»Ist das ein Kompliment oder eine Beleidigung?« Sie war sich nicht wirklich sicher, wie er es meinte.

»Such's dir aus.« Wieder sah er ihr lange in die Augen, doch Nina hielt seinem Blick stand. Sie wusste, dass er sie jetzt küssen würde, wenn sie allein gewesen wären. Und sie wusste, dass sie sich gerne von ihm küssen ließe, wenn es denn nur sie beide im Lokal gegeben hätte.

Die Eingangstür flog auf. Es war Jessy, Nina hatte sie Monate nicht gesehen. Sie kam herein und steuerte direkt auf ihren Tisch zu. Und wie immer sah die junge Regieassistentin atemberaubend aus. Ihre Verwunderung, Nina hier in Julians

Lokal zu treffen, überspielte sie gekonnt mit Desinteresse. Offenbar kam sie öfter her, dachte Nina.

»Ich hab noch Licht gesehen und gedacht, guck doch mal rein. Was habt ihr denn hier für eine Feier?«

34

Salzburg, Jänner 2018

»Ein bisserl frech ist diese Jessy schon«, sagte Ellen, als sie das Hotel nach dem Frühstück um halb zehn Uhr verließen. »Setzt sich frech zu euch, obwohl es eine geschlossene Gesellschaft ist und sie doch hätte sehen müssen, dass sie stört.«

»Ich hab es ihr vorgeschlagen«, sagte Nina.

»Weil du so verdammt höflich bist!« Ellen klang empört.

»Was hätte ich denn tun sollen, deiner Meinung nach?«

»Sie stehen lassen, sie ignorieren …«

Nina runzelte die Stirn. »Das ist doch total kindisch.«

Ellen rollte mit den Augen. »In ein solches Tête-à-tête zu platzen ist unhöflich, Nina. Alle haben mitbekommen, was zwischen euch abgeht. Da stört man nicht.«

»Alle, wirklich?«

Ellen nickte.

»Oh Gott, wie peinlich.«

»Was ist daran peinlich?«

»Ich weiß nicht, außerdem ist da nix abgegangen. Wir sind Kollegen, die sich gut verstehen.«

»Ach Süße«, sagte Ellen in leicht mitleidigem Tonfall. »Du

bist echt gut in deinem Job, aber was dein Privatleben anbelangt, bist du unmöglich. Der Kerl steht auf dich, und du zierst dich wie die Prinzessin auf der Erbse, obwohl du auch auf ihn abfährst.«

Nina wollte widersprechen, doch Ellen bremste sie aus. »Ich bin deine beste Freundin, Nina. Du fährst auf ihn ab, und damit basta! Und erklär mir jetzt bitte nicht, dass du ihn immer noch nicht leiden kannst.«

Diesmal wagte Nina es nicht abzustreiten.

Da nicht viel Verkehr war, erreichten sie zwei Stunden später bereits wieder die Stadtgrenze von Salzburg. Beschwingt schloss Nina die Eingangstür zu ihrem Apartment auf und legte die Post aus ihrem Briefkasten auf den Esszimmertisch. Sie schrieb ihrer Mutter eine SMS, wieder gut zu Hause angekommen zu sein. Einen Moment später läutete ihr Handy.

»Hallo, Mama!«

»Nina, wie war's?«

»Schön.«

»Wie schön … Geht's ein bissl genauer?«

»Es war ein total netter Abend. Leroys Großmutter ist durch und durch eine Dame.« Nina beschrieb das Lokal im Schlachthofviertel, erwähnte die Speisen, die es zu Ehren von Rena Kunstmanns rundem Geburtstag gegeben hatte.

»Ja, ja«, sagte ihre Mutter ungeduldig. »Ich meine, dich und Leroy. Ellen meint, es hat gefunkt zwischen euch.«

»Echt, Mama! Du hast schon mit Ellen telefoniert?«, fragte sie ungläubig. »Ich hab sie doch erst vor fünfzehn Minuten zu Hause abgesetzt.«

Und als ihre Mutter schweigend abwartete, sagte sie bestimmt: »Da ist nichts, Mama!«

Nina war überzeugt, keine Zeit für romantische Verwicklungen zu haben, und schon gar nicht, wenn sie dafür eine Distanz von knapp hundertfünfzig Kilometern überwinden musste. Zudem hatte sie keine Lust, wieder verletzt zu werden. Eine Zeitlang würde es gut gehen, doch irgendwann wären da wieder ihre unregelmäßigen Arbeitszeiten, ihr Ordnungssinn oder etwas anderes, das störte, und er würde sich anderweitig umsehen. Deshalb wehrte sie sich auch vehement gegen ihre Gefühle. Im Laufe des letzten Jahres hatte sie sich einen dicken Schutzpanzer zugelegt, der bis jetzt gut funktioniert hatte. Auch weil die Arbeit nach der letzten Trennung noch mehr zum Mittelpunkt ihres Daseins geworden war. Doch Julian war es gelungen, ihn zu durchdringen, gestand sie sich nun ein. Das machte die Sache für sie allerdings nicht einfacher. Vielleicht war es sogar gut, dass Jessy sie gestört hatte. Sie passte auch viel besser zu ihm. Trotzdem gab es ihr einen Stich, wenn sie nur daran dachte, dass die beiden ein Paar sein könnten.

»Ach schade«, hörte sie da ihre Mutter. »Ich hatte gehofft, eine hoffnungslos verliebte Tochter vorzufinden.«

Nina hatte keine Lust mehr auf das Gespräch und schob einen Werbeprospekt über Möbel zur Seite. Darunter kamen zwei Kuverts zum Vorschein, eines mit einem schwarzen Rand.

»Tut mir leid, dass ich so eine Enttäuschung für dich bin«, antwortete sie gedankenverloren. Eine Sterbeanzeige?

»Jedenfalls freue ich mich, dass du einen schönen Abend hattest.«

»Sag, Mama, ganz was anderes ... Ist jemand gestorben, den wir kennen?«

»Nein, nicht dass ich wüsste. Warum?«

»Weil eine Sterbeanzeige in meiner Post liegt.«

»Vielleicht einer deiner alten Stammkunden? Hoffentlich hat er nicht direkt nach dem Besuch im *Ludwig* ins Gras gebissen«, scherzte ihre Mutter. »Ich muss jetzt wieder, Nina.«

Sie verabschiedeten sich, und Nina riss das Kuvert mit dem schwarzen Rand auf. Sie nahm die Todesanzeige heraus und erstarrte. Binnen Sekunden schwirrten ihr tausend Gedanken durch den Kopf. Wie war das möglich, sie hatten sich doch eben erst kennengelernt!

Nina ließ sich auf einen Stuhl fallen, öffnete mechanisch das zweite Kuvert, wie um sich zu beruhigen. Sie zog den Brief heraus, überflog ihn und war vollends verwirrt.

Ein paar Sekunden blieb sie einfach nur sitzen und starrte zum Fenster hinaus. Ihr war schwindelig, sie war froh zu Hause zu sein. Gerade eben war sie noch so gut aufgelegt gewesen!

Ihr Handy läutete. Gedankenverloren hob sie ab, ohne aufs Display zu schauen.

»Seid ihr gut nach Hause gekommen?«, hörte sie Julians Stimme an ihrem Ohr.

»Ja«, sagte sie knapp und ohne Enthusiasmus.

»Nina, hast du auch ...« Er machte eine kurze Pause, und sie unterbrach ihn, weil sie ahnte, was kommen würde.

»Du hast sie also auch bekommen«, sagte sie langsam. »Vinzenz Binder ist gestorben ... Er war doch noch ganz munter!«

»Tja, so schnell kann es gehen.«

»Und einen Brief vom Notar hab ich auch bekommen.«

»Ich auch«, sagte Julian. Sie waren also beide beim Notar vorgeladen, am fünften Februar in Ingolstadt.

Nina hatte Schwierigkeiten zu begreifen, was da vor sich ging. »Kannst du dir vorstellen, warum?«, fragte sie. »Ich meine, wir haben den Mann nur ein paarmal in unserem Leben gesehen, und jetzt sollen wir zu einer Testamentsvollstreckung anrücken? Das ist doch verrückt.«

»Keine Ahnung, was das soll. Fährst du hin?«

»Natürlich fahr ich hin.«

»Komm vorher nach München, und wir fahren gemeinsam nach Ingolstadt.«

Nina dachte kurz nach. Wie gerne hätte sie das getan, nur um ihn wiederzusehen, einen Abend mit ihm zu verbringen, um dort weiterzumachen, wo sie gestern erst aufgehört hatten. Doch sie hörte sich sagen: »Das kostet mich zu viel Zeit. Lass uns dort treffen.«

»Okay, dann sehen wir uns beim Notar«, meinte er. Klang er enttäuscht, oder bildete sie sich das nur ein?

35

Ingolstadt, Februar 2018

Das Treffen beim Notar war auf vierzehn Uhr gelegt. So musste Nina nicht übernachten, sondern konnte vormittags anreisen und danach wieder nach Salzburg zurückfahren. Und wenn sie es wollte, konnte sie sich auch ein Hotelzimmer suchen, das würde sie nach dem verwunderlichen Termin entscheiden. Immerhin war heute Montag, und sie musste abends nicht im *Ludwig* stehen. Vorsorglich hatte sie ein paar Kleidungsstücke und ihren Kulturbeutel mitgenommen. Die Liste für die Einkäufe hatte sie am Vorabend aufgesetzt und Ellen in die Hand gedrückt. Was würde sie nur ohne ihre beste Freundin tun?

Wie betäubt hatte Nina auf der Bundesstraße Kilometer für Kilometer abgespult, ohne einen Blick auf die winterliche Landschaft um sich herum zu werfen. Sie kannte Vinzenz Binder im Grunde genommen doch gar nicht! Hatte das alles nur mit ihrer Großmutter zu tun? Aber warum war dann Julian auch vorgeladen? Sie konnte sich keinen Reim auf all das machen, obwohl sie inzwischen wusste, dass die Ehe auseinandergegangen war und sie keine Kinder gehabt hatten.

Eine Stunde vor dem Termin kam Nina in Ingolstadt an. Auf den Straßen lag Schneematsch, der Himmel hing voll grauer Wolken, und die Temperaturanzeige in ihrem Auto zeigte drei Grad an. Sie stellte ihren Mini im Parkhaus am Schloss ab, knöpfte sich den Mantel zu und zog sich eine Mütze über. Dann ging sie in das nächste Café und aß ohne Appetit eine Butterbreze und trank einen heißen Tee. Als sie sich die Finger an der Tasse aufgewärmt hatte, schrieb Nina Julian eine SMS, dass sie in Ingolstadt sei. Er schrieb ihr, auch bald anzukommen.

Das Notariat befand sich im zweiten Stock eines historischen Altbaus in der Ludwigstraße.

Nina Ludwig in der Ludwigstraße, dachte Nina. Konnte das ein Zeichen sein? Nur welches, erschloss sich ihr wohl erst nach ihrem Besuch. Sie fuhr mit dem Lift nach oben und stand kurz darauf in einem langen steingefliesten Gang vor einer weißen doppelflügeligen Eingangstür. Sie nahm ihre Mütze ab und drückte die Klinke nach unten. Eine Vorzimmerdame empfing sie, nahm ihr den Wintermantel ab. Sie bat sie, noch einen kurzen Moment Platz zu nehmen, und zeigte auf ein schickes hellgraues Sofa.

»Möchten Sie einen Kaffee?«, fragte sie noch.

Nina schüttelte den Kopf. »Nein, danke.«

Kurz darauf erschien Julian in Jeans und dunkelblauem Hemd, das wie üblich locker über dem Hosenbund hing. Er sah gut aus, wie immer. Offenbar hatte ihm die Sekretärin den Mantel gleich an der Tür abgenommen. Er begrüßte sie mit zwei Wangenküssen und setzte sich zu ihr auf das Sofa.

»Verrückte Welt«, sagte er. »Vor wenigen Monaten kannten wir uns noch gar nicht, und jetzt sitzen wir gemeinsam bei einem Notar.« Er sah ihr in die Augen. »Ist dir eingefallen, weshalb uns der Alte in seinem Testament bedacht haben könnte?«

Nina zuckte mit den Schultern. »Keine Ahnung. Das Einzige, was mir einfällt, ist der alte Wohnherd oder das Geschirr … Ich war begeistert von der alten Küche, und das hab ich ihm gesagt. Aber deswegen eine Vorladung?«

»Hm«, machte Julian. »Ich hab ihm gegenüber nichts in der Richtung erwähnt. Egal, wir werden's bald wissen.« Er griff nach ihrer Hand, hielt sie einen Moment lang fest. Seine warme Hand in ihrer zu spüren beruhigte sie ein wenig. Wer hätte gedacht, dass sie sich jemals freuen würde, ihn an ihrer Seite zu wissen?

Kurz darauf erschien ein Mann mittleren Alters in einem dunkelgrauen Anzug, weißem Hemd und mit hellgrauer Krawatte. »Frau Ludwig, Herr Leroy, ich bin Dr. Koch.« Er schüttelte ihnen die Hände. »Darf ich Sie bitten?«

Sie nickten und folgten ihm in ein großes, helles Büro mit teuren Möbeln, der Notar wies ihnen zwei Besucherstühle zu, die vor einem wuchtigen Schreibtisch standen.

Die Vorzimmerdame erschien mit einem kleinen silbernen Tablett, darauf standen ein Espresso und ein Glas Wasser. Sie stellte es vor Julian ab und verschwand wieder.

»Können Sie uns jetzt bitte endlich sagen, warum wir hier sind?«, platzte es aus Nina heraus.

Der Notar sah von einem zum anderen. »Es tut mir leid, dass wir Sie herbemühen mussten. Sie müssen wissen, dass normalerweise das Nachlassgericht die Erben informiert. Auch darüber, was genau Sie erben.«

Nina runzelte die Stirn und wartete ungeduldig darauf, was jetzt kommen würde.

»Aber in Ihrem Fall hat Herr Binder vor seinem Ableben ausdrücklich darauf bestanden, dass ich das übernehme und Sie beide herbitte.« Er machte eine bedeutsame Pause, die sie noch mehr auf die Folter spannte, bevor er fortfuhr. »Ich war jedenfalls überrascht, als er mich im Oktober anrief und mir mitteilte, sein Testament ändern zu wollen.«

Nina hielt den Atem an, warf Julian einen kurzen Blick zu. Er hat sein Testament nach den Dreharbeiten noch geändert? Das klang beileibe nicht danach, dass er ihr den alten Wohnherd und das Geschirr vermachen wollte... Auf einmal realisierte sie, dass nur Julian und sie anwesend waren.

»Woran ist er denn gestorben?«, fragte Nina. Als sie nach den Dreharbeiten noch mit ihm zusammensaß, war er ihr völlig gesund erschienen.

»Es war ein Schlaganfall, ein Tag vor Silvester«, sagte der Notar.

Oh Gott, dachte Nina. Wenige Tage zuvor hatte sie mit ihm noch telefoniert. Eine bleierne Schwere drückte auf ihr Herz, und sie senkte den Blick.

»Herr Binder war alleine, als es passierte. In so einem Fall zählt aber leider jede Sekunde.« Der Notar räusperte sich.

»Wo sind die anderen ... Erben?«, fragte Julian verlegen. Das Wort wollte ihm offenbar nicht recht über die Lippen kommen.

»Es gibt keine anderen Erben«, sagte der Notar.

Da klopfte es an der Tür, und die Sekretärin ließ einen kleinen fülligen Mann mit Glatze eintreten. Der Notar erhob sich und schüttelte dem Mann die Hand.

»Ah, da sind Sie ja. Das ist Herr Krüger, der Rechtspfleger

des Amtsgerichtes Abteilung Nachlassverfahren. Er wird das Testament öffnen und Ihnen den Inhalt näherbringen. Und ich werde dann die vom Verstorbenen verfügte Erläuterung dazu abgeben.«

Sie nahmen Platz, und Nina wurde allmählich schwindelig. Das wurde alles ja immer besser.

Der Mann vom Nachlassgericht holte aus seiner Aktentasche ein Kuvert hervor, öffnete es und begann, daraus vorzulesen. Der Notar klopfte währenddessen mit dem Kugelschreiber auf die Schreibunterlage, was Nina noch nervöser machte.

Wenige Augenblicke später wusste sie, dass sie und Julian Vinzenz Binders Universalerben waren und seinen Besitz zu gleichen Teilen erbten. Universalerben!

Nina klappte die Kinnlade nach unten. Sie saß wie versteinert da und starrte die beiden Männer mit weit aufgerissenen Augen an. »Er vermacht uns den gesamten Hof?« Ihr Herz klopfte aufgeregt. Tausend Gedanken schwirrten ihr durch den Kopf, sie bekam keinen davon wirklich zu fassen. Immer nur die Frage: Warum?

Sie wendete sich Julian zu, der offenbar ebenso sprachlos und überrascht war wie sie.

Ein bestimmter Satz aus dem Gespräch mit Vinzenz ging ihr durch den Kopf: »Du bist zwar nicht meine Enkelin … aber jetzt, wo uns das Schicksal zusammengebracht hat, fühlt es sich ein bisserl so an, als wärst du's.« Hatte Vinzenz damals bereits entschieden, sie als Erbin einzusetzen oder erst, nachdem er ihr am Telefon verraten hatte, sie auf seine Art adoptiert zu haben?

»Und nun kommen wir zu der angekündigten Erläuterung,

die ich Ihnen geben soll«, sagte der Notar und senkte den Blick auf das Blatt Papier vor sich. Er begann die Geschichte vorzulesen, die Vinzenz Binder ihm wenige Wochen vor seinem Tod diktiert hatte.

36

Hofberg, Januar 1960

Das junge neue Jahr zeigte sich windig, aber mild. Lieselotte
stand am Fenster. In der Hofeinfahrt lag ein wenig Schneematsch, ihr Vater werkelte im Schuppen herum. Sie konnte
nicht genau sehen, was er tat, obwohl das Tor offen stand. Lieselotte ahnte, dass er das Herumwandern mit den Schafen
ebenso vermisste wie sie, nur nicht darüber sprach. Es ist, wie's
ist, das war sein Lebensmotto, da musste nicht lang und breit
darüber geredet werden.

Die Weihnachtsfeiertage hatte Lieselotte zu Hause verbracht, es gab so vieles zu erzählen. Sie hatte ihrer Mutter
mehrmals versichern müssen, dass zwischen August und ihr
nichts passiert war. Eine Woche nach ihrer Ankunft in Hofberg war ein Brief von ihm gekommen. Lieselotte hatte gelä-
chelt, als der Postbote ihn ihr in die Hand gedrückt und sie
den Absender und die österreichische Briefmarke gesehen
hatte. Misstrauisch hatte ihr die Mutter über die Schulter gesehen und die Stirn in Falten gelegt.

»Ein unverheiratetes Paar wochenlang allein auf einer
Hütte«, hatte sie geschimpft. Das passte nicht in ihr Lebens-

bild. Moderne Zeit hin oder her. Sie verkniff sich aber diesmal die Frage, ob Lieselotte schwanger war. Lediglich dieser besondere Blick ihrer Mutter, eine Mischung aus übermäßiger Sorge und spezieller Traurigkeit streifte sie ab und zu. Manchmal erschien es ihr, als würde sie in ihr noch jemand anderes sehen. Von ihrem Besuch in Wien hatte sie ihr vorsorglich lieber nichts erzählt.

Insgeheim hatte Lieselotte gehofft, dass Vinzenz augenblicklich bei ihr zu Hause am Hof auftauchen würde, sobald er von ihrer Rückkehr erfuhr. Jetzt war sie bereits seit fünf Wochen wieder da, und er war noch immer nicht vorbeigekommen. Und sie hatte es auch nicht gewagt, an den Binder-Hof zu gehen.

»Die Binderin schüttet ihn mit Arbeit zu«, hatte ihr Fritz erzählt, als sie ihren Bruder nach Vinzenz gefragt hatte. »Immerhin haben sie jetzt knapp dreihundert Milchkühe, die doppelte Menge Wald und Felder wie früher, unser Stück mit eingerechnet«, fügte er bitter hinzu. Er kam nicht drüber hinweg, dass ein Teil ihres Eigentums nun dem Binder gehörte. Aber ihr Vater hatte verkaufen müssen. Für Nebenerwerbsbauern, die sie nun mal waren, war die zu bearbeitende Fläche zu groß geworden. Der Hof der Binder hingegen wuchs und gedieh, während die anderen Landwirte kaum mehr von dem Ertrag ihrer Höfe leben konnten und sich andere Arbeit suchen mussten.

Auch Fritz und ihr Vater arbeiteten mittlerweile unter der Woche in einer Schlosserei im Nachbarort. Der Viehbestand am Schäfer-Hof beschränkte sich inzwischen auf acht Kühe, eine Handvoll Hühner, Gänse und Hasen.

»Es ist ein Trauerspiel«, sagte ihre Mutter und riss Lieselotte aus ihren Gedanken. Sie stellte den Topf mit den Kartoffeln aufs Fensterbrett vor sie hin und drückte ihr eine Gabel und ein kleines Messer in die Hand.

»Was ist ein Trauerspiel?«, fragte Lieselotte und begann, die erste Kartoffel zu schälen.

Magda Schäfer holte eine saubere Schüssel für die geschälten Kartoffeln und stellte sich neben Lieselotte. »Schau doch, die Hunde ...« Sie zeigte mit der Gabel durchs Fenster. »Die brauchen eine Beschäftigung. Sie bewachen den ganzen Tag die Gänse und Hühner, weil's keine Schafe mehr gibt.« Sie streifte die geschälte Kartoffel in die Schüssel, nahm sich die nächste. »Und wenn eine Henne ausbüxt und einer der Hunde holt sie zurück, mei, da kann's schon mal passieren, dass eine draufgeht.«

»Ich sag doch, es gehören Schafe auf den Hof.«

Ihre Mutter schüttelte den Kopf. »Das wird's nicht mehr spielen, Liesl. Schlag dir das aus dem Kopf.« Sie warf ihr einen traurigen Blick zu. »Wir sind keine reinen Landwirte mehr, nicht einmal mehr Kleinhäusler, wir sind jetzt Nebenerwerbsbauern.« Ihr Tonfall klang bitter.

Lieselotte wusste, welche Botschaft dahintersteckte: Sie wurde dieses Jahr einundzwanzig und damit volljährig. Am besten sollte sie sich einen Mann suchen und heiraten.

Lieselotte wollte etwas darauf erwidern, doch in dem Moment düste Fritz auf seinem Moped in den Hof. Die Hunde bellten ihn aufgeregt an. Ihr Bruder hatte es sich kürzlich gekauft und hütete es normalerweise wie seinen Augapfel. Nun würgte er den Motor ab, ließ es auf die Erde fallen und rannte ins Haus. Gleich darauf riss er die Küchentür auf.

»Ihr glaubt nicht, was passiert ist.« Sein Gesichtsausdruck verhieß keine frohen Nachrichten.

»Was denn?«, rief Lieselotte und hoffte insgeheim, dass Vinzenz nur nichts geschehen war.

»Der Binder … umgefallen ist er.«

»Umgefallen?«, fragte Magda Schäfer verständnislos. »Und deswegen stürmst du hier rein wie ein wild gewordener Stier?«

»Mit der Mistgabel in der Hand, einfach so …« Fritz machte eine abgehackte Bewegung. »Tot. Von einer Sekunde zur anderen. Der Leichenbeschauer ist schon am Hof bei denen.«

»Tot«, wiederholte ihre Mutter ungläubig. »Mei, da muss ich doch gleich schauen, ob die Mirl was braucht«, sagte sie aufgeregt und nahm sich die Kochschürze ab.

»Ich komm mit.« Lieselotte tat es ihr gleich.

»Nein, du bleibst da!«, befahl ihr die Mutter. »Fritz, lauf und gib dem Vater Bescheid, und dann fahrst mich mit dem Moped zum Binder-Hof, das geht schneller.«

Lieselotte verharrte reglos und starrte ihnen durchs Fenster hinterher, wie sie gemeinsam auf dem Moped davonbrausten. Im Dorf stand man in schlechten Zeiten zusammen, egal ob man sich leiden konnte oder nicht. Und sie hatte endlich einen Grund, bei Vinzenz vorbeizuschauen.

Lieselotte erschrak beinahe, als sie wenige Tage später endlich das einst so vertraute Gesicht von Vinzenz erblickte. Ihr Abschied war nur Monate her, doch während dieser Zeit schien er zum Mann gereift zu sein. Seine dunklen Locken standen ihm zwar noch immer vom Kopf ab, doch ein dunkler Bartschatten lag auf seinem Gesicht. Auch sein Gesichtsausdruck schien ihr ernster geworden zu sein. An den Aufschlägen seiner dunklen Arbeitshose bemerkte sie Schmutzflecken, die Ärmel seines Hemdes waren trotz der Kälte hochgekrempelt.

Er warf den Dung mit Schwung auf den Misthaufen und stellte die Gabel zur Seite.

»Servus, Liesl. Bist wieder da.«

»Servus, Vinz. Ja, bin wieder da.« Sie trat auf ihn zu und streckte ihm die Hand entgegen. »Mein Beileid.«

»Danke. Morgen wird er begraben.«

»Ich weiß, wir kommen alle zum Begräbnis.«

Vinzenz nickte traurig.

»Es tut mir leid, dass wir uns unter diesen Umständen wiedersehen«, sagte Lieselotte.

»Wie war's in Salzburg?«

»Schön. Wie war's hier in Hofberg?«

Vinzenz zuckte mit den Schultern. »Hofberg eben.«

Lieselotte hätte gerne gehört, dass er sie vermisst und seine Mutter überzeugt hatte, dass sie ihre Verbindung guthieß. Sie öffnete den Mund, wollte ihn danach fragen, als prompt Annemarie Binder hinter ihm auftauchte.

»Was machst du hier?«, fragte sie Lieselotte.

»Ich wollte euch mein Beileid aussprechen.«

»Dafür hättest nicht herkommen müssen, das kannst du genauso gut am Friedhof nach der Beerdigung tun.« Sie klang hart, noch unversöhnlicher als sonst. Auch ihre Mimik spiegelte keine Trauer, sondern Hochmut, fand Lieselotte. Annemarie Binder bedachte sie mit dem gleichen argwöhnischen Blick wie damals, als sie ihre Mahlzeit vor dem Haus einnahm und behandelt wurde, als wäre sie nur gekommen, um ihnen die Butter vom Brot zu stehlen. Oder bekam sie Angst, Lieselotte würde ihr nun ihren einzigen verbliebenen Sohn wegnehmen?

Plötzlich huschte ein fast überhebliches Grinsen über ihr Gesicht. »Und ich dachte, du bist g'scheit worden, Madl.«

Lieselottes Blick glitt zu Vinzenz, doch der schien den Kopf einzuziehen. Ein ähnliches Bild hatte sich Lieselotte schon einmal dargeboten. Warum widersprach er seiner Mutter nicht?

»Aber wie ich seh«, fuhr sie fort, »hab ich mich getäuscht. Na ja, was will man von einem Zigeunerkind wie dir schon erwarten«, zischte sie.

Lieselotte schnappte nach Luft. Doch noch bevor sie etwas darauf erwidern konnte, wandte sich die Binder-Bäuerin ab und ging.

Lieselotte wusste, was das bedeutete: Du bist nicht gut genug für meinen Sohn und wirst ihn niemals bekommen.

Ihre letzte Bemerkung glich zudem einer Kriegserklärung. Würde Lieselotte nicht die Finger von ihrem Sohn lassen, würde sie ihren Ruf und den ihrer Eltern gänzlich zugrunde richten.

»Ich glaub, ich geh besser wieder.«

»Treffen wir uns heute Abend?«

»Das habe ich nicht gemeint, Vinz. Ich meinte, ich gehe zurück nach Maria Alm. Dort bin ich willkommen, und brauchen können s' mich auch.«

Vinzenz griff nach ihren Händen. »Hier bist du auch willkommen.« Er sah sie aus traurigen Augen an. »Bitte bleib!«

»Warum sollte ich? Es gibt nichts zu tun für mich und deine Mutter ... Sie wird mich nie mögen.«

»Ich kenne den Besitzer eines großen Schafbetriebs, dreißig Minuten Autofahrt von hier, die suchen einen verlässlichen Lohnschäfer«, unterbrach er sie rasch. »Ich red mit denen, wirst sehen, die nehmen dich, und zwischenzeitlich klär ich das mit meiner Mutter.«

Das hatte er ihr schon einmal versprochen und nicht gehalten. Warum sollte sie ihm diesmal vertrauen? Zumal er jedes Mal zur Salzsäure erstarrte, wenn seine Mutter auftauchte und sie niedermachte.

»Du hast Angst vor deiner Mutter.«

Vinzenz' Miene verdunkelte sich. »Hab ich nicht, aber jetzt, nach dem Tod meines Vaters … Sie hat doch nur mehr mich.«

»Schieb jetzt nicht den Tod deines Vaters vor, Vinzenz. Bevor ich nach Salzburg gegangen bin, hast du mir versprochen, mit ihr zu reden. Hat du das überhaupt jemals getan?«

»Du könntest Mary und Thea wiedersehen«, ignorierte er ihre Frage.

Lieselottes Augenbrauen wanderten nach oben. »Du machst dich lustig über mich.«

»Erinnerst du dich an den Schäfer, der sie damals abgeholt hat? Der Kestl Rupert? Er ist es, der jemanden ab Februar sucht.«

Sie sah ihm in die Augen, wiegte skeptisch den Kopf hin und her.

»Und meine Mutter wird dann endlich begreifen, was für eine gute Landwirtin du bist.«

Lieselotte spürte, wie das Glücksgefühl in ihr aufstieg bei dem Gedanken, Thea und Mary wiederzusehen. Trotzdem musste sie hier und jetzt etwas Bestimmtes klären. »Was ist mit Sigrid? Kommt sie zu dir auf den Hof? Immerhin musst du jetzt die Arbeit deines Vaters übernehmen und …«

»Blödsinn«, fuhr er sie an.

Argwöhnisch nahm sie ihn ins Visier.

»Tut mir leid.« Er griff nach ihrer Hand. »Versteh doch!

Der Tod meines Vaters ... niemand hat damit gerechnet.«
Seine Stimme zitterte.

»Schon gut«, gab sich Lieselotte verständnisvoll. »Sag dem Kestl, ich nehm meine Hunde mit.«

Vinzenz lächelte sie dankbar an.

37

Lieselotte fieberte dem Tag ihres Arbeitsbeginns entgegen, obwohl es bedeutete, Vinzenz erneut hinter sich zu lassen. Am fünfzehnten Februar war es so weit. In der Früh schneite es leicht. Lieselotte packte sich warm ein, denn ihr Vater brachte sie höchstpersönlich mit dem Bulldog zum Schafbauern, weil er sehen wollte, wie es Mary, Thea und den anderen Tieren dort erging. Die Hunde lagen auf dem Anhänger. Das Anwesen war riesig. Es gab mehrere Ställe, die mit großzügigen Weideflächen umgeben waren.

»Wir haben fünftausend Schafe unterschiedlicher Rassen in mehreren Herden«, erklärte ihnen Rupert. »Die einzelnen Schafherden trennt innerhalb der Stallungen nur der Weidezaun. Aber alle können, wenn sie wollen, Tag und Nacht raus auf die Weide.«

»Da schein ich meine Tiere dem richtigen Mann verkauft zu haben«, sagte Lieselottes Vater zufrieden, während sie zu den Stallungen gingen. Die Hunde an Lieselottes Seite reckten ihre Nasen in die Höhe und schnupperten aufgeregt. Sie verstanden, was von ihnen erwartet wurde, und konnten es kaum erwarten, ihre Arbeit zu tun. Jede Faser ihres Körpers verhieß Aufmerksamkeit. Vorbei war die Langeweile, die sie noch vor dem Hühnerstall beherrscht hatte. Selbst Anka verhielt sich plötzlich wieder wie eine junge Hündin und hechelte erwartungsvoll.

Rupert wandte sich an Lieselotte. »Du bist verantwortlich für die Herde, die einmal euch gehört hat.«

Sie nickte freudig und bedankte sich. Auf diese Worte hatte sie gehofft, auch wenn es nur für zwei Monate sein würde. Es war besser als nichts, dachte Lieselotte.

Die Hunde liefen ihnen voran. Offenbar hatten sie die Witterung ihrer alten Herde aufgenommen. Sie würden wieder eine Familie sein, immerhin war Anka bereits mit elf Wochen zur Herde gekommen und Ira und Zeus mitten unter ihnen geboren. Somit waren die Schafe ihr Rudel.

Als sie in den Schuppen mit den Merinos kamen, klopfte ihr das Herz bis zum Hals. Es fühlte sich an, als treffe sie im nächsten Augenblick alte Freunde wieder. Sie hielt einen Moment inne und sog tief den Duft der Tiere ein. Die Hunde waren unter dem Gatter durchgeschlüpft und schon mitten unter den Schafen, begrüßten jedes einzelne von ihnen. Die Herde sah gut aus, befanden sie. Gesund, wohlgenährt und zufrieden.

»Mary, Thea«, rief Lieselotte, als sie die beiden entdeckt hatte. Sie hoben den Kopf und kamen gleich darauf in ihre Richtung gelaufen. Selbst Horst kam zu ihnen herüber.

»Schafe erkennen ihren Schäfer immer«, sagte Rupert.

»Egal was andere behaupten, sie sind jedenfalls nicht dumm.« Lieselotte kraulte den beiden Schafen überglücklich den Kopf, in ihren Augen schimmerten Freudentränen. Pfeif auf Vinzenz' Mutter, dachte sie trotzig, das war es, was wirklich für sie zählte.

Obwohl Lieselotte darauf bestand, nicht anders als die

anderen Lohnschäfer behandelt zu werden, bekam sie ein Zimmer im Wohnhaus und nicht in der Arbeiterbaracke zugeteilt.

»Sicher ist sicher«, sagte Rupert. »Ich kann ned a Madl unter lauter Männer schlafen lassen. Die zerreißen sich außerdem sowieso schon das Maul darüber, dass ich a Schäferin auf den Hof hol.«

»Nur essen werden wir alle gemeinsam«, sagte Karin und drückte Lieselotte einen Topf mit Kartoffeln in die Hand. »Stell das gleich mal auf dem Biertisch vorm Haus ab. Ich hol noch das Fleisch.«

Nach dem Essen verabschiedete sich Lieselottes Vater. »Mach mir keine Schande, Madl«, raunte er ihr zu, bevor er den Bulldog bestieg.

Lieselotte war an ihrem ersten Arbeitstag bereits um fünf Uhr morgens auf den Beinen. Sie schlüpfte rasch in ihre Latzhose und die Arbeitsbluse, zog die Gummistiefel und die dicke Jacke über und lief zum Schuppen. Die Hunde begrüßten sie freudig, sie hatten wie üblich bei den Schafen geschlafen. Lieselotte ließ sie nach draußen und wandte sich dann ihren Lieblingsschafen zu. »Guten Morgen, Mary, guten Morgen, Thea, guten Morgen, Horst.« Zärtlich strich sie über das feine Haar der Merinos. »Habt ihr gut geschlafen?« Obwohl sie noch immer alleine war, sprach sie leise mit den Schafen, damit die anderen sie auf gar keinen Fall hörten. Die Männer würden sie für verrückt erklären. Für die meisten von ihnen waren es einfach nur Tiere, die keine Ansprache brauchten. Doch Lieselotte war anderer Ansicht. Schafe waren intelligente, soziale Wesen mit komplexen Gefühlen. Sie hatten ihrer Auffassung nach ein Mindestmaß an Respekt und guter Behandlung verdient.

Energiegeladen griff sie nach der Mistgabel, um auszumisten und frisches Heu in den Boxen zu verteilen. »Das hier fühlt sich fast wie früher an, auch wenn wir nicht umherwandern können«, flüsterte sie. »Eigentlich haben wir unser Wiedersehen Vinzenz zu verdanken.« Sie hängte ihre Jacke an einen dicken Nagel an der Wand. Durch die Arbeit war ihr warm geworden. »Du kannst dich sicher noch an Vinz erinnern, Mary.« Das Schaf hob den Kopf. In dem Moment hörte Lieselotte ein Geräusch hinter sich. Rupert erschien im Türrahmen.

»Du arbeitest schon?«, fragte er, und sein breites Grinsen zeigte, dass ihm ihr Einsatz gefiel.

Freudig nickte sie ihm zu.

Nach und nach tauchten die anderen Männer auf. Sie grüßten Lieselotte missmutig, und ihre Blicke verrieten, was sie von ihr dachten: Du gehörst nicht hierher. Lieselotte versuchte, sich nichts anmerken zu lassen.

Als Ruperts Frau zum Morgenkaffee rief, stellte sie die Mistgabel zur Seite, zog die Jacke wieder über und ging zum Biertisch vor dem Haus, auf dem fünf Thermoskannen voll Kaffee und Butterbrote auf einem Holzbrett lagen.

Ich hab's geschafft! Ich bekomm Butter aufs Brot, dachte sie vergnügt, aß mit großem Appetit und fühlte sich an die Zeit am Binder-Hof erinnert, wo ihr diese Form der Anerkennung verwehrt geblieben war.

Wenig später herrschte reges Treiben auf dem Hof. Jeder kannte seine Aufgabe und verrichtete sie aufmerksam. Die Lohnschäfer neben ihr betreuten die Corburger Fuchsschafe, die sich durch ihren rötlichen Farbton von den anderen abhoben. Ihre Wolle ließ sich gut verspinnen und stricken, wusste Lieselotte. Die anderen Herden bestanden aus Ostfriesischen Milchschafen. Diese Rasse wurde auf hohe Milchleistung gezüchtet und sah aufgrund des länglichen unbewollten und gewölbten Kopfes und den feinen, straffen Fesseln edel aus. Lieselotte ließ die Merinos nach draußen, wo sie von den Hunden bewacht auf der Weide vor dem Stall grasten.

Während sie den Bereich der Herde weiter ausmistete, überlegte sie, ob sich Sigrid in diesem Moment am Binder-Hof aufhielt. Sie gab sich Mühe, ihre Bedenken zu ignorieren und logisch zu überlegen. Sigrid konnte nicht die Arbeit des verstorbenen Binder-Bauern übernehmen – wer also brachte seine Hilfe am Hof ein? Zudem war Vinzenz sicher mit anderen Dingen beschäftigt, als sich um die von seiner Mutter ausgewählte Braut zu kümmern. Braut! Dieses Bild in Zusammenhang mit einer anderen Frau zu bringen verursachte ihr Magenschmerzen. »Mach dich nicht verrückt«, ermahnte sie sich stumm und wischte den Gedanken so schnell wie möglich wieder zur Seite.

Am späten Nachmittag trieb sie die Herde zurück in den Schuppen. Bevor sie die Tiere alleine ließ, flüsterte sie Mary ins Ohr, wie sehr sie sich darüber freute, sie alle frisch und munter angetroffen zu haben.

Abends im Bett starrte sie im Dunkeln an die Decke und dachte an Vinzenz. Was er wohl gerade tat? Dachte er auch an sie und betrachtete dabei die Sterne am Himmel? Kurz vor dem Einschlafen wanderten ihre Gedanken dann auch noch nach Wien zu August.

Am nächsten Tag stand die Klauenpflege der Herde auf

dem Arbeitsplan. Lieselotte wusste, dass dieses Unterfangen einige Tage andauern würde, immerhin hatte sie vierhundert Tiere zu versorgen.

»Wennst willst, hilft dir einer der Männer«, sagte Rupert vor versammelter Mannschaft beim Morgenkaffee. Einige Männer grinsten gehässig, andere drehten sich einfach weg. Lieselotte konnte sich gut vorstellen, was sie dachten, deshalb sagte sie rasch: »Ich brauch keine Hilfe.«

Das Grinsen im Gesicht der Männer wurde noch breiter. Herausfordernd lächelte sie zurück. Eines war klar. Zumindest die beiden, deren Herden im gleichen Stall untergebracht waren, würden sie mit Argusaugen beobachten, um ihr vermeintliches Scheitern belachen zu können. Aber den Gefallen würde sie ihnen nicht tun. Lieselotte wollte, wenn es sein musste, doppelt so hart arbeiten, um vor ihren Augen zu bestehen. Auf jeden Fall würde sie keine Schwäche zeigen und ihnen den Wind schon aus den Segeln nehmen. Und wenn es nur dazu diente, die Binderin wissen zu lassen, wie zäh und ausdauernd sie war. Denn sie war fest davon überzeugt, dass Vinzenz' Mutter erfuhr, wie sie am Hof der Kestl ihre Arbeit verrichtete.

»Na dann, lasst uns anfangen!« Rupert klatschte in die Hände, und sie stellten ihre leeren Tassen auf dem Tisch ab.

Im Stall reihte Lieselotte das Klauenmesser und die Klauenschere nebeneinander auf und überprüfte die Schärfe des Werkzeugs. Zuerst wies sie Anka an, Horst im Auge zu behalten. Der Bock würde Lieselotte stoßen, wenn er die Gelegenheit dazu bekam. Sie begann ganz bewusst mit Mary. Ihr Lieblingsschaf ließ sich mühelos einfangen und in Steißlage legen. Den Rücken des Tieres fixierte Lieselotte zwischen ihren

Oberschenkeln. Sie begann mit dem rechten Vorderfuß. Zuerst schnitt sie mit der Schere die überstehende Tragwand ab, dann den Klauenballen und den Übergang vom Ballen auf die Hornwand. Sie entfernte sorgfältig auf beiden Klauen alles Überflüssige, nahm dann das Messer zur Hand und schnitt das Horn zurück, bis eine weiße Linie sichtbar wurde. Das tat sie mit bedachten Handgriffen an allen vier Füßen, danach entließ sie Mary wieder. Sie holte sich Thea. Nach zwei Stunden arbeitete sie wie in Trance Tier für Tier ab. Schweiß stand auf ihrer Stirn. Langsam tat ihr jede Faser ihres Körpers weh. Ihre Hände wiesen Schwielen auf, die Muskeln ihrer Oberarme und Oberschenkel brannten, und ihre Bandscheiben meldeten sich schmerzhaft bei jeder Bewegung.

Abends fiel sie wie ein Stein ins Bett und schlief sofort ein. Keine Gedanken mehr an Vinzenz oder August.

Die anfängliche Skepsis der Männer ihr gegenüber wich bald Anerkennung. Lieselotte arbeitete doppelt so hart, blieb bis spät abends bei den Schafen und war morgens schon wieder die Erste im Stall. Sie genoss jeden Moment mit ihrer Herde.

Die zwei Monate gingen viel zu schnell vorbei. Lieselotte brach ein zweites Mal das Herz, als sie Thea und Mary verlassen musste. Aber immerhin wusste sie die Herde in guten Händen, und sie würde Vinzenz wiedersehen. Der Gedanke brachte ein wenig Sonnenschein in ihr Herz. Fritz holte sie am siebzehnten April ab, er hatte sich dafür den VW Käfer eines Freundes geborgt. Immer mehr Leute konnten sich jetzt Autos leisten. Ihre Eltern wollten sich auch bald eines anschaffen, ebenso eine Waschmaschine. Fritz legte eine Decke auf die Rückbank und ließ die Hunde darauf Platz nehmen. Dann fuhren sie los.

Die ersten Kilometer erzählte Lieselotte von der zurückliegenden Arbeit, dann schwiegen sie eine Weile. Ihr kam vor, als läge Fritz etwas auf dem Herzen. »Ist etwas?«, fragte sie schließlich.

»Der Vinz ist jetzt verheiratet«, stieß ihr Bruder hervor.

Lieselotte starrte ihn fassungslos an. Sie glaubte sich verhört zu haben. »Was?«

»Vor drei Wochen, in Denkendorf haben s' geheiratet.«

Lieselotte hielt den Atem an. Irgendwo weit entfernt läutete eine Kirchenglocke. Aber er hat versprochen, mit seiner Mutter zu reden!, dachte sie verzweifelt. Am liebsten wäre sie aus dem Auto gesprungen und laut schreiend über die Felder davongelaufen. Sie hoffte, dass Fritz zu lachen begann und »Reingelegt!« rief. Aber nichts dergleichen geschah, stattdessen erzählte er ihr lang und breit, was man sich im Dorf über die Hochzeit in Denkendorf erzählte.

»Die Herta war eingeladen, musst wissen«, sagte er. »Die erzählt natürlich jedem, der in den Laden kommt, wie feudal die Feier war.« Er klang genervt.

Lieselotte drehte den Kopf zur Seite und schluckte die aufsteigenden Tränen hinunter. Sie wollte unter keinen Umständen vor ihrem kleinen Bruder weinen. Fritz sollte ihr überhaupt die Verzweiflung nicht ansehen. Mit aller Kraft versuchte sie, die Splitter in ihrem Herzen aufzukehren, sich wieder zu fangen, und es gelang ihr tatsächlich. Der Schock wich langsam einer aufkeimenden Wut. Dieser verlogene Dreckskerl!, dachte sie. All seine schönen Worte waren nichts anderes als eine einzige verdammte Lüge gewesen. Was erhoffte er sich?

Dass er dank der Heirat mit Sigrid den Hof überschrieben bekam und sie seine Geliebte wurde?

Lieselotte fühlte sich hintergangen, gedemütigt und der Lächerlichkeit preisgegeben. Eine gefährliche Mischung aus Wut und Enttäuschung brodelte in ihr. Garantiert lachte bereits das ganze Dorf über sie. Lieselotte Schäfer, die ihrer großen Liebe wegen wiedergekommen war! Und ausgerechnet die hatte sie nun getäuscht, hintergangen wie ein … ein … ihr fiel kein Vergleich ein, so sehr schmerzte sie der Betrug. Ihre Gefühle schwankten zwischen Zorn, Verlegenheit, verletztem Stolz, und sie verspürte den Wunsch, auf der Stelle wieder zurück nach Maria Alm zu gehen.

Ihre Hände gruben sich tief in die Taschen ihres Arbeitskleides. Plötzlich spürte sie einen Gegenstand. Es war das Schaf, das Vinzenz ihr bei ihrer ersten Abreise geschenkt hatte und das sie seitdem immer bei sich trug. Sie holte es hervor, kurbelte das Fenster hinunter und warf es im hohen Bogen hinaus.

»Was war das?«, fragte Fritz.

»Ballast.«

Lieselotte wollte so schnell wie möglich wieder weg aus Hofberg. Sie hasste Vinzenz und seine Mutter. Zuerst überlegte sie, vorübergehend zu ihrer älteren Schwester Gertrud zu ziehen. Aber die war hochschwanger und würde alles andere als glücklich sein, wenn Lieselotte sie mit ihren Problemen behelligte. Deshalb fuhr sie erst einmal mit einem kleinen Koffer nach München und landete vor der Wohnungstür ihres älteren Bruders Georg. Sie drückte auf den Klingelknopf und wartete.

»Du?« Georg war sichtlich überrascht, als er die Tür öffnete und unverhofft seine kleine Schwester davor fand. Er sah gut aus mit seinen kurz geschnittenen dunkelblonden Haaren, in dem dunklen Rollkragenpulli und der Bundfaltenhose, dachte Lieselotte. Wie ein gebildeter Stadtmensch.

»Darf ich reinkommen?«, fragte sie.

»Warum hast du nicht angerufen?« Er erschien ihr verlegen. Sein rascher Blick über die Schulter hinweg verstärkte bei ihr das Gefühl, dass seine Freude über ihr Kommen verhalten war.

»Weil wir in Hofberg keinen Telefonanschluss haben. Schon vergessen? Unser Dorf ist nicht München.«

In dem Moment tauchte eine groß gewachsene Frau hinter ihm im Flur auf. Sie trug ein schlichtes, ärmelloses beiges Kleid und hatte einen dunklen Bubikopf.

»Servus.« Wie selbstverständlich streckte sie Lieselotte die Hand entgegen. »Ich bin die Renate.«

»Servus, Liesl.«

Sie baten sie herein, und der ersten Verlegenheit wich rasch eine freundschaftliche Plauderei.

»Dass du aber nichts der Mama sagst«, schwor ihr Bruder sie ein, als sie zusammen am Tisch saßen und eine Kleinigkeit aßen. Lieselotte versprach es ihm. Dass die beiden in wilder Ehe zusammenlebten, würde ihre Mutter niemals billigen.

Zwei Tage später ging Renate mit ihr zum Friseur. Sie hatten sich regelrecht angefreundet, und Lieselotte fand, dass es Zeit wurde, sich von ihren Zöpfen zu trennen. Sie ließ sich die Haare kurzerhand zu einem modernen Bob schneiden. Danach kaufte sie sich auf Anraten ihrer Schwägerin in spe im Kaufhof in der Sonnenstraße ein elegantes dunkelgrünes Kostüm mit Bleistiftrock und einen gelben Hut.

So hatte Lieselotte zwar ihre Erscheinung verändert und dem modernen Stadtleben angepasst, doch sie hatte noch immer keine Ahnung, wohin ihr Lebensweg sie führen sollte. Zu lange hatte sie sich für alle Ewigkeit an Vinzenz' Seite gesehen. Der Traum, eine eigene Schafzucht mit ihm zu betreiben, war ebenfalls zerplatzt. Anfang Mai schrieb sie August einen Brief, in dem sie ihn darüber informierte, dass sie derzeit in München bei ihrem Bruder sei und sobald wie möglich wieder nach Maria Alm gehen werde. Sie hoffte, dass die Pläne für ihr Leben dort klarer werden würden.

38

Hofberg, Februar 2018

»Herr Binder bedauerte es sehr, dass er und Ihre Großmutter zeitlebens nie wieder ein Wort miteinander gewechselt haben. Er hat ihr mehrere Briefe geschrieben, aber sie hat sie ungelesen an ihn retourniert.« Der Notar sah sie abwartend an.

»Was hat er erwartet?« Es fiel Nina nicht schwer, sich in ihre Großmutter hineinzuversetzen. Sie musste sehr verletzt gewesen sein.

Er ging nicht weiter darauf ein. »Die Briefe hat der Verstorbene übrigens alle verbrannt, nur falls Sie wissen wollen, was damit passiert ist.«

Nina schüttelte unmerklich den Kopf. »Mich würde viel mehr interessieren, was mit Sigrid Binders Familie ist? Ich weiß, sie ist gestorben ...«

Julian sah sie fragend von der Seite an.

»Ich hab zu Weihnachten noch mit ihm telefoniert, da hat er mir's erzählt. Gibt es von ihrer Seite keine Erben?«

»Die Ehe hat nur drei Jahre gehalten«, sagte der Notar. »Nachdem sie kinderlos geblieben war, willigte selbst die Mutter von Herrn Binder in eine Scheidung ein. Sie drängte sogar darauf, die Ehe von kirchlicher Seite her für ungültig erklären zu lassen. Ein derartiger Antrag wurde jedoch nie gestellt. Die beiden haben vereinbart, keinerlei Anspruch auf den Besitz des anderen geltend zu machen. Frau Binder hat später wieder geheiratet, auch diese Ehe ist laut Herrn Binder kinderlos geblieben. Er selbst ging keine Verbindung mehr ein.«

»Was bedeutet das jetzt eigentlich alles genau?«, hakte Nina nach.

»Sie und Herr Leroy erben den Binder-Hof zu gleichen Teilen.«

»Das haben wir schon verstanden«, sagte Julian. »Ich begreif nur nicht recht warum?«

»Mehr kann ich Ihnen leider auch nicht sagen«, antwortete der Notar und wandte sich an Nina. »Es war der ausdrückliche Wunsch von Herrn Binder, Ihnen diese Geschichte hier vorzulesen, um zu erläutern, weshalb die Beziehung mit Ihrer Großmutter auseinanderging«, sagte er und klopfte auf die Niederschrift vor sich. »Und er meinte auch noch, wenn Sie die ganze Wahrheit wissen wollen, müssten Sie das Erbe annehmen, und erst dann würden Sie weitere Antworten auf dem Dachboden des Hauses finden.« Der Notar sah geheimnisvoll von ihr zu Julian und klappte die Mappe zu. »Übrigens wüsste er selbst auch erst seit fünfzehn Jahren Bescheid.«

»Über was wusste er Bescheid? Und wieso seit fünfzehn Jahren?« Nina konnte sich auf das eben Gehörte keinen Reim machen. Was hatte das alles zu bedeuten? Auch Julian zuckte mit den Schultern, als sie ihn ansah.

Der Notar zog zwei Schlüssel aus der Schublade und schob

sie ihnen über den Tisch. »Auch die Schlüsselübergabe vor Vertragsunterzeichnung ist ungewöhnlich, werten Sie es als Vertrauensvorschuss. Herr Binder meinte, Sie wollten vielleicht gleich losfahren und Ihr Erbe in Besitz nehmen.«

»Und wenn wir das nicht tun?«, fragte Julian.

»Dann bekommt die katholische Kirche den Hof. Herr Binder hatte, wie schon vorhin erläutert, keine Kinder, und sonstige Angehörige gibt es auch nicht.«

»Und wenn wir nicht annehmen, werden wir nie erfahren, was uns auf dem Dachboden erwartet«, sagte Nina.

»Das ist richtig.« Der Notar nickte.

»Was ist eigentlich mit dem Wald?«, fragte Nina.

Er runzelte die Stirn. »Der gehört selbstverständlich zum Anwesen und folglich jetzt auch Ihnen. Und jetzt entschuldigen Sie mich bitte. Der nächste Termin wartet.« Er erhob sich, schüttelte ihnen und dem Rechtspfleger die Hand und verließ den Raum. Die Vorzimmerdame erschien mit den Mänteln und begleitete sie zur Tür.

Onkel Fritz wird sich freuen, dachte Nina. Endlich war das Stück Wald wieder in Familienbesitz. Auch wenn sie im Moment noch ausblendete, dass die Hälfte davon Julian besaß.

Sie zogen sich die Mäntel über, gingen nach draußen und standen eine Weile unschlüssig vor dem Haus des Notars herum.

»Ich brauch jetzt einen Schnaps«, sagte Nina schließlich.

»Musst du gleich nach Salzburg zurück?«, fragte Julian, ohne zunächst darauf einzugehen.

Nina wiegte den Kopf hin und her. »Eigentlich sollte ich … ich weiß nicht, ich bin total durcheinander.«

»Was hältst du davon, wenn wir unser Erbe tatsächlich schon mal ... also, ich mein, dort gibt es ja auch Schnaps und weit entfernt von Ingolstadt liegt Hofberg ja nicht«, stammelte Julian ein wenig unbeholfen.

Nina sah die Straße hinunter und dachte nach.

»Komm, sei einmal spontan, gib dir einen Ruck!«

»Wie meinst du das?« Empört runzelte sie die Stirn.

»Du sortierst das Für und Wider doch wie deine Gewürze. Das gehört dahin, das dorthin.«

Nina verpasste ihm einen Seitenhieb. »Der Vergleich hinkt, und das weißt du auch.«

»Egal, lass uns hinfahren.« Er lächelte sie an.

»Gut, wir sehen uns vor dem Binder-Hof«, entschied Nina. »Bis gleich.«

Sie ging zu dem Parkhaus am Schloss zurück, lenkte ihren Mini aus der Stadt hinaus auf die Landstraße und rief über die Freisprechanlage ihre Eltern an.

Ihre Mutter hob ab. »Nina, endlich!«

»Mama, ich hab den Hof geerbt!« Sie bemerkte, wie aufgebracht sie augenblicklich war. »Also nicht den ganzen, nur die Hälfte.«

»Kannst du das bitte wiederholen und zwar so, dass ich es verstehe?«

Nina versuchte, ihr in ruhigem Tonfall die Sache zu erklären. »Und nun sind Julian und ich auf dem Weg dorthin.« Sie schnaufte tief durch. »Vor meiner ersten Abreise nach Hofberg hast du noch gemeint, ich soll den Onkel Fritz fragen, ob es ein dunkles Familiengeheimnis gibt.«

»Ich erinnere mich. Das war aber ein Scherz.«

»Ja, das ist schon klar. Aber Mama, es gibt tatsächlich

irgendetwas, das am Dachboden des Binder-Hofes liegt und von dem niemand weiß. Ich kann dir aber nicht sagen, inwieweit dies mit unserer Familie zu tun hat.«

»Muss es wohl«, sagte ihre Mutter. »Sonst hätte der alte Binder nicht extra in seinem Testament darauf hingewiesen.«

»Hm«, machte Nina nur. »Gibst du bitte Ellen Bescheid, dass ich morgen erst im Laufe des Tages zurückkomme?«

»Mach ich, aber melde dich, sobald du etwas weißt.«

Eine halbe Stunde später standen sie vor dem Bauernhof, in dem sie sich vor fünf Monaten bei den Dreharbeiten kennengelernt hatten. Obwohl um diese Jahreszeit keine Blumen blühten und ein wenig Schneematsch auf dem Dach und den Wegen lag, erschien Nina das Anwesen nicht weniger imposant und malerisch, als sie es zum ersten Mal bei der Anfahrt über die Anhöhe hinauf gesehen hatte.

Julian hielt seinen Schlüssel in die Höhe. »Soll ich zuerst, oder willst du?«

»Ich würde gerne …« Nina trat vor und steckte ihren Schlüssel ins Schloss. Dann zögerte sie einen Moment, fühlte sich wie ein Eindringling und zugleich wie ein Kind auf Abenteuerurlaub.

»Erwarte nicht, dass ich dich über die Schwelle trage«, witzelte Julian.

Nina schnitt ihm eine Grimasse, drehte den Schlüssel herum und öffnete die Tür. »Wie still es hier ist«, sagte sie, als sie den kalten Hausflur betraten.

»Als wir das letzte Mal hier waren, hat ja auch eine ganze Herde Filmleute für Lärm gesorgt.« Aufmunternd sah er sie an. »Wollen wir gleich hinauf in den Speicher?«

»Lass uns zuerst eine Tasse Tee trinken«, schlug Nina vor und ging in die Küche. Julian folgte ihr.

Der Raum war unverändert, wirkte aber unbelebt.

»Schau«, sagte sie und zeigte auf die mit einem Magneten am Kühlschrank befestigte Karte, die sie dem alten Binder aus Salzburg noch geschickt hatte.

»Du hast ihm auch geschrieben?«

»Er hat es sich gewünscht«, sagte sie und tippte auf die Fotografie daneben. »Ich hab ihm auch ein Foto vom Gaisberg geschickt und außerdem original Mozartkugeln. Die aus dem Café Fürst, in der silbernen Folie mit blauer Aufschrift. Die hätten auch gut in unsere Sendung gepasst. Paul Fürst hat sie nämlich schon 1890 erfunden.« Sie wandte sich dem Küchenschrank zu und zog die Lade mit dem Tee auf. Wie damals, als sie Vinzenz Binder kennengelernt hatte.

»Ich versteh gar nicht, wie du jetzt Tee trinken kannst!«

»Ich will das einfach erst mal alles auf mich wirken lassen und nicht gleich durchs Haus grasen.«

»Grasen! Mäh!« Julian lachte. »Das sagst du doch jetzt nur wegen der Schafe, die hier mal gelebt haben.«

Sie schenkte ihm ein nachsichtiges Lächeln und setzte Teewasser auf. »Der Weg ist das Ziel. Schon mal davon gehört?«

»Und du willst das Ziel nicht zu schnell erreichen, weil du vorher noch Zeit mit mir verbringen willst.« Seine blauen Augen blitzten sie gut gelaunt an.

»Genau, deshalb«, sagte Nina im scherzhaften Tonfall, obwohl sie spürte, dass es insgeheim genau so war. »Du trinkst doch auch einen?« Ohne seine Antwort abzuwarten, nahm sie zwei Tassen aus dem Schrank, wusch sie kurz aus und stellte sie auf den Tisch.

Julian ging zu den Küchenschränken, öffnete mehrere Türen und hielt schließlich triumphierend einen Rum hoch. »So viel zu dem versprochenen Schnaps.«

Sie wartete, bis das Wasser kochte, und goss den Tee auf. Dann setzten sie sich an den Küchentisch, und Julian goss jedem einen Schuss Rum in den Tee.

Nina lächelte, legte ihre Hände um die warme Tasse und sah sich um, als wäre sie zum ersten Mal in dem Haus. Wieso sollte ihr plötzlich der Wohnherd gehören, der Hausrat und einfach alles hier?, überlegte sie. »Die einzig logische Erklärung ist doch, dass Vinzenz Binder wiedergutmachen wollte, was er damals verbockt hat, und sich deswegen die Enkelin seiner großen Liebe als Erbin seines Anwesens aussuchte.« Sie sah Julian über den Tassenrand hinweg an. »Aber welche Rolle spielst du dabei?«

»Tja, das würde ich auch gerne wissen. Wir werden dem Geheimnis, von dem wir bis vor wenigen Wochen gar nichts gewusst haben, auf den Grund gehen müssen.«

Augenblicklich machte sich bei Nina ein flaues Gefühl in der Magengegend breit. »Was, wenn wir etwas entdecken, das besser im Verborgenen geblieben wäre?«

»Dann hast du immer noch mich. Gemeinsam werden wir das schon bewältigen.« Julian trank in kleinen Schlucken von dem Tee. »Mann, ist der heiß, das dauert ja ewig.« Er stach mit dem Zeigefinger Richtung Zimmerdecke. »Ich bin wirklich sehr neugierig, was wir dort oben finden werden. Eine Leiche wird's ja hoffentlich nicht sein.«

»Mach keine bösen Witze.« Nina fiel die Gruselgeschichte von dem Untoten im Binder-Wald ein, die ihre Mutter in Kindheitstagen gehört und ihr weitererzählt hatte. Was es damit wohl auf sich hatte?

Nach einer Weile erhob sie sich und stellte ihre leere Tasse in die Spüle. »Jetzt bin ich bereit.«

Sie stiegen die knarzende Treppe nach oben, öffneten die unverschlossene Türe des Dachbodens und sahen sich um. Er war nahezu leer, was Nina überraschte, wenn sie an den Speicher ihres Elternhauses in Aigen dachte. Der war vollgeräumt mit Erinnerungen, von denen sich in erster Linie ihre Mutter nicht trennen konnte. Sogar die Zeichnungen aus ihrer Volksschulzeit lagen dort oben in einer Mappe im Regal. Auf diesem Dachboden hier gab es lediglich einen vorsintflutlichen Kleiderschrank und eine ebenfalls antike Truhe, in der sich ein verstaubter Lederkoffer mit Kofferriemen, mehrere Fotoalben und zwei Geigenkästen befanden, wie sie gleich darauf feststellten.

»Wer hätte das gedacht, dass der Alte mal Violine gespielt hat.« Julian nahm einen der Kästen heraus. »Ich bin kein Experte, denke aber, dass das Instrument schon einige Jahre auf dem Buckel hat.« Er öffnete den Deckel und fuhr sachte mit dem Finger über die Saiten. »Die schlechte Nachricht ist, es ist keine Stradivari. Wir können sie also nicht für viel Geld verkaufen.« Er verschloss den Geigenkasten wieder, legte ihn ab und hob den Lederkoffer aus der Truhe.

Nina ging in die Knie, öffnete die Riemen und ließ die Schnallen aufschnappen. Ihr Herz klopfte. Würde sie gleich etwas zu sehen bekommen, was ihre verwirrten Gedanken ordnete? Sie hob den Deckel vorsichtig an und musste niesen. »Das ist jahrzehntealter Staub«, meinte sie und rieb sich die Nase.

»Gesundheit ... Was ist drin?«, fragte Julian gespannt.

»Klamotten, keine Ahnung …« Zum Vorschein kamen zwei Kleider und zwei Hemden, darunter lagen die *Münchner Neueste Nachrichten* vom August 1939, ein paar Dokumente und alte Fotoalben. Nina unterdrückte ein erneutes Niesen.

»Lass uns das Zeug runtertragen und in Ruhe durchsehen«, schlug Julian vor. »Dort ist das Licht besser, und wir können uns hinsetzen.« Er übergab ihr die beiden Geigenkästen, legte die Fotoalben zurück in den Koffer und schloss den Deckel.

»Schau mal, da drüben!« Nina deutete mit dem Kinn in ein dunkles Eck. »Ist das nicht ein Teleskop? Mein Großonkel hat mir erzählt, dass Vinzenz Binder sich schon als Jugendlicher für Sterne interessierte. Ob er sich mit meiner Großmutter zusammen einen Stern ausgesucht hat, den sie gemeinsam beobachtet haben?«

»Mag sein.« Julian klang ungeduldig, er stand schon an der Treppe. »Kommst du?«

39

In der Küche lehnte Nina die beiden Geigenkästen an die Wand. Julian hob den Koffer auf einen Stuhl, öffnete ihn und verteilte den gesamten Inhalt auf dem Küchentisch. Nina nahm eines der Fotoalben zur Hand, setzte sich und begann darin zu blättern. Auf hellem Karton klebten Schwarzweißaufnahmen, geschützt durch Zwischenblätter aus transparentem Pergamin, darunter standen, in schöner, säuberlicher Handschrift, Namen und Jahreszahl der jeweiligen Aufnahme. Das Album war augenscheinlich der Schäferei in Hofberg gewidmet.

»Schau mal«, sagte sie zu Julian, der ein anderes Album durchsah. »Da sind Fotos von meiner Großmutter drin. Die Aufnahmen hat wohl Vinzenz' Vater gemacht.« Sie drehte das Album so, dass Julian es sehen konnte. Das Foto zeigte ein hübsches junges Mädchen mit langen dunklen Zöpfen und ebenso dunklen großen Augen, das ihre Hand in die helle Wolle des Schafes neben sich versenkt hatte.

»Ihr seht euch ähnlich«, bemerkte Julian.

»Ja, das stimmt wohl.« Sie deutete auf das Schaf, das sich an das Bein ihrer Großmutter drückte. »Das ist sicher ihr Lieblingsschaf, die Mary. Übrigens benannt nach Marilyn Monroe.«

Julian grinste, und Nina deutete auf das Foto darunter.

»Das sind mein Großonkel Fritz, der Bruder meiner Großmutter, und Vinzenz Binder in jungen Jahren.«

Julian betrachtete es genauer. »Der mit den blonden Haaren ist dein Großonkel?«

Nina nickte. »Ja, genau.«

»Ich finde, der junge Vinzenz Binder sieht deiner Oma viel ähnlicher als ihr eigener Bruder.«

Nina drehte das Album wieder zu sich. »Ja, das ist wahr … Im Alter mit den weißen Haaren fällt einem das gar nicht mehr so auf …«

»Gibt's ein Foto von Vinzenz Binders Vater?«

Nina warf ihm einen Seitenblick zu, dann durchsuchte sie das Album. »Da, schau, das muss er sein! ›Heinrich Binder, unser Fotograf‹, steht daruntergeschrieben.« Sie verglich das Gesicht des bullig wirkenden Mannes mit den feinen Zügen ihrer jungen Großmutter.

»Sie haben jedenfalls alle drei sehr dunkle Haare«, sagte Julian.

»Das muss noch nichts heißen«, meinte Nina. »Mein Großonkel hat mir erzählt, dass die Binderin, also Vinzenz' Mutter, meine Oma als das schwarze Schaf der Familie bezeichnet hat, eben weil sie so viel dunklere Haare hatte als der Rest der Familie. Du musst wissen, dass man die Binderin eine ziemlich herrische Frau schimpfte, mit der nicht gut Kirschen essen war. Meine Großmutter wollte auch in späten Jahren nicht, dass ich als Kind Kontakt zu ihr hatte. Deshalb hat sie mir sogar verboten, in die Nähe des Binder-Hofs zu radeln, wenn wir in Hofberg waren. Deshalb wusste ich weder, wer Vinzenz Binder war, noch kannte ich den Hof vor den Dreharbeiten.«

»Hat deine Großmutter Vinzenz in späteren Jahren wiedergesehen?«

»Nicht, dass ich wüsste. Du hast doch gehört, was der Notar gesagt hat. Sie hat all seine Briefe ungelesen zurückgeschickt und nie wieder ein Wort mit ihm gewechselt.«

Julian grinste und hob tadelnd den Finger. »Nina, Nina ... da tun sich ja Abgründe in deiner Familie auf. Könnte es sein, dass deine Urgroßmutter und dieser Heinrich Binder eine Affäre miteinander hatten?«

»Meine Oma ein Kuckuckskind? Dann wäre sie ja die Halbschwester von Vinzenz«, spann sie den Gedanken fort. »Ich weiß nicht, aber dann hätte doch auch der alte Binder gegen die Verbindung zwischen meiner Oma und Vinzenz sein müssen, aber soweit ich weiß, hat er sich nie dazu geäußert.«

»Vielleicht wusste er ja gar nicht Bescheid.«

Nina legte die Stirn in Falten. »Wir reden hier von einem Dorf, in dem damals gerade einmal fünfhundert Leute gewohnt haben. Da wusste jeder alles.«

»Oder er hat seine Frau vorgeschickt, damit sie das regelt. War doch vor hundert Jahren so, dass der Bauer die Magd geschwängert hat, und die wurde dann von der Bäuerin vom Hof vertrieben.«

»Meine Uroma war aber keine Magd«, warf Nina ein. »Sie hatten selber einen Hof.«

»Umso schlimmer. Dann musste die Binderin schauen, dass keiner auf die Idee kam, dass ihr Göttergatte eine Affäre mit einer anderen Landwirtin aus dem Dorf hatte.«

»Hm ... Ich geh jetzt mal nicht davon aus, dass das stimmt, was wir uns hier zusammenreimen«, sagte Nina und nahm ein anderes einzelnes Foto in Augenschein. »Vielleicht ist auch alles ganz anders. Nur, weil sie sich irgendwie ähnlich sehen, ist das noch lange kein Beweis. Schau mal, ihm hier sieht sie nämlich auch irgendwie ähnlich. Aber das liegt sicher wieder nur an den dunklen Haaren.«

Julian nahm das Foto zur Hand und betrachtete es verblüfft. »Ja, du hast recht.« Auf dem Sepiafoto war ein groß gewachsener junger Mann mit schwarzen kurzen Haaren in einem schlichten Anzug zu sehen, der eine Geige in der Hand hielt und darauf spielte. Julian drehte das Foto um. »›Ewald, 1932‹. Sagt dir der Name etwas?«

Nina dachte nach. »Ewald? Nein, nie gehört. Aber ich kenn ja auch nur meine Verwandtschaft aus dem Dorf.«

Julian griff nach einem der Dokumente, einem Ausweis, der im Koffer gelegen hatte, und schlug ihn auf. »Der Mann heißt Ewald Winterberg, ist 1914 in Eichstätt geboren, wohnhaft in München … Mensch, Nina, achte mal auf den Satz unterhalb des Namens.« Er reichte ihr den Ausweis.

»›Diese Bescheinigung hat der Inhaber stets mitzuführen‹«, las Nina.

»Und den Satz darüber?«

»›Ist – gilt als – Zigeuner‹.« Sie hob den Kopf und sah Julian mit großen Augen an. »Weißt du, was die Binderin angeblich in jungen Jahren zu meiner Großmutter gesagt hat? Dass Zigeuner sie vor die Tür gelegt hätten, hat mir mein Großonkel erzählt.«

»Eigenartig«, murmelte Julian und verzog empört das Gesicht. »Schau, mit Fingerabdruck und Stempel vom Reichskriminalpolizeiamt. Hast du dir schon mal Himmlers Runderlass *Zur Bekämpfung der Zigeunerplage* durchgelesen? Da wird dir heute noch schlecht, sag ich dir. Widerlich, dieses Nazi-

Dreckspack«, knurrte er, plötzlich weit entfernt von dem Sonnyboy, der er sonst war.

Julian griff nach dem zweiten Ausweis. »Und das hier war wohl seine Frau, Else Winterberg, geborene Voicu, 1915 in München zur Welt gekommen.«

Nina blickte kurz darauf, dann nahm sie eine weitere, etwas größere Schwarzweißaufnahme zur Hand. »Das hier ist offenbar ihr Hochzeitsfoto. Ewald Winterberg im dunklen Anzug mit weißer Fliege und sie im weißen Hochzeitskleid.« Die junge Frau hatte halblange, in Wellen gelegte dunkle Haare, wie sie in den Dreißigerjahren modern waren. Ihr Hochzeitskleid war schlicht und enganliegend, was ihre zarte Figur unterstrich. Else Winterberg war eine wahre Schönheit, Nina konnte sich kaum sattsehen. Doch am meisten fielen ihr Elses knopfgroße dunkle Augen auf, die sie ansahen, als wäre es ihre Großmutter. Sie schauderte ein wenig.

»Hier ist die Heiratsurkunde«, holte Julian sie aus ihren Gedanken und schob ihr das Dokument über den Tisch. »Und sie war ebenfalls Musikerin, wie's ausschaut.« Er wedelte mit einem Foto, das Else und Ewald gemeinsam beim Geigenspielen zeigte.

Nina nickte mit dem Kinn in Richtung der beiden Geigenkästen. »Denkst du, das waren ihre?«

»Das ist gut möglich. Die Frage, die ich mir nur stelle, lautet: Warum liegt das Eigentum von Else und Ewald Winterberg auf dem Dachboden der Familie Binder?«

»Vielleicht sind die beiden vor den Nazis geflohen, und die Binder haben sie versteckt? Und um danach auf der Flucht nicht aufzufallen, haben sie ihr Hab und Gut hier zurückgelassen?« Nina zuckte mit den Schultern.

»Meinst du, sie haben es nach dem Krieg nicht mehr zurückgeholt, weil sie ...« Er brach ab.

Nina schluckte schwer, mochte seinen Gedanken nicht zu Ende denken. Sie erhob sich und öffnete den Kühlschrank.

»Was machst du?«

»Ich koch uns was, das beruhigt mich.« Sie sah hinein. Er war natürlich leer und ausgesteckt. Heftiger als gewollt warf sie die Tür wieder zu und begann, die Gewürze auf der Anrichte neu zu sortieren.

Julian stand auf, ging zu ihr und nahm ihr das Salz aus der Hand.

»Ich krieg das alles nicht in meinen Kopf«, sagte sie erschöpft und presste die Lippen aufeinander.

»Ich weiß, es bringt deine geordnete Welt durcheinander ... Schau, Nina, manchmal steht das Salz neben der Muskatnuss und der Pfeffer neben dem Kümmel.«

»Machst du dich wieder über mich lustig?«

»Nein, gar nicht. Ich versuch nur einen Vergleich herzustellen ... Also, was ich sagen will, auch wenn du denkst, dass im Moment Chaos in deinem Kopf herrscht, wirst du trotzdem eine fantastische Köchin bleiben, die ihr Restaurant hervorragend führt, ihre Kochsendung großartig moderiert und wunderbare Kochbücher schreibt. Denn du bist immer noch dieselbe, auch wenn das Salz nicht neben dem Pfeffer, sondern neben der Muskatnuss steht.« Julian stellte demonstrativ den Salzstreuer neben die Muskatnussmühle.

Nina musste lachen. »Blöder Vergleich.«

»Aber es wirkt. Gib's zu, du fühlst dich besser. Komm her!« Er zog sie in seine Arme, und sie ließ es geschehen.

»Trotzdem wissen wir noch immer nicht, welches Geheimnis sich hinter all dem Zeug verbirgt«, murmelte sie an seinem Hals.

»Wir werden eine logische Erklärung finden«, sagte er und küsste ihren Scheitel. Nina hielt kurz den Atem an. Sollte sie die Intimität ignorieren oder sich von ihm lösen? Sie blieb in seiner Umarmung, denn sie fühlte sich außerstande zu reagieren. Sie war wie erstarrt, befand sich in einer Situation, die sie nicht kontrollieren und mit Ordnung lösen konnte. Das verunsicherte sie.

Zärtlich streichelte Julian ihr über den Rücken. Seine Berührung fühlte sich wunderbar an. Sie schloss die Augen, genoss seine Nähe, seinen Geruch, seine Fürsorglichkeit.

Dennoch lief eine Frage in Endlosschleife durch ihren Kopf: Reimten sie sich tatsächlich gerade eine Geschichte zusammen, oder kamen sie allmählich der Wahrheit auf die Spur? Nina glaubte, ein wenig den Boden unter den Füßen zu verlieren, und drückte sich unwillkürlich ein wenig an ihn.

Plötzlich kam ihr Jessy in den Sinn, wie sie in Julians Lokal auf einmal vor ihnen gestanden war. Ob er mit ihr in dieser Nacht geschlafen hatte, als sie und Ellen das Restaurant verlassen hatten? Waren die beiden ein Paar?, fragte sie sich nicht zum ersten Mal. Der Zauber verflog augenblicklich. Nina straffte sich und löste sich abrupt aus Julians Umarmung.

»Weißt was, wir fahren jetzt zu meinem Großonkel Fritz und fragen ihn, ob ihm der Name Winterberg etwas sagt.«

»Wenn du meinst, tun wir das.«

Als Julian die Eingangstür des Hofes zusperrte, kam Nina noch eine andere Idee. »Ich würde gerne vorher am Friedhof vorbeifahren, wenn das okay ist.«

»Klar. Soll ich mitkommen, oder magst du allein hin?«

Sie lächelte ihn an. »Wär schön, wenn du mitkommen würdest.«

»Ich fahr dich«, sagte Julian und hielt ihr galant die Beifahrertür seines Audis auf. Nina stieg ein, und er startete den Motor.

Die kurze Fahrt bis zur dreihundert Jahre alten barocken Kirche in der Ortsmitte, die dem heiligen Nikolaus geweiht war, verlief schweigsam. Julian parkte den Wagen, und sie stiegen aus, gingen den gepflasterten Weg an der Kirchenmauer entlang, hinter der der Dorffriedhof lag.

Nach einer kurzen Weile fanden sie das Grab von Vinzenz Binder. Wie üblich, wenn der Verstorbene erst kürzlich beerdigt worden war, stattete man das Grab zunächst mit einem einfachen Holzkreuz aus. Die Einfriedung aus Steinen verriet jedoch, dass es sich nicht um eine neue Grabstätte handelte. Möglicherweise lagen hier auch seine Eltern begraben, und der Grabstein war beim Steinmetz, um Vinzenz' Namen und seine Lebensdaten einzugravieren. Kränze und Blumen waren bereits entfernt worden, nur eine einsame Laterne stand am Kopfende seines Grabes. Nina hätte gerne eine Kerze für ihn angezündet, aber es gab in Hofberg keinen Laden, in dem sie auf die Schnelle eine hätte kaufen können. Sie ärgerte sich, nicht vorher daran gedacht zu haben. Julian nahm ihre Hand in seine.

Sie schwiegen, bis Nina schließlich sagte: »Weißt du, was komisch ist? Ich bin im September letzten Jahres hierhergekommen, um eine Sendung mit einem Kerl zu drehen, den ich nicht ausstehen konnte.«

»Charmant.« Er grinste schief, hielt aber ihre Hand weiter fest.

»Jetzt tu nicht so, du hast mich genauso wenig leiden können.«

»Das würd ich jetzt so nicht sagen.«

»Wie auch immer … Was ich eigentlich sagen wollte, ich find es total schräg, jetzt vor dem Grab eines Mannes zu stehen, der meine Großmutter so geliebt hat, dass er ihrer Enkelin sein ganzes Hab und Gut hinterlässt …«

»Die Hälfte, vergiss das nicht«, wandte Julian augenzwinkernd ein.

»Das ist doch … absurd!«

»Da bin ich deiner Meinung.«

»Ich würd gern noch zum Grab meiner Urgroßeltern gehen.«

»Natürlich, das ist die Gelegenheit. Wo ist es denn?« Er ließ ihre Hand los.

»Ich erinnere mich nicht. Aber so groß ist der Friedhof ja nicht. Wir finden es sicher schnell.« Sie deutete auf die andere Seite hinüber. »Ich suche die Reihen dort drüben ab, du hier, wenn das für dich okay ist.«

»Ja, klar. Wie heißen deine Urgroßeltern denn?«

»Ach so, natürlich … Magda und Korbinian Schäfer.«

Langsam schritten sie Reihe für Reihe ab, lasen die Inschrift auf den Grabsteinen. Ab und zu trafen sich ihre Blicke.

»Hier!«, hörte sie Julian nach wenigen Minuten rufen.

Nina schritt durch die knirschenden Kiesel und stand kurz darauf neben ihm. Vor ihnen ragte ein Grabstein aus grauem Granit aus dem Boden. Neben ihren Urgroßeltern lagen auch ihre Ururgroßeltern begraben. Unter einem in den Stein eingemeißelten Engel stand:

HIER RUHEN IN FRIEDEN
ALOIS SCHÄFER * 01.09. 1885 † 13.07.1959
KRESZENTIA SCHÄFER * 09.12.1884 † 20.02.1966
KORBINIAN SCHÄFER * 19.03.1908 † 22.05.1984
MAGDA SCHÄFER * 23.10. 1910 † 04.07.1985

Kleine Buchsgewächse, eine Laterne und ein trockenes Gesteck mit rustikalen Zweigen, Blättern und Tannenzapfen schmückten das Grab.

»Meine Urgroßmutter hat angeblich immer sechs Tage nach dem Geburtstag meiner Oma eine Kerze am Grab ihrer Eltern angezündet«, sagte Nina und dachte an ihre Großmutter, die am Hietzinger Friedhof in Wien begraben lag.

»Das ist eigenartig ... weißt du weshalb?«

»Meine Oma meinte, weil sie so unglaublich dankbar war, dass sie überlebt hat. Sie war wohl sehr schwach, als sie zur Welt kam. Meine Urgroßmutter hatte Angst, dass sie keine Woche überleben würde, und als nach sechs Tagen eine Besserung eintrat, dankte sie es alljährlich dem Herrgott mit der Kerze am Grab ihrer Eltern. Übrigens hat die alte Binderin das Gerücht streuen lassen, dass sie mit dem Anzünden der Kerze um Vergebung bei ihren Eltern gebeten hat.« In dem Moment fiel ihr etwas ein. »Wart mal!«

Sie lief zum Kirchenportal, zog die schwere Eichentür auf und betrat das kurze goldverzierte Längsschiff aus rotem und grauem Marmor. Sie suchte nach den Opferkerzen und fand sie im hinteren Teil der Kirche. Nina nahm zwei mit einem roten Plastikgehäuse umhüllte Kerzen vom Ständer, warf Geld in den Schlitz, entzündete sie an einer brennenden Kerze und ging langsam wieder nach draußen, damit die Flammen nicht ausgingen.

»Ich hoffe, du hast sie bezahlt«, sagte Julian grinsend, als sie wieder zu ihm kam.

»Was denkst du denn«, empörte sie sich, ging in die Knie und stellte die eine Kerze in die Laterne auf dem Grab ihrer Urgroßeltern. Dann kehrten sie zurück zu Vinzenz Binders Grab, und Nina stellte die zweite Kerze dort anstelle einer abgebrannten ab. Plötzlich fühlte sie sich zufrieden und irgendwie befreit. Die Kerze in der Laterne flackerte in der aufkommenden Dämmerung.

»So, und jetzt fahren wir zum Hof meiner Verwandten. Und wenn du nett bist, stelle ich dich ihnen auch vor.« Sie grinste und empfand es in dem Moment als sehr angenehm, nicht alleine zu sein.

Fritz, Antonia und Xaver freuten sich sehr, sie so unverhofft und spontan wiederzusehen, und baten sie sogleich herein.

»Wir haben euch im Fernsehen gesehen«, sagte Antonia verschwörerisch zu Julian, als Nina ihn der Familie präsentierte. Offenbar reimte sie sich etwas zusammen.

Nina überlegte kurz zu erwähnen, dass sie nur Kollegen waren, ließ es dann aber sein. Das würde dem Ganzen nur zu viel Gewichtung geben.

Antonia bot ihnen Kaffee an und schob ihnen zwei Teller mit frisch gebackenem Bienenstich hin.

»Das ist ja gerade, wie wenn ihr Besuch erwartet hättet!«, sagte Nina und fühlte sich willkommen.

»Mein Gott, wie lang ich schon keinen Bienenstich mehr gegessen habe«, schwärmte Julian begeistert und stach in den mit Mandeln belegten Blechkuchen mit Vanillecreme.

»Ich richt auch gleich nach dem Kaffee eine Brotzeit her«,

sagte Antonia und schien glücklich darüber, ordentlich auftischen zu können. »Ist immerhin schon nach fünf.«

»Wir waren gerade im Binder-Hof«, sagte Nina und trank vom Kaffee.

»Es hat sich im Dorf schon rumgesprochen, dass dir der Alte den Hof vermacht hat.« Xaver öffnete sich eine Flasche Helles von der Privatbrauerei Hofmühl. »Was sagt man jetzt dazu?«

»Wollt halt wiedergutmachen, was er damals vermasselt hat«, brummte Fritz. »Wenigstens ist der Wald jetzt wieder in Familienbesitz.«

Nina lächelte ihm zu. »Aber eigentlich hat er mir ja nur die Hälfte vermacht. Die andere Hälfte gehört Julian.«

Fritz stutzte, sagte aber nichts, dann zeigte er auf den alten Koffer, den Julian neben der Tür abgestellt hatte. »Und was ist das?«

»Das wollten wir dich fragen, Onkel Fritz.«

»Ich weiß nix von einem Koffer.«

»Es geht nicht um den Koffer, sondern um den Inhalt.« Nina nickte Julian zu, der daraufhin aufstand und den Koffer aufs Kanapee legte.

»Er war dort auf dem Dachboden.« Julian nahm die Dokumente und Fotos heraus, um sie auf dem Tisch auszubreiten. »All das stammt von einem Ehepaar namens Ewald und Else Winterberg.«

Nina und Julian warfen sich einen stummen Blick zu, während sich die anderen neugierig darüberbeugten. Antonia stellte den Korb mit geschnittenem Brot, den sie in der Hand gehalten hatte, auf dem Tisch ab und stützte sich auf der Schulter ihres Mannes ab.

»Ich kann mich nicht erinnern, dass jemand, der so hieß, mal im Dorf gewohnt hat«, sagte Fritz schließlich und kratzte sich die weißen Haare.

»Die Fotos und Urkunden stammen fast alle aus den Dreißigerjahren«, sagte Nina. »Kann es möglicherweise sein, dass die Binder Ewald und Else Winterberg vor den Nazis versteckt hielten? Laut ihren Ausweisen waren die beiden Roma oder Sinti, und die wurden doch während der Naziherrschaft brutal verfolgt und umgebracht.«

»Die Binderin und jemandem helfen? Na, g'wiss ned.« Fritz lachte kurz auf und schüttelte heftig den Kopf.

»Und wenn sie ihr dafür Geld geboten haben?«, mutmaßte Nina.

»Na, ned einmal dafür hätt das böse Weib jemandem in Not g'holfen«, sagte der alte Landwirt nachdrücklich. »Und wer weiß, wann die Unterlagen auf den Dachboden gekommen sind. Vielleicht war das auch viel später, nach dem Krieg. Jedenfalls hat nie jemand aus dem Dorf irgendwas in der Richtung erwähnt. Auch gab's meines Wissens nie Zigeuner in Hofberg.« Er machte eine wegwerfende Handbewegung. »Aber mei, ich bin 1941 geboren, bis ich richtig denken hab können, war der Krieg aus, und danach haben d'Leut versucht, nach vorne zu schauen. Da hat keiner mehr vom Krieg g'redet oder was da genau damals passiert ist.«

Nina war enttäuscht, weil sie sich mehr erhofft hatte und sie im Grunde genommen keinen Schritt weitergekommen waren. Sie musste es noch einmal anders versuchen. »Der Notar hat uns wissen lassen, dass es eine Art Geheimnis gäbe, das am Dachboden versteckt sei.«

Fritz lachte erneut auf. »Da hat sich der Vinz einfach nochamal wichtigmachen wollen, der alte Depp. Was für ein Geheimnis soll's denn hier geben? Wir sind in Hofberg und ned in Hollywood.«

»Vielleicht hat er sei Mutter zu Tode gequält, aus Rache, weil's ihn ihr Leben lang drangsaliert hat, das böse Weib.« Xaver klang belustigt. »Die ist nämlich ganz schwer gestorben, musst wissen.«

»Weil's der Herrgot ned haben wollt und auch der Teufel sich g'weigert hat, sie zu sich zu nehmen«, fügte Fritz hinzu. »Bis zum Schluss hat s' dem Vinz vorg'schrieben, was er zu tun hat und was nicht, und der Depp hat pariert. Den Hof hat's ihm erst kurz vor ihrem Tod überschrieben, obwohl er die Sigrid g'heiratet hat, so wie sie des woll'n hat. Ist eh nur drei Jahr gut 'gangen, dann haben sie sich wieder scheiden lassen.«

»Das haben wir heute bei der Testamentseröffnung erfahren«, sagte Nina. »Sie hat wieder geheiratet, aber auch diese Ehe ist kinderlos geblieben.«

»Die Sigrid hat wohl keine kriegen können«, mutmaßte Xaver.

»Und Vinzenz Binder ist keine Verbindung mehr eingegangen, hat der Notar gemeint.«

»Der bissigen Binderin war ja keine recht, die nicht mindestens so viel mit in die Ehe bracht hat wie die Sigrid«, sagte Fritz brummig.

»Außerdem hat er sich später auch immer um sei Mutter kümmern müssen«, sagte Antonia.

»Wann ist sie denn gestorben?«, fragte Julian.

»Mei«, grübelte Fritz, »so genau weiß ich das nicht mehr … Das muss so vor circa zwanzig Jahren g'wesen sein.«

»Vor fünfzehn Jahren is g'storben, Vater«, sagte Antonia.

»Ich kann mich noch genau erinnern, weil ich kurz davor in den Radionachrichten gehört hab, dass sich die Blauzungenkrankheit in Deutschland ausbreitet hat, und ich mir dacht hab, mei, gut dass mir keine Wiederkäuer mehr am Hof haben. Gleich danach ist die Nachbarin kommen und hat mir erzählt, dass die Binderin gestorben ist. Das war im September 2003.« Antonia nickte und stellte demonstrativ Butter und einen Teller Käse auf den Tisch. »Aber vielleicht fällt dir beim Essen noch was ein, Vater.«

»Ich glaub nicht, dass ich euch da noch weiterhelfen kann.« Fritz öffnete sich eine Flasche Weißbier. Antonia reichte ihm ein hohes Glas, das sie zuvor mit kaltem Wasser ausgespült hatte. Er hielt das Glas leicht schräg und schenkte das Bier schweigend ein, als wäre die Prozedur ein heiliger Akt. Am Ende schwenkte er die Flasche, um die Hefe zu lösen, und verteilte sie dann gleichmäßig auf der Schaumkrone. Er prostete Nina und Julian zu und genoss erkennbar den ersten Schluck. »Nehmt den Hof und lasst die alten Zeiten ruhen. Kommt meistens nix G'scheites raus, wenn man in der Vergangenheit rumwühlt«, sagte er dann und wischte sich mit dem Handrücken über den Mund.

Nina fragte sich, ob er aus Erfahrung sprach, wollte aber nicht nachhaken. Sie kannte das Wesen der Landwirte. Wenn sie nicht reden wollten, blieben sie stumm, egal wie oft man weiterbohrte. Ihre Oma war ähnlich gewesen. Es ist, wie's ist, hatte es dann oft geheißen.

Julian machte sich daran, die Fotos und Unterlagen zu sortieren und zur Seite zu räumen, als er plötzlich verharrte und bei einem Bild hängen blieb. Seine Augen verengten sich zu Schlitzen.

»Was ist los?« Nina beugte sich zu ihm hinüber.

»Weiß nicht, das haben wir noch gar nicht gesehen.« Er drehte das Foto um und las von der Rückseite ab: »›Else und Ute, 1931‹.

Das Bild zeigte zwei etwa gleich große sechzehnjährige Mädchen. Das eine, eindeutig Else Winterberg, hielt eine Geige in der Hand. Ihre großen dunklen Augen waren unverkennbar. Um den Hals trug sie eine glänzende Kette mit einem Anhänger. Das andere hatte die Haare streng in der Mitte gescheitelt und zu langen Zöpfen geflochten. Sie posierten beide in schlichten Sommerkleidern vor einem mächtigen Bücherregal, hatten offensichtlich Spaß, denn sie lachten herzlich. Das Mädchen mit den Zöpfen hielt einen Teddybären in die Kamera, ganz so, als präsentiere sie dem Fotografen ein Geschenk.

»Else und Ute, sagst du?« Fritz schüttelte den Kopf.

Julians Stirn legte sich auf einmal in tiefe Falten. »Ich glaube, ich weiß, wen wir noch dazu befragen können.«

»Wen denn, sag schon!«, meinte Nina ungeduldig.

Er hob den Kopf und sah sie gedankenverloren an. »Meine Großmutter Rena.«

40

München, Januar 2018

»Warum deine Großmutter?«, rief Nina Julian hinterher.

Sie hatten sich überstürzt verabschiedet, und er drängte nun darauf, gleich nach München zurückzufahren. Sie liefen zu seinem Wagen und stiegen ein. Rasch lenkte er seinen Audi zurück zur Anhöhe. Es war inzwischen stockdunkel.

»Der Teddybär!«, sagte er aufgeregt.

»Julian, was ist damit?«

Am Binder-Hof schaltete Julian den Motor aus und sah Nina an. Das Licht einer Straßenlaterne fiel auf sein Gesicht. Er wirkte ernst.

»Ich glaub, der gehört meiner Großmutter.«

»Deiner Großmutter? Wie sollte sie an genau diesen Bären kommen?«

»Er gehörte mal ihrer Mutter.«

Nina starrte ihn ungläubig an. »Und du glaubst nicht, dass es von diesem Bären mehr als nur den einen gibt?«

»Nein, der ist handgefertigt.«

»Hieß deine Urgroßmutter Ute?«, fragte sie.

Er nickte. »Wir treffen uns bei mir oder gleich bei meiner

Großmutter in München. Ich werde sie auf dem Weg anrufen und geb dir dann Bescheid, wohin du kommen sollst.«

»Denkst du, der Binder kannte deine Urgroßmutter?«

»Ich weiß es nicht, Nina.« Er zeigte auf die Beifahrertür und grinste schief. »Wir werden es jedenfalls nicht erfahren, wenn wir hier im Auto rumsitzen und Vermutungen anstellen.«

»Also gut.« Nina stieg aus, und kaum hatte sie die Tür zugeschlagen, brauste er auch schon davon.

Verwirrt sah sie ihm nach. Was war das nur für ein wunderliches Geheimnis, dem sie da auf der Spur waren?

Eine halbe Stunde später rief Julian Nina an. Sie hob über die Freisprecheinrichtung ab, war gespannt, was er sagen würde.

»Meine Großmutter hat uns morgen zum Frühstück eingeladen. Sie fühlt sich heute nicht so gut, will früh schlafen gehen.«

»Hast du das Foto erwähnt?«

»Um Himmels willen, nein. Wo denkst du hin? Die Frau ist achtzig, wie du weißt, und fühlt sich zudem nicht so gut, da werd ich den Teufel tun, sie möglicherweise noch aufzuregen.«

»Natürlich, entschuldige. Ich bin nur so gespannt, was nun vielleicht herauskommen wird. Soll ich jetzt zu dir kommen?«

»Ja, gerne, du kannst bei mir übernachten, und morgen früh gehen wir zu ihr. Ich wohne in der Beethovenstraße 3, das ist nicht sehr weit entfernt von meinem Lokal im Schlachthofviertel.«

»Ich kann mir aber auch ein Hotelzimmer nehmen.«

»Das kannst du natürlich gerne tun, Nina.« Julian schnaufte. »Wofür hältst du mich eigentlich? Dass ich gleich über dich herfalle, sobald die Tür ins Schloss fällt?« Er legte auf, bevor sie antworten konnte.

»Es ist nicht deinetwegen«, murmelte sie. »Es ist meinetwegen.« Wenn sie lediglich freundschaftliche Gefühle für ihn hegen würde, fiele es ihr wesentlich einfacher, bei ihm zu übernachten.

Julian wartete auf sie vor einem Gründerzeit-Wohnhaus mit kleinem Vorgarten und verziertem Gartenzaun in der Beethovenstraße. Nina hatte unweit der Nummer 3 einen Parkplatz gefunden und überlegte gerade noch, ob sie ihren kleinen Koffer gleich mitnehmen oder ihn später noch holen sollte. Das würde ihr noch ein wenig Spielraum lassen.

Da kam Julian schon auf sie zu und schnappte sich den Koffer kurzerhand aus dem Kofferraum. »Wie schön, dass du doch nicht zu glauben scheinst, ich würde gleich hinter der Tür über dich herfallen«, sagte er. »Meistens warte ich, bis meine Opfer eingeschlafen sind.« Er grinste frech.

»Sehr witzig.« Sie verzog das Gesicht und gab ihm spielerisch einen Seitenhieb. Mal sehen, wie der Abend verlaufen würde, dachte sie.

Sie betraten den schwarz-weiß gekachelten großzügigen Hausflur und fuhren mit dem Lift hinauf in den dritten Stock. Julians Wohnung war geräumig und hatte große Fenster. Bei der Einrichtung legte er offenbar ebenso Wert auf exklusive, geschmackvolle Bodenständigkeit wie in seinem Restaurant. Die Designermöbel waren ein Materialmix aus Holz und Metall und verliehen den Räumen eine rustikal moderne Gemütlichkeit. Auf einem Regalbrett war die Büste einer jungen Frau mit hochgesteckten Locken platziert. Ein Blickfang, fand Nina.

»Setz dich doch.« Er stellte ihren Koffer ab und zeigte auf das breite hellgraue Sofa im Wohnzimmer. »Magst du ein Glas Wein oder ein Bier?«

»Einen Wein, danke.« Nina ließ sich nieder und versank förmlich in den Polstern.

»Rot oder weiß?«, hörte sie ihn aus der Küche rufen.

»Rot!« Sie lehnte sich zurück und schloss für einen Moment die Augen. Es war alles so verwirrend. Noch vor wenigen Monaten war ihr Leben in geordneten, strukturierten Bahnen verlaufen. Doch jetzt konnte sie nicht einmal mehr erahnen, was noch alles auf sie zukäme. Sie seufzte und öffnete die Augen. Den Geräuschen nach zu urteilen hantierte Julian noch immer in der Küche. Was er dort nur so lange tat?

Er kam zurück mit einer entkorkten Flasche Merlot und zwei bauchigen Gläsern, stellte sie auf den Couchtisch, der in Bahnbohlen-Optik mit Edelstahlfüßen gehalten war.

»Ich hab uns auch eine Kleinigkeit zu essen hergerichtet. Immerhin bin ich schuld, dass wir Antonias Brotzeit verschmähen mussten.« Er holte aus der Küche eine Platte mit Parmaschinken, Käse, Olivenbrot, Weintrauben, Oliven und einem Glasschüsselchen mit Olivenöl.

Beim Anblick der Köstlichkeiten bemerkte Nina, wie groß ihr Hunger war. Sie griff nach einem Stück Brot und dippte es in das Öl, bevor sie es sich in den Mund steckte. An dem fruchtigen Geruch und der herben Note erkannte sie die hochwertige Qualität des Öls. Aber etwas anderes hatte sie in Julians Küche auch nicht vermutet.

»Was ist jetzt mit deiner Urgroßmutter?«, fragte Nina genussvoll kauend, während Julian sich setzte und ihnen den Wein einschenkte.

»Sie muss um 1915 geboren sein, gestorben ist sie 2001, das weiß ich sicher, da war ich zehn Jahr alt. Das letzte Mal bewusst gesehen hab ich sie beim … warte mal, sechzigsten Geburtstag meiner Großmutter, das war vor genau zwanzig Jahren, da war ich gerade mal sieben Jahre alt.« Sie prosteten sich zu und tranken einen Schluck.

Nina wartete gespannt, was jetzt noch kommen würde.

»Du kannst dir sicher vorstellen, dass sich unsere Interessen nicht unbedingt überschnitten haben. Unsere Gespräche beschränkten sich zumeist darauf, dass ich behauptete, gut in der Schule zu sein, und sie mir Geld zusteckte. Dass sie eine bekannte Malerin und Bildhauerin war, hab ich erst viel später begriffen.« Er schob sich ein Stück Parmaschinken in den Mund.

»Sie war Künstlerin?« Nina hob erstaunt die Augenbrauen.

»Ja. Ute Hoffmann war jetzt nicht so bekannt wie Gustav Klimt oder Salvador Dalí, aber in Deutschland hatte sie einen Namen. Sie hat sogar einen Wikipedia-Eintrag.« Er klang stolz. »Die Büste hier im Regal stammt übrigens von ihr.« Er zeigte auf das Regal. »Ihre Tochter, also meine Oma, hat dafür Modell gestanden.«

Beeindruckt sah Nina zu der Mädchenbüste hinüber, die ihr schon vorhin aufgefallen war. In ihrer Familie gab es keine Künstler. Sie waren eher Kopfmenschen. Und Naturmenschen. Zwar mit Gefühl, aber eben keine Künstler.

»Meine Eltern und meine Oma besitzen noch einige Bilder und Skulpturen von ihr, der Rest befindet sich im Besitz verschiedener Museen«, sagte Julian.

Nina blieb der Mund offen stehen. »Wahnsinn«, sagte sie beeindruckt.

»Das bekomm alles einmal ich, aber ich rede nicht so gern darüber, weil es sich irgendwie anfühlt, als nähme ich meiner Urgroßmutter etwas weg, auch wenn sie längst verstorben ist.« Er trank vom Rotwein. »Du kannst übrigens in meinem Bett schlafen, ich mach es mir hier auf dem Sofa bequem.«

»Kommt gar nicht in Frage. Ich schlafe auf dem Sofa.«

Er lachte dieses unwiderstehliche Lachen, das alle verzauberte, mittlerweile auch sie.

»Spring einmal über deinen Schatten, Nina Ludwig, und nimm einmal einfach nur was an. Du musst mir nämlich nicht beweisen, dass du eine toughe Frau bist, die nichts und niemanden braucht, um in der Welt bestehen zu können. Das ist mir inzwischen längst klar.«

»In Ordnung«, sagte Nina. »Danke.«

Sie dachte an den Tag, an dem sie Julian kennengelernt hatte. Sie hatte ihn nicht ausstehen können, hatte ein Bild vor Augen gehabt von einem arroganten, unsympathischen Schnösel, aber langsam sollte sie sich eingestehen, dass sie sich in ihn verliebt hatte. Ihre Wangen erröteten leicht, sie ärgerte sich darüber und zeigte auf die Musikanlage, um von sich abzulenken. »Was hörst du denn so?«

Er nahm die Fernbedienung vom Tisch und drückte auf einen Knopf. Klaviermusik erklang. »Im Moment viel Lang Lang.«

»Du hörst klassische Musik?«

»Ja, warum nicht? Das entspannt nach einem langen Arbeitstag. Außerdem, Lang Lang spielt nicht nur klassische Werke. Für die CD *New York Rhapsody*, die gerade läuft, hat er mit ganz großen Musikern unterschiedlicher Genres zusammengearbeitet, etwa Herbie Hancock, dem Komponisten

Aaron Copland oder der Soulsängerin Andra Day. Die CD ist eine Art Liebeserklärung an die Stadt.«

Nina schnalzte mit der Zunge. »Leroy, Leroy! Kochen kannst du, führst mit gerade einmal siebenundzwanzig Jahren erfolgreich ein eigenes Restaurant, hast eine eigene Kochshow, über einen guten Musikgeschmack verfügst du auch, und offenbar fließt auch noch künstlerisches Blut in deinen Adern. Du schaffst es tatsächlich, mich immer wieder zu überraschen.«

»Ich geb mir Mühe«, sagte er schelmisch und zwinkerte ihr zu.

Der Wein schmeckte vollmundig und ein wenig nach Brombeeren, dazu die klangvolle Musik, diese verdammt blauen Augen und sein Zauberlächeln ... Wie gerne hätte sie ihn jetzt geküsst. Warum war sie nur immer so verdammt zurückhaltend, so wenig draufgängerisch?

»Welches Parfum trägst du?«, sagte er beiläufig.

»Nuit von Hugo Boss ...«

Er näherte sich ihr zentimeterweise, und Nina rückte demonstrativ ein Stück von ihm ab.

»Du hast versprochen, anständig zu sein.«

»Hab ich das? Kann mich gar nicht erinnern.«

»Ich mag es einfach nicht, wenn mir ein Mann an einem Abend den Himmel zeigt und mich am nächsten Tag auf den Anruf warten lässt, nur weil er bekommen hat, was er wollte.«

»Und du meinst, Frauen kämen nicht auf ihre Kosten? Mal im Ernst, Nina ... So siehst du mich? Ein Casanova, der über jede Frau herfällt, die nicht bei drei auf dem Baum sitzt, und sie danach fallen lässt wie eine heiße Kartoffel? Weißt du was, so bin ich nicht. Und irgendwie spür ich, dass du eigentlich auch ganz anders bist … Wie kommt das, schlechte Erfahrungen oder Schubladendenken?«

»Ach, du bist immer so gut gelaunt, bringst die Leute zum Lachen, bist klug und charmant …« Sie verstummte, weil sie merkte, dass sie ins Schwärmen geraten war. Sie hatte Eigenschaften aufgezählt, die sie an Männern mochte.

»Hast du mir etwa grad ein Kompliment gemacht?«

»Julian, die Mädels schmelzen dahin, wenn sie dich sehen. Tut mir leid, da läuten bei mir einfach die Alarmglocken. Und ehrlich, ich bin vier Jahre älter als du.«

Er lachte laut auf. »Vier Jahre! Darüber machst du dir Gedanken? Das nenne ich ein fadenscheiniges Argument, Nina Ludwig.«

»Wieso? Ich bin ein Kind der Achtziger, und du bist in den Neunzigern zur Welt gekommen.«

»Klar, da liegen Welten dazwischen«, sagte er spöttisch.

Nina rollte belustigt mit den Augen, dann wurde sie wieder ernst. »Ich hab einfach keine Lust, mir die Finger an einem Sonnyboy zu verbrennen. Übrigens … was ist eigentlich mit Jessy?«

»Was soll mit ihr sein?« In dem Moment schien bei ihm der Groschen zu fallen, und er begann erneut zu lachen. »Du bist eifersüchtig.«

»Bin ich nicht.« Sie verschränkte die Arme und lehnte sich zurück.

Er schenkte ihr einen zweifelnden Blick. »Nichts ist mit Jessy. Also, sie wollte schon, aber …« Er verstummte. »Aber ich hab mich längst in eine andere verliebt.«

»Wirklich? In wen?« Sie machte große Augen. Mit so einer Reaktion hatte sie nicht gerechnet.

Julian stellte sein Glas auf dem Couchtisch ab und stand auf. »Ich muss dich unbedingt etwas probieren lassen.« Er verschwand in der Küche und kam nur Augenblicke später mit einem Dessertteller in der Hand zu ihr zurück. »Ich hab gestern meine ersten Sennenhupfer gemacht.« Er reichte ihr den Teller und setzte sich wieder. »Probier und sag, ob sie mir gelungen sind.«

Sie nahm ihn entgegen. »Du hast Sennenhupfer gemacht?«, fragte sie ungläubig.

»Jetzt schau nicht so. Mir hat gefallen, mit welcher Begeisterung du sie zubereitet hast. Ich hab es an deinen Augen gesehen.«

Nina riss ein Stück von den Nocken ab und schob es sich in den Mund. Es schmeckte gut, war flaumig und nicht zu süß. »Perfekt«, sagte sie anerkennend. »Damit kannst dich als Senner auf der Alm bewerben.«

Aus irgendeinem Grund meinte Nina, dass es an der Zeit war, ihm ihr kleines Geheimnis zu verraten. Auch wenn sie sich geschworen hatte, es nie zu tun. »Es ist genauso gelungen wie ... dein Pichelsteiner. Hut ab!«

Er sah sie einen Moment verwirrt an, dann begriff er. »Du hast das Pichelsteiner probiert? Echt?«

»Du wirst doch nicht glauben, dass ich mit jemandem eine Kochsendung moderiere, wenn ich nicht über die Qualität seiner Kochkunst Bescheid weiß«, sagte sie grinsend und erzählte ihm von dem ersten Abend nach Drehschluss, als sie klammheimlich in die Küche zurückgegangen und den Rest davon gegessen hatte.

Er sah sie einen Moment schweigend an, dann nahm er ihr Gesicht in seine Hände und küsste sie zärtlich. Seine Lippen auf ihren fühlten sich warm und weich an. Sie gab seinem zärtlichen Drängen nach, öffnete ihren Mund und erwiderte seinen leidenschaftlichen Kuss. Er schmeckte süß wie Puderzucker und teuflisch verführerisch. Trotzdem spürte sie, wie sie innerlich ein wenig verkrampfte, weil sie immer noch befürchtete, am Ende doch als Trophäe zu enden.

»Ich dachte, du willst warten, bis ich eingeschlafen bin …«, murmelte sie, als er sie freigab und sie wieder Luft holen konnte.

»Eine Frau, die klammheimlich mein Pichlsteiner probiert und es auch noch gut findet, bist du verrückt?« Er beugte sich wieder zu ihr, zog sie eng an sich und küsste sie erneut leidenschaftlich.

»Ich …«, sagte sie in den Kuss hinein.

»Nicht reden, und schon gar nicht denken, einfach fallen lassen«, murmelte er, ohne das Küssen zu unterbrechen.

Unwillkürlich schloss Nina die Augen. Sie konnte nicht anders. Er duftete so verführerisch nach Leidenschaft und Hingabe. Sie atmete seinen Geruch tief ein und ließ ihre Gedanken ziehen. Sich hier und jetzt gehen zu lassen fühlte sich auf einmal richtig an, und sie warf sämtliche Vorbehalte über Bord. Julian löste sich von ihr, und sie öffnete die Augen. Schweigend sah er sie an, so als suche er nach Zustimmung. Seine blauen Augen raubten ihr den Atem. Sie schenkte ihm ein bezauberndes Lächeln, und Julian verstand es als das, was es war, ihr Einverständnis.

Er stand auf, nahm ihre Hand und zog sie mit sich ins Schlafzimmer. Es war stilvoll und minimalistisch eingerichtet, mit einem Schwebetürenkleiderschrank und einem Boxspringbett, das Nina riesig erschien. Der Holzfußboden verlieh dem

Raum wohlige Wärme. Er drehte sie zu sich herum, schlang seine Arme von hinten um ihre Hüften, küsste sie in die Halsbeuge und auf den Nacken. Ein wohliger Schauer lief ihr den Rücken hinab. Unwillkürlich stellten sich ihr die Härchen auf den Armen auf. Eine Hand glitt unter ihr T-Shirt und öffnete geschickt den BH, zog ihn hervor und ließ ihn auf den Boden fallen. Dann zog er Nina das Shirt über den Kopf und schob ihre Hose nach unten. Welch ein Glück, dass sie heute ihre neue hellblaue Spitzenunterwäsche trug, dachte sie noch und streifte ihm Pullover und T-Shirt über den Kopf.

Er bugsierte sie sanft aufs Bett, beugte sich über sie. Nina streichelte über seinen Rücken, ließ ihre Hände nach unten gleiten, öffnete den Reißverschluss und Gürtel seiner Hose, schob sie mitsamt der eng anliegenden Shorts ab. Währenddessen wanderten seine Finger über ihre Lippen, ihren Hals und streichelten liebevoll über ihr Dekolletee. Nina schloss erneut die Augen, ihre Hände glitten nach unten zwischen seine Beine. Seine hochgradige Erregung ließ sich nicht mehr verbergen.

»Du bist wunderbar«, stöhnte er ihr ins Ohr und schob sich langsam über sie. Der sanfte Rhythmus seiner Liebkosungen ließ sie davonschweben. Sie glaubte, noch nie so eine Leidenschaft erlebt zu haben. Aber vielleicht dachte sie das nur, weil sie sich so lange zurückgehalten hatte.

41

Als Nina am nächsten Morgen erwachte, hörte sie Julian in der Küche hantieren. Einen Moment lang wusste sie nicht, wie sie sich verhalten sollte. Ihr Herz begann zu klopfen. War die letzte Nacht ein Fehler gewesen? Verdammt, sie sollte aufhören, sich immer über alles so viele Gedanken zu machen! Wenn es bei der einen Nacht blieb, dann hatte sie zumindest einen äußerst befriedigenden One-Night-Stand erlebt. Das konnte man nicht immer behaupten. Die meisten One-Night-Stands waren unbefriedigend.

»Guten Morgen, Schönheit.« Julian betrat das Schlafzimmer. Er strahlte sie an und reichte ihr einen duftenden Kaffee.

»Morgen«, sagte Nina ein wenig verlegen und zog sich die Bettdecke über die Brust. Sie nahm die Tasse, trank einen Schluck. Julian setzte sich zu ihr.

»Du hast mich ganz schön gefordert gestern.«

Sie errötete. So tough sie in ihrem Job war, so verunsichert war sie in Liebesangelegenheiten. »Du bist ja noch jung …«, sagte sie belustigt.

»Und du, Nina Ludwig, liebst mit derselben Leidenschaft, wie du kochst, und das versteh jetzt bitte unbedingt als Kompliment.« Er küsste sie auf die Stirn. »Und auch wenn ich mich wiederhole, du bist wunderbar.«

Sie lächelte ihn an, stellte die Tasse weg und zog ihn zu sich ins Bett.

Rena Kunstmann wohnte am westlichen Stadtrand von München in einem alten Einfamilienhaus. Nina war allein dorthin gefahren, sie wollte danach gleich nach Salzburg zurück. Ein mit Waschbeton gepflasterter Weg führte direkt zur Haustür. Noch bevor Julian auf den Klingelknopf drücken konnte, öffnete seine Großmutter ihnen freudestrahlend. Nina fragte sich, ob sie es wohl schaffen würde, mit achtzig ebenso elegant auszusehen wie sie. Die alte Dame trug eine schwarze weite Marlenehose und eine weiße schlichte Bluse. Das dezente Make-up ließ sie lebenslustig und frisch wirken. Sie sah nicht aus, als würde sie Gäste zum Frühstück empfangen, sondern eher so, als würde sie selbst ausgehen wollen. Nina fiel die Büste des jungen Mädchens in Julians Wohnzimmer wieder ein. Die jugendliche Schönheit von Rena Kunstmann hatte sich im Laufe der vielen Jahre zu einer vornehmen Feinheit gesteigert.

Die alte Dame umarmte sie beide herzlich und bot sie herein. Die alten Möbel wirkten antiquiert, jedoch befanden sich sicher auch einige wertvolle Stücke darunter, mutmaßte Nina. Die kunstvollen Bleistiftzeichnungen an der Wand im geräumigen Wohnzimmer, die ihr Blick streifte und die die Porträts zweier Frauen zeigten, schrieb Nina Julians Urgroßmutter zu. Die alte Dame hatte den Frühstückstisch gedeckt, als wähnte sie Julian und Nina knapp vor dem Hungertod. Zwei verschiedene selbst gemachte Marmeladen, weiche Eier, ein Käse- und Wurstteller, Joghurt und Obst hatte sie angerichtet.

»Ich wusste nicht, was ihr mögt, deshalb hab ich mal alles

rausgeräumt, was mein Kühlschrank hergab, und hab heute Morgen schon frisches Gebäck geholt.« Sie zeigte auf den Brotkorb mit Semmeln, Brezen und Schwarzbrotscheiben. »Ich find es schön, dass ihr beide mich besuchen kommt«, sagte sie, als wären Julian und Nina schon längere Zeit ein Paar, das ab und zu bei ihr vorbeischaute.

»Dass wir hier sind, hat einen bestimmten Grund, Oma«, sagte Julian und setzte sich.

»Das klingt ja sehr formal. Heiratet ihr?«, fuhr sie in einem Atemzug fort, stellte die Kaffeekanne ab und sah sie beide freudig an.

»Nein«, sagte Nina rasch und ließ sich mit einem Seitenblick auf Julian neben ihm nieder. »Wir kennen uns ja kaum.«

»Das ist wohl wahr«, sagte er und grinste sie an.

»Ihr könnt eine alte Frau nicht täuschen«, sagte Rena Kunstmann und setzte sich ihnen gegenüber. »Ich mag zwar schon achtzig sein und meine Augen sind nicht mehr die besten, aber ein verliebtes Paar erkenne ich noch ganz gut.« Sie schenkte Kaffee in ihre Tassen. »Und jetzt greift zu!«

Julian griff nach einer Breze. »Oma, geht es dir wieder besser?«

»Ja, ja, keine Sorge, ich war nur müde gestern Abend.«

»Ich wollte dich nach dem alten Teddybären fragen, der früher immer in deinem Schlafzimmer auf dem Frisiertisch saß.«

»Da sitzt er heute noch. Was ist mit ihm?«

»Den hast du doch von deiner Mutter.«

»Ja, sie hat ihn mir geschenkt. Irgendwie hab ich es nie übers Herz gebracht, das alte Ding wegzuwerfen. Sie müssen wissen, Nina, der ist fast hundert Jahre alt und von einer

Freundin meiner Mutter per Hand gemacht. So etwas wirft man nicht einfach auf den Müll.«

»Natürlich nicht, um Himmels willen«, bestätigte Nina und bestrich sich eine Semmel mit Butter. Sie war insgeheim natürlich sehr froh, dass es den Teddy noch gab und sie vielleicht über ihn mehr über die mysteriöse Erbgeschichte erfuhren.

»Oma, Nina und ich haben gestern Kenntnis davon bekommen, dass wir zu gleichen Teilen den Binder-Bauernhof in Hofberg geerbt haben. Weißt du, dort, wo wir zusammen gedreht haben.«

»Was, das ist ja unglaublich! Wie schön für euch! Aber wie kommt's?«

»Warum Nina geerbt hat, können wir uns inzwischen vorstellen. Ihre Großmutter war in jungen Jahren Vinzenz Binders große Liebe, und da er keine Kinder hatte … Wir wissen nur nicht, was ich mit der Sache zu tun habe.« Er verharrte und sah ihr in die Augen, die genauso strahlend blau waren wie seine eigenen.

»Und was hat das Ganze mit dem Bären zu tun? Das verstehe ich nicht.« Rena Kunstmanns Blick wanderte zwischen ihnen hin und her.

»Tja, das kann ich dir jetzt auch noch nicht sagen. Nina, zeig ihr bitte das Foto!«

Nina zog das Foto von Else und Ute aus ihrer Handtasche und reichte es Rena Kunstmann.

Sie betrachtete die alte Aufnahme und presste die Lippen fest aufeinander. Langsam wurde sie blass.

»Geht es Ihnen gut, Frau Kunstmann?«

Julian schenkte seiner Großmutter ein Glas Wasser ein und

reichte es ihr. Rena Kunstmann nickte und trank ein paar Schlucke.

»Oma, das ist doch deine Mutter, oder?«, fragte Julian, und sie nickte wieder.

»Und das Foto habt ihr auf dem Dachboden des Hofes gefunden, sagst du?«

»Ja, zusammen mit einem Koffer voller Dokumente und zwei Geigenkästen.«

Julians Großmutter warf einen Blick zu den beiden Frauenporträts an der Wand. Bingo, dachte Nina. Die Bilder sind von Ute Hoffmann. Sie unterdrückte den Impuls, Rena Kunstmann mit Fragen zu bedrängen, weil sie inzwischen vor Neugier platzte. Die alte Dame, die inzwischen ihr geköpftes Ei mit Salz bestreute, brauchte gewiss Zeit, um ihre Gedanken zu ordnen.

»Die Geigen stammen wohl von Else und Ewald Winterberg«, sagte Julian. »Wir haben die Pässe der beiden gefunden. Kannst du uns etwas über sie erzählen, Oma? Offenbar hat deine Mutter sie gekannt.«

»Ja, Else und sie waren lange Zeit beste Freundinnen.« Rena Kunstmann schüttelte traurig den Kopf. »Und dann kam der Krieg. Damals war ich noch ein ganz kleines Kind, gerade mal ein Jahr alt. Else und Ewald waren beide Roma, damals sagte man ja noch Zigeuner, sie wollten nach Frankreich, hat mir meine Mutter später erzählt. Aber sie bekamen keine Papiere, mit denen sie offiziell auswandern durften. Deshalb wollten sie sich irgendwie durchschlagen und heimlich über die Grenze ... Und das alles habt ihr am Dachboden dieses Hofes gefunden?«, hakte Rena Kunstmann erneut ungläubig nach.

»Ja, Oma, und es liegt alles noch im Nebel für uns.«

Rena Kunstmanns Blick verfing sich wieder in den Frauenporträts. »Es liegt schon so lange zurück, dass mir meine Mutter von Else und Ewald erzählte. Damals war ich noch ein junges Mädchen. Aber sie hat es oft getan, weil sie nie über die Geschichte hinwegkam.« Sie wirkte abwesend, offenbar versuchte sie, die Fragmente der Geschichte in ihrem Kopf wie ein Puzzle zusammenzufügen. Als sie schließlich weitersprach, kam es Nina vor, als sehe sie die Ereignisse wie in einem Film vor sich. Gespannt hingen Julian und sie an ihren Lippen.

»Else war hochschwanger, als sie München verließen. Meine Mutter wollte sie überreden, bis nach der Geburt zu warten, aber die beiden wollten einfach nur weg. Weg aus Deutschland, weg von den Nazis.«

»Sie sagten, die beiden wollten nach Frankreich.« Nina versuchte, sich die Strecke von München ab im Geiste vorzustellen. »Aber Hofberg liegt doch nicht am Weg dorthin.«

»Sie mussten auf ihrer Flucht so oft die Route wechseln, um nicht entdeckt zu werden … möglicherweise haben sie irgendwann die Orientierung verloren und landeten so in Hofberg.« Sie streckte den Arm aus und legte ihre Hand auf Ninas. »Ich weiß nicht, ob ich Ihnen die Geschichte erzählen soll.«

»Doch bitte, tun Sie das.«

»Auf Ihre Verantwortung.« Rena Kunstmann seufzte und begann zu erzählen. »Vielleicht wird Ihnen nicht alles gefallen, aber die Geschichte wird die Wahrheit ans Licht bringen …«

Nina schluckte und lehnte sich zurück. Sie war bereit.

»Der einundzwanzigste September war für deine Urgroßeltern der Beginn einer Reihe von schicksalhaften Tagen, Nina«, sagte sie. »Ihr Leben drehte sich kurz darauf um hundertachtzig Grad.«

42

Hofberg, September 1939

Der September zeigte sich seit drei Tagen grau in grau, das stimmte Magda optimistisch, trieben sich doch bei so einem Wetter wenig Leute in der Gegend herum. Es war elf Uhr, Magda musste sich unbedingt auf den Weg zur Schafweide machen. Vor drei Wochen hatte der Krieg begonnen, es war nichts mehr wie vorher. Sie wussten nicht, ob die Kriegswirren sie nicht auch bald erreichten. Magda wickelte die erst zwei Tage alte Lieselotte in eine dicke Decke und legte sie behutsam in eine große Tasche. Der sperrige Kinderwagen war für den Weg völlig ungeeignet. In eine zweite Tasche packte sie Brot, einen kleinen Topf Suppe und ein Stück Käse. Noch hatten sie Verpflegung. Sie zog den Regenmantel über, griff nach den beiden Taschen und machte sich auf den Weg. Dieses Jahr schien alles schnell zu gehen, es hing bereits der Geruch des nahenden Winters in der Luft.

Auf der Straße kam ihr Herta mit dem Rad entgegen. Ausgerechnet die größte Ratschn aus dem Dorf, dachte Magda und senkte den Kopf.

»Ah, zeig doch mal die Kleine!«, rief Herta entzückt und

stieg ab, um einen Blick auf Lieselotte zu werfen. »Wie liab sie ist! Die kleinen Finger und des Nasal …« Dann bemerkte sie die Tasche in Magdas anderer Hand. Magda hoffte, dass sie nicht wissen wollte, was darin war.

»Bist auf dem Weg zum Korwe?«

»Korbinian«, berichtigte Magda sie.

»Wennst mogst, bring ich die Tasche hin. Mit dem Radl bin ich viel schneller, und du musst den Weg nicht mit der Kleinen laufen, du bist doch grad erst niederg'kommen.«

»Nein, geht schon«, sagte Magda eine Spur zu heftig und fügte schnell lächelnd hinzu: »Ich hab ihm doch versprochen, Lieselotte heute mitzunehmen, und die kühle Luft tut uns beiden gut. Ich muss jetzt weiter. Servus, Herta.« Magda eilte davon, bevor die Krämerin etwas erwidern konnte.

Der Weg führte durch den Nadelwald, der unweit ihres Hofes lag und sich bis zur Nachbargemeinde ausdehnte. Es roch nach Tannennadeln, feuchtem Laub und Moos. Zehn Minuten später kam sie an eine Gabelung, die sie schließlich wieder aus dem Wald herausführte und auf eine ausgedehnte Lichtung brachte. Kurz darauf erreichte Magda die Weide. Ihr Mann stand unter einem Baum und blickte auf die Herde. Der knöchellange Schäfermantel hing an seinen schmalen Schultern, und sein Arbeitshut verbarg sein Gesicht nahezu zur Gänze. Er wirkte wie ein ganz gewöhnlicher Schäfer, der seine Tiere bewachte, doch er hatte auch anderes im Sinn.

Die Hunde bellten aufgeregt, als Magda näher kam, auch weil sie das Futter rochen, das sie ihnen mitgebracht hatte. Korbinian pfiff sie zurück. Sie blieb vor dem Schäferwagen stehen und blickte an sich herunter. Auf ihren Schuhen klebte nasse Erde.

»Hast du auf dem Weg wen getroffen?«, fragte er sorgenvoll und blickte in die Tasche mit Lieselotte, die Magda vorsichtig auf dem Boden abgestellt hatte. Der Säugling war eingeschlafen und lag blass in der Decke.

Magda nickte. »Die Herta.«

»Ausgerechnet.« Korbinian ging in die Knie und fuhr Lieselotte sachte mit dem Finger über die kühle Wange.

»Wenn du uns das hier nicht antätest, müssten wir nichts befürchten und uns wie Diebe durchs Dorf schleichen!« Magda schüttelte anklagend den Kopf.

»Was hätt ich denn tun sollen?«, zischte Korbinian und sah wieder zu Lieselotte hinunter. »Sie ist so klein«, sagte er zärtlich.

»Das sind sie alle, wenn sie grad mal zwei Tage alt sind«, gab Magda grob zurück. Sie war wütend, aber weniger auf ihren Mann als auf die Situation, in die sie die Nazis drängten.

Korbinian nahm seinen Arbeitshut ab, fuhr sich mit den Fingern durch seine dunkelblonden dichten Haare und nahm die Tasche mit Lieselotte hoch.

»Du hättest sie nicht mitnehmen sollen, Korbinian. Es sind Zigeuner! Du weißt, was das heißt, wenn man sie hier findet!« Magdas Daumen zeigte Richtung Schäferwagen, wo das fremde Paar darin darauf wartete, ob sie bleiben durften, gehen mussten oder ob sie jemand an die Polizei verraten würde.

»Korbinian, wir haben drei kleine Kinder, darunter ein Neugeborenes, und du schleppst uns Zigeuner ins Haus!« Ihre verhaltene Stimme klang schrill vor Angst.

»Erstens sind sie nicht bei uns daheim, sondern hier«, entgegnete ihr Mann mürrisch. »Und zweitens ist es doch nur für ein paar Tage. Die beiden wollen weiter nach Frankreich und werden sicher nicht lange bleiben. Die Frau braucht jetzt erst mal eine Pause. Sie ist hochschwanger, verdammt noch amal. Grad du solltest verstehen, was das bedeutet.«

Magda drückte ihm anstelle einer Antwort das in Butterbrotpapier eingepackte Futter für die Hunde in die Hand. Dann nahm sie die in Decken gewickelte Kleine aus der Tasche und presste sie an ihre Brust. Augenblicklich schoss ihr Milch ein, doch das Kind schlief fest.

»Heut Morgen beim Frühstückskaffee am Binder-Hof hab ich dem Heini g'sagt, dass ich den ganzen Tag mit Klauenschneiden beschäftigt bin und du mir deshalb das Mittagessen herbringst. Nicht dass am End noch wer von denen vorbeikommt und nachschaut, weil ich nicht auftauch. Morgen werd ich wieder zu den üblichen Zeiten zum Binder gehen. Wir müssen uns ganz normal verhalten, Magda«, schwor er sie ein. Ja, sie mussten vorsichtig sein. Niemand durfte wissen, was hier vor sich ging.

Korbinian hatte die beiden Fremden letzte Nacht im Wald entdeckt, weil die Hunde unruhig geworden waren. Zuerst vermutete er einen wildernden Hund hinter der Aufregung und war aufgestanden, um ihn zusammen mit dem Leithund zu vertreiben. Dabei hatte er das im Unterholz zusammengekauerte Paar gefunden. Korbinian hatte sie spontan mit in den Schäferwagen genommen und ihnen Tee gekocht. Sie waren völlig durchgefroren, außerdem war die Frau kurz vor der Niederkunft und total erschöpft gewesen, hatte er Magda heute Morgen berichtet. Er war überraschend bei ihr am Hof daheim aufgetaucht, und sie hatte sofort gewusst, dass etwas nicht stimmte.

Magda schüttelte verzweifelt den Kopf. »Sie werden uns einsperren.« Ihre Stimme überschlug sich vor Panik.

»Psst, nicht so laut, Weib!«

Auch Korbinian war wohl bewusst, in welche Gefahrensituation er die Familie gebracht hatte. Das Gesetz zur Bekämpfung von Zigeunern, Landfahrern und Arbeitsscheuen war ihnen allen seit vielen Jahren bekannt. Doch erst vor vier Jahren wurden Zigeuner in den Nürnberger Gesetzen wie Juden zu Wesen artfremden Blutes erklärt, die es aus der arischen Volksgemeinschaft auszusondern galt. Eine Verhaftungswelle rollte bereits über das Land. Rassenhygiene, auch das war so ein neues schreckliches Wort, das seit Kurzem durchs Land geisterte.

»Diesem Gesindel muss man das Arbeiten doch erst beibringen«, hatte die Binderin erst neulich die Aktion gutgeheißen. »Das sind doch alles Diebe!«

Magda hatte sich zwar gewundert, woher die Binder Mirl ihre Kenntnisse nahm, denn soweit sie wusste, hatte die Großbäuerin noch nie vorher Kontakt zu Zigeunern gehabt. Doch sie hatte vorsichtshalber den Mund gehalten, man hörte so viel in letzter Zeit, und Menschen verschwanden plötzlich, auch aus dem Dorf. Es gab Gerüchte über Arbeitslager, doch niemand wusste Genaues. Magda spürte, wie Angst in ihr aufkam. Sie hoffte, dass der Krieg und seine Schrecken bald wieder zu Ende sein würden. Sie mochte nicht daran denken, dass Korbinian bald schon eingezogen werden könnte.

»Ich hoffe, dass es gut ausgeht«, sagte sie schließlich. In einem Dorf wie dem ihrigen legte man großen Wert auf Zusammenhalt, Familie, Freunde und Gottesfürchtigkeit. Man hielt sich an die Regeln, scherte man aus, war man verloren.

Da öffnete sich die Tür des Schäferwagens einen Spalt breit. Der Kopf eines Mannes erschien, er hatte pechschwarzes Haar, dunkle Augen und olivbraune Haut. »Kommen Sie schnell! Ich glaube, das Kind kommt.«

Magda seufzte laut. »Auch das noch! Hast du nicht gesagt, es dauert noch?«, herrschte sie ihren Mann an, stieg aber gleichzeitig rasch die wenigen Stufen hinauf. Die Gebärende lag auf der Bettpritsche, und es stand ihr der Schweiß auf der Stirn. Dunkle Haarsträhnen klebten ihr am Kopf.

»Es kommt zu früh«, flüsterte die fremde Frau voll Panik. »Es ist doch erst in vier Wochen so weit.«

»Die Anstrengung der letzten Tage wird die Wehen ausgelöst haben«, meinte Magda. Wenn sie es richtig deutete, war die Eröffnungsphase längst vorbei.

Die Frau biss die Zähne zusammen, damit nur ja kein Laut nach außen drang.

»Wie heißen Sie?«, fragte Magda.

»Else«, presste sie heraus, um gleich darauf wieder die Zähne fest zusammenzubeißen.

»Ewald«, stellte sich der Mann ihr vor.

»Wie häufig kommen die Wehen, Ewald?«, fragte Magda.

»Ich weiß nicht genau«, antwortete der Mann aufgeregt. »Etwa sechs-, siebenmal in … ich glaube, in einer Viertelstunde.«

»Dann dauert es nicht mehr lange. Raus!«, zischte Magda ihm zu, und der Mann verschwand auf der Stelle. Sollte Korbinian sich doch mit ihm die Zeit vertreiben, sie hatte jetzt anderes zu tun. Doch nur was genau? Sie hatte bereits drei Kindern das Leben geschenkt, aber als Hebamme tätig zu werden war etwas ganz anderes, als selbst zu gebären. Lieber Gott, hilf mir, betete sie stumm. Und lass niemanden an der Weide vorbeikommen ...

Die Frau stöhnte mit schmerzverzerrtem Gesicht unter einer neuerlichen Wehe. Magda überlegte rasch, sie hatte weder warmes Wasser noch Windeln oder Handtücher. Egal, es musste auch so gehen. Sie tupfte mit dem Saum ihres Kleides der Frau den Schweiß von der Stirn, dann setzte sie sich auf die Pritsche und schob Elses Kleid nach oben bis unter die Brust.

»Hast du das Gefühl, pressen zu müssen?« Sie sprach die Frau bewusst mit Du an. Verdammt, sie waren auf dem Land, da verzichtete man auf Förmlichkeiten. Zumal sie gerade dabei waren, unter widrigen Umständen gemeinsam ein Kind auf die Welt zu bringen. Das verband.

»Ja«, stöhnte Else.

»Wenn ich jetzt sage, dann presst du, so gut wie du's kannst«, befahl Magda, und Else nickte.

Magda erhob sich und öffnete die Tür des Schäferwagens.

»Korbinian, gib mir dein Messer!«

Er reichte es ihr.

»Wart ...« Magda ging in den Wagen zurück, schnitt den unteren Teil des Bettlakens ab. Darin wollte sie später das Neugeborene einwickeln, bis sie saubere Kleidung und Decken gebracht hatte. Dann gab sie ihm das Messer zurück.

»Mach Feuer, und halt die Klinge drüber. Ich muss später damit die Nabelschnur durchschneiden. Und mach Wasser heiß, schnell! Stell eine Kanne daneben, damit es aussieht, als würdest du Tee kochen. Nur für den Fall, dass wer aus dem Dorf vorbeikommt«, ordnete sie an.

Korbinian schenkte ihr einen dankbaren Blick. Er war

deutlich erkennbar unsagbar froh, dass seine Frau einen kühlen Kopf bewahrte und die Dinge in die Hand nahm.

Magda dachte nicht darüber nach, ob die Handgriffe passten oder ob es richtig war, was sie da gerade tat. Irgendwie würde schon alles funktionieren, hoffte sie und spekulierte darauf, dass die Natur die Leitung übernahm.

Magda sprach Else ununterbrochen Mut zu, wischte ihr den Schweiß von der Stirn und hielt sie zum Pressen bei aufkommenden Wehen an. Zwanzig Minuten später konnte sie endlich das Köpfchen sehen. Das Kind hatte bereits jetzt so dunkle Haare wie ihre Eltern. Und schon wieder bäumte sich Else auf, die nächste starke Wehe kündigte sich an. Sie kamen jetzt in noch kürzeren Abständen.

»Pressen, du musst pressen, Else!«, befahl Magda und fasste nach dem Kopf, der nun zur Gänze erschienen war. Vorsichtig wischte sie über den feuchten Haarschopf. »Das meiste ist geschafft«, sagte sie und lächelte. »Das Köpfchen ist schon draußen. Nur noch die Schultern und dann …« Else lächelte matt, und bei der nächsten Wehe half Magda mit, das Kind endgültig zur Welt zu bringen. Der erwartete befreiende Schrei des Säuglings verriet, dass er lebte. Das Kind war klein, ein Frühchen, es erschien Magda schwach, aber es lebte.

»Es ist ein Mädchen«, sagte sie, wickelte es in den Lakenstreifen und legte es Else auf den Bauch. Dann holte sie das Messer von Korbinian und durchtrennte die Nabelschnur. Die Glocken schlugen zwölf Uhr. »Was für ein Glück, dass Lieselotte die ganze Zeit stillgehalten hat«, sagte sie erschöpft und setzte sich auf den einzigen Stuhl im Schäferwagen. Generell hielt Lieselotte still, viel zu still, ging es ihr nicht zum ersten Mal durch den Kopf.

»Danke«, flüsterte die Frau und sah sie dankbar an. »Dein Baby ist ja auch noch ganz klein.«

Magda streckte den Arm aus und drückte kurz die Hand der Frau. Immerhin war sie selbst gerade in der gleichen Situation gewesen. »Vorgestern ist sie zur Welt gekommen.«

In diesem Moment bemerkte sie die beiden Geigenkästen unter dem Tisch. »Ihr seid Musiker?«

»Ja.« Die Frau nickte. »Wir spielen auf Hochzeiten, Geburtstagsfeiern und Festen … besser gesagt, haben gespielt.« Sie streichelte dem Neugeborenen zärtlich über den Rücken. »Aber wir dürfen nicht mehr auftreten.«

Magda konnte es sich denken, warum.

»Wir sind Roma.« Es klang wie eine Entschuldigung.

»Du hast ein schönes Mädchen zur Welt gebracht, Else. Wie soll sie heißen?«

»Gisela. Wie meine Mutter.«

»Ein schöner Name.«

»Wenn wir in Frankreich sind, lassen wir sie taufen.«

»Taufen? Ihr seid katholisch?«, fragte Magda überrascht.

»Natürlich.« Else drückte dem Neugeborenen einen sanften Kuss auf die Stirn.

Magda konnte es nicht verstehen. Vor ihr lag eine katholische Frau auf der Bettpritsche, die gerade unter widrigen Umständen ein gesundes Kind zur Welt gebracht hatte, und nur weil sie Zigeunerin war, ließ man sie nicht mehr arbeiten?

»Aber wieso?«, zeigte sich Magda verständnislos. »Ich mein …«

»Logisch! Der Ewald ist in Eichstätt geboren und ich in München. Auch unsere Eltern kamen in Bayern zur Welt. Nur unsere Großeltern stammen aus Siebenbürgen. Das schützt uns aber nicht vor den Nazis. Für die sind wir keine Menschen, nur verachtenswerte Zigeuner.« Ihr brach die Stimme vor Verzweiflung.

Magda wusste nicht, was sie sagen sollte, deshalb erhob sie sich, ging hinaus und kam kurz darauf mit einer Schale warmen Wassers zurück. »Wird Zeit, dass dein Mann die kleine Schönheit zu sehen bekommt. Der Arme vergeht da draußen vor lauter Aufregung. Aber vorher werden wir euch beide noch ein bisserl waschen.« Sie streichelte zuerst Else und dann Gisela zärtlich über den Kopf. »Ich hoffe, ihr schafft es bis Frankreich.«

Eine halbe Stunde später durfte Ewald in den Wagen, und Magda brachte Korbinian die Nachgeburt nach draußen. »Vergrab sie ganz tief, oder gib sie den Hunden zu fressen! Es darf nichts übrigbleiben, was an eine Geburt erinnert. Die Laken nehm ich mit und werd sie heute noch waschen. Und die Suppe kannst ihnen auch bringen. Das wird ihr wieder Kraft geben.«

Sie nahm die Tasche mit Lieselotte und machte sich auf den Weg nach Hause.

Zurück am Hof ging sie direkt in die Waschküche, die an den Kuhstall angrenzte, legte die Laken in den Waschkessel, goss Wasser hinein und heizte ihn an. »Jetzt kommst aber endlich du dran«, sagte sie zu dem Bündel in der Tasche, das sie mit in die Waschküche genommen hatte. Lieselotte war inzwischen wach, blickte mit vagem Blick umher und gab noch immer keinen Mucks von sich. Ob ihr dieser stille Charakter blieb?, fragte sich Magda.

Sie ging zurück in die Küche und setzte sich die Kleine an die volle Brust. Lieselotte trank mit nur mäßigem Appetit. Da hörte Magda schwere Schritte vor dem Haus, und kurz darauf betrat Korbinian mit schmutzigen Stiefeln die Küche. Das hatte er noch nie getan. Die Stiefel blieben normalerweise vor der Haustür.

»Was ist los?«, fragte sie ihn.

»Else hat keine Milch. Mutterschafe haben wir auch keine auf der Weide, von denen wir ein wenig abzweigen können. Das Kind brüllt mir noch das ganze Dorf zusammen.«

»Das liegt sicher an der Aufregung und den Strapazen.« Magda bedeckte ihre Brust und legte Lieselotte vorsichtig in den Stubenwagen, der neben dem befeuerten Wohnherd stand. »Die Frau ist völlig erschöpft.«

»Bleib am Hof, der Georg kommt gleich von der Schule. Wenn er fragt, warum du da bist und ich weg ...« Sie überlegte fieberhaft. »Dir wird schon was einfallen, und hol die Gertrud von der Nachbarin ab.« Rasch packte sie ein paar Sachen für den Säugling zusammen, lief so schnell sie konnte zurück zur Weide und hoffte, von niemandem gesehen worden zu sein.

Etliche Meter vor dem Schäferwagen hörte sie die Kleine bereits weinen. Sie klopfte an die Tür und betrat den Schäferwagen. Else saß mit entblößter Brust auf der Bettpritsche und versuchte verzweifelt, das Kind zu stillen. Auch ihr liefen Tränen über die Wangen. Ewald saß auf dem Stuhl und sah mindestens genauso unglücklich drein.

Magda nahm Else die kleine Gisela ab, setzte sich auf den Rand der Pritsche, knöpfte ihre Bluse auf und legte das Neugeborene an. Als Gisela gierig zu trinken begann, weinte Else bitterlich.

»Du kannst nichts dafür, Else. Schau dich doch um, unter welch schlimmen Umständen du dein Kind zur Welt bringen musstest. Wie Maria das Jesuskind«, murmelte Magda. Sie wusste, was das nun bedeutete: Sie musste sich ab sofort mehrmals heimlich herausstehlen, um nicht nur den Eltern Essen zu bringen, sondern auch die Kleine zu stillen. Die Winterbergs würden länger bleiben müssen als geplant, denn sonst würde Gisela verhungern.

43

Die nächsten Tage unterlag Magda einem noch strengeren Zeitplan als sonst. Sie versuchte, so oft wie möglich auf der Weide vorbeizusehen. Meist gelang ihr das ohne Probleme, nachdem sie ihre Kinder versorgt und die Kühe gemolken hatte. Sie ging mittags und am späten Abend noch einmal. Und jedes Mal hoffte sie, dass Gisela aushielt und Ruhe gab, bis sie wiederkommen konnte, und sie niemandem begegnete. Am Wochenende tauchte das erste Problem auf, denn Georg und Gertrud wollten sie unbedingt begleiten.

»Das geht nicht«, fuhr sie die beiden an. »Ich muss alleine auf die Weide gehen.« Die Schärfe in ihrer Stimme ließ die Kinder gehorchen, auch wenn sie nicht verstanden, was in die Mutter gefahren war.

»Sonst dürfen wir immer mit«, entgegnete Georg trotzig und verzog sich schmollend mit seiner Schwester.

Am Montagmorgen wurde Magda wach, weil ihre Brust schmerzte. Ihr erster Gedanke war, dass ihr die Milch ebenfalls versiegte, weil zwei Kinder zu viel waren oder die Aufregung einen Milchstau verursachte. Sie bemerkte in Brusthöhe dunkle Flecken auf ihrem Nachthemd. Vor dem Fenster war stockdunkle Nacht. Ein Blick auf den Wecker bestätigte ihre Vermutung, es war halb fünf Uhr morgens. Das bedeutete, sie hatte nicht verschlafen, um Lieselotte rechtzeitig zu stillen, bevor sie die Kühe im Stall melken musste. Warum nur war sie aufgewacht? Und warum schoss ihr die Milch ein? Die Kleine hatte nicht geweint.

Der Stubenwagen stand am Ende ihres Bettes. Irgendetwas alarmierte Magda. War es die bedrückende Stille oder nur ein Gefühl? Sie schob die Bettdecke zur Seite und stieg aus dem Bett. Lieselotte lag in ihrem Bettchen, die Augen geschlossen und ... in dem Moment bestätigte sich ihre angsterfüllte Vorahnung. Die Bettdecke lag ruhig auf dem Kind. Sie atmete nicht mehr. Magda riss Lieselotte aus dem Bett, legte sie auf den Boden und begann sie zu beatmen. Auch jetzt wusste sie nicht, ob sie alles richtig machte, doch ihr Instinkt peitschte sie an, ihr Kind zu retten.

Eine halbe Stunde später gab sie auf. Lieselotte war tot. Sie hatte schon mehrfach vom plötzlichen Kindstod gehört. Säuglinge, die abends friedlich einschliefen, wachten morgens nicht mehr auf. So, als hätten sie beschlossen, doch nicht auf dieser Welt groß werden zu wollen. Damit, dass es sie selbst treffen würde, hatte sie nicht gerechnet. Sie wiegte das tote Kind in ihren Armen und weinte bitterlich.

»Ist das so? Willst du nicht in Kriegszeiten leben?« Sie nahm die kleine Hand und küsste die klitzekleinen Fingerknochen. »Hast du deshalb entschieden, uns zu verlassen?«, schluchzte sie. Unter Tränen sog sie den Duft Lieselottes ein. Sie roch, wie nur Neugeborene dufteten, nach zarter Unschuld, absoluter Vollkommenheit und einem winzigen Hauch Babypuder.

Magda streichelte ihrem Sonnenschein mit den Fingerspitzen über das weiße Häubchen auf dem Kopf, über die Wange, den verschlossenen Mund und die winzige Nase. Ihre Tränen rollten über ihr Gesicht und benetzten das tote Kind. Sie presste es an sich, küsste Lieselottes Stirn, hoffte inständig, sich geirrt zu haben. Hoffte, dass ein plötzlicher Schrei ihres Babys sie aus dem Albtraum holte. Doch nichts passierte. Magda fragte sich, warum diejenigen, die Gutes taten, so unbarmherzig bestraft wurden, und diejenigen, die boshaft und grausam agierten, davonkamen.

Sie konnte nicht sagen, wie lange sie am Boden gesessen und Lieselotte hin und her gewiegt hatte. Die Zeit war stehen geblieben. Irgendwann hörte sie Kinderfüße über den Holzboden im Flur trappeln. Panik erfasste sie. Auf gar keinen Fall sollten die beiden Großen ihre tote Schwester sehen. Ihr fehlte im Moment die Kraft, die beiden trösten zu müssen oder ihnen etwas zu erklären.

Rasch legte Magda Lieselotte in den Stubenwagen zurück und wischte sich mit dem Handrücken über die Wangen. Als die Tür aufflog, zog sie sich bereits den Morgenmantel über.

»Guten Morgen«, sagte sie so unbeschwert wie möglich, als Georg und Gertrud in ihren Pyjamas vor ihr standen.

Sie hörte die Kühe, die längst gemolken gehörten, im Stall brüllen.

»Du bist noch da?«, fragte Georg verwundert.

»Ich hab verschlafen«, log sie. »Die Kühe können mal fünf Minuten warten. Lasst uns frühstücken.« Sie schob die beiden sanft, aber bestimmt vor sich her und schloss die Schlafzimmertür hinter sich. Wie in Trance verrichtete sie so rasch wie möglich die notwendigen Handgriffe in der Küche. Als die beiden aßen, ging sie in den Stall, als wäre nichts passiert. Das Gebrüll war lauter geworden. Sie hoffte, dass das Vieh nicht die Nachbarn alarmierte. Mit Verwunderung stellte sie fest, mit welcher Ruhe und Selbstverständlichkeit sie ihre Arbeit verrichten konnte. Die routinierten Handgriffe halfen ihr offenbar, wieder einen klaren Gedanken fassen zu können. Sie musste den Pfarrer um eine Nottaufe bitten, sich um das Begräbnis kümmern. Nach dem Melken schleppte sie sich zurück ins Haus. Als sich Georg verabschiedete, um mit dem Postbus in den Nachbarort zur Schule zu fahren, brachte sie Gertrud wieder einmal zur Nachbarin. Zum Glück stellte die alte Bäuerin keine Fragen, weil sie die Kleine in letzter Zeit öfter zu ihr brachte, sondern freute sich darüber, Gertrud bei sich zu haben.

Die Treppe zum Schlafzimmer hochzusteigen fühlte sich an, als hingen zentnerschwere Mühlsteine um ihren Hals. Warum nur passierte so etwas? Warum entriss man einer Mutter das Kind? Sie dachte an all die Mütter, deren Söhne bereits in den Krieg marschieren mussten und vielleicht nicht wiederkamen. Ihre Brust schmerzte bereits enorm. Sie musste die Milch loswerden. Im Schlafzimmer ging sie schweren Herzens zum Stubenwagen und warf einen Blick auf Lieselotte, hoffte, dass sie sich geirrt hatte und ihre Tochter sie jetzt mit großen Augen ansehen würde. Aber sie atmete nicht mehr, trotzdem sah sie so friedlich aus, als schliefe sie tief und fest.

Gerade als sie sich auf den Weg machen wollte, kam die Binderin am Hof vorbei. Neugierig nahm sie ihre Tasche in Augenschein.

»Ich geh zum Korbinian«, erklärte sich Magda. »Er braucht eine neue Decke, die alte ist gerissen.« Wie zur Bestätigung hob sie den Arm und wies auf die Tasche, in der Lebensmittel versteckt unter einer oben aufliegenden Schafwolldecke lagen.

»Der war doch heute Morgen bei uns, da hätt er sie doch auf dem Rückweg mitnehmen können.«

»Ich hab keine Zeit gehabt, ihm eine neue rauszusuchen, und ich wollt auf gar keinen Fall, dass er es selbst macht. Weißt doch, wie's sind, die Männer. Wenn die einmal in die Kommode greifen, ist's vorbei mit der Ordnung.«

»Da hast du recht. Deshalb leg ich dem Heinrich seine Sachen auch jeden Tag raus. Der darf gar nicht in den Kleiderschrank greifen. Wo hast denn heut die Kleine?«, fragte die Binderin neugierig.

»Die schläft tief und fest in ihrem Bettchen.« Es kostete sie Mühe, nicht augenblicklich loszuheulen und der Binderin ihr Herz auszuschütten. Aber sie kannte die verlogene Freundlichkeit der Großbäuerin nur zu gut und wusste, dass ihr Mitleid lediglich geheuchelt sein würde. Ein Wort und das gesamte Dorf würde innerhalb kürzester Zeit Bescheid wissen. Sie musste es erst einmal Korbinian erzählen. Magda schluckte schwer.

»Und wo ist die Gertrud?«

»Bei der Nachbarin, so bin ich schneller wieder zurück. Und der Georg ist in der Schule«, fügte Magda ungefragt hinzu.

Die Binderin streckte ihre Hand nach der Tasche aus. »Wennst willst, sag ich dem Knecht, er soll die Decke zur Weide rausbringen.«

»Nein danke, Mirl«, sagte Magda rasch und umklammerte fest den Griff der Tasche, was ihr einen misstrauischen Blick der Binderin einbrachte. »Ich bin ja gleich wieder da. Das geht schon.«

»Na wennst meinst, dann bringst du sie ihm halt selbst.«

Die Landwirtin schüttelte missbilligend den Kopf und wandte sich zum Gehen.

Magda atmete erleichtert auf, hoffte, dass es kein Fehler gewesen war, die Hilfe der Binderin abzulehnen. Aber was wäre ihr auch anderes übriggeblieben?

»Ah, da fällt mir noch etwas ein.« Die Binderin drehte sich erneut zu ihr um und senkte die Stimme, obwohl weit und breit niemand zu sehen war. »Hast schon g'hört? Im Dorf sollen sich Zigeuner rumtreiben, erzählen sich jedenfalls die Leut bei der Herta im Laden. Polizisten aus Eichstätt sind schon unterwegs. Die werden hier jeden Stein umdrehen, das kannst mir glauben. Wird Zeit, dass wir in Hofberg endlich eine eigene Polizeidienststelle bekommen.«

Magda hielt unmerklich die Luft an. Sie befürchtete, dass ihr die Binderin das Geheimnis ansah. »Zigeuner? Echt? Wer sagt das?«

»Die Herta hat's mir gestern erzählt, als ich bei ihr war. Irgendwer hat's angeblich gesehen. Hast hoffentlich die Haustür zugesperrt und alle Fenster zugemacht.«

»Ja, sicher. Ich lass die Haustür nie unversperrt, wenn ich weggehe.«

»Und pass auf, wennst jetzt gleich durch den Wald musst, nicht, dass dich am Ende noch wer überfällt.«

»Gut, dass du's mir gesagt hast, ich pass auf.« Magda kannte die Einstellung der Binderin zu Hitler nicht, über Politik sprachen die Frauen im Dorf kaum. Sie hatten anderes zu tun. Doch sie konnte sich vorstellen, dass sie ihn bewunderte, weil sie jeden bewunderte, der Macht zur Schau stellte. Deshalb hatte sie auch den Binder Heinrich zum Mann genommen, obwohl der grobschlächtig und bullig war. Die Annemarie hätte andere haben können, aber die besaßen halt nicht so viel wie der Heini.

»Wennst was siehst, meldest es halt gleich.«

»Wo soll ich es melden?«, spielte Magda die Alarmierte.

»Na im Gemeindeamt. Dort soll schon ein Büro für die Polizisten eingerichtet worden sein.«

»Aha! Na gut, wenn ich etwas sehe, meld ich mich dort«, antwortete Magda und dachte, was muss heute noch alles passieren? »Ich muss jetzt, Mirl, der Korbinian wartet, und ich will Lieselotte nicht zu lange allein lassen, auch wenn sie schläft.« Sie ging eilig davon und unterdrückte den Impuls, sich noch einmal nach ihr umzudrehen. Was hatten sie und ihr Mann sich da nur eingebrockt?

Auf dem Weg zur Weide dachte sie nach. Die Polizei durchsuchte garantiert jeden Schuppen, jeden Hochstand und jeden Schäferwagen. Es war nur eine Frage der Zeit, bis sie auch Korbinians Wagen auseinandernahmen. Ihr war klar, dass sie beide in eines dieser merkwürdigen Arbeitslager verschwinden würden, wenn man Else und Ewald in ihrem Schäferkarren erwischte. Was dann aus Georg und Gertrud wurde, mochte sie nicht zu Ende denken. Derweil fühlte sie sich nicht schuldig. Sie half zwei verfolgten Menschen mit einem Neugeborenen zu überleben. Ihr entfuhr ein lauter Schluchzer. Gott würde ihr Verhalten bejahen, war sie überzeugt. Aber in Zeiten wie diesen wollte sie sich trotzdem nicht einmal dem Pfarrer anvertrauen.

44

Magda kam völlig verschwitzt und außer sich vor Angst auf der Weide an. Erschöpft ließ sie sich auf den Stufen des Wagens nieder.

»Ich weiß nicht, wo ich anfangen soll«, begann sie, als Korbinian auf sie zukam, und augenblicklich schüttelte sie ein Weinkrampf. »Es ist so schrecklich«, wiederholte sie mehrmals. Korbinian verstand kein Wort. Er kniete vor ihr nieder, nahm sie an den Schultern und schüttelte sie leicht.

»Was ist los, Magda? Beruhig dich doch und erzähl!«

»Unser Kind … ist tot«, stieß sie hervor. Sie konnte kaum noch sprechen.

Korbinian schnappte nach Luft. »Was? Was sagst du da? Welches Kind? Magda, so red halt!«

»Die Lieselotte lag heute Morgen tot im Bett. Sie hat einfach aufgehört zu leben, Korbinian. Ganz still, ohne Vorzeichen. Einfach so, von einem Moment auf den anderen.« Sie schnippte mit den Fingern. Und sie sah, dass auch Korbinian Tränen über die Wangen liefen. Er wischte sie mit dem Handrücken weg. Männer weinten nicht, auch wenn etwas so Schreckliches passiert war.

»Meinst, der Herrgott will uns für irgendwas bestrafen?«, schluchzte sie außer sich.

»Blödsinn«, antwortete Korbinian barsch.

»Ich werd gleich zum Pfarrer gehen und ihn überreden, dass er sie noch tauft, bevor wir sie begraben«, schniefte Magda.

Korbinian schwieg. Als er sich erhob, schwankte er leicht, er war wie benommen.

Allmählich versiegten Magdas Tränen. Sie zog ein Taschentuch aus ihrer Schürze, schnäuzte sich und berichtete von dem Gespräch mit der Binderin.

»Auch das noch!« Korbinian war blass geworden. Er sah kurz nach oben in den Himmel, als ob er einen Verantwortlichen auf einer Wolke erblicken wollte, der zuschaute, wie die Welt um sie herum zerbrach.

Magda rappelte sich hoch. »Ich muss mich jetzt um Gisela kümmern, und du überlegst dir was. Immerhin hast du uns auch in diese Situation gebracht.« Sie ließ ihn stehen und trat in den Schäferwagen.

Else Winterberg weinte herzergreifend. Ihr Mann wiegte sie in seinen Armen. Sie hatten alles mitangehört.

»Entschuldigung«, murmelte Ewald, als wären sie verantwortlich für den Tod Lieselottes. Er erhob sich müde und schlurfte schwerfällig nach draußen, als wären seine Beine aus Blei.

Magda setzte sich schweigend zu Else, nahm ihr Gisela ab und gab ihr die Brust. Else weinte noch immer, konnte gar nicht mehr aufhören.

»Wofür werden wir bestraft?«, presste sie zwischen den Tränen hervor.

Während Magda die Kleine stillte, hielt sie die Augen geschlossen. Warum nur war nicht sie gestorben? Es gab keine Antwort auf all diese Fragen.

Als Gisela satt war, legte sie sie wieder in Elses Arme. Die Männer kamen in den Wagen. Sie sahen unglücklich aus, aber etwas in ihren Gesichtern verriet Magda, dass sie einen Plan gefasst hatten.

»Else und Ewald werden noch heute Abend aufbrechen, sobald es dunkel ist«, sagte Ewald. »Wenn es stimmt, was die Binderin dir erzählt hat, und davon gehe ich aus, sind die beiden im Wagen nicht mehr sicher.«

»Und Gisela?«, fragte Else und drückte das Kind an sich. Sie ahnte die Antwort, denn sie schlug die Hand vor den Mund, noch bevor ihr jemand antwortete.

»Gisela bleibt hier«, sagte Ewald bestimmt. Doch man hörte deutlich, wie schwer ihm dieser Satz über die Lippen kam. »Sie wird die Strapazen einer Flucht nicht überleben, Else. Das weißt du. Zudem haben wir keinerlei Nahrung für sie.«

Else heulte laut auf, wie ein verletztes Tier.

Magdas Blick flatterte zwischen den Männern hin und her. »Ich versteh nicht recht.«

»Gisela wird Lieselottes Platz einnehmen.«

»Das können wir nicht machen, Korbinian!« Magda sprang auf. »Sie hat dunkle Haare, und auch ihre Haut ist dunkler. Die Leute werden uns das nicht abnehmen, selbst unsere Kinder werden es bemerken.«

»Kinder glauben, was man ihnen sagt.«

»Wenn ihr Gisela behandelt, als wär sie Lieselotte, werden sie keinen Verdacht hegen«, unterstützte Ewald Korbinian. »Neugeborene verändern sich. Eines, das gestern noch ein Glatzkopf war, hat nächste Woche schon Haare.«

»Das ist Wahnsinn, was ihr da von Else und mir verlangt. Abgesehen von dem, dass wir Lieselottes …« Sie verstummte.

Das Wort Leiche konnte sie unmöglich aussprechen. »Ich will sie anständig beerdigt wissen. Das sind wir ihr schuldig.« Lieselottes zartes Gesicht mit der winzigen Nase und den schönen Augen kam ihr in den Sinn. Erneut liefen dicke Tränen über ihre Wangen.

»Das werden wir, Magda. Versprochen!«

»Und wo? Am Friedhof geht das nämlich nicht ohne Taufe. Also, wie stellst du dir das vor, Korbinian?« Magdas Stimme klang verzweifelt und zugleich angriffslustig. Eine Mutter, die ihr Kind verteidigte, glich einer wütenden Bärin.

Else saß auf der Bettpritsche und starrte ins Leere. Die Tränen waren verschwunden, stattdessen erschien sie Magda wie betäubt, als hätte jemand ihr Lebenslicht ausgeschaltet. Hätte man Else vor ein Erschießungskommando gestellt, hätte sie sich vermutlich nicht anders als in diesem Moment gefühlt. Gisela war ihr erstes Kind. Da war alles neu, und als Mutter war man verunsichert. Monatelang hatte sich Else darauf gefreut, es in den Armen halten zu dürfen, ihm die Stirn zu küssen, es an sich zu drücken und seinen einzigartigen Duft einzuatmen. Und nun riss ihr der widerwärtige Dämon Nazi es aus der Hand.

»Das Grab deiner Eltern«, schlug Korbinian vor. »Dort ist sie immer in unserer Nähe und mit deiner Mutter und deinem Vater vereint, und du kannst sie jederzeit besuchen.«

»Aber sie ist nicht getauft, geht das nicht in deinen Kopf?« In dem Moment fiel bei Magda der Groschen. »Du willst sie heimlich begraben. Das ist …«

»Denkst du, Gott ist das nicht egal?«, fiel Korbinian ihr ins Wort. »Lieselotte wird dadurch ein anderes Kind retten, Magda! Das steht über der Taufe, findest du nicht?«

»In welcher furchtbaren Welt leben wir eigentlich?«, flüsterte Else. Sie kippte zur Seite und weinte erneut bitterlich. Gisela begrub sie unter ihren Armen.

Magda erhob sich abrupt. »Ich muss sofort nach Hause.«

Ewald entwand das Kind aus Elses Händen, die verzweifelt versuchte, es festzuhalten, aber gegen ihren Mann keine Chance hatte. Mit Tränen in den Augen überreichte Ewald Gisela. »Bitte, pass auf unsere Kleine auf. Bitte, Magda!«

Instinktiv nahm Magda das Kind an sich. »Und was, wenn ihr in Frankreich seid?«

»Wir melden uns, sobald wir in Sicherheit sind. Wir schreiben eine Karte. Dann überlegen wir, wie Gisela nachkommen kann. Vielleicht ist der Krieg dann schon vorbei und die Nazis sind entmachtet.« Er klang hoffnungsvoll.

»Habt ihr beiden Schlaumeier euch auch überlegt, was wir dann den Leuten im Dorf erzählen, wenn unsere Tochter plötzlich nicht mehr da ist, weil sie in Frankreich lebt?« Magda sah von einem zum anderen.

»Bis es so weit ist, fällt uns etwas ein, Magda. Bitte vertrau mir! Es wird alles gut«, sagte Korbinian flehentlich.

Magda presste das Kind an ihre Brust und zischte: »Nichts wird gut, gar nichts!« Sie ging in die Knie und umarmte mit Gisela im Arm Else. »Sei stark! Du musst es bis Frankreich schaffen, hörst du? Irgendwann gehört dieser Tag der Vergangenheit an, und dann spielst du mir ein Lied auf deiner Geige vor.«

Else nickte zaghaft. »Tauft sie bitte auf beide Namen, Lieselotte Gisela«, bat sie Magda resigniert.

»Das machen wir.« Magda küsste sie zum Abschied auf beide Wangen.

Korbinian berührte Magda am Arm. »Ich komm heute Nacht und beerdige Lieselotte in aller Würde«, sagte er mit weicher Stimme.

Magda nickte gequält und verließ mit Gisela im Arm den Schäferkarren. Auf dem Rückweg flehte sie Gott an, ihnen allen beizustehen.

Kurz nach Mitternacht kam Korbinian, um Lieselottes leblosen Körper abzuholen. Magda hatte sie sorgsam in ein weißes Leinentuch gewickelt. Aus dem Weihwasserkessel, der neben der Eingangstür hing, hatte sie gesegnetes Wasser in eine kleine Flasche mit einer aufgemalten Marienfigur gefüllt. »Ich werde dich so oft es geht besuchen«, versprach sie ihr. »Und an deinem Sterbetag wird immer eine Kerze am Grab brennen, so lange ich lebe.«

Magda reichte Korbinian die Flasche, und als sie ihm Lieselotte übergab, zerbrach etwas in ihr, das nie wieder heilen würde. Das wusste sie in diesem Moment. Sie schloss die Eingangstür, ging ins Schlafzimmer zurück, wo Gisela schon friedlich im Stubenwagen schlief. Sie räumte ihre bunten Kleider, Röcke und Blusen aus dem Kleiderschrank, stopfte alles in einen großen Leinensack. Ab sofort, so beschloss sie, würde sie ausschließlich schwarze Kleidung tragen.

Am nächsten Morgen molk Magda die Kühe, als wäre es ein ganz normaler Tag. Um sieben Uhr kam Herta auf den Hof geradelt, um frische Milch zu holen. Sie erschien Magda aufgeregt.

»Stell dir vor, sie haben die Zigeuner erwischt, im Wald vom Binder. Eine Frau und einen Mann«, rief sie ihr zu.

»Was heißt erwischt?«, fragte Magda und kam mit einer Milchkanne in der Hand aus dem Stall. Sie hoffte, dass Herta

nicht bemerkte, wie sie einen Moment lang die Luft angehalten hatte.

»Ja, weißt du denn gar nicht, dass …«

»Doch, doch! Die Binderin hat mir erzählt …«

»Erschossen!«, fiel ihr Herta ins Wort. »Angeblich sind sie
vor den Polizisten weggelaufen. Wahrscheinlich haben sie was
g'stohlen, das G'sindel kennt man doch!«

Polizisten, dachte Magda verächtlich und fügte in Gedanken hinzu, das sind verfluchte Nazis, widerwärtige Teufel. Sie
reichte Herta die Kanne. »Da, deine Milch.«

»Ist was?« Herta runzelte die Stirn.

»Nein. Die Kleine ist nur allein«, sagte Magda und ließ die
Krämerin stehen.

Im Haus stand der Stubenwagen vor dem angeheizten
Ofen. Zärtlich strich Magda Gisela über den dunklen Haar-
schopf. »Schaut aus, als würdest du für immer bei uns bleiben,
Lieselotte.«

45

München, Januar 2018

Als Rena Kunstmann geendet hatte, sah Nina fassungslos zu Julian hinüber. Er nahm ihre Hand. Ihr Herz pochte wild, sie war ganz einfach nur sprachlos. Ihre Gedanken fuhren Karussell. Es wollte ihr nicht in den Kopf gehen, zu welcher herzbrechenden Entscheidung ihre Urgroßmutter gezwungen war, um das Neugeborene von Else und Ewald Winterberg vor dem sicheren Tod zu bewahren.

Das Neugeborene, die kleine Gisela, dachte sie immer wieder, ist meine Liesl-Oma. Else und Ewalds Kind.

Sie schwiegen noch eine Weile, bis Nina schließlich mit zitternder Stimme fragte: »Wie hat Ihre Mutter davon erfahren?«

Rena Kunstmann streckte den Arm aus und legte ihre Hand beruhigend auf Ninas Unterarm. »Meine Mutter war gegen Hitler und hat daraus kein Geheimnis gemacht. Sie hat gegenüber einer Freundin mehrmals betont, dass Hitler für sie nichts anderes sei als ein aufgeblasenes, widerliches Monster und dass er sie alle ins Verderben führen würde. Jedenfalls hat diese vermeintliche Freundin sie wegen Volksverhetzung angezeigt. Daraufhin holte man meine Mutter ab und brachte sie nach

Dachau ins KZ. Man versuchte ihr eindringlich begreiflich zu machen, was es bedeutet, sich gegen die Nazis zu stellen.«

»Aber sie war doch eine anerkannte Künstlerin.«

»Sie war eine unbequeme, kritische Künstlerin, die man gerne eliminiert hätte, ohne mit der Wimper zu zucken. Und berühmt war sie zu der Zeit auch noch nicht, das kam erst nach dem Krieg.«

»Sie hat überlebt«, sagte Nina.

»Ja. Jedenfalls … ich war damals ein Jahr alt, blieb bei meinen Großeltern, denn mein Vater wurde augenblicklich eingezogen. Er ist zwei Jahre später gefallen.« Rena Kunstmann seufzte unheilvoll. »Im KZ traf meine Mutter Else Winterberg wieder. Ewald wurde, wie es von offizieller Seite hieß, auf der Flucht erschossen, sie kam ins Lager.«

Nina erinnerte sich augenblicklich an die Gruselgeschichte von dem Untoten, die Fritz ihrer Mutter als Kind erzählt hatte. Möglich, dass Ewald Winterberg damit gemeint war.

»Aber in Wahrheit haben die Nazis ihn einfach abgeknallt, nachdem sie Else vor seinen Augen vergewaltigt hatten«, sagte sie verächtlich und presste einen Moment lang die Lippen zusammen, ehe sie fortfuhr. »Jedenfalls hat Else meiner Mutter im KZ von der Geburt erzählt, und dass sie die Kleine zurücklassen mussten. Sie konnte sich weder an den Namen des Dorfes erinnern noch an den Familiennamen von Magda und Korbinian. Sie stand völlig neben sich, als sie eingeliefert wurde, hat meine Mutter erzählt. Wie eine Geisteskranke brabbelte sie zum Teil unzusammenhängendes Zeug daher. Kein Wunder, wenn du zwei Tage nach einer Geburt brutal vergewaltigt wirst und zusehen musst, wie diese verfluchten Teufel deinen Mann umbringen.«

Nina schüttelte den Kopf. Diese Geschichte war haarsträubend und stimmte sie zutiefst traurig.

»Aber Else hat ihr noch erzählen können, dass die Kleine jetzt Lieselotte und mit zweitem Namen Gisela hieß. Und dass sie ihre Kette mit dem Schutzengel bei ihrem Kind zurückgelassen hatte. Er wird sie zeitlebens beschützen, hatte Else noch gemeint. Drei Tage später starb sie, vermutlich an inneren Blutungen. Untersucht wurde die Todesursache natürlich nicht. Im KZ war's egal, woran du gestorben bist, Hauptsache tot und ab in den Verbrennungsofen«, sagte Rena Kunstmann bitter. »Ich weiß, dass meine Mutter nach dem Krieg versuchte, die Kleine zu finden. Aber das war ein Ding der Unmöglichkeit, wie ihr euch sicher denken könnt, und irgendwann hat sie beschlossen, dass es für das Kind besser ist, nichts über das Schicksal seiner leiblichen Eltern zu erfahren.«

Nina winkte ab, sie konnte nicht mehr. Tränen liefen über ihre Wangen, sie hatte das Gefühl, nicht genug Luft zu bekommen. Und doch erlangte vieles, was sie in den letzten Monaten gehört und gesehen hatte, plötzlich einen neuen Sinn. Die ewig schwarze Kleidung ihrer Urgroßmutter Magda Schäfer, die Kerzen am Familiengrab, immer am fünfundzwanzigsten September, dem Sterbetag ihres Babys. Sie trauerte um ihr leibliches Kind. Heimlich, weil niemand wissen durfte, was wirklich geschehen war, und dass sie das Kind von Roma als ihr eigenes ausgab. Allein der Gedanke brach Nina das Herz.

Sie erhob sich, ging um den Tisch herum und umarmte Rena Kunstmann herzlich. Die alte Dame presste sie tröstend an sich und drückte ihr sanft einen Kuss auf die Haare. Nach einer Weile löste sich Nina aus der Umarmung und ging wie in

Trance nach draußen. Luft! Sie brauchte dringend frische Luft und trat vor die Haustür. Alles um sie herum erschien ihr so friedlich, nur in ihrem Inneren tobte ein Sturm. Sie fühlte sich, als habe jemand ihre Wurzeln ausgegraben und in lauter kleine Stücke gehackt. Blödsinn, rief sie sich zur Vernunft. Ihre Großmutter war trotzdem ihre Großmutter und ihre Urgroßeltern ihre Urgroßeltern, auch wenn nicht deren Blut durch ihre Adern floss. Auf einmal mischte sich Wut in ihre Gefühlswelt. Verdammt, vor wenigen Monaten war ihr Leben noch in Ordnung gewesen. Wenn sie das Erbe nicht angenommen hätte, stünde sie jetzt im *Ludwig* und würde fröhlich an Ellens Seite das neue Menü kochen.

Sie hörte, wie hinter ihr die Haustür aufging. Julian stellte sich neben sie.

»Meine Oma meinte, ich soll dir ein paar Minuten Zeit lassen und dann erst nach dir sehen«, sagte Julian ein wenig unbeholfen. Nina sah ihm an, dass er nicht recht wusste, wie er sich ihr gegenüber verhalten sollte. Sie schenkte ihm ein zartes Lächeln. Er stellte sich neben sie und reichte ihr ein Glas Sherry. »Der hilft vielleicht ein wenig.«

Sie nahm das Glas, ohne zu protestieren, dass es erst elf Uhr war. Schließlich war sie in Bayern, und einen Schluck Alkohol konnte sie jetzt gut brauchen.

»Was hältst du von dem Ganzen?«, fragte er.

Sie zuckte mit den Schultern. »Ich weiß es nicht. Es ist so unglaublich, Julian, meine Urgroßmutter hat ihr totes Kind heimlich begraben, um einem anderen Kind das Leben zu retten. Sonst wäre meine Großmutter sicher als Baby im KZ ermordet oder gleich im Wald mit ihrem leiblichen Vater erschossen worden. Stell dir das einmal vor!« Sie fuhr sich mit einer verzweifelten Geste durch die Haare. »Dann hätte es weder meine Mutter noch mich je gegeben.« Sie nahm einen Schluck. »Wir haben ihr jedes Jahr am neunzehnten September zum Geburtstag gratuliert, derweil wurde sie in Wahrheit am einundzwanzigsten geboren. Wahnsinn! Gisela, ihren zweiten Vornamen, hat sie so gut wie nie benutzt.«

»Fast niemand benutzt seinen zweiten Vornamen. Hast du einen?«

Nina nickte. »Lieselotte, nach meiner Großmutter. Aber du hast recht, meiner steht nicht mal im Reisepass, nur auf der Geburtsurkunde. Ich frag mich, ob meine Urgroßmutter meiner Großmutter irgendwann die Wahrheit gesagt hat.«

»Das hätte sie dir doch sicher mal erzählt. Meinst du nicht? Oder zumindest deiner Mutter.«

»Vielleicht auch nicht.« Nina holte tief Luft. »Ich muss nach Salzburg, mit meinen Eltern reden.«

»Du wirst doch nicht glauben, dass ich dich in deinem aufgewühlten Zustand hinters Lenkrad lasse.«

»Das sind gerade einmal hundertfünfzig Kilometer, das schaffe ich schon.« Sie drückte Julian das leere Glas in die Hand.

Julian schüttelte den Kopf.

»Was willst du tun? Mich anbinden?«

»Ich fahr dich.«

»Nein«, sagte Nina eine Spur zu heftig, und Julian zuckte zurück.

»Entschuldige. So war das nicht gemeint.«

Julian nickte. »Passt schon. Ich kann mir denken, wie du dich fühlst.«

Sie schwiegen kurz. »Glaubst du, die Mutter von Vinzenz

Binder hat Bescheid gewusst und war deshalb so vehement gegen die Verbindung mit meiner Großmutter?«

»Ich glaube, darüber solltest du nicht weiter nachdenken, Nina. Denn diese Frage wird dir niemand mehr mit Sicherheit beantworten können.«

»Der alte Binder hat doch zum Notar gesagt, er wisse auch erst seit fünfzehn Jahren Bescheid«, sinnierte sie dennoch weiter.

»Er wird sich wohl irgendwann die Frage gestellt haben, warum das Eigentum der Winterberg auf seinem Speicher liegt«, meinte Julian.

»Vor fünfzehn Jahren …«, überlegte Nina, »da starb seine Mutter, und wahrscheinlich hat er sich erst danach mit alldem beschäftigen können.« Sie sah Julian an. »Mir geht immer noch nicht in den Kopf, weshalb er dir die Hälfte des Hofs vermacht hat. Nur weil deine Urgroßmutter auf einem Foto abgebildet ist und sie Else kannte? Außerdem, wusste er überhaupt, dass das deine Urgroßmutter war?« Sie zuckte hilflos mit den Achseln. Anstatt Antworten zu finden, taten sich immer mehr Fragen auf.

»Mir ist das alles auch noch nicht klar. Aber was hast du erwartet? Dass wir nach einem Tag das Rätsel komplett lösen?«

Nina schüttelte den Kopf. »Eh nicht, aber es wär halt schön gewesen. Lass uns wieder reingehen. Vielleicht erinnert sich deine Großmutter noch an weitere Details. Wir wollen sie fragen, bevor ich fahre.«

Sie ging voran, Julian folgte ihr.

»Geht's dir wieder gut, Kind?«, fragte Rena Kunstmann, als sie sich wieder zu ihr an den Tisch setzten. Sie war ohne großes Aufsehen ins Du gewechselt, das gefiel Nina. Es fühlte sich nach Vertrautheit und Familie an. »Ich hab dir gleich gesagt, dass die Geschichte nicht einfach für dich sein wird.«

Auf dem Tisch vor ihnen lagen ein Fotoalbum und ein großes Ölgemälde, eingefasst in einen barock anmutenden goldenen Rahmen. Es wirkte modern, strahlte aber gleichzeitig eine anrührende Traurigkeit aus. Dargestellt war eine einzelne Geige vor grauem Hintergrund. Das Instrument präsentierte lediglich die Rückseite, die Decke mit den Saiten konnte man nur erahnen. Es schien, als wäre es für immer verstummt.

»Hat Ihre Mutter es gemalt?«, fragte Nina, und Rena Kunstmann nickte. Für sie war es selbstverständlich, beim Sie zu bleiben. Es stand ihr nicht zu, unaufgefordert die alte Dame ebenfalls zu duzen.

»Sie hat es für ihre verstorbene Freundin gemalt. Die einsame Geige symbolisiert all das Leid, das Else und Ewald widerfahren ist.«

»Das hast du mir nie erzählt«, sagte Julian.

»Du hast nie danach gefragt«, erwiderte seine Großmutter schulterzuckend.

»Können Sie sich vielleicht noch an andere Details erinnern?«, fragte Nina.

»Was meinst du?« Rena Kunstmann sah sie fragend an.

»Oma, Nina will rausfinden, ob die Mutter von Vinzenz Binder Bescheid wusste und deshalb ihrer Großmutter Lieselotte das Leben schwergemacht hat. Immerhin lag der Koffer auf dem Dachboden im Binder-Hof!«

»Hm …« Rena Kunstmann machte ein nachdenkliches Gesicht. »Mehr fällt mir beim besten Willen nicht mehr ein, was euch noch weiterhelfen könnte. Ich hab die Geschichte ja auch nur erzählt bekommen. Aber das hier wollte ich euch noch zeigen.« Sie schlug das Fotoalbum an einer bestimmten Stelle auf. »Meine Mutter besaß das gleiche Bild wie Else.«

Tatsächlich klebte da ein Abzug, der Else mit der Geige und Ute mit dem Teddybären zeigte. Nina schüttelte den Kopf, während sie sich noch einmal das Foto der beiden lebenslustigen Mädchen ansah. Was waren diese Nazis nur für menschlicher Abschaum gewesen? Wie krank im Kopf musste man sein, um anderen Menschen so viel Leid nur ihrer Herkunft wegen antun zu können?

Rena Kunstmann strich zart mit dem Zeigefinger über das Ölbild, als könnte sie so das Instrument ermutigen, sich umzudrehen und Töne von sich zu geben.

»Es gibt meiner Meinung nach mehrere Möglichkeiten, wie der Koffer auf den Speicher der Binder kam«, sagte Julian nachdenklich. »Else und Ewald Winterberg haben ihr Hab und Gut im Wald versteckt, oder die Nazis haben es liegen gelassen, so wie wahrscheinlich auch seine Leiche.«

»Und weil der Wald, in dem er erschossen wurde, den Binders gehörte, hat Heinrich ihn gefunden und mitgenommen«, nahm Nina den Faden auf.

»Vinzenz' Mutter hat die Fotos gesehen und eine Ähnlichkeit mit deiner Großmutter entdeckt«, fuhr Julian fort.

»Da sie aber nicht offen damit herumlaufen konnte, immerhin hätte sie erklären müssen, wie sie an das Foto und an Unterlagen von Roma kam, hat sie mit ihrer spitzzüngigen Art versucht, meinen Urgroßeltern die Wahrheit zu entlocken,« mutmaßte Nina. »Nur, dass die beiden eisern den Mund hielten und meine Großmutter wie ihre eigene Tochter behandelten.«

»Wäre doch eine logische Erklärung«, mengte sich Rena Kunstmann wieder in das Gespräch ein.

»Ebenso logisch wie mögliche andere Erklärungen, genau werden wir es wohl wirklich nie wissen.« Nina schaute gedankenverloren aus dem Fenster.

»Und wir wissen auch immer noch nicht wirklich, warum ich Teilerbe bin«, sagte Julian.

Nina nahm einen Schluck kalten Kaffee und erhob sich seufzend. »Jedenfalls danke ich Ihnen sehr für das ausgezeichnete Frühstück.« Julian stand ebenfalls auf.

»Ihr habt ja kaum was gegessen, Kinder«, tadelte sie mit sorgenvoller Miene. »Aber ich kann's verstehen, die Aufregung würde mir auch auf den Magen schlagen.«

»Danke jedenfalls für die Einladung.« Nina verabschiedete sich herzlich.

»Und ab jetzt sagst Rena-Oma zu mir.«

Sie lächelte dankbar, hatte sie doch nun vielleicht wieder eine Art Großmutter dazugewonnen.

Julian begleitete sie bis zu ihrem Mini. »Willst du wirklich alleine fahren?«, fragte er noch einmal. »Mein Angebot steht noch.«

»Die Autofahrt wird mir guttun, und ich kann dabei ein wenig meine Gedanken sortieren. Und darüber nachdenken, wie ich es meinen Eltern beibringe. Verstehst du? Und keine Angst, ich pass auf mich auf.«

Julian sah sie skeptisch an. »Ich möchte heute noch mal zum Hof rausfahren. Vielleicht finde ich ja noch etwas. Ist dir das recht?«

»Klar! Ist ja auch dein Hof … und sobald du kannst, kommst du nach Salzburg, und wir bereden, wie es weitergeht … also mit dem Hof«, fügte sie rasch hinzu.

Julian nahm sie in die Arme und küsste sie zärtlich, dann schob er sie ein Stück von sich weg und schaute sie belustigt mit seinen unverschämt blauen Augen an. »Natürlich ... mit dem Hof, Nina Ludwig.«

46

Salzburg, Februar 2018

Nina fuhr im Schneckentempo auf der Bundesstraße Richtung Salzburg. Die Heizung lief auf vollen Touren, dennoch fror sie leicht. Die vorbeiziehende Landschaft war keineswegs sehr winterlich, man könnte glatt glauben, Ostern stünde vor der Tür. Es fiel ihr ein, dass sie dieses Jahr noch kein einziges Mal auf Skiern gestanden war. Prompt kündigten sie im Radio heftigen Schneefall für den nächsten Tag an. Sie überlegte noch immer, wie sie ihren Eltern die unbegreifliche Neuigkeit schonend beibringen sollte. Denn sie war fest davon überzeugt, dass ihre Mutter ebenso wenig Bescheid wusste wie sie. Andernfalls hätte sie längst mit Nina darüber gesprochen, da war sie sich sicher.

»Stellt euch vor, die Liesl-Oma heißt eigentlich Gisela und hat das Leben einer Toten gelebt«, sprach sie mit sich selbst, wissend, dass diese Nachricht ihre Familiengeschichte neu schrieb.

Kurz vor der Grenze rief sie ihre Mutter an, doch augenblicklich kam sie auf die Mailbox. Das bedeutete zumeist, dass sie in einer Sitzung war. Nina hinterließ eine Nachricht, dass sie wieder gut in Salzburg angekommen sei, und legte auf. In ihrem Elternhaus hob auch niemand ab, obwohl ihr Vater doch Semesterferien hatte, dachte sie. Auch am Handy konnte sie ihn nicht erreichen. Wo nur trieb er sich herum?

»Na, dann eben später«, sagte sie sich, passierte die Grenze bei Freilassing und entschied, gleich ins *Ludwig* zu fahren.

Der vertraute Anblick der Fassade stimmte sie ein wenig zuversichtlicher. Es war doch alles beim Alten. Sie war immer noch Lieselotte Kollers Enkelin, geborene Schäfer. In ihrem Kopf formierte sich die Idee, ihre Großeltern hätten ihre Oma adoptiert. Ja, so wollte sie es für sich definieren, und wenn sie das nächste Mal in Hofberg war, würde sie am Grab ihrer Urgroßeltern Magda und Korbinian Schäfer eine Kerze anzünden und ihnen aufrichtig danken. Und sie nahm sich vor, für die kleine, vor knapp achtzig Jahren verstorbene Lieselotte einen Engel aus Stein hinzulegen.

Im *Ludwig* machte sich Nina daran aufzudecken, die Tätigkeit beruhigte sie. Tina würde staunen, wenn schon alles erledigt war, wenn sie kam. Dann setzte sie sich an einen Tisch und begann in den mitgebrachten handgeschriebenen Rezeptheften ihrer Großmutter zu lesen. Allmählich konnte sie fast auswendig aufsagen, welche Rezepte sich darin befanden. Von der einfachen Brotsuppe bis hin zum bayerischen Schweinsbraten. Doch diesmal galt ihre Aufmerksamkeit dem vierten Heft, denn darin hatte ihre Großmutter Kochrezepte aus Siebenbürgen notiert.

Nina hatte dem bisher keine große Bedeutung beigemessen, doch die Tatsache, dass Else und Ewald Winterberg deutsche Roma waren und Siebenbürgen ein Teil des heutigen Rumänien war, wo noch Tausende Roma lebten, stimmte sie neugierig.

Sogenannte Kächen, einfache, in Siebenbürgen sehr beliebte kräftige Speisen, können als Eintopf auf den Mittagstisch kommen, las sie stumm. Neben den Apfelkächen malte sie einen Punkt, das wollte sie demnächst ausprobieren. Vielleicht reimte sie sich da ja etwas zusammen, und die Rezepte waren allein der Neugier ihrer Großmutter auf fremde Speisen geschuldet. Oder aber sie hatte doch eine Ahnung.

Nina hörte, wie jemand von außen einen Schlüssel ins Schloss der Eingangstür steckte. Kurz darauf erschien Ellen und stieß einen kurzen Schrei aus, als sie sie da sitzen sah.

»Hast du mich erschreckt!«, rief sie und fasste sich ans Herz. »Ich dachte schon, dass vergessen wurde, richtig abzuschließen. Mit dir hab ich echt noch nicht gerechnet.«

Die beiden begrüßten sich, und Nina zeigte auf das aufgeschlagene Heft vor sich. »Ich schau mir grad die Rezepte meiner Großmutter an.«

Ellen setzte sich zu ihr, zog ein Gummiband aus der Tasche ihrer Jeans und bändigte damit ihre Locken. »Sind das die Hefte, von denen du mir erzählt hast?«

Nina nickte. Ihr Handy kündigte den Eingang einer SMS an, sie zog es hervor und las die Nachricht. »Hab was gefunden. Ruf dich später an.«

»Von Julian?«, fragte Ellen grinsend.

»Wie kommst du darauf?«

»Du freust dich so verdächtig. Nina, Nina, du bist bis über beide Ohren verliebt. Wart …« Und bevor sie darauf antworten konnte, fügte Ellen hinzu: »Du hattest was mit ihm!«

Nina gab auf und nickte zaghaft, sie konnte ihrer Freundin nichts mehr vormachen.

Ellen machte eine Siegerpose. »Yes, ich wusste, dass ich gewinne!«

»Du hast gewettet?«

»Ja, ich hab gewettet, dass es passiert.«

»Mit wem?« Nina machte große Augen.

»Mit mir, und jetzt hab ich fünfzig Euro gewonnen.«

»Du hast mit dir selbst gewettet?« Nina lachte laut auf. »Das muss ich jetzt aber nicht verstehen.«

»Nein, musst du nicht ... Und, wie war's?«

Nina stand auf und raffte die Hefte zusammen. »Großartig«, sagte sie und grinste ihrer Freundin über die Schulter hinweg zu.

Die Eingangstür öffnete sich mit Schwung, und Tina betrat den Gastraum. Erstaunt sah sie sich um. »Hey, wer hat hier meine Arbeit gemacht? Grüß euch erst mal.«

»Die Chefin höchstpersönlich«, rief Ellen gut gelaunt. »Die hat nämlich im Moment viel Energie, musst wissen.«

Tina sah sie verständnislos an. »Ach ja?«

Abwehrend hob Nina die Hand, begrüßte Tina und verschwand die Stufen hinunter zur Garderobe. Ellen folgte ihr lachend.

»Und was hat es jetzt eigentlich mit den Siebenbürger Kochrezepten auf sich, die du vorhin studiert hast?«, fragte Ellen, während sie sich umzogen. »Ich hab einmal Krautwickler von da gegessen, die sind echt gut.«

»Ich weiß es noch nicht genau.« Nina band sich eine Schürze um und setzte sich ein gelbes Schildbandana auf, weil Dienstag war. »Ich denke mal, die stille Post hat funktioniert, und meine Mutter hat dir bereits erzählt, dass Julian und ich den Bauernhof geerbt haben.«

Ellen nickte und setzte sich auf die Bank. »Ja, das hat sie. Eigentlich hätte ich mir gewünscht, du hättest es mir selbst erzählt.« Sie klang ein wenig beleidigt.

»Ach, Ellen …« Nina ließ sich neben ihr nieder und legte ihr kurz die Hand auf den Oberschenkel. »Entschuldige bitte, aber die Ereignisse haben sich wirklich in den letzten Tagen überschlagen …« Sie begann, ihr die Ereignisse nach und nach aufzufädeln, wie Perlen auf eine Schnur. Je länger Nina erzählte, von dem Hof, den aufgefundenen Fotos und den amtlichen Unterlagen der Winterberg, umso mehr löste sich etwas in ihr. Es tat ihr gut, mit der besten Freundin darüber zu sprechen, und sie bereute, sie nicht früher eingebunden zu haben.

»Kaum zu fassen, was sich bei dir alles abgespielt hat, während ich hier fröhlich vor mich hingekocht hab«, sagte sie, als Nina geendet hatte.

»Eigentlich wollte ich auch gleich zu meinen Eltern fahren, aber ich hab sie nicht erreicht«, sagte Nina. »Keine Ahnung, wo die sich rumtreiben.«

»Weißt du was, Süße«, sagte Ellen und zog Nina das Bandana vom Kopf. »Du fährst jetzt zu deinen Eltern und redest mit ihnen. Tina und ich schupfen den Laden schon. Es ist ein ganz normaler Dienstag und daher sicher nicht so viel los wie am Wochenende.«

»Aber ich war jetzt länger nicht …«

»Wenn uns die Leute wider Erwarten plötzlich die Tür einrennen sollten, ruf ich dich an, und du kommst her. Einverstanden?«

Nina umarmte ihre Freundin innig. »Was tät ich nur, wenn ich dich nicht hätte?«

»Mit wehenden Fahnen untergehen!« Ellen grinste und schob sie ein wenig von sich weg. »Und jetzt geh schon!«

47

Nina stellte ihren Mini auf dem Parkplatz unweit ihres Elternhauses ab. Während sie den kurzen Weg zu Fuß zurücklegte,
dachte sie daran, dass es vielleicht besser gewesen wäre, vorher
noch einmal anzurufen. Doch jetzt war sie schon fast da. Das
Einfamilienhaus im Landhausstil war eines der wenigen Häuser, das nicht fast zur Gänze hinter einer hohen Hecke verschwand, wie viele andere in diesem Stadtteil. Ein einfacher
Holzzaun begrenzte den vorderen Teil des Grundstücks. Die
weiße Fassade war zum Teil mit wildem Wein überwachsen,
das ehemals leuchtend rote Ziegeldach im Laufe der Jahre
dunkel geworden. Im Sommer blühte es in dem weitläufigen
Garten hinter dem Haus an allen Ecken und Enden. Der ge-
pflasterte Weg zur Haustür war geräumt, die Schneeschaufel
lehnte neben der Eingangstür. Glaubte man dem Wetterbe-
richt, würde sie morgen wieder zum Einsatz kommen.

Nina drehte ihren Schlüssel im Schloss herum und trat ein.
Bereits im Flur hörte sie ihre Mutter lachen, dann ertönte die
sonore Stimme ihres Vaters. Wenn sie die vernommenen Wort-
fetzen richtig interpretierte, war er heute Skifahren gewesen.
Deshalb hatte sie ihn also nicht erreichen können. Sie spürte,
wie aufgeregt sie war, als sie die Tür zum weitläufigen Wohnzimmer hin öffnete und den Raum betrat, der eher einer Bib-

liothek glich, so viele Bücher besaß ihr Vater. Augenblicklich hielt sie die Luft an. Verdammt! Auf dem Sofa saß gemütlich – ausgerechnet ihr Großvater. Das machte alles noch schwieriger, dachte sie im ersten Moment. Doch anderenteils, dann hatte sie gleich alle Beteiligten beisammen.

Ihre Eltern saßen ihm auf den Sesseln gegenüber. Sie hielten jeder ein Glas Rotwein in der Hand und wollten einander gerade zuprosteten.

»Nina«, sagte ihr Vater überrascht.

»Was machst du denn hier?« Ihre Mutter stellte das Glas ab, stand auf und kam auf sie zu.

»Trinkst du ein Glas Wein mit uns?«, fragte ihr Großvater und winkte sie heran. »Wir wollten später zu dir ins *Ludwig* kommen, um dich zu überraschen.«

»Opa ist gestern spontan angereist«, sagte Eva. »Er und Papa waren heute Skifahren. Wir haben ihm schon von dem Erbe erzählt.«

Nina küsste ihre Lieben zur Begrüßung auf beide Wangen und ließ sich dann neben ihrem Großvater aufs Sofa fallen.

»Das ist ja ein Ding, dass dir der alte Binder den Hof vermacht hat«, sagte ihr Großvater und klopfte ihr anerkennend auf den Schenkel.

»Nur, die andere Hälfte gehört Julian Leroy«, sagte Nina.

»Was hat es damit also auf sich?«, fragte Eva. »Habt ihr was herauskriegen können?«

Nina nickte. »Kann ich auch ein Glas haben?«

»Natürlich!« Ihr Vater erhob sich, holte ein Weinglas und schenkte ihr ein.

»Ich hab den vom Weingut Leberl aus Großhöflein im Burgenland mitgenommen.« Ihr Großvater zeigte auf die

Weinflasche. »Ein Cabernet Sauvignon, der beste meines Erachtens.«

Nina hielt die Nase dicht über das Glas und nickte anerkennend, bevor sie einander zuprosteten und tranken.

»Also, was ist los?«, fragte ihre Mutter erneut.

»Hm … Ich weiß gar nicht, wie ich es sagen soll.« Nina presste die Lippen aufeinander.

Eva sah sie eindringlich an, sie kannte ihre Tochter in- und auswendig. Auch ihr Vater und ihr Großvater fixierten sie mit besorgter Miene und warteten gespannt, bis Nina zu erzählen begann.

Sie holte tief Luft und berichtete von der kryptischen Anmerkung des alten Binder, des Rätsels Lösung liege auf seinem Dachboden. »Ein Familiengeheimnis, von dem meines Wissens niemand etwas wusste«, sagte Nina bitter und sah kurz in die Gesichter ihrer Eltern und ihres Großvaters. »Ich wollte, ich hätte das Erbe nicht angenommen, dann wäre alles beim Alten. Die neuen Besitzer hätten den Koffer und die Geigen entsorgt, und niemand von uns hätte jemals etwas erfahren.«

»Du sprichst in Rätseln, Kind«, sagte Eva.

»Ja, Mama, genau darum geht es ja, um die Auflösung eines Rätsels.« Und dann gab sich Nina einen Ruck und erzählte alles der Reihe nach, so wie sie es erlebt und erfahren hatte, von den Fotos, den Unterlagen, dem Besuch bei Rena Kunstmann und schließlich von den leiblichen Eltern ihrer Großmutter.

Ihren Eltern stand der Mund offen, ihr Großvater starrte sie bestürzt an, als sie ihren Vortrag mit den Worten beendete: »Und ich vermute, dass die Leiche Ewalds noch immer irgendwo da draußen im Binder-Wald verscharrt liegt.«

Eine Weile herrschte bedrücktes Schweigen. Ihre Mutter

griff nach dem Glas Rotwein und stürzte es hinunter, dann lehnte sie sich im Sessel zurück und schloss die Augen. Auch ihr Vater trank das Glas aus, stellte es hart auf dem Couchtisch ab, dann ging er und holte eine Flasche Schnaps und kleine Gläser. »Ich glaub, den brauchen wir jetzt.« Er schenkte den Latschenkieferbrand ein und reichte ihnen die Gläser.

»Auf die Oma, auf die Liesl«, sagten sie, stießen an und kippten den Schnaps die Kehle hinunter.

Nina sah ihren Großvater von der Seite an, bis dieser plötzlich sagte: »Ich glaub, sie hat immer geahnt, dass die Schäfer nicht ihre leiblichen Eltern waren. Ab und zu hat sie so eine Bemerkung fallen lassen, wie wichtig es wär, dass deine Eltern dich lieben, egal, wer sie sind … Wenn ich sie dann gefragt hab, was sie damit meint, hat sie nur gesagt …«

»… es ist, wie's ist«, sagten alle wie aus einem Mund. Mit diesem Spruch hat sie ihnen oft den Wind aus den Segeln genommen. Es hatte in Ninas Ohren immer so geklungen, als müsste man eben manchmal klein beigeben und sich dem Schicksal fügen.

»Und sie hat nie ihre Eltern danach gefragt?«

»Ich glaub nicht, Nina, zumindest weiß ich nichts davon.«

»Wisst ihr, was erstaunlich ist? Sie hat Siebenbürger Gerichte in ihr Rezeptheft geschrieben«, fuhr Nina fort.

»Denkst du, das hat mit ihrer Herkunft zu tun?«, fragte ihre Mutter. »Dass sie doch etwas davon wusste?«

»Ich weiß es nicht. Es kann genauso gut Zufall sein.«

Eva stand auf, ging um den Couchtisch herum, nahm Ninas Hände, zog sie hoch und nahm sie in die Arme. So, wie sie es getan hatte, als Nina noch ein Kind war. Sie umarmte ihre Traurigkeit einfach weg. »Sie ist trotzdem meine Mutter und deine Großmutter, Nina. Daran ändert sich nichts.« Dann entließ sie sie aus ihrer Umarmung, schob sie ein Stück weg von sich und sah ihr direkt in die Augen. »Dann hast du jetzt eben drei Urgroßmütter und drei Urgroßväter. Wir werden die Habseligkeiten der Winterberg in Ehren halten und …«

»Die Kette mit dem Schutzengel …«, unterbrach Nina sie. »Sie ist von ihrer leiblichen Mutter.«

»Vielleicht suchen wir ja mal nach der Familie, oder wir belassen es dabei. Wer weiß …« Wieder zog Eva Nina in ihre Arme, küsste ihr die Schläfe.

»Setzt euch wieder«, sagte Ninas Großvater und klopfte neben sich aufs Sofa. Sie nahmen Platz und warteten gespannt, was nun noch kommen würde.

»Und jetzt erzähl ich euch und besonders dir, Nina, warum deine Oma deine Oma ist, egal wer ihre leiblichen Eltern waren. Und wie es mir gelungen ist, ihr Herz endgültig zu erobern.«

48

Maria Alm, Mai 1960

Der erste Mai war in Bayern und Österreich ein Feiertag, verbunden mit vielen Festivitäten. Einer davon war, einen Maibaum aufzustellen. Während der Stamm des Maibaums in den Dörfern rund um Hofberg zumeist weiß-blau bemalt wurde, waren die Stämme in Österreich meistens ungeschmückt oder lediglich mit Kränzen verziert.

»Heuer haben wir einen besonders schönen Maibaum«, sagte Haus, als er Lieselotte vom Bahnhof abholte. »Den bewacht die Dorfjugend die nächsten Tage rund um die Uhr, sonst stehlen ihn wieder die Almdorfer, so wie voriges Jahr. Dass wir den wiederbekommen haben, hat uns ein paar Kästen Bier gekostet. Das passiert uns heuer sicher nicht«, sagte er breit grinsend.

Lieselotte kannte den Brauch des Maibaumstehlens. Auch in Hofberg war es üblich, dass Landjugend oder Feuerwehr den Baum bewachte. Stehlen durfte man den Baum hingegen nur die ersten und letzten Tage im Mai. Auf gar keinen Fall durfte man ihn umsägen. Der Baum musste in voller Länge gestohlen werden, damit er ausgelöst werden und wieder unversehrt an seinen Standort zurückgelangen konnte.

Nach Maria Alm zurückzukommen fühlte sich auf eigentümliche Art wie Heimkommen an. Poldi und Hans nahmen sie mit offenen Armen auf, wie ein Familienmitglied.

»Die Kinder haben's gar nicht mehr erwarten können«, sagte Poldi, während Marie, Johann und Alois vor Freude kreischend auf Lieselotte zuliefen. Sie ging in die Knie und umarmte alle drei gleichzeitig.

»Ich freu mich auch, euch wiederzusehen.«

»Im Juli werden wir dich auf der Alm besuchen kommen«, sagte Poldi. »Dann sind Ferien, und unsere Kleine nehmen wir auch mit.« Sie zeigte auf den Sandhaufen vor dem Kuhstall, wo ein blondgelockter Engel hockte und misstrauisch beobachtete, wen ihre älteren Geschwister da gerade so stürmisch begrüßten.

»Die Gerda ist jetzt auch schon ein Jahr alt«, sagte Poldi und blickte verzückt auf ihre jüngste Tochter.

Die Kinder liefen zu ihrer Schwester zurück. Lieselotte erhob sich wieder und sah sich um.

»Wennst glaubst, dass sich was verändert hat …«, Poldi lachte laut auf. »Ist alles beim Alten. Aber du warst ja auch nur wenige Monate weg.«

Hans gesellte sich zu ihnen. »Dieses Jahr bist allein oben«, ließ er sie wissen.

Lieselotte nickte. Sie dachte an den letzten Sommer, an August, der ihr auf den letzten Brief hin nicht mehr geantwortet hatte. Derweil hatte er ihr regelmäßig geschrieben, als sie noch in Hofberg gewesen war. Doch verdenken konnte sie es ihm nicht. Er hatte wohl gehofft, dass sie wieder nach Wien kommen würde.

»Aber der Wastl wird dir Gesellschaft leisten«, sagte Hans.

Der weiße große Mischling kam wie aufs Stichwort freudig angelaufen. Lieselotte kraulte ihm die Ohren. Er drückte seinen riesigen Kopf fest gegen ihren Oberschenkel. Auch die Hündin Bella kam gemächlich angetrabt, um sie ebenfalls zu begrüßen.

»Nur die Bella lass ma herunten, die wird langsam zu alt für den Berg«, sagte Hans. »Ich bring schon amal dein Gepäck aufs Zimmer.« Er nahm ihren Koffer und verschwand im Haus.

Poldi ging zum Sandhaufen und setzte sich das Kleinste auf die Hüften. »Ich mach gleich Mittagessen, kannst ja inzwischen schon einmal nach den Schafen schauen.«

Lieselotte nickte und ging zum Stall hinüber. Eine Geruchsmischung aus Stroh und Schaf empfing sie. Trocken und weich. Sofort suchte sie die Herde nach dem schwarzen Fellfleck ab und fand Blacky schließlich am anderen Ende des Stalls. Sie rief das Schaf leise zu sich, und sofort kam es herangetrabt. »Ich bin wieder da«, flüsterte sie und vergrub beide Hände in der dicken schwarzen Wolle.

Es war Mitte Mai, als Lieselotte erneut zu Fuß hinauf zur Fuchsbauhütte ging. Sie war überrascht, wie leicht ihr der Marsch diesmal fiel und wie schnell sie sich auf der Alm wieder in die Arbeit einfand. Dieses Jahr waren sechs Milchkühe und deren Kälber zu versorgen. Der Rest war Jungvieh, das die ganze Zeit über auf der Weide blieb. Die Brillenschafe liefen ihren gewohnten Weg den Berg hinauf. Lieselotte nahm sich vor, jeden zweiten Tag nach ihnen zu schauen, auch wenn in zwei Wochen wieder die bayerischen Schäfer kamen und ab dem Moment die Herde der Hanusch mitbetreuten.

Lieselotte verbrachte die Tage mit Melken, Füttern, Buttern, Brotbacken und Nachdenken. Die Einsamkeit half ihr, die Gedanken zu ordnen. Ihr war bewusst, dass sie August ebenso intensiv liebte wie Vinzenz. Dennoch riet ihr eine innere Stimme ab, zu ihm nach Wien zu fahren. Warum sollte August sie noch wollen? Sie hatte ihn stehen lassen, ihn möglicherweise tief verletzt. Wenn sie jetzt ankam, musste er sich wie die zweite Wahl fühlen. Das wollte sie nicht. Er würde ihr wahrscheinlich nicht glauben, dass ihre Gefühle für ihn genauso intensiv waren wie jene für Vinzenz. Sie fühlte sich grauenvoll.

Die nächsten Tage oben auf der Alm waren regnerisch, was nicht gerade zur Besserung von Lieselottes Gemütszustand beitrug. Die Kühe standen auf der Weide, das Fell übersät mit feinen Regentropfen. Aber das schien sie nicht zu stören. Sie grasten und ruhten ebenso stoisch, als stünden sie im Sonnenmeer. Den Schafen dreihundert Meter weiter oben würde der Regen ebenso wenig anhaben, war Lieselotte sich sicher. Das dicke ölige Vlies schützte sie vor Nässe und Kälte. Der Gedanke, möglicherweise ein so heftiges Gewitter zu erleben wie vor einem Jahr mit August, machte ihr Angst. Deshalb behielt sie während der trüben Tage Wastl die meiste Zeit in der Hütte.

Drei Tage später brannte die Sonne wieder vom Himmel. Die Wiesen waren saftig und leuchteten in einem strahlenden Grün, als wären sie gemalt. Die Alpenpflanzen schienen sich verdoppelt zu haben. Lieselotte schritt mit einem Eimer und einer Schaufel die Weide ab, auf der Suche nach Giftpflanzen wie Eisenhut, Ackerschachtelhalm oder Alpenrosen, um zu vermeiden, dass die Tiere diese aus Versehen fraßen. Die Luft roch intensiv nach Erde und Leben. Bodenständig und federleicht.

Zur Mittagszeit saß Lieselotte auf der Bank vor der Hütte und beobachtete die Kühe, die im Schutz eines Baumes beisammenstanden und dösend wiederkäuten. Der Anblick ließ sie schläfrig werden. Die Augen fielen ihr immer wieder zu, doch dann nahm sie aus dem Augenwinkel wahr, dass sich jemand der Hütte näherte. Sie drehte den Kopf und traute ihren Augen nicht.

»August?«, rief sie erstaunt. Auf einmal war sie wieder hellwach.

»Ich konnte nicht früher kommen«, sagte er unsicher, weil er von ihrem Gesicht nicht ablesen konnte, ob sie sich freute. Er trat zu ihr und setzte sich neben sie.

»Hans hat mir gar nicht gesagt, dass du kommst.«

»Er weiß es auch nicht.«

»Wie? Ich dachte … Bist du nicht als Senner …?«

»Nein, ich bin wegen dir hier.«

Lieselotte machte große Augen, obwohl sie insgeheim genau auf diesen Satz gehofft hatte.

»Ich hab viel über uns nachgedacht, Liesl, nachdem du aus Wien abgereist bist.«

»Du hast mir fast jeden Tag einen Brief geschrieben.«

»Ich wollte nicht, dass du mich vergisst.«

Sie legte den Kopf schief. »Wieso sollte ich dich vergessen?«

»Du weißt schon, wie ich das meine.« Er sah ihr fest in die Augen, fasste nach ihrer Hand. »Ist wohl nicht ganz so gelaufen, wie du wolltest.«

»Wie kommst du darauf?«

»Sonst wärst du nicht hier, sondern in Hofberg. Und ich säße auch nicht hier, sondern in Wien.«

Lieselotte sah beschämt zu Boden und erzählte von der Hochzeit zwischen Vinzenz und Sigrid.

»Da bin ich aber froh, dass es so gekommen ist.« Er streichelte sanft über ihre Finger.

Sie sah ihn an. »Das macht dir nichts aus …«

»Dass ich zweite Wahl bin?«, fiel ihr August lachend ins Wort. »Nein, das macht mir nichts aus. Oft ist die zweite Wahl viel besser als die erste.«

»Du bist nicht zweite Wahl«, widersprach sie heftig. »Nur das mit Vinzenz war so … Wir kennen uns von Kindesbeinen an, musst du wissen, und Hofberg ist mir vertraut. Das Landleben, die Tiere …« Sie senkte die Stimme. »Wien hat mir Angst gemacht.«

»Ich weiß«, sagte August. »Das muss es aber nicht.« Dann lehnte er sich mit dem Rücken gegen die Hüttenwand und grinste zufrieden. »Hast du gewusst, dass Schafe etwa sieben Stunden mit Grasen verbringen und drei bis vier Liter Wasser am Tag trinken? Die Urahnen des Hausschafs sind das Mufflon und der Arkal«, er schnaufte durch. »Dass Merinos eine besonders feine Wolle haben und diese Rasse bereits im Mittelalter gezüchtet wurde, wo die Herstellung feiner Stoffe Hochkonjunktur hatte?«

Lieselotte öffnete den Mund, um zu antworten, obwohl ihr im Grunde genommen die Luft wegblieb vor lauter Staunen. Doch August gab ihr mit einer Handbewegung zu verstehen, dass er noch nicht fertig war.

»Zugleich sind Schafe so genügsam, dass sie auch einmal

eine Zeit ohne Wasser auskommen können. Pflanzen wie die Alpenrose, Buchweizen, Eibe, Ampfer, Steinklee oder Johanniskraut, um nur einige zu nennen, sind Gift für die Tiere, und Küchenabfälle soll man ihnen ebenfalls nicht zu fressen geben, und man soll keine Sägespäne in ihre Unterkunft streuen, das ruiniert die Wolle, wenn sie sich hinlegen.«

»Warum weißt du das alles?«, unterbrach ihn Lieselotte schließlich doch.

»Ich hab in den letzten Monaten alles über Schafe gelesen, was ich finden konnte. Rein theoretisch könnte ich meine Doktorarbeit über sie schreiben.« Er lachte.

»Warum hast du das getan?«

»Weil dir diese Tiere wichtig sind und du mir wichtig bist.« Er ließ ihre Hand los, erhob sich und kniete vor ihr nieder.

»Lieselotte Schäfer, ich liebe dich, seit ich dich das erste Mal im Bus von Saalfelden nach Maria Alm gesehen habe. Du hast ein dunkelblaues Kleid mit weißen Tupfen getragen, dazu eine hellblaue Strickjacke, und ich hab mir gedacht: Wer ist diese Schönheit? Als ich dann begriffen hab, dass du mit mir auf der Alm bist ...« Er verstummte. »Was ich sagen will ... ich möchte deine Interessen teilen, mit dir stundenlang Fachgespräche über Schafe halten. Ich liebe den Ausdruck in deinen Augen, wenn du sie beobachtest, ich liebe es, wie du wütend wirst, wenn sie jemand dumm schimpft.«

Lieselotte liefen Tränen über die Wangen.

»Als du vor wenigen Monaten Wien verlassen hast, habe ich gehofft, dass auf den Abschied ein Wiedersehen folgt und das dann der Beginn unserer gemeinsamen Zeit sein wird. Deshalb bin ich hier. Ich weiß, dass ich viel von dir verlange, wenn ich dich bitte, zu mir in die Großstadt zu ziehen.«

Er machte eine kurze Pause. »Dennoch, Lieselotte Schäfer, willst …«

Lieselotte schüttelte heftig den Kopf und legte ihre Hand auf seinen Mund.

Erschrocken sah er sie an. Sein Blick verriet seine Gedanken: Würde er noch einen Korb bekommen? Auf Knien gedemütigt werden?

Sie beugte sich jedoch nach vorne und verschloss seinen Mund mit einem sanften, aber bestimmten Kuss.

Im Juli 1961 heirateten Lieselotte und August in der Wallfahrtskirche in Maria Alm. Die Glocken in dem hohen Kirchturm läuteten lang und kräftig, und die Berge rundum trugen den Klang weiter, von Gipfel zu Gipfel und von Alm zu Alm. Die Sennerin und der Senner von der Fuchsbauhütte gaben sich das Jawort. Wenn das kein Grund zum Feiern war! August trug einen dunklen Anzug und Lieselotte ein Spitzenkleid im Petticoat-Stil. Ihre Mutter hätte sie lieber im knöchellangen Kleid gesehen, doch Lieselotte hatte sich durchgesetzt. Bei der Hochzeit ein bisschen auszusehen wie Marilyn Monroe war ihr großer Traum. Das halbe Dorf war auf den Beinen und füllte mit Augusts und Lieselottes Familie die Kirche bis auf den letzten Platz. Das Ehepaar Hanusch saß mit den Kindern in der dritten Reihe, und Poldi weinte die ganze Zeit über vor Freude. Nach der Trauung umarmte Magda Lieselotte voll Zärtlichkeit. »Ich freu mich so sehr für dich. Er ist der Richtige, das spüre ich. Ihr habt alles Glück dieser Welt verdient, auch wenn das bedeutet, dass du ab nun in Wien leben wirst.« Ihre Stimme brach vor Rührung. Sie tupfte ihre Tränen mit einem Stofftaschentuch ab und küsste Lieselotte auf beide

Wangen. Selbst an diesem Tag voll Glück lag in Magdas Blick jene spezielle Traurigkeit, die Lieselotte so vertraut war und die sie dennoch nicht einordnen konnte.

Fritz trat neben seine Mutter und überreichte Lieselotte feierlich die aktuelle Ausgabe der *Bravo,* auf dem Titelbild war die Schauspielerin Senta Berger abgebildet. Lieselotte musste sehr lachen, als sie das Geschenk ihres Bruders entgegennahm. Es fühlte sich an, als schließe sich endlich ein Kreis in ihrem Leben.

49

Salzburg, Februar 2018

»Als dann ein Jahr später deine Mutter zur Welt kam, war unser Glück perfekt«, endete ihr Großvater, und Nina lächelte ihm mit feuchten Augen zu. Er hatte auch ein wenig kämpfen müssen für seine Liebe, dachte sie und erinnerte sich an das Tauffoto in Schwarzweiß vor der Pfarrkirche Maria Hietzing in Wien, auf dem er glücklich mit seinen beiden Liebsten in die Kamera schaute.

Ninas Blick wanderte zur Terrassentür. Draußen begann es zu schneien, die Meteorologen hatten recht behalten. Ihr Handy läutete, und sie zog es hervor. Auf dem Display erschien Julians Name. »Entschuldigt mich kurz.« Sie stand auf, öffnete die Terrassentür und trat ins Freie. Der Gaisberg leuchtete silbrig hell im Mondlicht. Nina atmete die kühle Nachtluft ein und sagte ins Telefon: »Hallo Julian.«

»Servus Nina, ich weiß, ich stör dich, aber …«

»Gar nicht, ich bin grad bei meinen Eltern, mein Großvater ist auch da«, schnitt sie ihm das Wort ab.

»Und, was haben sie gesagt?«

Sie rollte den Kopf ein paarmal von einer Seite auf die andere, spürte die Verspannung im Nacken. »Sie haben es überraschend gut weggesteckt.«

»Weil's ist, wie's ist?«, fragte er.

»Gut möglich. Ändern kann man's eh nicht mehr … Sag, bist du nicht mehr im Restaurant? Es ist doch erst acht.«

»Doch, ich mach nur kurz Pause, weil ich nicht mehr länger warten wollte, dich anzurufen.«

Nina glaubte, eine innere Unruhe bei ihm zu spüren. »Hast du was gefunden?«, fragte sie gespannt.

»Ja, stell dir vor … Vinzenz Binder wusste, dass Ute Hoffmann meine Urgroßmutter ist.«

»Wegen dem Foto?«

»Nein, pass auf! Ich hab mich im Haus umgesehen und auch die Schubläden im Wohnzimmer durchsucht, da ist noch allerhand Krempel drin, und was finde ich dort?«

»Nun sag schon! Spann mich nicht so auf die Folter!« Nina hauchte aus, es bildete sich eine Dampfwolke vor ihrem Mund.

»Einen alten Zeitungsartikel aus dem Jahr 2012, in dem was über mich drin steht! Ich war damals ein ganz junger Koch und hab gemeinsam mit zwei Kollegen für einen guten Zweck gekocht.«

»Du hast für einen guten Zweck gekocht?« Sie konnte nicht umhin, es klang schnippisch.

»Überrascht?«

»Nein, nein, gar nicht«, sagte sie schnell.

»Du denkst noch immer schlecht über mich«, sagte er leicht beleidigt. »Aber das ist jetzt im Moment egal. Wichtig ist, dass in dem Artikel in einem Nebensatz erwähnt wird, dass ich der Urenkel der Malerin und Bildhauerin Ute Hoffmann bin und dass auch ein kleines Foto von ihr aus jungen Jahren abgebildet ist.«

»Und du meinst, der Binder hat die Ähnlichkeit zwischen diesem Zeitungsbild und dem Foto mit dem Mädchen und dem Teddybären erkannt?«, fragte Nina.

»Vermutlich. Jedenfalls ist er der Sache nachgegangen, denn es war noch ein weiteres vergrößertes Foto meiner Urgroßmutter in der Lade und ein kleines Büchlein, in dem er notiert hat, dass Else Winterberg im KZ Dachau starb und Ewald Winterberg erschossen wurde.«

»Tja, das würde erklären, weshalb er dir die andere Hälfte des Hofes vermacht hat.«

»Und als ich dann mit dir gemeinsam am Hof aufgetaucht bin … tja, da wird der alte Mann wohl möglicherweise das erste Mal in seinem Leben an das Schicksal geglaubt haben.« Julian lachte leise auf.

»Schicksal«, wiederholte Nina nachdenklich. »Natürlich! Vinzenz Binder hat mich, als wir uns das erste Mal getroffen haben, gefragt, ob ich ans Schicksal glaube.« Sie versuchte sich an den genauen Wortlaut zu erinnern. »Wenn du nicht daran glaubst, dann glaubst ab heute daran. Du und der Münchner … Schicksal.«

»Dass er die ganze Zeit über nichts gesagt hat …«, wunderte sich Julian.

»Ich denke, er hat Zeit gebraucht, um über alles nachzudenken. Vielleicht hätte er mit uns darüber gesprochen, wenn er nicht gestorben wäre.« Nina sah in den dunklen Himmel, zarte Schneeflocken rieselten leise auf sie herab. Sie lächelte. »Sag, hast du am Montag schon etwas vor? Da hast du doch Ruhetag, oder?«

»Ja, wieso?«

»Komm zu mir nach Salzburg.«

Am Montagmorgen stand Nina um halb neun mit einer Tasse Kaffee in der Hand im dunkelblauen, kuscheligen Schlafanzug vor der Terrassentür. Sie musste nachdenken, der gewohnte Blick auf den Gaisberg half ihr dabei. Es hatte letzte Woche tatsächlich noch einmal ordentlich geschneit, und die ganze Stadt und der Salzburger Hausberg waren mit einer dicken weißen Haube überzogen. Auf dem Esstisch hinter ihr lagen ausgebreitet die Rezepthefte ihrer Großmutter sowie das Kochbuch *Vom Essen auf dem Land*, Josefine Türcks *Jubiläumskochbuch* und mehrere weiße Blätter Papier. Im Hintergrund sang Zucchero im Radio *Cuba Libre*. Wenige Augenblicke später folgten die Nachrichten, das Hauptthema waren wie seit Tagen schon die Olympischen Spiele in Südkorea. Ganz Österreich feierte die Medaillen im Schifahren.

Nina riss sich von dem Ausblick los und stellte die leere Tasse auf den Tisch. »Also gut«, murmelte sie und tippte auf das *Jubiläumskochbuch*. »Ich schlag jetzt eine beliebige Seite auf, und dieses Rezept wird heute auf dem Plan stehen.« Sie fuhr mit den Fingern den Buchschnitt entlang, schlug eine Seite auf, blickte drauf … und lachte. »Alles klar, dann eben die Schwarzgelbe Jubiläumstorte. Julian wird sich freuen.« Sie überflog die Zutaten, blieb am Fett hängen. »37 Deka Butter, das macht Sinn. Aber vielleicht doch nicht heute, irgendwann aber mal sicher.«

Es läutete an der Wohnungstür. Höchstwahrscheinlich war es ihre Mutter, die auf dem Weg ins Büro auf einen Kaffee vorbeikam. Nina schlug das Kochbuch zu, ging barfuß über die Fußbodenheizung zur Tür und drückte, ohne nachzufragen, auf den Knopf der Gegensprechanlage. Sie wartete in der offenen Tür, warf dabei einen raschen Blick in den Garderobenspiegel. Schaust erschöpft aus, ging es ihr durch den Kopf. Die Haare strubblig, die Augen müde und die Haut blass. Derweil hatte sie gut geschlafen und war bereits um ein Uhr morgens im Bett gelegen. Mehr als sieben Stunden Schlaf brauchte sie nicht. Die Tür des Liftes glitt auf. Nina erschrak, ihr Herz begann augenblicklich schneller zu schlagen.

»Julian?«, hauchte sie.

»Wie ich sehe, hast du noch nicht mit mir gerechnet«, sagte er amüsiert und musterte ihren gemütlichen Schlafanzug. Er selbst sah aus wie das blühende Leben und hatte dazu auch noch die passend gute Laune.

Super, dachte sie, und sie sah aus wie ausgespuckt. Missmutig trat sie einen Schritt zur Seite und ließ ihn eintreten.

»Ich dachte ... du würdest gegen Mittag oder so ankommen.«

»Du hast keine Uhrzeit genannt, und ich bin früh aufgewacht ... Also, was steht an?«

»Ich habe gerade ...«

Er zog sie in seine Arme.

»Auf dem Esstisch liegen Rezepte ...«, setzte sie erneut an.

Seine Lippen berührten sanft ihre Stirn. Augenblicklich schloss Nina die Augen, jede Faser ihres Körpers spürte Verlangen, das Denken schaltete sich auf Standby.

»In Wahrheit hab ich gehofft, dich noch im Bett vorzufinden, und wie ich sehe, ist mir das fast gelungen.«

Sie spürte seinen Atem auf ihrer Haut, seine Lippen, die langsam zu ihrem Hals hinunterwanderten. Nina beugte unwillkürlich den Kopf zurück, stieß leicht gegen die kühle Wand hinter sich. Er kam näher heran und drückte sie ein wenig dagegen.

»Hast du überhaupt geschlafen?«, murmelte sie, und ihre

Stimme klang heiser. »Ich mein, du warst gestern doch sicher noch lang …« Warum redete sie so viel?

»Ich brauch wenig Schlaf im Moment«, flüsterte er und sah ihr dabei tief in die Augen, »weil du mir Tag und Nacht im Kopf herumgeisterst, Nina Ludwig.«

»Das tut mir leid, dass ich dir den Schlaf raube«, murmelte sie. »Kaffee?«

Er schüttelte den Kopf. »Jetzt nicht.« Sein Blick wanderte zur offenen Schlafzimmertür, die Decke lag zurückgeschlagen auf dem Bett, was in dem Moment einer Einladung gleichkam. Nina schob all ihre Zweifel beiseite, zog sich kurzerhand das Oberteil ihres Pyjamas über den Kopf und ließ es auf den Boden fallen. Ihr Atem wurde schneller, als sein schimmernder Blick ihren nackten Oberkörper liebevoll abtastete. Er umfasste mit einer Hand ihre Taille, mit der anderen fuhr er die Konturen ihrer Brüste entlang, liebkoste sie sanft und aufmerksam. Sie erahnte seine Finger mehr, als dass sie sie spürte, so sachte berührte er ihre bloße Haut. Ein wohliger Schauer lief über ihren Rücken, ihre Beine drohten nachzugeben. Der Mann wusste, was er tat. Eingehüllt in einen Dunst von Begierde, steuerten sie auf das Schlafzimmer zu, ließen sich ineinander verschlungen aufs Bett fallen.

Nina begann, die Knöpfe seines Hemdes aufzuknöpfen, fuhr dabei genießerisch über seine Flanken, seinen Bauch und seine Brust. Er fühlte sich gut an, seine Muskeln zeichneten sich spürbar ab, sie küsste ihn und streifte ihm langsam das Hemd von den Schultern. Sie genoss die Wärme seines Körpers auf ihrer Haut, und einen unendlich langen Moment versanken ihre Blicke ineinander. Immer wieder berührten sich ihre Lippen, leidenschaftlich und dann wieder sanft. Er streifte ihr geschickt die Schlafanzughose von den Beinen, sie öffnete dabei seinen Gürtel und die Knöpfe seiner Jeans, und er entledigte sich seiner Hose. Nach und nach bedeckte er ihren gesamten Körper mit unzähligen Küssen, entdeckte und liebkoste ausführlich ihre sensibelsten Bereiche mit Fingern und Zunge. Vor Erregung blieb ihr fast die Luft weg. Es wurde ihrem Herzen zu eng in der Brust, sie stöhnte unter seinen Berührungen, sah ihn an, beobachtete ihn und schloss wieder die Augen, denn die Gefühle für diesen Mann waren so intensiv, dass es sie schmerzte. Die Sinnlichkeit, die Julian in ihr auslöste, nahm sie als Geschenk. Als sie ihn minutenlang verwöhnte und er dann bedachtsam in sie eindrang, hörte sie auf zu denken.

»Herzlich willkommen in Salzburg«, sagte Nina, als sie später erschöpft und immer noch außer Atem nebeneinanderlagen.

»Das nenne ich gelebte Gastfreundschaft«, erwiderte er breit grinsend.

Sie rollte sich auf die Seite, fuhr mit den Fingern über Julians nackte Brust. »Apropos, magst jetzt einen Kaffee?«

»Jetzt, sehr gerne.« Er sah sie herausfordernd an.

Nina stand auf, zog sich den Morgenmantel über, der über dem Stuhl lag, warf ihm noch einmal einen zärtlichen Blick zu und verließ das Schlafzimmer.

Kurz darauf kam Julian ihr in Boxershorts nach und stellte sich dann vor die Terrassentür. »Wow, was für eine Aussicht«, sagte er anerkennend.

Nina drückte auf den Knopf der Kaffeemaschine, und ein kurzes Rattern erfüllte die offene Küche. »Das ist der Gaisberg, der Hausberg von Salzburg. Sehr beliebt auch bei Gleit-schirmfliegern.«

»Und das siehst du jeden Tag, wenn du aus dem Fenster schaust. Beneidenswert.« Er drehte sich um und setzte sich an den Esstisch. »Hast du etwa schon gearbeitet, bevor ich gekommen bin?«

Nina musste ob der ungewollten Doppeldeutigkeit grinsen. »Und wie!«, sagte sie und zwinkerte ihm zu.

Julian hob belustigt die Augenbrauen, dann sagte er: »Das sind doch die beiden historischen Kochbücher, aus denen du die Rezepte für die Sendung ausgewählt hast.«

Sie nickte, stellte die beiden Kaffeetassen auf dem Tisch ab und tippte auf die Rezepthefte. »Und die stammen von meiner Großmutter aus Hofberg.«

Er trank einen kleinen Schluck vom heißen Kaffee. »Ich hab dich noch gar nicht gefragt, wie's dir geht.«

Sie lächelte, dachte kurz nach. »Mir geht die Frage nicht aus dem Kopf, ob es mich überhaupt gäbe, wenn es damals anders gekommen wäre.«

Julian nickte verständnisvoll, sagte aber: »Hör auf, dir deinen hübschen Kopf darüber zu zerbrechen, das bringt doch nichts und macht dich nur verrückt.« Er streckte den Arm aus und legte ihr die Hand an die Wange. »Sortiere lieber deine Zutaten in der Küche, das beruhigt dich.«

Nina gab ihm einen spielerischen Klaps auf den Oberarm. »Na, Herr Leroy, dann machen wir uns mal ans Werk. Die Meute im *Ludwig* verhungert sonst noch.«

»Was? Du hast doch heute auch Ruhetag!«

»Tja, und genau deshalb probieren wir beide dort etwas aus.«

»Lass mich raten, das hat etwas mit den Rezepten hier und dem Hof zu tun.«

Nina legte den Kopf schief. »Ich hab ein wenig nachgedacht ... Was hältst du davon, aus dem Hof ein Ausflugslokal zu machen, mit bodenständiger österreichisch-bayerischer Hausmannskost? Nix Großes, eher so Schmankerln, wie man sie auf einer Almhütte bekommt, Sennenhupfer, Kaiserschmarrn und Kleinigkeiten wie Schnittlauchbrot, Obatzter ... Basis dafür sind die handgeschriebenen Rezepthefte meiner Großmutter. Wir bauen den Hof ein wenig um, benennen ihn *Zur letzten Schäferin*, und für Kinder gibt's einen Streichelzoo mit Schafen?« Sie endete und merkte selbst, wie sie strahlte.

Julian lehnte sich zurück. »Und das nennst du ein wenig nachgedacht? Ich hätte mir denken können, dass du die Dinge längst sortiert hast.« Er lachte auf. »Aber ja, die Idee gefällt mir.«

»An die Wände hängen wir alte Fotos von Hofberg, Maria Alm und Wien, und vielleicht stellen wir sogar die Geigen aus, da bin ich mir aber noch nicht so sicher.« Nina hielt kurz inne. »An was denkst du?«

»Ich stell mir nur gerade die Frage, wie du, oder besser, wie wir das alles bewerkstelligen wollen? Immerhin haben wir beide bereits gut gehende Restaurants, Kochsendungen, du schreibst außerdem Kochbücher, und dann wollen wir schließlich in Zukunft auch privat Zeit miteinander verbringen.«

Sie betrachtete wohlwollend sein schönes Gesicht. Es war ihm tatsächlich ernst mit ihnen beiden. »Es ist nicht schwer, Julian, wir suchen uns gute Leute vor Ort, und einmal im Monat sind wir beide in Hofberg und kochen gemeinsam. Alles eine Sache der Einteilung und guten Organisation.«

»Und was hat es jetzt mit dem für heute angedrohten Arbeitstag zu tun?«, fragte er skeptisch.

»Heute Abend ist geschlossene Gesellschaft im *Ludwig*, und es kommen alle möglichen Leute. Meine Eltern, mein Großvater, Freunde, die Leute von der Filmproduktion, sie alle werden sozusagen Vorkoster, denn wir probieren vorab ein paar bodenständige Speisen aus.«

»Du hast von Schnittlauchbrot, Obatzter und Sennenhupfer gesprochen, das kannst du doch alles aus dem Stegreif.«

»Ich will aber auch Dampfnudeln mit Vanillesoße ausprobieren, und du machst dein Pichlsteiner. Aber hab keine Angst, Ellen hilft uns.«

Julian stand auf, trat an die Terrassentür und winkte sie lächelnd zu sich. Nina ging zu ihm, und er zog sie augenblicklich in seine Arme. »Das mit dir, das fühlt sich verdammt gut an, Nina Ludwig«, sagte er an ihrer Schläfe. »Ich hoffe, wir kriegen das alles so hin, wie du es geplant hast.«

Sie standen noch eine Weile schweigend vor dem kühlen Glasfenster und sahen auf den verschneiten Gaisberg hinaus. Ninas Gedanken wanderten zum Binder-Hof, sie sah alles schon genau vor sich und war einfach nur glücklich.

50

Hofberg, September 2018

Um halb sieben Uhr morgens schlich Nina im Jogginganzug die Stufen hinunter und betrat die geräumige Wohnküche. Sie machte sich einen Tee und setzte sich an den Esstisch. Die Aufregung hatte ihr die halbe Nacht den Schlaf geraubt. Sechs Monate lang hatten sie und Julian mit Hilfe von Xaver, Antonia und Fritz den Hof umgebaut. Den gesamten August über war zudem ihr Vater in Hofberg gewesen und hatte ihnen geholfen.

Nun war es so weit, und der Binder-Hof war ein Ausflugslokal, dessen Ambiente an eine stilvolle Almhütte erinnerte. Die Speisekarte war auf wenige Speisen reduziert und dem Motto angepasst. Es gab traditionell bayerisch-österreichische Hausmannskost. Ein Highlight waren »Lieselottes Dampfnudeln mit Vanillesauce«, das war Ninas expliziter Wunsch gewesen. An den Wänden hingen alte Dorfaufnahmen aus der Zeit, als in Hofberg noch Schafe zu Hause gewesen waren. Sie blickte zu dem prominent platzierten Porträt ihrer Großmutter, das direkt neben der Glasvitrine mit den beiden Geigen darin hing. Sie hatten sich doch entschieden, die beiden

Instrumente zu zeigen, da das Schicksal der Winterberg so eng mit ihren Familien verwoben war. Auch Fritz, Lieselottes Bruder, hatte die traurige Geschichte ihrer Herkunft ebenso gefasst aufgenommen wie Ninas Eltern zuvor. »Es ist, wie's ist«, hatte er gemeint und hinzugefügt: »Sie wird immer die Liesl, meine Schwester, bleiben.«

Julian erschien in seiner Schlafanzughose mit nacktem Oberkörper. Er lehnte sich schläfrig an den Türrahmen. »Woran denkst du?«

»An nichts, ich genieße.«

»Klingt nach Zufriedenheit.«

»Das ist es auch«, sagte sie lächelnd.

»Weißt du was, ich mach uns jetzt ein gutes Frühstück … *Bacon and Eggs*, das gibt Kraft. Und dann legen wir los. Was meinst du?« Er wartete nicht auf ihre Antwort, klatschte in die Hände und nahm Eier und Speck aus dem Kühlschrank.

Nur wenig später standen sie Seite an Seite hinter der offenen Kochstelle mit dem Wohnherd. Die schweren Pfannen für den Sterz und den Kaiserschmarrn standen in einem alten Holzregal, passend zum Ofen. Nina begann die Gewürze zu sortieren, stupste Julian in die Seite und stellte das Salz neben die Muskatnuss.

»In dem Chaos kannst du arbeiten?«, fragte er lachend. Dann schob er ihr eine Speisekarte über die Arbeitsfläche. »Ich hab übrigens noch ein Gericht dazugenommen.«

Nina warf einen Blick auf die Karte. »Ohne Absprache mit mir?«, sagte sie und hob die Augenbrauen.

»Ich fand Apfelkächen fehlten noch.« Julian reichte ihr einen Teller Äpfel und küsste ihre Nasenspitze.

»Klar, ein Eintopf«, Nina lachte, »wenn auch auf Siebenbürger Art.«

Sie hatten bewusst den neunzehnten September für die Eröffnungsfeier festgelegt. Der Tag, an dem Ninas Großmutter ihren Geburtstag feierte, weil sie wahrscheinlich zeitlebens nicht wusste, dass sie eigentlich am einundzwanzigsten geboren worden war. Ob es wirklich so gewesen war, würden sie wohl nie mehr erfahren.

Ninas Eltern, Ellen, Tina und die Salzburger Filmcrew trudelten so nach und nach im Lauf des Nachmittags ein. Hofinger hatte die Kollegen mit der Aussicht auf Brandteigkrapfen ins bayerische Hinterland gelockt. Und Cäcilie Winter hatte sich zu Ninas Überraschung angeboten, am Eröffnungstag im Service auszuhelfen. Ihr Vater stellte sich aus Gewohnheit hinter die Bar. Nina fühlte sich wohl, es fehlte ihr an nichts. Sie dachte an ihre Großmutter Lieselotte, der sie mit ihren dunklen Augen und Haaren so ähnlich sah, und überlegte, was sie zu dem Ausflugslokal sagen würde. Schließlich kam sie zu der Entscheidung, dass sie es gut finden würde und stolz auf ihre Enkelin gewesen wäre.

Einzig der Streichelzoo war am Eröffnungstag noch nicht bestückt. Doch schon im nächsten Frühjahr würden Schafe auf den umliegenden Wiesen grasen, das hatte sie sich fest vorgenommen. Nina lächelte bei dem Gedanken, dass sie es war, die schon bald die Schafe nach Hofberg zurückbringen würde.

Anmerkung der Autorin

Das Bauernwesen ist Teil meiner Wurzeln. Mein Großvater war der letzte Schäfer in meiner Familie mütterlicherseits im Landkreis Eichstätt. Als Kind verbrachte ich viele Sommerferien auf dem Bauernhof, der damals bereits von meinem Onkel bewirtschaftet wurde. Diese Zeit hat mich geprägt, die Arbeit am Hof und die Tiere haben mich als Kind fasziniert, und diese Begeisterung hat mich nie mehr losgelassen. Ich denke, aus diesem Grund gibt es diesen Roman.

Folgenden Menschen danke ich ganz herzlich dafür, dass sie ihre detaillierten Erinnerungen und ihr Wissen mit mir geteilt haben. Meinen Eltern Rosa und Hans Höller. Meinen Onkeln Adalbert und Andreas Leibhard, meiner Tante Walburga Leibhard sowie meiner Cousine Edeltraud und ihrem Mann Rudi Burkhardt.

Meiner Freundin Ingrid Kienberger für den Schatz vom Dachboden. Sie alle haben dazu beigetragen, dass in diesem Roman die Schäferei und das Dorfleben lebendig und die Speisen authentisch wurden. Auch wenn viel Wahrheit in der Geschichte steckt, möchte ich dennoch darauf hinweisen, dass Sie einen Roman und kein Sachbuch in Händen halten. Das heißt, manchmal muss die Realität der Fiktion weichen.

Danke schön an Simone Wieser vom Tourismus Mühlbach

für ihre raschen Antworten auf meine Fragen zu Maria Alm und dem Fremdenverkehr am Hochkönig.

Danke auch an Ilse Ulrich für ihre Hilfe rund um den Lainzer Tiergarten und unsere herrlichen Kaffee-Tratschereien.

Ein besonderer Dank gehört meiner Lektorin Anke Göbel für ihr Vertrauen und ihre Begeisterung von Beginn an für diese Geschichte. Auch Margarete Ammer und Doris Schuck vom Heyne Verlag möchte ich recht herzlich dafür danken, dass sie meinen Romanen so viel Aufmerksamkeit schenken. Ich danke meiner Lektorin Eva Philippon für ihren kritischen Blick, ihre wertvollen Anmerkungen und die tolle Zusammenarbeit.

Ein ebenso besonderer Dank gehört meinem Agenten Peter Molden für die Gespräche, das Motivieren und das großartige Teamwork.

Ein großer Dank gehört meinen Kindern Theresa und Raffael und meinem Mann Jeff. Und natürlich möchte ich mich auch bei Ihnen, liebe Leser und Leserinnen, bedanken, dass Sie diesen Roman zur Hand genommen und gelesen haben. Ich hoffe, Sie haben wunderbare Stunden damit verbracht.